Für alle, die das Gefühl haben, verloren zu sein.

*Lasst euch Zeit.
Hört auf euer Herz
und euer Weg wird euch finden.*

Montag, 9. September 1895
01:42 Uhr

Lewis

»Du hast genug, Lewis. Verdammt, du hattest schon genug, als du zur Tür reingekommen bist.«

Die Stimme drang dumpf an sein Ohr, und es dauerte einige Augenblicke, bis er die Worte entschlüsselt und geordnet hatte. Er winkte ab und brummte dabei in seinen Ärmel. Dann hob er den Kopf ein kleines Stück, gerade weit genug, um frei sprechen zu können. »Noch ein Letztes, ja?«, murmelte er undeutlich.

»Das hast du schon bei dem hier gesagt. Und bei den vier davor«, entgegnete die Stimme mit einem Seufzen. »Geh, solange du noch selbst laufen kannst.«

Lewis van Allington versuchte den Kopf zu schütteln zum Zeichen seines Protestes, doch schon bei der kleinsten Bewegung begann die Welt, sich zu drehen.

Die Stimme schien jetzt direkt neben seinem Ohr zu schweben. »Du hast genug, Lewis.« Der Sprecher machte eine bedeutsame Pause, ehe er fortfuhr: »Zwing mich nicht, dich vor die Tür zu setzen. Mach es nicht noch peinlicher, ja?«

Er ließ die Worte einen Moment lang sacken, wartete, bis sie sich von seinen Ohren in seinen Verstand vorgearbeitet hatten und dort auch wirklich angekommen waren. Schließlich gab er nach. »In Ordnung, Ed.« Lewis erhob sich langsam und mit Bedacht von dem Barhocker und schnippte dabei mehrmals mit den Fingern. »Chester?«, rief er vor sich hin. »Komm her. Wir gehen.«

»Bist du sicher, dass du keine Hilfe brauchst?«, fragte Edward besorgt, während er das letzte Bierglas abräumte.

Lewis schüttelte den Kopf, was ihn so sehr ins Wanken geraten ließ, dass er sich an der Theke abstützen musste, um nicht in besonders ungebührlicher Weise auf dem Boden aufzuschlagen. Die übrigen Gäste, von denen es um diese Uhrzeit nicht mehr allzu viele gab, lachten leise, zeigten vermutlich auch mit ihren dreckigen Fingern auf ihn, doch er ignorierte ihren Spott. »Brauch' nur frische Luft«, raunte er. »Und den verdammten Hund. Chester!«

Der Dürrbächler trottete gemächlich heran und streckte sich mit genüsslichem Grunzen. Er hatte den Abend schlafend in der Ecke zwischen Theke und Wand verbracht, wo ohnehin nur selten ein Gast sitzen wollte. Vermutlich hatte er getan, was er immer tat: Von Zeit zu Zeit hob er seinen massiven Schädel und blickte neugierig in die Runde, bellte hin und wieder, wenn die Streitigkeiten beim Kartenspielen zu laut wurden, und half Edward im Allgemeinen dabei, ungebetenen Gästen das Verlassen der Kneipe schmackhaft zu machen. Lewis wusste, dass dem Hund die abendlichen Spaziergänge gefielen, denn tagsüber kam er nicht zu sonderlich viel Auslauf. Die Straßen waren immer überfüllt, was es für den großen Hund nicht gerade leicht machte, sich unbekümmert zu bewegen.

Jetzt betrachtete er sein Herrchen hechelnd von der Seite, wobei er die braunen Lefzen fast zu einer Art Lächeln verzog und erwartungsvoll mit dem Schwanz wedelte.

»Bring uns nach Hause«, flüsterte Lewis ihm ins Ohr, als er nach der Leine griff. Dann wandte er sich noch einmal Edward zu. »Schreib's auf.«

Ed seufzte. »Sag Dietrich einfach, dass er mir das Geld vorbeibringen soll. Du schuldest mir schon über zwölf Schilling.«

Lewis winkte ab. »Jaja. Kümmere mich drum.« Dann gab er Chester ein Zeichen und der Dürrbächler setzte sich gemächlich in Bewegung.

»Nein, sag ihm lieber, dass ich es mir abholen komme!«, rief ihnen Edward noch nach, kurz bevor sie die Bar verließen. Lewis wedelte zur Bestätigung einmal kurz mit der Hand, unsicher darüber, ob er sich die Worte tatsächlich merken würde.

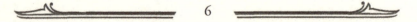

Vor der Kneipe blieb Chester noch einmal stehen und schien auf das nächste Kommando zu warten. Lewis versuchte sich zu erinnern, welchen Weg sie zuvor genommen hatten – es wollte ihm jedoch partout nicht einfallen. Der Alkohol lähmte seine Gedanken, also gab er dem Hund einen Befehl, von dem er sicher wusste, dass er ihn verstand. »Blackfriars.« Es war ein großer Umweg bis zu seinem Haus am Regent's Park, doch das würde ihn ein wenig ausnüchtern und ihm vielleicht Dietrichs schnippische Kommentare ersparen. Dass Letzteres ein frommer Wunsch bleiben würde, dessen war er sich ungeachtet seines Zustands so gut wie sicher.

Chester grunzte vergnügt und Lewis hatte nicht den Hauch einer Chance. In seinem alkoholisierten Zustand reagierte er viel zu langsam und hielt die Hundeleine noch fest umschlossen, als der Dürrbächler freudig einen Satz nach vorn machte. Der zentnerschwere Hund riss ihn einfach mit sich, und Lewis schlug der Länge nach auf den Boden. Zu seinem Glück war die Seitenstraße nicht gepflastert und der Sturz lief glimpflich ab. Seine Kleider waren verdreckt, seine Würde ramponiert, doch sein Körper unversehrt.

»Halt!«, rief er laut, und Chester blieb mit einem empörten Schnauben auf der Stelle stehen.

Der Hund bedachte ihn mit einem Blick, der wahrscheinlich eine Mischung aus Unverständnis und Besorgnis darstellte, als er zum am Boden liegenden Lewis zurückkam, ihn mit der Schnauze anstupste und fürsorglich dessen Wange ableckte.

»Schon gut«, raunte Lewis und wedelte abwehrend mit den Armen. Er kämpfte sich wieder auf die Füße und stützte sich an einer Hauswand ab. »Langsam. Verstehst du?«

Wie zur Antwort warf Chester ihm eines seiner gehechelten Lächeln entgegen und startete erneut. Diesmal allerdings brav neben seinem Herrchen hertrottend und keinen Schritt schneller, als es der volltrunkene Mensch vermochte.

Dennoch hatte Lewis alle Mühe, sich auf dem unebenen Boden auf den Beinen zu halten, mehrmals geriet er ins Straucheln und rempelte dabei nicht selten Chester an, der die Schläge jedoch schnaubend abschüttelte. Irgendwo ganz hinten in seinem Hirn, wo er noch

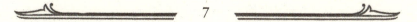

einen klaren Gedanken fassen konnte, dankte Lewis dem Hund für dessen unerschütterliche Ruhe.

Eine Zeit lang kämpfte er noch um jeden Schritt, den er seinen Beinen abrang, doch schon zwei Straßen weiter klärte die frische Nachtluft seinen Verstand ein wenig auf. Seine Füße fanden besser Tritt, das schaukelnde Gefühl ließ allmählich nach. Dennoch entschied Lewis, auf der Blackfriars Bridge eine kleine Verschnaufpause einzulegen. Er hielt an einer Straßenlaterne an, band Chesters Leine lose darum und stützte sich auf der Brückenmauer ab, blickte hinunter zum Flussufer.

Seine Überraschung hätte nicht größer sein können, als er die kleine Menschentraube dort unten entdeckte, die sich um zwei Polizisten gebildet hatte. Polizisten zu dieser Uhrzeit zu sehen, war schon eine Seltenheit, ein Menschenauflauf dazu verhieß sicher nichts Gutes. Die Menschen redeten aufgeregt durcheinander, sodass ihre Stimmen zu einem einzigen Brummen verschmolzen, als blickte er direkt auf eine Bienenzucht.

Lewis wollte unentdeckt bleiben. Er zog es vor, die Polizisten ungestört bei ihrer Arbeit zu beobachten, und sein Aussichtspunkt hätte nicht besser sein können. Es war seltsam, beinahe schon komisch – er konnte noch so betrunken sein, ein Teil von ihm, der Teil, den Verbrechen faszinierten, ließ sich nicht abschalten, nicht mit noch so viel Schnaps und Bier. Hier stand er auf der Blackfriars Bridge und beobachtete heimlich, wie die Beamten der Metropolitan Police gerade eine Frauenleiche aus einem nassen Sack zogen.

Eine von vielen, dachte er.

Er war zu weit entfernt, um Einzelheiten der Leiche erkennen zu können, und die Polizisten verluden sie bereits auf einen Wagen, um sie zu Scotland Yard zu bringen. Sobald die Laderampe des Karrens wieder hochgeklappt wurde, verließen die ersten Schaulustigen den Ort des Geschehens und gingen in ihre Häuser zurück. Sie würden noch einige Tage ihren Freunden und Bekannten davon erzählen, würden Behauptungen über den Zustand der Leiche aufstellen und dabei maßlos übertreiben, das wusste Lewis. Er wusste jedoch ebenso gut, dass der Vorfall nach wenigen Tagen in Vergessenheit geraten würde. Die Menschen im Southwark hatten genug eigene Probleme, um die sie sich kümmern mussten.

Chesters leises Knurren fing seine Aufmerksamkeit wieder ein, und er folgte dem Blick des Dürrbächlers, der gerade mit aufgestellten Ohren ein kleines Tier fixierte, das auf der gegenüberliegenden Seite der Brücke entlanghuschte. »Bloß 'ne Ratte.«

Er kraulte ihn hinter dem rechten Ohr, um ihn für seine Wachsamkeit zu belohnen. Chester dankte es ihm mit einem fröhlichen Schwanzwedeln.

Sie beide sahen der Ratte dabei zu, wie sie auf der Brückenmauer entlangrannte und dann plötzlich über den Rand aus ihrem Blickfeld verschwand. »Keine Sorge«, kommentierte Lewis Chesters Winseln, »die kommt schon zurecht.«

Er musste immer wieder den Kopf darüber schütteln, mit welcher Neugier der Dürrbächler die Welt um ihn herum wahrnahm. Und welche Aufmerksamkeit er jedem Lebewesen zollte. In besonderem Maße den Hündinnen im Park, die nach Chesters Auffassung überaus bedürftig waren. Einem Menschen hätte man einen zu zügellosen Umgang mit Frauen nachgesagt.

Er wollte Chester gerade wieder von der Laterne losbinden und den Heimweg fortsetzen, als seltsame Laute an sein Ohr drangen. Es war mehr als ein Schluchzen, auch ein wenig lauter, wie der Klang einer weinenden Frau, doch nicht so hysterisch. Und es war sehr viel melodischer, folgte einem eigenen Rhythmus von erst ansteigender Intensität, jäh gefolgt von einem Verblassen der Stimme. Als würde man zulassen, dass der Wind die eigenen Töne allmählich verschluckte und hinfort trug. Es war beinahe wie ein Gesang. Eine traurige Melodie, die sein Herz schwer werden ließ. *Nein, das ist es nicht ganz*, dachte Lewis. *Gesang ist zu viel gesagt.* Er konnte sich die Melodie nicht wirklich erklären, konnte ihr aber auch nicht widerstehen. Sie war ruhig und mit klarer Stimme vorgetragen. Sie ging ins Ohr, summte in seinen Gehörgängen und nistete sich in seinem Kopf ein. Schon jetzt ertappte er sich dabei, wie er dem gleichmäßigen Rhythmus folgte und hin und wieder mit einem leisen, unbeholfenen Summen mit einstimmte.

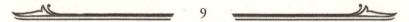

Er blickte Chester fragend an, und auch der Dürrbächler lauschte der leisen Wehklage mit schief gelegtem Kopf. Hin und wieder stieß er ein hohes Winseln aus und trat nervös auf der Stelle.

»Soll ich nachsehen?«, fragte Lewis und erhielt als Antwort ein weiteres leises Winseln. »In Ordnung.« Er machte einen Schritt, dann wandte er sich noch einmal Chester zu: »Du bleibst hier.«

Unweit neben dem Zugang zur Brücke gab es eine Treppe, die hinunter ans Ufer der Themse führte. Der Nebel hatte die Stufen glitschig werden lassen und Lewis war nach wie vor stark alkoholisiert, sodass er selbst auf ebenen Wegen Probleme mit dem Gleichgewicht hatte. Er nahm die erste Stufe und rutschte aus, das rechte Bein glitt mehrere Stufen hinab und er hatte Glück, dass er das Geländer noch zu fassen bekam.

»Scheiße!«, fluchte er laut, als er mit der rechten Seite schmerzhaft gegen das Geländer schlug. Für einen kurzen Augenblick blieb er auf den Stufen sitzen und atmete durch. Die Wolkendecke lichtete sich gerade ein wenig und der Nebel auf der Themse erstrahlte in bläulichem Mondlicht. Der Fluss war ein leuchtendes Band, das sich wie eine pulsierende Ader durch die gesamte Stadt zog. Und dabei dennoch stets ein ruhender Pol inmitten der Hektik und des Trubels blieb. Die Themse folgte lediglich den Gezeiten. Keinen Geschäften, keinem Kalender, keinen Wünschen. Sie brachte Leben und Wohlstand in die Stadt. Täglich legte eine unüberschaubare Anzahl an Schiffen an den Docks an, brachte Waren aus fernen Ländern und den Kolonien oder nahm Ladung auf, die über die See transportiert wurde.

Und heute Nacht hat sie wieder den Tod gebracht, dachte Lewis. Denn auch das war dieser Fluss. Ein gefräßiges Monster, dem man nur allzu schnell anheimfiel. Und was die Themse einmal in ihren Klauen hatte, gab sie niemals mehr frei.

Er lauschte in die Nacht. Und als er feststellte, dass das leise Wehklagen noch immer zu hören war, raffte er sich auf, zog sich am Geländer empor und setzte seinen Abstieg fort.

Am Flussufer versank er in knöcheltiefem Schlamm. Abends hatte es geregnet, fast bis Mitternacht, und die Erde war aufgeweicht. Seine Schuhe lösten sich nur schwer und unter schmatzenden Protesten aus dem feuchten Grund, als er sich Schritt für Schritt voranarbeitete. An

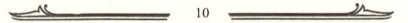

den Brückenpfeilern war ein breiter Absatz. Kinder nutzten ihn gern, um darauf zu sitzen und Steine in den Fluss zu werfen oder mit selbst gebastelten Angeln vergeblich auf die Jagd nach Fischen zu gehen. Und hin und wieder wurde der Platz von Obdachlosen genutzt, um die Nacht nicht schutzlos auf der Straße verbringen zu müssen.

Wobei Lewis nicht einleuchtete, wie viel sicherer ein Brückenpfeiler bei Nacht im Vergleich zu einer ruhigen Seitengasse war, doch in der Befürchtung, dabei nur auf kompletten Unsinn zu stoßen, hatte er vor Jahren schon aufgehört zu versuchen, die menschliche Psyche nach jedweder sinnhaften Ambition zu durchforsten. Meistens gab es da tatsächlich erschreckend wenig zu entdecken.

Unter der Brücke, auf dem Absatz des ersten Pfeilers saß eine einfach gekleidete Frau. Sie starrte aufs Wasser hinaus und summte ihre traurige Melodie.

Möglicherweise hat sie den Sack mit der Leiche entdeckt, dachte er. Mit jeder Minute verflog die Wirkung des Alkohols weiter und ersetzte seine trübe Gleichgültigkeit durch den grüblerischen Verstand, dem jeder von Leichtigkeit getragene Gedanke zu weichen hatte und der Lewis, sosehr er ihn auch als den ausmachte, der er war, so unendlich missfiel.

Er machte noch einen Schritt auf die Dame zu. Einen kurzen Moment lang wagte er nicht, sie überhaupt anzusprechen. Er wollte ihre Melodie nicht stören, wollte sie nicht so überfallen. Doch schließlich überwog die Neugier, mehr darüber zu erfahren, was hier geschehen war. »Guten Abend, Miss«, sagte er leise.

Sie fuhr erschrocken zu ihm herum.

Er blieb wie angewurzelt stehen, in Bann geschlagen von der Schönheit ihres Antlitzes. Mandelförmige Augen von tiefblauer Farbe schimmerten im Mondlicht beinahe wie die Themse. Sie wurden von hohen Wangenknochen und glatten dunkelblonden Haaren eingerahmt. »Verzeihung«, stammelte er. »Ich kam die Straße entlang und bemerkte den Tumult hier unten.« Er kam ins Stocken, als sie ihn mit einem gleichsam gebannten wie furchtsamen Blick belegte.

»Eine Frau«, sagte sie so leise, dass das Rauschen der Themse ihre Worte fast verschluckte.

Er legte den Kopf schief. »Wie bitte?« Mit dieser Haltung sah er Chester vermutlich ähnlicher, als ihm lieb war, darum straffte er sich, zog das Jackett gerade, nahm den Bowler ab und fuhr sich mit der Hand durch die Haare, um zwei braune Strähnen aus seinem Gesicht zu wischen.

»Die Leiche, wissen Sie?«, fuhr sie fort und deutete aufs Wasser.

Endlich gelang es ihm, seine Gedanken zu ordnen und ihren Worten zu folgen. »Ah, ich verstehe«, sagte er schnell. »Die Tote wurde in dem Sack angeschwemmt, richtig?«

Sie nickte. »Mord.«

»Bitte?«

»Ihr Tod.«

Er kratzte sich an der rechten Nasenwand, fuhr sich mit den Fingern über die Nasenflügel. »Mord. Sind Sie sicher, Miss?«

»Ja.«

Eine Tote im Sack, fasste er im Geist zusammen. *Da ist Mord naheliegend.*

Hin und wieder kam es vor, dass sich angesehene Politiker oder Kaufleute auf diese Art einer Hure entledigten, wenn sie beim Liebesspiel das Zeitliche gesegnet hatte. Lewis konnte nicht ganz nachvollziehen, wie man eine Frau beim Liebesspiel so sehr misshandeln konnte, dass sie ernstlichen Schaden nahm, doch auch das fiel in die Kategorie der Bereiche der menschlichen Psyche, die er niemals völlig verstehen würde … oder wollte.

»Sie darf nicht so enden«, sagte die Frau plötzlich.

»Wie?«

»Vergessen. Sie darf nicht vergessen werden.«

»Kannten Sie die Tote etwa?«

Sie zuckte die Achseln. »Ich bin mir nicht sicher.«

Na herrlich …, dachte er. *Da habe ich die einzige Zeugin vor mir, und sie hat durch den Schock ihr Gedächtnis verloren.*

Solche Dinge waren keine Seltenheit, er hatte es schon häufiger erlebt. Manche Menschen konnten sich manchmal monatelang nicht an den Hergang des Ereignisses erinnern, nur um dann irgendwann von der ganzen Härte ihrer Erinnerungen überrollt zu werden. In einem seiner Bücher hatte er einen solchen Zeugen erwähnt: Der Butler eines Kaufmannes, der mit angesehen hatte, wie ein Konkurrent des Hausherrn die halbe Familie mit einer Axt erschlagen hatte.

Kein schöner Anblick, aber ein durchaus interessanter Kriminalfall, wie sich im weiteren Verlauf gezeigt hatte. Und es hatte seinen Erfolg begründet, weswegen Lewis der Geschichte von jeher ambivalent gegenüberstand.

Er konzentrierte sich wieder so gut es ging auf sein Gegenüber. Sie wirkte nicht sonderlich verwirrt, schien allerdings gehörig verunsichert. Sie zitterte, hielt ihren Oberkörper fest umschlungen. Lewis wunderte es nicht, denn sie trug lediglich ein einfaches weißes Kleid, zwar mit langen Ärmeln und aus schwerem Leinenstoff, aber kaum genug, um dem kalten Wind zu trotzen.

»Doch«, sagte sie plötzlich. »Doch, ich kannte sie.«

»Und wie war ihr Name?«

Sie blickte ihn fragend an. »Ich weiß es nicht. Wissen Sie es?«

Er seufzte leise.

»Bitte, Mr van Allington, Sie müssen sie finden!«

»Woher kennen Sie …?«, begann er, ließ die Frage aber auf sich bewenden. *Vermutlich hat sie mein Bild in den Zeitungen gesehen*, schlussfolgerte er.

»Ich wusste, dass Sie kommen würden. Bitte, Mr van Allington!«, wiederholte sie noch ein wenig eindringlicher.

Er legte den Kopf in den Nacken und atmete tief durch. »Ich mache das eigentlich nicht mehr«, flüsterte er.

»Ich weiß«, entgegnete sie.

»Woher?«

»Ich sehe es in Ihren Augen. Ihr Blick ist … leer.«

»Leer«, wiederholte er, »das trifft es ganz gut.«

Sie wandte sich wieder ab und starrte auf die nebelverhangene Themse hinaus. »Die Polizei wird der Sache nicht nachgehen.«

Er schnaubte verächtlich. »Nicht sehr lange, nein.«

Sie entließ ihren Atem in einem tiefen Seufzen, das schon fast so melodisch wie die Wehklage war, die sie zuvor noch gesummt hatte. »Ich brauche Ihre Hilfe.«

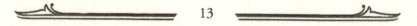

Er musterte sie eingehend. Sie wirkte so einsam, so hilflos. *So, wie ich mich fühle*, dachte er. *Wer würde ihr schon helfen? Einer einfachen Frau aus Southwark? Wer wird versuchen, den Tod der Frau aufzuklären?* Er schüttelte den Kopf. *Niemand.*

»Bitte.« Sie schluchzte leise. »Sie darf nicht vergessen werden, darf nicht namenlos sterben.«

Wahrscheinlich ist der Toten am meisten geholfen, wenn diese Frau hier sich wieder an sie erinnert, dachte er. *Vielleicht reicht es schon, wenn ich ihr ein wenig durch den Schock hindurchhelfe. Und wenn ihre Erinnerung zurückkehrt, wird sie mit dem Tod der Frau abschließen können ... Aber wieso sollte ich?*

Er seufzte erneut. »Ich mache das nicht mehr«, wiederholte er.

Sie nickte niedergeschlagen. »Dann sollten Sie jetzt gehen«, sagte sie. »Chester wartet sicherlich schon ungeduldig auf Sie.«

Er wollte sich schon mit einer geheuchelten Entschuldigung verabschieden und die nächtliche Episode möglichst rasch vergessen – sie am besten mit seinen übrigen Erinnerungen im Schnaps ersäufen –, als ihn ein kleines Detail im Geist zwickte. *Woher kennt sie Chesters Namen?*

Noch immer haftete ihr Blick auf der Themse. Und auch ansonsten schien sie keine Notiz mehr von ihm zu nehmen.

»Kennen wir uns?«, fragte er leicht verunsichert.

»Wir unterhalten uns doch«, entgegnete sie und drehte ihm den Kopf ein wenig zu, sodass er ihren traurigen Blick erkennen konnte.

Woher kennt sie Chester?, hämmerte es in seinem Schädel. Nur Bekannte von ihm kannten den Namen des Dürrbächlers. Er hatte ihn weder in seinen Büchern noch in der Zeitung erwähnt. *Aber ich kenne keine verwirrten Obdachlosen!*

»Sie sollten weniger trinken«, fuhr sie fort. »Es ist nicht gesund.«

Er kniff die Augen zu schmalen Schlitzen zusammen. War das einer von Dietrichs Scherzen? *Nein, viel zu subtil*, verwarf er den Gedanken rasch wieder. Der deutsche Butler neigte zu einer kruden Art Humor, kaum von plumpen Beleidigungen zu unterscheiden. Und seine Witze wirkten stets einstudiert. Lewis vermutete, dass der Mann ein kleines Notizbuch, angefüllt mit schlechten Scherzen, vor ihm versteckte. Womöglich noch mit einer Statistik, wann er sie erzählte,

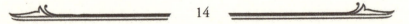

denn seltsamerweise wiederholte sich Dietrich nur äußerst selten. Er war ein unerschöpflicher Quell an unpassenden Kommentaren.

Er vertrieb die Gedanken mit einem energischen Kopfschütteln und konzentrierte sich wieder auf den Moment. »Miss, woher kennen Sie den Namen meines Hundes?«

»Von Ihnen natürlich.«

Lewis nickte und entspannte sich. *Vermutlich hat sie mich einfach vorhin mit Chester sprechen hören*, dachte er erleichtert.

Sie blickte kurz zum Himmel. »Sie sollten sich beeilen. Wenn es anfängt zu regnen, bevor sie ihr Haus erreichen, muss der arme Dietrich wieder die Böden wischen.«

»Dafür habe ich ein Mädchen«, antwortete er vorschnell, starrte sie dann jedoch mit offenem Mund an.

Bereits zum wiederholten Mal hatte die Frau ihm die Sprache verschlagen. Etwas, das nicht vielen Menschen gelungen war, vielleicht sogar noch keinem vor ihr. Und erneut fragte er sich, weshalb ihr diese Details aus seinem Leben bekannt waren, er sich aber partout nicht an sie erinnern konnte.

In seinem Kopf arbeitete sein Verstand fieberhaft an einer Lösung des Problems. Und es kristallisierte sich rasch heraus, dass es nur eine Möglichkeit gab, wenn er erfahren wollte, woher sie so viel über ihn wusste: Er musste ihr in der Sache mit der Toten helfen. Wenn er jetzt ginge, würde er sie in dem Moloch, den London darstellte, vermutlich niemals wiederfinden. Und mit einem Mal erkannte er, dass er das über alle Maßen verhindern wollte.

»Ich könnte mir die Leiche morgen ansehen«, sagte er plötzlich.

Schon lächelte sie dankbar. Eine wohlige Wärme breitete sich in Lewis' Körper aus. Ähnlich des Gefühls, das ihm der Schnaps im Magen vermittelte, nur schöner, echter. Er hatte sich schon lange nicht mehr so gefühlt. Die Leute mieden ihn, seit er den Ruf hatte, jede Fassade durchschauen zu können. Und obwohl seine Bücher zu den von ihm gelösten Kriminalfällen geradezu reißerischen Absatz fanden und ihm ein solides Auskommen ermöglichten, machten sie ihn auch unendlich einsam. Nahezu alle früheren Bekannten und Freunde hatten sich auf Dauer von ihm abgewandt. Zu sehr war er in die Welt der Verbrechen abgetaucht, zu misstrauisch war er allem und jedem gegenüber geworden.

Doch diese Frau fürchtete ihn nicht. Sie bedurfte lediglich seiner Hilfe.

»Wie kann ich Sie erreichen, wenn ich etwas herausfinde?«

»Ich …« Sie machte eine lange Pause, als schien die Antwort ihr Kopfzerbrechen zu bereiten. »Ich … werde hier sein.«

Obdachlos, folgerte er mit einem Kopfnicken. *Also war die Tote vermutlich auch obdachlos gewesen, wenn sie sich gekannt hatten. Keine Chance, dass Scotland Yard viel Energie auf den Fall verwendet.* »Dann treffe ich Sie also hier«, antwortete er freundlich. »Gegen …«

»Ich bin immer hier«, fiel sie ihm ins Wort.

Er zuckte die Achseln. »Also schön, Miss …«

Sie lächelte.

Er verabschiedete sich und stieg die Treppe wieder hinauf. Chester wartete brav am Laternenpfahl auf ihn. Soweit Lewis das beurteilen konnte, hatte der Dürrbächler sich seit seiner Abwesenheit keinen Zentimeter weit bewegt. Er machte die Leine los. Mittlerweile beeinträchtigte der Alkohol ihn fast gar nicht mehr, darum konnten sie ein etwas schnelleres Tempo anschlagen, was vor allem Chester begrüßte.

Nach der Brücke hielten sie sich links, bogen bald in den Strand ein und spazierten bis zum Trafalgar Square. Dort gingen sie zum Piccadilly Circus und dann die Regent Street weiter in nördlicher Richtung entlang.

Lewis beachtete seine Umgebung kaum noch. All die Jahre in London hatten ihn abstumpfen lassen. All die Sehenswürdigkeiten und kunstvoll verzierten Bauwerke, die die Touristen so liebten, waren für ihn nichts weiter als eine Randnotiz auf seinem Heimweg. Ihn interessierte bloß, die Devonshire Street 17 zu erreichen und das Bett, das dort auf ihn wartete.

Zu Hause angekommen, gab er sich alle Mühe, leise zu sein, um Dietrich nicht zu wecken. Es war paradox und ließ ihn nicht selten mit dem Vorsatz zurück, den Butler zu entlassen, doch meistens war er sehr zufrieden mit ihm.

»Guten Abend, der Herr«, erklang die Stimme des älteren Mannes aus der Küche, und Lewis ließ die Schultern hängen.

Er hat die ganze Nacht gewartet, dachte er. »Guten Abend, Dietrich.«
»Verlief der Tag zu Ihrer Zufriedenheit?« Schon stand er neben ihm und half ihm, den Mantel auszuziehen.

»Ich ... nein ... ja ...«, stammelte Lewis.

Dietrich zog die linke Augenbraue hoch und schnüffelte demonstrativ an Lewis' Kopf. »Es scheint, als haben Sie alles bekommen.«

Lewis musste immer wieder über den harten Akzent des Deutschen schmunzeln, doch Dietrich ließ sich niemals anmerken, ob es ihn kränkte oder nicht. Eine Erwiderung auf die unpassende Bemerkung gab er jedoch nicht, es wäre ohnehin sinnlos. Die Tatsache, dass der Deutsche es mit ihm aushielt, ließ ihn über viele Dinge großzügig hinwegsehen. »Ich möchte zu Bett gehen.«

Dietrich nickte. »Ich war so frei und habe bereits einen Eimer neben Ihr Bett gestellt.«

Lewis übergab ihm die Hundeleine und machte sich auf den Weg ins Obergeschoss. »Sehr aufmerksam«, murmelte er noch.

»Eine der unzähligen deutschen Tugenden.« Dann führte Dietrich Chester in die Küche, wo er ihm die Pfoten waschen würde, damit der Hund nicht den ganzen Dreck der Straße ins Haus trug, wie er es immer tat.

Lewis van Allington ließ sich indessen müde auf sein Bett fallen. Als er die Augen schloss, da kreisten seine Gedanken um die blonde Frau von Blackfriars Bridge und die Frage, woher sie sich kannten.

Das unangenehme Gefühl durchgeschwitzter Kleidung weckte ihn mit dem ersten Sonnenstrahl. Ein brennender Durst schmerzte in seiner Kehle. Der Durst nach mehr.

Er schlug die Decke beiseite und stellte fest, dass es nicht Schweiß war, der ihn geweckt hatte. Beißender Gestank fuhr ihm in die Nase und ließ ihn angewidert von sich selbst das Gesicht verziehen.

Lewis rollte aus dem Bett, versuchte die Schweinerei nicht weiter zu beachten und landete laut polternd auf dem Fußboden. Auf allen vieren krabbelte er ins Bad.

Er wollte gerade nach Dietrich rufen, als der Butler bereits das Schlafzimmer betrat. »Sie haben geläutet«, stellte er nüchtern fest.

»Mach das Bett sauber«, befahl Lewis, während er mit zitternden Fingern versuchte, den Wasserhahn der Badewanne aufzudrehen.

»Und bring mir etwas zu trinken!«, rief er Dietrich hinterher, als dieser gerade mit dem verdreckten Bettzeug verschwand.

Lewis zerrte sich die klebrigen Sachen vom Körper und verteilte sie achtlos auf dem Boden. Dann kletterte er in die Kupferwanne und beobachtete, wie der Wasserspiegel allmählich anstieg.

Wenig später erschien Dietrich im Badezimmer. In der rechten Hand hielt er ein weißes Tuch, auf der linken balancierte er ein Glas Scotch auf einem Tablett. »Oder wünscht der Herr die Flasche?«

»Natürlich die Flasche!«, herrschte Lewis ihn an. Er konnte nicht fassen, dass der Butler nach all der Zeit noch immer nicht begriffen hatte, dass er einen morgendlichen Drink *brauchte*! Er brauchte ihn, um sich überhaupt noch normal zu fühlen.

»Also Frühstück in der Wanne, sehr wohl«, sagte Dietrich, stellte das Tablett auf einem Holzbänkchen neben der Kupferwanne ab und hängte das Handtuch ebenfalls sorgsam darüber. »Soll ich eine neue Matratze kommen lassen?«

Lewis verzog die Miene. Wenn ihn seine Erinnerung nicht trog – was sie selten tat –, dann war es bereits der fünfte Zwischenfall dieser Art gewesen. »Ja.« Seine Stimme war kaum leiser geworden.

»Keine Sorge, der Herr. Ich lasse einfach das Gerücht verbreiten, Ihr wäret mit Inkontinenz geschlagen.«

Er bemühte sich, Dietrich nicht zu zeigen, wie peinlich ihm die Situation war. Er griff hektisch nach dem Drink und schüttete den Scotch in einem Zug hinunter. Der Alkohol brannte in seinem Bauch, verströmte eine wohlige Wärme, die er so sehr vermisste.

Und mit dem ersten Schluck hatte auch das Zittern nachgelassen.

Dietrich erschien wenig später mit der Flasche und stellte sie auf das Tablett. »Wohl bekomm's, der Herr.«

Lewis versuchte ihm einen drohenden Blick entgegenzuwerfen, was sich angesichts seiner momentanen Lage als nahezu unmöglich erwies. »Ich lasse dir viel durchgehen, Dietrich«, fing er an, »aber ich erwarte dafür Respekt von dir.«

Dietrich zog skeptisch eine Augenbraue hoch. »Der Herr bekommt von mir denselben Respekt, den er vor sich selbst aufbringt.« Er war-

tete steif neben der Badewanne, bereits um diese Uhrzeit schon perfekt herausgeputzt im Frack mit weißen Handschuhen und ohne jede Spur von Müdigkeit. Als Lewis keine Erwiderung parat hatte, nickte Dietrich lediglich vielsagend und reichte ihm ein Stück Seife. »Wenn der Herr vorzeigbar ist, ich habe frische Pfefferminze in der Küche.«

»Wofür sollte ich die wollen?«, fragte Lewis entgeistert.

Dietrich zuckte die Achseln. »Der Herr erinnert sich vermutlich nicht mehr, doch letzte Nacht habt Ihr verkündet, heute Morgen eine Leiche anschauen zu wollen.«

Die Frau!, fiel es Lewis siedend heiß wieder ein. *Natürlich!* »Oh ja, das will ich in der Tat.« Er ergriff die Seife und begann sich zu waschen.

»Soll ich nach einer Kutsche schicken lassen?«

Lewis nickte, als ihm ein weiteres Detail seiner letzten Sauftour einfiel: »Und Edward kommt heute vorbei, um sein Geld zu kassieren. Ich schulde ihm zwölf Schilling … Gib ihm zwanzig, ja?«

»Ganz wie der Herr wünscht.«

»Jaja. Such mir einen Anzug raus«, befahl er und verwies Dietrich mit wedelnder Hand des Zimmers. »Aber nicht den grauen!«, schickte er noch hinterher.

Lewis tauchte den Kopf unter Wasser und wusch sich so die Seifenreste aus dem Gesicht. Er rieb sich die Augen trocken und kletterte aus der Wanne. Das Handtuch greifend, tapste er zum Spiegel über dem Waschtisch und kontrollierte sein Gesicht. Die letzte Rasur lag zwar schon zwei Tage zurück, doch die Länge der Stoppeln war noch im vertretbaren Bereich. *Nicht zu dunkel*, dachte er zufrieden und trocknete sich weiter ab.

Dietrich hatte ihm nebst weißem Hemd einen dunkelbraunen Dreiteiler bereitgelegt. Die Matratze hatte er bereits aus dem Bett entfernt und die Fenster waren weit geöffnet, um den sauren Gestank von Erbrochenem aus dem Zimmer zu verjagen. Lewis war stets aufs Neue erstaunt, wie schnell der Mann arbeitete, und griff nach der Unterwäsche.

Er band gerade den Krawattenknoten, als Dietrich eintrat. Auf einem zweiten Tablett balancierte er ein Glas mit grünem Inhalt, das einen sehr aufdringlichen und stechenden Duft verströmte.

»Was soll das sein?«, fragte Lewis abweisend und suchte derweil eine passende Taschenuhr zum Anzug heraus. *Gold*, entschied er nach kurzem Zögern.

»Der Herr wird sich danach sicherlich klarer im Kopf fühlen«, versprach der deutsche Butler.

»Es riecht, als könnte es Tote aufwecken.«

»Das wurde bisher noch nicht versucht, doch vielleicht kommen wir noch in den Genuss der Situation«, entgegnete er trocken. »Der Herr scheint es mir immer stärker darauf anzulegen.«

»Spar dir das, Dietrich«, versuchte er vergeblich, den geschwätzigen Butler zur Räson zu bringen. Ein weißes Einstecktuch aus der Schublade komplettierte seinen Aufzug und er griff widerstrebend nach dem Glas mit der grünen Flüssigkeit. Er prostete Dietrich scherzhaft zu. »Für Königin und Vaterland.« Dann hielt er die Luft an und stürzte den Inhalt in einem Zug hinunter.

Das Zeug schmeckte scheußlich, wie eine Mischung aus getragenen Socken und Terpentin. Pfefferminz brannte scharf in Kehle und Magen und er hatte das Gefühl, sich jeden Augenblick übergeben zu müssen.

Lewis unterdrückte ein Würgen. »Das ist ja widerlich«, stellte er verächtlich fest.

Dietrich zog eine Augenbraue hoch. »Der Herr schüttet Abend für Abend wesentlich schlimmere Dinge in sich hinein.« Dann drehte er sich auf dem Absatz um und verschwand.

»Ihre Kutsche steht bereit!«, rief er wenig später von unten hinauf.

Lewis prüfte noch ein letztes Mal den Sitz seiner Krawatte, griff seinen Spazierstock, einen einfachen schwarzen Stab mit silbernem Knauf, und den Bowler, den er so gern trug. Dietrich wollte ihn stets dazu bringen, einen Zylinder zu tragen, wie es sich für einen Mann seines Standes gehörte, doch Lewis liebte den dunkelgrauen Bowler. Auch dass der Hut nicht wirklich zum Anzug passte, störte ihn dabei nicht.

Gerade wollte er schon die Ankleide verlassen, als sein Blick durch die offene Tür ins Badezimmer und dort auf die Flasche mit dem Scotch fiel. Sofort fühlte er in sich das Verlangen, sie an die Lippen zu setzen und in einem Zug zu leeren.

In seinem Schmuckkasten, der hauptsächlich mit Uhren und Manschettenknöpfen gefüllt war, lagen auch zwei Flachmänner. Den vergoldeten nahm er heraus und befüllte ihn rasch noch mit dem Scotch, nachdem er sich selbst einen letzten Schluck gegönnt hatte. Augenblicklich entspannte er sich, fühlte sich wieder vital und erfrischt.

Noch mehr Alkohol versagte er sich, denn es war ein schmaler Grat zwischen dem guten Gefühl und dem alles betäubenden Vollrausch, den er sicherlich wieder am Abend suchen würde.

Er trank in Schüben, das wusste er und brauchte es sich auch nicht schönzureden. Nur in letzter Zeit wurden die Pausen zwischen den Schüben kürzer, auch das war ihm noch bewusst, denn er hatte noch lange nicht genug getrunken, um seinen Verstand zu trüben. Zu Beginn war es sicherlich aus Langeweile gewesen, vielleicht auch einfach, weil er es sich leisten konnte. Lewis hatte genug Geld, um sich täglich durch den Alkohol vergessen zu lassen, was immer ihn auch plagte.

Dietrich belegte ihn mit tadelndem Blick – offensichtlich ahnte der Butler schon, was ihn noch im Schlafzimmer aufgehalten hatte.

Lewis zog den Hut ein wenig tiefer in die Stirn. »Chester braucht keinen langen Spaziergang. Ich nehme ihn heute Abend mit.«

»Wie der Herr wünscht«, waren Dietrichs letzte Worte, ehe er die Tür hinter Lewis schloss.

Die Kutsche hatte eine gefühlte Ewigkeit bis zu Scotland Yard gebraucht. Der Verkehr auf den Straßen war einfach die Hölle, selbst die unterirdische Eisenbahn konnte keine wirkliche Abhilfe schaffen.

Er wurde von Inspector Powler begrüßt, einem jungen Mann, der sicherlich einmal eine glänzende Karriere machen würde. Und er war ein Bewunderer von Lewis' Arbeiten. Der Junge hatte anscheinend jedes seiner Bücher gelesen – nein, auswendig gelernt. Jeden Querverweis auf vorhandene Fachliteratur konnte er zitieren, was vermutlich nicht einmal mehr Lewis selbst gelingen würde.

»Mr van Allington«, begrüßte er ihn aufgeregt. »Was verschafft mir die Ehre?«

Lewis tippte sich zur Begrüßung beiläufig an die Hutkrempe. Der kleinere Mann hatte etwas an sich, was ihn frösteln ließ. Es machte

ihm nicht wirklich Angst, doch es widerstrebte ihm, den Mann zu berühren. Das galt auch für einen einfachen Händedruck.

Vielleicht fürchtete er aber auch nur Powlers messerscharfen Verstand. *In dem Moment, in dem er meine Hand ergreift, weiß er, dass ich trinke*, manifestierte sich eine völlig irrationale Furcht in Lewis. Noch wussten nicht viele Menschen von seiner Sucht. Deshalb trank er in einer abgerissenen Kneipe im Southwark. Dort kannte man ihn nicht, oder es war den Leuten schlicht egal, wer er war.

»Eine Leiche, Mr Powler«, antwortete Lewis knapp. »Was sollte es sonst sein?«

»Oh, Sie arbeiten wieder?«, entgegnete er erstaunt. »Ich dachte, Sie hätten sich zur Ruhe gesetzt?«

Lewis lehnte sich ein wenig nach vorne und schlug mit dem Knauf seines Spazierstocks leicht gegen Powlers Revers. »Männer unseres Schlages können sich niemals zur Ruhe setzen, oder?«

Powler blickte ihn skeptisch an.

»Unser Verstand, Powler«, fuhr Lewis ungerührt fort. »Unser Verstand treibt uns weiter voran. Wie könnten wir verleugnen, was wir sind?«

Der junge Polizist strahlte übers ganze Gesicht und Lewis nickte zufrieden. Dieses kleine Kompliment, das ihn nur wenige Sekunden seines Lebens gekostet hatte, würde ihm die nächsten zwei Stunden, die er sich mit der Leiche beschäftigen wollte, ungleich leichter machen. »Es geht um die Leiche einer Frau«, fügte Lewis hinzu, als er sich sicher war, dass Powler ihn unterstützen würde. »Heute Nacht bei Blackfriars Bridge angespült.« Lewis runzelte plötzlich die Stirn. »Wieso ist eigentlich Scotland Yard dafür zuständig? Blackfriars gehört doch noch zur City.«

Powler machte eine wegwerfende Handbewegung. »Zuständigkeiten … Die Leiche wurde am Southwark angespült und zwei unserer Beamten waren gerade dort unterwegs. Um zwei Uhr nachts streitet sich niemand um einen Leichensack.«

»Verstehe.«

Der Inspector führte ihn in den Keller des Gebäudes. Viele Beamte erkannten Lewis und grüßten ihn, doch Powler machte mit seiner Haltung deutlich, dass er ihn nicht mit ihnen teilen wollte. Lewis war das nur recht, je weniger Schaulustige sich einfänden, desto eher könnte er vielleicht unbemerkt einen Schluck aus dem Flachmann nehmen.

Der Raum war groß, mit gewölbter Decke, an der entlang die Stromleitungen für die neue elektrische Beleuchtung verliefen. Fünf Untersuchungstische standen für Obduktionen bereit, auf einem davon lag ein mit einem weißen Tuch bedeckter Körper. Das Licht leuchtete den Stoff grell aus und erzeugte einen fast unwirklich scharfen Kontrast vor dem dunklen Gewölbekeller. Neben dem Untersuchungstisch stand ein Wagen, der mit allerhand medizinischem Besteck ausgestattet war, um die Untersuchung vorzunehmen. Trotz der vielen brennenden Lampen war der Raum angenehm kühl, was für die Aufbewahrung von Leichen natürlich nur von Vorteil war.

»Der Arzt hat sie sich noch nicht angesehen«, sagte Powler feierlich. »Sie sind der Erste.«

»Schön, schön.« Lewis nahm den Hut ab und legte ihn samt Gehstock auf einen freien Untersuchungstisch. Die Frau war die einzige Leiche an diesem Tag, was allein schon ein kleines Wunder war. Oder man hatte die anderen Toten, von denen London in diesen Tagen einen unerschöpflichen Nachschub zu liefern schien, schlichtweg noch nicht gefunden.

Die Tote war zu Lebzeiten sicherlich überaus hübsch gewesen. Helle, ebenmäßige Haut und große Augen, die in einem absolut symmetrischen Gesicht saßen. Dazu rote Haare, die es wie ein Feuerkranz umrahmten.

»Was denken Sie, Powler?«, fragte Lewis beiläufig, während er die Leiche genauer untersuchte.

Er ließ sich gern die Einschätzung des Mannes geben, denn es zeigte ihm, in welchem Bereich die Untersuchung der Polizei bereits intensiv vonstattengegangen war, oder ob sie überhaupt viel Energie auf das Opfer verwandten.

Powler räusperte sich energisch und sammelte seinen Atem für einen Schwall von Beschreibungen, wie Lewis befürchtete. »Ich denke, sie war gefesselt«, begann er seine Erkenntnisse aufzuzählen.

Lewis musste sich beherrschen, um nicht zu seufzen angesichts dieser unnötigen Nennung des Offensichtlichen. Die wund gescheuerten Hand- und Fußgelenke waren eindeutige Indizien.

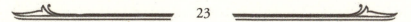

Powler fuhr fort. »Man fand sie ohne Kleider in einem Sack. Mehr ist bisher nicht bekannt.«

Lewis deutete auf das Gesicht der Frau. »Ihr Gebiss ist gesund, kein Zahn fehlt. Sie war also vermutlich nicht aus Southwark oder dem East End«, begann er. »Außerdem fand man sie bei Blackfriars, was bedeutet, dass sie westlich davon in die Themse geworfen wurde.«

Powler nickte eifrig, wagte sich sogar noch einmal mit einer eigenen Einschätzung nach vorn. »Ich vermute, dass sie eine Hure ist … war.«

Lewis runzelte die Stirn. »Was macht Sie da so sicher?«

Der junge Beamte kam ins Stocken. »Nun … sie war nackt und ihre Hände offensichtlich gefesselt …«

»Und da haben Sie angenommen, dass sie beim Liebesspiel verstorben ist. Oder dass der Freier es übertrieben hat, nicht wahr?«

Powler druckste herum. »Nun … ja.«

Lewis zuckte die Achseln. »Das klingt auf den ersten Blick plausibel.« Er umrundete den Körper, hob den Arm an und deutete auf die linke Achselhöhle der Frau. »Doch nur auf den ersten Blick.«

Powler kam näher und fixierte den Punkt, auf den Lewis hindeutete. Ein kleiner roter Fleck, kaum zu erkennen. »Was ist das?«

»Eine Einstichstelle, Powler«, sagte Lewis trocken.

»Ein Messer wäre aber viel zu groß«, überlegte der Inspector. »Eine Spritze?«

»Zu klein«, widersprach Lewis. »Nein, die Lage des Einstichs weist mit ziemlicher Sicherheit auf eine Nadel oder ein Stilett hin.« Lewis imitierte mit dem Finger die Lage der Klinge im Körper. »Man hat ihr vermutlich direkt ins Herz gestochen.«

»Aber … hätte sie dann nicht bluten müssen?«

Lewis nickte und nahm sich von dem Bestecktisch eine Lupe. »Hier«, sagte er, nachdem er die Wunde abgesucht hatte. »Hier am Rand sieht man es deutlich. Er ist verkohlt.«

»Wie durch Feuer verbrannt?«

Lewis nickte erneut. »Was immer sie erstochen hat, wurde im Feuer glühend heiß gemacht. Die Wunde wurde sofort kauterisiert. Mögliche Blutungen finden wir nur im Inneren des Körpers.« Er legte die Lupe beiseite. »Die Einstichstelle ist zudem nicht rund, das

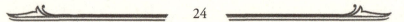

konnte man gerade deutlich sehen. Darum denke ich, es war tatsächlich ein vierkantiges Stilett.«

»Ein Stilett?«, wiederholte Powler ungläubig. »Faszinierend.«

Lewis lächelte trocken. »Was bedeutet, dass es in jedem Fall Mord war. Einen Unfall können wir nun mit Sicherheit ausschließen. Mir wäre keine Liebespraktik bekannt, die einen Stich ins Herz mit einem glühenden Stilett beinhaltet.«

Powler machte sich Notizen in einer kleinen Kladde.

Lewis bedeckte den nackten Körper erneut mit dem Tuch. »Das Versenken in der Themse diente nur der Verschleierung des eigentlichen Verbrechens.«

»Faszinierend.«

»Was jedoch nicht bedeutet, dass sie keine Hure war«, räumte Lewis ein. »Wie auch immer, sie wurde erstochen.« Er setzte seinen Hut auf, nahm den Stock und wollte schon gehen, als er noch eine Idee hatte. Er entfernte das Tuch erneut von der Leiche und griff nach einem kleinen Spiegel. Damit lenkte er das Licht der Deckenlampe in die Nasenlöcher der Frau um. »Interessant«, murmelte er. »Pinzette, bitte.«

Powler reichte ihm kommentarlos den gewünschten Gegenstand.

Lewis nahm sein Taschentuch und zog es über die Pinzette. Anschließend steckte er diese in das linke Nasenloch der Leiche und drehte sie vorsichtig herum. Als er sie wieder herauszog, war der Stoff schwarz verfärbt.

»Was ist das?«, fragte Powler neugierig.

»Ruß, denke ich«, antwortete Lewis. »Oder Asche. Und der Beweis, dass sie schon tot war, bevor sie in der Themse landete. Denn sonst hätte ich darin Spuren des Wassers gefunden, das ihr bei den letzten verzweifelten Atemzügen, zu denen der Körper sie kurz vor dem Ersticken gezwungen hätte, in die Lunge gedrungen wäre. Diese Nasenlöcher sind jedoch weitestgehend trocken. Sie ist also nicht ertrunken, sondern schon tot im Fluss gelandet.«

»Aber der Sack könnte doch auch wasserdicht gewesen sein.«

»Möglich«, begann Lewis lächelnd. »Jedoch schwer vorstellbar, wenn man die noch immer feuchten Haare betrachtet, finden Sie nicht?«

Seinem Gegenüber trieb es die Schamesröte ins Gesicht. »Natürlich.«

»In was für einer Art Sack hatte man sie gefunden?«

»Kartoffeln. Mit Finnagans Logo darauf.«

Lewis bedeckte sie erneut mit dem Tuch. Er war hier fertig. »Ich frage mich, wer sie war«, sagte er nachdenklich. »Eine junge Frau, gut aussehend und augenscheinlich gesund ... Wieso endet sie in einem Kartoffelsack in der Themse?«

»Ich weiß es auch nicht.« Powler hatte es sich offensichtlich zum Ziel gesetzt, auf jeden seiner Sätze etwas zu erwidern.

»Finnagans, ja?«

Er nickte. »Warten Sie einen Moment.« Er verschwand aus dem Raum und seine Schritte verhallten in den Gängen.

Lewis nutzte die Gelegenheit für einen Schluck aus dem Flachmann. Der Scotch brannte wohltuend in seiner Kehle und gab ihm das Gefühl der Sicherheit.

Kurz darauf kehrte Powler mit einem feuchten braunen Leinensack zurück. Er breitete ihn auf einem zweiten Tisch aus. »Hier.«

Lewis studierte den Sack eingehend, fuhr mit den Fingern über das Gewebe, doch er konnte nichts Ungewöhnliches feststellen. Außer Finnagans Logo war der Leinenstoff unbehandelt. Dicke schwarze Tinte ließ die Schrift leicht erhaben wirken. Unter dem Schriftzug »Finnagans« stand noch ein kleines »W«, das bereits verblasste. Lewis rieb mit dem Daumen darüber und der Buchstabe verschwand. »Hmm ...«

»Arbeiten Sie an einem neuen Buch? Über den *Drowner*?«

Lewis legte interessiert den Kopf schief. »Wieso hat der Fall schon einen Namen?«

»Na, sie ist die dritte Tote, die wir auf die Art aus dem Fluss gezogen haben«, entgegnete Powler. »Es stand in allen Zeitungen.«

»Ich lese nicht mehr viel«, murmelte Lewis, aber seine Neugier war unwiderruflich geweckt. »Können Sie mir heraussuchen, was Sie zu den anderen Opfern haben?«

»Sehr gern«, antwortete Powler, offensichtlich hocherfreut, noch von Nutzen zu sein. »Kommen Sie einfach morgen wieder vorbei, dann habe ich alle Berichte parat.«

Kate

Voller Aufregung blickte sie zum Fenster hinaus. Die ganze letzte Stunde der langen Zugfahrt hatte sie damit zugebracht, durch die verdreckte Glasscheibe auf die sich verändernde Landschaft zu starren. Wie die sanften Hügel und Wiesen Mittelenglands allmählich den Bauerndörfern und Vororten rund um London wichen.

London.

Kate wusste, dass sie vermutlich wie ein kleines Schulmädchen grinste, doch ihre Wirkung auf die übrigen Fahrgäste war ihr im Moment egal. Am liebsten hätte sie das Fenster weit aufgerissen und das Gesicht in den Fahrtwind gestreckt. Ruß, Staub und Wasser hatten sich allerdings zu einer klebrigen Masse verdichtet, die den Schiebemechanismus des Fensters blockierten, sodass es sich nicht öffnen ließ.

Dabei hätte sie gerade die Dachkonstruktion von St Pancras Station so gern schon von Weitem bewundert. Die Konstruktion aus Glas und Metall war einzigartig auf der Welt und hatte es sogar bis in Manchesters Zeitungen geschafft. Dieser Anblick allein wäre die Reise wert, hatte sie sich gesagt. Ihn jetzt nicht in vollen Zügen genießen zu können, wirkte wie eine Ironie des Schicksals.

So war sie lediglich auf das Bild der herannahenden Metropole beschränkt. Wie gern hätte sie Londons Vorstadtluft gerochen, nur um sie dann mit dem viel gescholtenen Qualm der Innenstadt zu vergleichen.

Sie seufzte und glitt in den Sitz zurück, faltete die Hände brav im Schoß, wie die Gesellschaft es von einer jungen Dame erwartete, und bemühte sich um eines jener leicht verlegenen Lächeln, die man ihr jahrelang vorgelebt hatte.

Es war allerdings nicht weit her mit ihrer Beherrschung und so holte sie erneut – zum vermutlich hundertsten Mal – den Brief aus ihrer Handtasche hervor, der ihr Leben von Grund auf auf den Kopf gestellt hatte.

… würde ich mich freuen, Sie bei uns in der Redaktion begrüßen zu dürfen …, las sie immer und immer wieder die Zeile, die für sie die Welt bedeutete.

Der Zug drosselte bereits sein Tempo, die Einfahrt in den Bahnhof war nur noch wenige Minuten entfernt.

Eine alte Dame, die in Leicester zugestiegen war, seufzte erleichtert auf. »Endlich können wir aus dieser Büchse raus.«

Kate unterdrückte den Impuls, etwas darauf zu erwidern. Den Fehler, die Alte in ein Gespräch zu verwickeln, hatte sie kurz nach der Abfahrt aus Leicester gemacht. Und nun wusste sie alles über die feiste Dame. Und selbst wenn dieses »alles« nicht länger als eine halbe Stunde zu erzählen gedauert hatte, so war es doch eine halbe Stunde, die Kate niemals wieder zurückbekäme.

Diesmal nicht, dachte sie und biss sich vorsorglich auf die Lippen. Dabei fand sie den Zug alles andere als unbequem. Die Sitze waren weich und gut gefedert, der rote Cordstoff strahlte noch immer, obwohl dieser Waggon sicherlich schon einige Jahre in Betrieb war. Die Tür schloss dicht und ein dunkler Vorhang konnte die Sicht vom Gang in das kleine Abteil hinein versperren. Wenn man von dem klemmenden Fenster absah, dann war dieser Wagen in bestmöglichem Zustand.

Kate ermahnte sich, dass sie in ihrer derzeitigen Euphorie aber auch auf einer handbetriebenen Lore in den Bahnhof St Pancras hätte einfahren können und sich dabei dennoch wie Königin Victoria selbst gefühlt hätte.

Das Bild von ihr auf einem solchen Gefährt, wie sie am Gleis anhielt, sich das sonnengelbe Kleid glatt strich und an der glotzenden Menge vorbeimarschierte, brachte sie zum Kichern.

Jetzt war es so weit!

Der Zug fuhr in den Bahnhof ein und das breite Kuppeldach von St Pancras Station spannte sich über Lok und Waggons. Katelyn sprang auf, zerrte den kleinen Koffer mit Mühe unter ihrem Sitz hervor. Sie summte vor Freude vor sich hin, als sie die Schiebetür des Abteils aufriss.

Ein Mann im grauen Anzug blickte kurz von seiner Zeitung auf und schüttelte bloß missbilligend den Kopf. »Verdammte Jugend«, murmelte er vor sich hin.

»Ich würde den Zug auch so schnell verlassen, wie ich kann«, mischte sich die Alte ein. »Doch von diesen verdammten Sitzen sind meine Beine ganz taub geworden. Vermutlich werde ich nie wieder aufstehen können.«

Der Mann setzte zu einer Erwiderung an, konnte sich aber ebenfalls im letzten Moment beherrschen, was Kates Lächeln nur noch breiter werden ließ.

Sie zwinkerte ihm von der Alten unbemerkt zu und verließ das Abteil. Sie würde die letzten Meter an der Wagentür verbringen, bereit, aus dem Zug zu springen, sobald er zum Halten gekommen war.

Der dickliche Schaffner drängte sich an ihr vorbei, entriegelte die Tür und stieß sie weit auf. Ein kühler Luftzug trug Kate den ersten Schwall der Londoner Luft in die Nase und sie sog ihn begierig ein.

»Nicht«, versuchte der Schaffner noch, sie aufzuhalten. Vergeblich.

Katelyn inhalierte stechende Luft, rußgeschwängert vom Abrieb der Bremsen, die den schweren Zug mit viel Mühe zum Stehen gebracht hatten.

Sie hustete und Tränen schossen ihr in die Augen.

Der Schaffner reichte ihr ein sauberes Taschentuch. »Pressen Sie das auf Mund und Nase, Miss«, bat er sie. »Dann fällt das Atmen leichter.«

Kate wollte die nette Geste höflich zurückweisen, doch der alte Mann bestand darauf.

»Ich werde Ihnen das Tuch vermutlich nicht zurückgeben können«, krächzte sie verlegen.

Er lächelte, wobei er für sein Alter erstaunlich gesunde Zähne präsentierte. »Das macht nichts. Ich habe viele davon.«

Der Schaffner half ihr, den Koffer durch die schmale Tür zu wuchten, und Kate verabschiedete sich höflich. Dann stand sie auf dem Bahnsteig, machte ein paar Schritte zur Seite, um den Londoner Fahrgästen den Einstieg in den Zug zu erleichtern und tauchte ein in diesen perfekten Moment.

London!, dachte sie aufgeregt. *Ich bin frei!*

Über ihr spannte sich das breite Kuppeldach, in seiner Bauweise einzigartig auf der Welt, und mehrere Fensterreihen ließen das Tageslicht hindurch. In den schmalen Lichtkegeln sah man Staub, Ruß und anderen Schmutz tanzen, der durch die Schornsteine der Dampfloks geblasen wurde, ehe die Partikel sich irgendwo im Dachgebälk absetzten. Oder auf der Kleidung der Fahrgäste, wie sie bei einem Blick auf ihr helles Kleid feststellte. Sie betrachtete einen Lichtstrahl, der ihren Arm traf und gerade von einer aufflatternden Taube unterbrochen wurde. Darüber zu lesen war eine Sache gewesen – es jetzt in Farbe erleben zu können, war einfach überwältigend.

Katelyn hob den Koffer an. Obwohl sie nicht viel Gepäck bei sich hatte, war das Teil schwer und sperrig. *Ohne die Hilfe des Schaffners würde ich vermutlich jetzt noch versuchen, das Ding auf den Bahnsteig zu bekommen*, dachte sie. Rechts von ihr deutete ein Schild den Weg zum Ausgang. Sie blickte noch einmal verstohlen über die Schulter. Sie könnte jetzt wieder in den Zug einsteigen und nach Manchester zurückfahren. Zurück in ihr altes Leben und diesen Traum begraben.

Sie schüttelte den Kopf, auch um sich selbst ein wenig Mut zu machen, und ging los. *Einen Fuß vor den anderen*, dachte sie.

Viele Menschen kreuzten ihren Weg, die meisten vermutlich Geschäftsleute, die wieder in ihre Vororte fuhren, um den Abend bei ihren Familien zu verbringen. Niemand von ihnen schien Notiz von ihr zu nehmen. Hier in London war sie Teil einer großen Masse, erkannte sie, unbemerkt und unbedeutend.

Vielen Menschen hätte jene Erkenntnis Angst eingeflößt, doch Katelyn Shaw sehnte sich geradezu nach dem Gefühl, unbemerkt – ja unsichtbar – zu sein. Wenigstens für einige Augenblicke.

Vor dem Bahnhof nahm sie sich nur einen kurzen Moment, um die gotische Fassade der St Pancras Station zu bewundern. Anschließend hielt sie rasch Ausschau nach einem Hotel für die Nacht. Ihre

Finanzen würden sie nicht weit führen, das wusste sie, doch für die erste Nacht wäre ein Hotel sicherlich angemessen. Am nächsten Morgen würde sie sich dann ein untervermietetes Zimmer suchen, irgendwo in einer ruhigen Seitenstraße der Stadt. Nach Möglichkeit schon nahe der Fleet Street.

Unwillkürlich wanderte ihr Blick auf ihre Handtasche und den darin befindlichen Brief. War dies richtig? Eine junge Frau in der großen Stadt, die dem Traum nachjagte, Reporterin zu sein? Zwar hatte sie diese Einladung bekommen, doch was hieß das schon? Ein kleines Tageblatt in Manchester hatte ihre Kolumne gedruckt – kaum der Rede wert. Das hier war London. London!

Ihre Mutter hatte es ihr vorhergesagt: »Du passt nicht nach London.«

Kate hatte ihr widersprochen, sie angebrüllt und trotzig ihren Koffer gepackt. Sie wollte nur noch weg. Weg von den Menschen, die nicht mehr in ihr sahen als eine zukünftige Ehefrau und Mutter …

Die Einladung nach London war *ihre* einmalige Gelegenheit. Sie hatte sie ohne nachzudenken ergriffen.

Ohne nachzudenken …

Was habe ich mir dabei gedacht?, beschlich sie eine leise Panik und ihr Blick wanderte wieder zurück zu jenem Waggon, der sie den ganzen Weg hierher gebracht hatte. *Dreh um!*, drängte sie eine innere Stimme. *Das hier ist nichts für dich.*

Aber wenn sie es jetzt nicht versuchte, wie viele Gelegenheiten blieben ihr noch? Sie würde in Manchester einen Mann finden, Kinder in die Welt setzen und den Traum von *Kate, der rasenden Reporterin*, mit jedem Tag ein bisschen weniger träumen. Sich ein bisschen mehr … mit dem Leben arrangieren.

Sie schüttelte den Kopf, packte ihren Koffer und verließ den Bahnhof.

Kate blickte auf. Und der Anblick überwältigte sie fast. Häuser drängten sich dicht an dicht. Die Straßen waren selbst am frühen Nachmittag noch voller Leben. Von Pferden gezogene Wagen rumpelten über das Kopfsteinpflaster. Kate hatte von den Londoner Pferdebussen gehört, doch sie hätte sich niemals ausgemalt, dass ihr Anblick sie derart in Verzückung versetzen könnte.

So viele Menschen!, dachte sie atemlos.

Arbeiter schleppten Säcke und Kisten durch die Straßen. Eine vornehme Kutsche hielt zwanzig Meter neben ihr an, ein adrett gekleideter Gentleman stieg aus, setzte sich einen schwarzen Zylinder auf und marschierte auf den Bahnhofseingang zu. Ein Junge in abgewetzter Kleidung eilte herbei und feilschte mit einer Gruppe anderer, ähnlich schäbig gekleideter Kinder darum, die Koffer des Mannes tragen zu dürfen. Schließlich gab ihm der Kutscher den Zuschlag und eine Münze. Dann packte der Junge sich den Koffer, der deutlich größer war als Kates kleines Gepäckstück, und beeilte sich, den Gentleman einzuholen.

Als sie dem Jungen mit ihrem Blick folgte, sah sie das Schild des Midland Grand Hotel, dessen gotische Fassade sogar noch den Bahnhof überragte.

Sie seufzte wehmütig, denn sie hatte schon von dem Hotel gelesen und wusste deshalb, dass keines der rund dreihundert Zimmer innerhalb ihrer finanziellen Reichweite lag. Nicht einmal dann, wenn sie alle Vorsicht über Bord warf. Sie musste sich ein kleineres Hotel suchen.

Kate drehte sich wieder um und wagte ihre ersten Schritte auf Londons Straßen. Sie tänzelte im Zickzackkurs auf die andere Straßenseite und bog dort in eine deutlich weniger belebte Seitenstraße ein.

Sie bewunderte die dicht gedrängt stehenden Häuser, kaum eines höher als drei Stockwerke. Die Gasse war recht schmal, fast eng genug, um von einem Hausdach auf das andere springen zu können, doch sie beneidete die ihr unbekannten Bewohner um ihre Freiheit, tagtäglich in dieser pulsierenden Metropole aufwachen zu können.

Plötzlich stand sie vor einem kleinen Hinweisschild: »Freie Zimmer«. Darunter ein Zeichen, das darauf hinwies, bei der nächsten Möglichkeit links abzubiegen.

Sie las den Straßennamen von dem an einem gusseisernen Pfosten befestigten Holzschild ab. »Manchester Street.« Sie schüttelte ob der Ironie den Kopf. »In Ordnung«, flüsterte sie. »Der alten Zeiten willen. Ab morgen beginne ich ein neues Leben.«

Von der Ecke aus konnte sie das Schild des Hotels bereits erkennen. Ein Haus mit drei Etagen. Von seiner Erscheinung her war es wohl nicht immer ein Hotel gewesen, wohl eher der Wohnsitz eines Kaufmannes oder niederen Stadtfunktionärs. Wobei Kate eine Wette

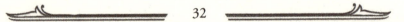

mit sich selbst abschloss, dass es sich um das ehemalige Haus eines Kaufmannes handelte, der bankrottgegangen war. Und das hatte die Familie gezwungen, die freien Zimmer zu vermieten. Oder er hatte das Haus an den jetzigen Hotelier verkaufen müssen.

Kate öffnete die Tür und ein leises Spiel von drei unterschiedlichen Glöckchen kündigte sie bei der Rezeption an. Diese lag rechter Hand an die Seitenwand des Flurs gedrängt. Hinter der Theke aus schwarzem verkratztem Holz stand ein schmales Regal mit sechs Fächern, offensichtlich für die Post der Gäste. Eine dunkle Tür mit der Aufschrift »Privat« führte in die Privaträume des Hoteliers. Daneben hingen an einem kleinen Brett mit Haken die Zimmerschlüssel. Entweder hatte jeder Gast seinen Schlüssel hier hinterlegt oder das Hotel stand tatsächlich leer.

Die Tür öffnete sich und eine rundliche Frau in einem einfachen grünen Kleid trat hindurch. Sie verzog das faltige Gesicht zu einem breiten, aufgesetzt wirkenden Lächeln. »Was kann ich für Sie tun, Miss?«

Kate bemühte sich um eine gerade Haltung und einen möglichst kühlen, jedoch nicht unfreundlichen Tonfall, der sie ein wenig älter wirken ließ: »Ich benötige ein Zimmer für eine Nacht.«

Die Alte musterte sie skeptisch. Dann schnaubte sie ein verächtliches »Für Sie allein?« hinterher.

Kates Lächeln gefror. Das geschah immer, wenn sie merkte, dass sie aufgrund ihrer Jugend, gepaart mit ihrem Geschlecht, anders behandelt wurde, als es ihrem Bruder Richard ergangen wäre. *Bei ihm hätte sie keine dumme Frage gestellt*, schoss es ihr durch den Kopf. Doch sie blieb äußerlich gelassen: »Ja, nur für mich.«

Ihre Blicke verhakten sich ineinander. Für einen Moment standen sich Kate und die Alte stumm gegenüber. Ein stiller Streit, bei dem der verlor, der zuerst den Mund aufmachte. Kate hatte das schon viele Male erlebt. Auf diese Weise stellte man sie auf die Probe. Würde sie ihrer eigenen Verlegenheit nachgeben, dann würde sie einen belanglosen Satz hinterherschieben oder eine Lüge, weshalb sie allein unterwegs war.

Würde sie aber dem Blick standhalten, würde sie ihre Reife und Überlegenheit demonstrieren und der Alten klare Grenzen aufzeigen.

Als sie gerade den Mund aufmachen und behaupten wollte, dass sie in London die Ankunft ihres Vaters vorbereite, gab die Alte schließlich nach. Sie hob die Augenbraue und griff achselzuckend nach einem Schlüssel. »Name?«, fragte sie herrisch und wedelte zur Belohnung mit dem Schlüssel vor Kates Nase.

»Katelyn Shaw«, antwortete sie wahrheitsgemäß. Niemand kannte sie in London, also brauchte sie auch nicht ihr Pseudonym zu benutzen, mit dem sie in Manchester ihre Artikel unterschrieben hatte.

»Das macht zwei Schilling.«

Kate hob die Augenbrauen kurz in Erstaunen. *Dafür hätte ich schon fast ins Midland Grand gehen können*, vermutete sie. *Die Londoner Preise unterscheiden sich doch deutlich von Manchester.*

Sie schluckte ihren Ärger herunter und gab der Alten das geforderte Geld.

»Zimmer Nummer vier. Im zweiten Stock gleich links. Das Bad ist am Ende des Flurs. Außer Ihnen ist niemand sonst auf dem Stockwerk, Miss.«

Kate bedankte sich freundlich und blickte auf ihren Koffer. Sie wollte noch fragen, ob das Hotel jemanden beschäftigte, der ihr das Gepäck die Treppe hinauftragen könnte, doch die Alte war schon wieder verschwunden, als Kate den Kopf hob.

Na ja, ich habe ihn ja auch allein vom Bahnhof bis hierher geschleppt, dachte sie und sammelte ihre Kraft.

Sie konnte nicht sagen, ob es die lange Fahrt war, die ihr in den Knochen steckte, oder das schlechte Gewissen, das sie lähmte, oder schlicht die Angst vor der neuen Stadt, die ihre Arme und Beine in Pudding verwandelte, doch Kate hätte jeden Eid geschworen, dass ihr Gepäck um ein Vielfaches schwerer geworden war.

Ein Treppenläufer aus rotem Samt spannte sich über die schwarzen Stufen der Holztreppe. An den Innenkanten hatte man ihn mit Leisten aus Messing gestrafft, doch das Metall war angelaufen und stumpf. Und der einst feine Samtstoff wirkte abgewetzt und fleckig. Zudem war der rote Samt nicht mehr zeitgemäß. Grün und Blau waren die Farben der Saison. Auch im gewerblichen Bereich setzten sich die moderneren Farben allmählich durch. Zumindest wenn man den Worten ihres Vaters glaubte. Aber Kate hatte ihm schon zu oft dabei zugesehen, wie er die teuersten Stoffe mit Leichtigkeit an große Schneidereien verkauft hatte, um sein Urteil jetzt in Zweifel zu ziehen.

Ja, in Manchester waren die Shaws bekannt wie ein bunter Hund.

Die Treppe war schmal, Kate hatte ihre liebe Mühe, den Koffer halb zwischen ihren Beinen und halb hinter sich zu balancieren. Auf der ersten Etage warf sie einen Blick in den Flur. Sie wusste bereits aus Zeitungsartikeln, dass die moderne elektrische Beleuchtung in London keine Seltenheit war, doch der Anblick der vier Wandlampen versetzte sie für einen Moment in Verzückung.

Zwar hatten sie auch in Manchester bereits ein stetig wachsendes Stromnetz, doch hier wirkte die Technologie viel weniger fremdartig und neu, sondern fügte sich harmonisch ins Stadtbild ein. Die Stromkabel waren unter Putz verlegt und hingen nicht lose von der Decke. *Als hätte man das Haus von Anfang an für die neue Technik geplant,* dachte sie fasziniert.

Sie hievte den Koffer um die Ecke und nahm die letzte Treppe in Angriff. Die lange Zugfahrt hatte sie doch deutlich mehr ausgelaugt, als sie sich das beim Anblick der Stadt hatte eingestehen wollen. Endlich oben angekommen, schleppte sie sich in ihr Zimmer, verriegelte die Tür von innen und ließ sich auf das weiche Bett fallen, das an der Seitenwand links neben der Tür stand.

Einige tiefe Atemzüge lang tat sie überhaupt nichts. Kate lag mit geschlossenen Augen auf dem Bett und versuchte, ihre Gedanken auszublenden, zur Ruhe zu kommen. Ihr Herz raste in ihrer Brust; teilweise von der Anstrengung der Reise, doch zum größten Teil vor Aufregung über die Reise selbst. Sie hatte den Schritt gewagt.

London.

Schreiben.

Freiheit!

Doch plötzlich beschlich sie ein anderes Gefühl. Ein Hauch von Angst, jetzt, da das Abenteuer ein wenig abflaute. Zum ersten Mal realisierte sie, dass sie von nun an ganz auf sich allein gestellt war. Keine Familie, die ihr den Rücken stärkte und sie schützte.

Sie stand auf und ging hinüber zu der kleinen Kommode, die an der gegenüberliegenden Wand stand. Darüber hing ein Spiegel, dem eine kleine Ecke fehlte. Nun starrte sie sich in die Augen, wie um sich selbst zu hypnotisieren. »Du bist nicht schwach!«

Es war ihr Mantra, das sie sich immer in solchen Situationen vorbetete.

Es war der Satz, den ihr Vater ihr immer und immer wieder eingebläut hatte. »*Du bist nicht schwach, Katie. Du bist die stärkste Seele, die mir jemals begegnet ist. Ich kann es kaum erwarten, zu sehen, was du alles erreichen wirst!*«

Nun war sie sich nicht mehr so sicher, ob sie das in sie gesetzte Vertrauen auch verdiente. Ihr Vater war ein hohes Risiko eingegangen, indem er sie hatte ziehen lassen. Der sichere Weg wäre gewesen, für Kate eine gute Partie in einer der anderen Handelsfamilien zu finden, den Reichtum zu mehren und die eigene Marktmacht auszubauen. *Was früher der Adel, sind heute die Firmen*, dachte sie mürrisch.

Es war jene Artikelreihe gewesen, »*Über den Manchester-Mief*«, die ihr Leben so grundlegend geändert hatte. Nachdem sie die – teils illegalen – Machenschaften der größten Handelsfamilien Manchesters offengelegt hatte, war ein Verbleiben in der Stadt schwierig geworden. Auch der Teil mit der guten Partie war über Nacht kompliziert geworden. Selbst wenn Kate einen reichen Kaufmannssohn hätte haben *wollen*, die Shaws galten ihretwegen als Nestbeschmutzer.

Selbstverständlich hatte sie den Artikel unter Pseudonym geschrieben, doch ihr Wissen war zu offensichtlich als von jemandem aus dem Inneren Kreis zu erkennen. Und dann war es sogar für den dümmsten Lagerarbeiter nicht schwer, den feurigen Artikel um Korruption und halbgare Absprachen mit der jungen Tochter eines Stoffhändlers in Verbindung zu bringen, die Zeit ihres Lebens für ihr zu großes Mundwerk bekannt war und die man nahezu immer mit einem Block und einem Stift in der Hand sah.

Sie nahm die Wasserkanne und ging damit den engen Flur entlang. Das Bad war kaum als solches zu bezeichnen. Es gab eine Toilette und ein Waschbecken, dazu noch eine freie Fläche. Dort konnte man vermutlich einen Badezuber abstellen, wenn ein Gast danach verlangte. Eine fest installierte Badewanne gab es indes nicht.

Morgen würde sie sich als Erstes eine dauerhafte Bleibe suchen. Doch für den ersten Tag in London war es ihr wichtiger gewesen, möglichst rasch einen sicheren Hafen für die Nacht zu haben.

Sie füllte die Kanne mit heißem Wasser und ging zurück auf ihr Zimmer. Das klare Wasser glitzerte silbrig im Sonnenlicht, das durch ein kleines Fenster ins Zimmer fiel, als sie es in die Schüssel goss.

Kate wusch sich den Staub der Zugfahrt und ihrer ersten Schritte in der gewaltigen Stadt aus dem Gesicht. Dann kontrollierte sie im Spiegel noch einmal den Sitz ihrer Frisur und atmete tief durch. In ihrem Spiegelbild konnte sie deutlich die Angst in ihrem Ausdruck ablesen, also arbeitete sie so lange daran, starrte auf verschiedenste Weisen ins Leere, bewegte die Augenbrauen, plusterte die Backen auf, bis sie sich wieder beruhigt hatte.

In ihrer Vorstellung hatte sie das Ende des heutigen Tages schon häufig gesehen. Hatte die Freude über den gewünschten Erfolg gespürt. Doch jetzt musste sie sich eingestehen, dass sie Zweifel daran hatte, wie sie diesen Erfolg erzielen könnte.

Wie soll ich das Gespräch anfangen?, fragte sie sich, denn das »Wo« bedurfte keiner weiteren Überlegung. Die Fleet Street war ihr Ziel – seit Jahren schon. Sie wollte für eine der immer schneller wachsenden Zeitungen schreiben. Über die Stadt, die Leute – das Leben.

Sie wollte Menschen informieren, wollte dazu beitragen, dass sie an den gewaltigen Veränderungen ihrer Zeit auch teilhaben könnten.

Doch wie sollte sie es anstellen? Sicher, sie hatte den Brief eines Verlegers, aber reichte das? Würde er sich überhaupt noch daran erinnern, ihr die Zeilen geschrieben zu haben?

Sie schüttelte den Kopf. »Ich werde es nie herausfinden, wenn ich es nicht versuche!«, schalt Kate sich selbst. Sie legte noch ein wenig frischen Puder auf und griff sich einen schmalkrempigen Hut. Dann fischte sie aus ihrer Handtasche den Stadtplan, den sie sich schon vor Wochen besorgt hatte, und fuhr mit dem Finger die Straßen entlang, die sie bis zur Fleet Street passieren müsste. Kate wollte unter allen Umständen vermeiden, auf Londons Straßen als Ortsunkundige aufzufallen.

Sie dachte kurz daran, einen kleinen Abstecher zum British Museum zu machen, entschied sich dann aber doch für den direkteren Weg entlang Gary's Inn Road und Chancery Lane.

Zur Vorsicht verstaute sie ihren Koffer noch unter dem Bett und schob ihn ganz an die Wand. Sie war sich nicht sicher, ob die Alte ihre

Privatsphäre respektieren würde, doch für den Fall der Fälle wollte sie es ihr nicht so einfach machen.

Die Rezeption war wieder völlig verwaist, nur die Glöckchen über der Tür würden ihr Gehen verraten. Als sie den Treppenabsatz erreichte, blickte sie sich noch einmal kurz im Foyer um – wenn man es denn großzügig als solches bezeichnen wollte. An der der Tür gegenüberliegenden Wand hing ein Telefon, das ihr bei ihrer Ankunft nicht aufgefallen war. *Wie weit mag das Netz wohl reichen?*, fragte sie sich unwillkürlich. *Kann man es nur innerhalb Londons nutzen? Ob man von hieraus auch mit Paris oder Wien verbunden werden kann?*

Sie erinnerte sich noch genau an den Tag, als man im Haus ihrer Eltern ein Telefon installiert hatte. Ihr Vater hatte dadurch sein Arbeitszimmer zu Hause mit den Lagerhallen verbunden. Das hatte es ihm ermöglicht, immer mal wieder einen halben Tag bei der Familie zu verbringen. Nach und nach hatte man immer mehr Häuser in Manchester ans Netz genommen, doch jenes Ortsnetz endete bereits kurz hinter der Stadtgrenze. Erst in den letzten Jahren hatte man die Ortsnetze durch Fernmeldeleitungen miteinander verbunden.

Sie legte den Schlüssel hinter den Tresen auf den Schreibtisch der Rezeption, dann verließ sie das kleine Hotel.

Sie hatte Glück, denn als sie in Gary's Inn Road einbog, kam gerade ein Omnibus – ein von vier Pferden gezogener Wagen – entlang, in dem mehr als zwei Dutzend Menschen Platz fanden. Als der Bus im Verkehr stecken blieb, konnte Kate aufspringen.

»He, das macht'n Penny«, ertönte eine raue Stimme hinter ihr.

Kate drehte den Kopf herum und blickte in die Augen eines untersetzten Mannes, der den Zenit seiner Jugend schon weit überschritten hatte. Seinem Gebiss fehlten ein paar Zähne, besonders die Abwesenheit eines der oberen Schneidezähne machte sich stark bemerkbar, denn es verlieh seiner Stimme zusätzlich noch ein leises Pfeifen.

Sie war sich nicht sicher, wie sie reagieren sollte. Immer wieder hörte man Geschichten, wie die Besucher Londons von zwielichtigen Gestalten um ihr Geld gebracht wurden. Was, wenn dieser Kerl hier nur vorgab, eine Art Schaffner zu sein?

Kate entschied sich für die Offensive. Sie warf dem Mann einen säuerlichen Blick entgegen. »Wie können Sie es wagen, meine Rechtschaffenheit infrage zu stellen? Glauben Sie, ich wollte nicht bezahlen?«

Der Mann lief vor Schreck rot an, als sich einige der übrigen Fahrgäste verwundert zu ihnen umdrehten. Er fiddelte aus der Tasche seiner abgetragenen Weste ein zerknittertes Blatt Papier hervor. »Nee, nee, Miss, bestimmt nich'.« Er hob das Papier vor ihr Gesicht. »Ich muss hier hinten Fahrtgeld kassieren oder der Bus is' bald voll mit Zechprellern …«

»Zechpreller?«, fragte Kate skeptisch, doch sie gab ihre abweisende Haltung auf. Der unbeholfene Kerl tat ihr schon beinahe leid.

»Na, sone Typen, die nich' zahlen woll'n.«

»Nun, zu denen gehöre ich natürlich nicht, oder?«, sagte Kate und kramte bereits in ihrer Handtasche nach dem Geld. Sie glaubte dem Mann, wollte aber ihre kleine Geldbörse dennoch nicht aus der Sicherheit ihrer Handtasche hervorholen.

Der Schaffner griff sich wie zum Gruß an die Stirn. »Nee, sicher nich' … 'ne so feine Miss sicher nich'.«

Kate ließ es dabei bewenden und wandte ihre volle Aufmerksamkeit den vorbeiziehenden Häuserfassaden und Menschenmassen zu.

Alles in London schien sich zu bewegen, ohne einer allgemeinen Ordnung zu folgen. Zeitungsjungen kreuzten die Straßen, stets auf der Suche nach einem geschäftig wirkenden Mann, der doch noch ein Interesse an ihrem Nachrichtenblatt haben könnte. Von Mensch und Tier gezogene Karren, flanierende Damen in wallenden Kleidern und mit bestickten Sonnenschirmchen, edle Kutschen und lumpenbehangene Krüppel – alles bewegte sich gemeinsam durch die Straßen, schien sich dabei gegenseitig aber nicht zu bemerken.

Aus dem Souterrain vieler Häuser lugten kleine Geschäfte hervor, häufig Schuhputzer oder Läden für Kurzwaren.

Das Rumpeln der Karren, das Geschnatter der Menschen und die lauten Rufe der Händler und Zeitungsjungen vermischten sich zu einer brummenden Masse, als würde man den Kopf in einen Bienenstock stecken. Kate versuchte sich auf einzelne Geräuschquellen zu konzentrieren, um das Durcheinander ein wenig zu sortieren, doch ihre Bemühungen blieben vergebens.

Auch die verschiedenen Gerüche auszudifferenzieren, fiel ihr schwer. Am ehesten gelang dies noch bei den Massen an Pferdemist, die sich auf den Straßen sammelten und von Hufen, Stiefeln und Rädern in den Boden gewalzt wurden. Andere Duftnoten waren da schon bedeutend schwieriger zu isolieren. Mit einem fahrenden Blumenhändler gelang es ihr noch, auch ein Hauch von Schuhwichse ließ sich aus der Luft destillieren.

Doch bevor sich Kate noch weitere Gedanken über die Londoner Geruchswelten machen konnte, passierte der Bus den Holborn und sie nutzte eine erneute Engstelle, um unbeschadet abzuspringen.

Die letzten Meter durch Chancery Lane durchlebte sie wie in einem Tunnel. Ihr Blick war bereits starr auf das Ziel, die Fleet Street, ausgerichtet und all ihre Gedanken kreisten um die nächsten Stunden. So bemerkte sie die schleichende Veränderung der Umgebungsgeräusche zunächst nicht. Erst als sie in die Fleet Street einbog, realisierte sie den Lärm der Druckerpressen und den durchdringenden Geruch der Druckerschwärze, der den Gebäuden wie ein ganz eigenes Parfum anhaftete.

Sie blieb stehen, atmete einmal tief durch und steuerte dann ein großes Gebäude an, an dessen Fassade ein Schild mit der Aufschrift *The Pamphlet* befestigt war. Es war eine der größten, wenn nicht gar die größte Zeitung Londons. Sie konnte ihr Glück noch immer nicht fassen. Hier stand sie, mit einem Brief des Chefredakteurs in der Tasche, der sie persönlich eingeladen hatte. Kein Menschenschlag war liberaler eingestellt als Journalisten, sah sich Kate erneut bestätigt.

Im Innern des Gebäudes beschlich sie eine unbestimmte Angst. Ihre Schritte wurden kürzer, das Atmen fiel ihr schwerer. Ein freundlich aussehender Mann in Uniform saß hinter einem Tresen und blickte sie neugierig an. *Ich bin nicht schwach!*, ermahnte sie sich selbst und zwang sich, einen selbstsicheren Eindruck zu machen.

»Was kann ich für Sie tun, junge Miss?«, fragte der Mann schließlich mit einer tiefen, im Foyer widerhallenden Stimme.

Junge Miss? Kate schluckte die aufkommende Verärgerung herunter und straffte die Schultern. Es blieb keine Zeit, die Bilder der ehemaligen Verleger an den Wänden zu bestaunen, oder den Lärm der Druckerpressen, der aus dem Keller heraufzog, zu genießen. Stattdessen brachte sie die festeste Stimme auf, die sie in diesem Moment aus ihrem Körper pressen konnte, und zeigte ihm den Brief. »Ich möchte mich als Reporterin vorstellen.«

Der Mann nickte. Für einen kurzen Augenblick dachte Kate, er würde ein Lachen unterdrücken. »Erster Stock«, sagte er beiläufig.

Sie bedankte sich und ging die Treppe nach oben. Dort erstreckte sich ein langer Gang, von dem mehrere Türen mit halbhohen Glasfenstern darin abzweigten. Auf der ersten Scheibe stand direkt »Redaktion«.

Kate nahm ihren gesamten Mut zusammen und öffnete sie. In dem Raum dahinter standen auf schätzungsweise vierzig Quadratmetern zwanzig Schreibtische. An jedem davon saß ein Mann oder eine Frau – jedoch überwiegend Männer – und tippte in atemberaubender Geschwindigkeit auf einer Schreibmaschine.

Am anderen Ende des Büros konnte sie eine kleine verglaste Kabine sehen, auf deren Tür »Frank Grimes – Chefredakteur« in schwarzen Buchstaben geschrieben stand.

Kate überrumpelte die eigene Angst, indem sie einfach losmarschierte, an die Tür klopfte und nach Aufforderung eintrat.

Grimes blickte von seiner Arbeit auf und runzelte die Stirn. »Wer sind Sie?«

Sie räusperte sich und dachte über die nächsten Sätze nach. Es ging alles rasend schnell, doch in ihrem Kopf kam es ihr wie eine Ewigkeit vor. »Katelyn Shaw«, sagte sie schließlich. »Ich möchte für *The Pamphlet* schreiben.«

»Soso«, erwiderte er mit beiläufigem Nicken. Dann streckte er ihr die Hand entgegen. »Probe.«

Kate machte vor Freude große Augen, ergriff seine Hand und schüttelte sie energisch. »Vielen Dank, Sir, ich werde Sie nicht enttäuschen!«

Er blickte sie verwundert an. »Arbeitsprobe«, stellte er jetzt richtig. »Ich will wissen, ob du schreiben kannst.«

»Oh.« Sie runzelte die Stirn. »Ich bin eben erst in London angekommen ...«

»Also keine Probe«, vollendete er seufzend. »Referenzen?«

»Nein, Sir.« Kate hob den Kopf und bemühte sich, seinem Blick standzuhalten.

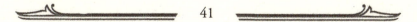

Frank Grimes lehnte sich zurück und rieb sich das im Entstehen befindliche Doppelkinn. Die Arbeit eines Chefredakteurs schien ihm viel Bewegung zu versagen. Schließlich schüttelte er den Kopf. »Wo kommst du her?«

»Manchester.«

»Nicht gerade spannend«, sagte er trocken.

»Darum bin ich hier.«

Er lächelte. »Du bist nicht feige, das ist gut … aber ich fürchte, dass es keinen Sinn macht.«

»Oh.« Sie blickte erneut zu Boden. Erst jetzt fiel ihr siedend heiß der Brief ein, den sie wie eine Trophäe in ihrer Handtasche trug. Ihr entging nicht, dass ihre Finger vor Aufregung zitterten, als sie Frank Grimes den Brief reichte, mit dem er sie persönlich in die Redaktion nach London eingeladen hatte. »Ich wurde gebeten herzukommen, Sir.«

Er nahm ihr das Papier aus der Hand und überflog rasch den Inhalt. Als er am Ende des Schreibens ankam, seufzte er tief. Grimes reichte ihr den Brief zurück und tippte mit einem fleischigen Finger auf die Anschrift. »Was steht da?«

Kate versteifte sich. In Manchester hatte sie unter dem Pseudonym Tom Hammersmith geschrieben. Ein Zugeständnis an ihre Mutter, die zu viel Angst vor Gerede gehabt hatte. »Meine Familie war … ist in Manchester sehr bekannt … ein Pseudonym erschien mir richtig.«

»Ich habe hier keinen Platz für eine Frau.«

»Da draußen sitzen doch Frauen«, wagte Kate zu widersprechen.

Er blickte sie scharf an. »Ich habe keinen Platz für *noch* eine Frau, verstanden? Du kennst dich hier nicht aus, du hast keinerlei Erfahrung. Und ich muss eine Tageszeitung mit Inhalt füllen, verstehst du? Ich habe schlicht nicht die Zeit, dein Händchen zu halten.«

»Das sollen Sie auch gar nicht …«

»Unsinn!«, fuhr er ihr dazwischen. »Natürlich brauchst du Anleitung und Hilfe. Wenn nicht durch mich, dann durch einen anderen Redakteur. Nein, tut mir leid, Kind.« Als Kate nicht direkt wieder ging, blickte er sie auffordernd an und sagte: »Viel Glück bei der Suche.«

Sie erwachte endlich aus ihrer Schreckstarre und verließ nahezu fluchtartig das Büro. Auf der Treppe konnte sie die Tränen nicht mehr zurückhalten und im Foyer ließ sich auch das Schluchzen nicht länger unterdrücken.

»Miss, alles in Ordnung?«, fragte der Wachmann und stand auf. Auf kurzen Beinen, von denen er das linke leicht nachzog, humpelte er zu ihr herüber. Seine Haare dufteten nach Pomade, wie die ihres Vaters, und er legte ihr mitfühlend eine Hand auf die Schulter. »Geht es Ihnen nicht gut?«

Sie fing sich wieder, kämpfte die Enttäuschung nieder und rang sich selbst ein Lächeln ab. »Es ist alles in Ordnung«, sagte sie. »Aber wir werden uns wohl nicht mehr sehen.«

»Er hat Sie abgewiesen.« Er seufzte leise. »Es tut mir leid, wenn ich gerade nicht freundlich zu Ihnen war, Miss.«

Sie winkte ab. »Das macht nichts.«

»Doch, doch, Miss, das war nicht korrekt.« Er lächelte ihr breit entgegen. »Grimes ist ein Idiot, machen Sie sich keine Gedanken darüber.« Er führte sie zu seinem Tisch hinüber und deutete auf die Zeitung, die darauf lag. Es war das *London Journal*. »Ich würde es ja mal dort versuchen«, fügte er augenzwinkernd an. »Ist gleich die Straße runter.«

Kate musste lachen und verabschiedete sich.

Das ist bloß ein kleiner Rückschlag, sagte sie sich selbst, *nicht das Ende der Welt!*

Allerdings sollte sie noch einige dieser Rückschläge hinnehmen müssen. Sie arbeitete sich die Fleet Street entlang zur Redaktion des *London Journal*. Auf dem Weg dorthin klapperte sie alle großen und kleinen Zeitungen ab.

Bei der *Morning Post* ließ man sie erst gar nicht bis zum Chefredakteur vordringen, sondern schmetterte ihre Vorstellung mit einem billigen Vorwand ab, den sie bereits von Grimes gehört hatte. »Bei uns arbeiten schon zu viele Frauen.«

Bei kleineren Blättern fehlten meist die Kapazitäten, um ihre Artikel noch zu bearbeiten. Und viele der kleineren Herausgeber sahen sich selbst als verkannte Genies, die von den größeren Zeitungen nur durch deren Finanzkraft am Boden gehalten wurden. Ja, es war ein hartes Geschäft, das lernte Kate an diesem ersten Tag in London rasch.

Schließlich blieb ihr nur noch das *London Journal*. Sie machte sich auch keine großen Hoffnungen mehr, doch alle anderen Zeitungen hatte sie durch.

Die eine noch, dann kann ich morgen wieder nach Hause fahren, dachte sie schweren Herzens. London hatte sie besiegt.

Nach nur einem Tag!

Sie würde zurück nach Manchester kriechen, würde sich in ihrem Zimmer einschließen, bis niemand mehr über ihren Artikel sprach, und sich irgendwann in das ereignisreiche Leben einer Vorzeigefrau stürzen, zwischen Empfängen, Teetassengesprächen und albernem Gekicher, während die Männer sich am Rauch ihrer Zigarren erfreuten. *Wunderbar. Vielleicht verschlucke ich im Sommer ja mal eine Biene und das Elend hat ein Ende?*

Auch hier saß im Foyer ein Wachmann hinter einem Schreibtisch und wies ihr den Weg. Auch er verkniff sich ein mitleidiges Lachen, starrte auf seine Zeitung und dachte sich vermutlich dasselbe wie alle anderen. Nämlich dass sie es nicht schaffen würde.

Plötzliche Wut keimte in Kate auf. Wut über die Voreingenommenheit dieser Männer. Sie ballte die Fäuste und marschierte mit festen Schritten die Treppe empor. Dabei bemerkte sie nur am Rand, dass man die Treppen mit grünem Samt beschlagen hatte, ganz wie es der aktuellen Mode entsprach. Auch die Bilder der Herausgeber an der Wand, die so inszeniert waren, als würden die Männer direkt auf die Treppe blicken, konnten sie nicht ablenken. Im ersten Stock bahnte sie sich ihren Weg durch ein überfülltes Büro, in dem jedoch niemand Notiz von ihr nahm, bis zu einem Büro, auf dessen Tür »John Barnes – Chefredakteur« stand.

Ohne zu klopfen trat sie ein und baute sich vor dem Schreibtisch des überraschten Mannes auf: »Mein Name ist Katelyn Shaw. Ich habe in Manchester über korrupte Handelsabsprachen unter Pseudonym geschrieben, habe für diesen Beruf meine Familie in Manchester gedemütigt und zurückgelassen und mich einfach in den Zug gesetzt! Ich lerne schnell und arbeite schneller. Aber vor allem denke ich schnell – schneller als die meisten Männer. Also, stellen Sie mich ein!«

Jetzt war es raus. Insgeheim biss Kate sich auf die Zunge. Viel schlechter hätte sie es nicht anstellen können. Doch die Wut hatte ein Ventil gebraucht, oder sie wäre daran erstickt.

Für einen schier endlosen Augenblick starrte er sie einfach nur an. Das Pendel einer Wanduhr schwang beinahe im Takt ihres Herzens und das Ticken erfüllte den Raum. Plötzlich klatschte er langsam in die Hände. »Bravo. So viel Eier hat noch keiner bewiesen.«

Kate spürte, dass sie gleich errötete, und sie versuchte es zu unterdrücken – erfolglos.

Er lächelte breit. »Und dann bringt Sie ein wenig Gossensprache aus dem Konzept, Miss?«

Sie gewann wieder die Kontrolle über sich. »Nein, tut sie nicht.«

Er zupfte sich am sauber gestutzten Kinnbart. »Sie wollen also Reporterin sein. Und da kommen Sie ausgerechnet zu mir?«

»Sie sind der Letzte in der Straße«, antwortete sie wahrheitsgemäß, bevor sie darüber nachdenken konnte.

Barnes brach in schallendes Gelächter aus. »Das gefällt mir! Ehrlich, auch wenn es die eigene Haut kosten kann.« Er blickte sie neugierig an. »Und die anderen haben Sie nach einem solchen Auftritt tatsächlich abgelehnt?«

Sie zuckte die Achseln.

»Ah, verstehe«, sagte er nickend. »Der Frust hat sich erst hier entladen. Und bei den anderen haben Sie sich bloß brav vorgestellt, nicht wahr?«

»Ja.« Sie wurde allmählich ungeduldig. *Was will er von mir?*

»Na ja, bei der *Post* wundert es mich nicht. Die sind eh ziemlich unfähig. Würde mich nicht wundern, wenn wir den Laden bald schlucken.« Er stand auf und streckte ihr die Hand entgegen. »Ich gebe Ihnen eine Chance, Miss Shaw.«

Kate wollte schon gierig zugreifen, als er sie wieder wegzog. »Ein Penny pro Zeile, in Ordnung? Bei zu vielen Absätzen wird abgezogen. Was nicht vor acht Uhr abends hier ist, kommt zu spät für den nächsten Tag. Was nicht gut ist, wird nicht gedruckt, dann kriegen Sie gar nichts. Produzieren Sie zu viel Mist, ist's vorbei. Die Texte zu prüfen kostet Zeit. Und die ist Geld, verstanden?«

Kate nickte vorsichtig. »Bis auf das mit der Zeile.«

»Eine Zeile auf der Schreibmaschine … Sie haben doch eine Schreibmaschine?«

»Nein, Sir. In Manchester konnte ich handschriftliche Texte einreichen, die dann gedruckt …«

Er winkte gelangweilt ab. »Ich will es trotzdem versuchen.« Er setzte sich und schrieb etwas auf ein Blatt Papier. »Geben Sie das Mickey im Lager. Das ist eine Leihgabe, klar?«

»Klar.«

Er grinste breit und reichte ihr erneut die Hand. »Die *Post* rühmt sich damit, die erste Frau in ein Kriegsgebiet geschickt zu haben ... wollen doch mal sehen, ob wir das nicht übertreffen können, nicht wahr?«

»Ich weiß nicht ... können wir?« Kate war schwindelig. Alles drehte sich in ihrem Kopf vor Aufregung und Freude.

Wieder lachte Barnes. »Ich bin John. Lerne schnell, Kate, ich darf doch Kate sagen, das ist ein harter Beruf. Aber wenn du gut bist, dann wird es sich lohnen.«

»Danke.« Mehr traute sie sich nicht mehr zu sagen, aus Angst, sie könnte direkt in Freudentränen ausbrechen.

»Wie gesagt, das ist eine Chance«, stellte er noch einmal klar. »Wenn du nicht gut schreibst, dann bekommst du auch kein Geld von mir. Ich bin nicht die Wohlfahrt.«

Kate verabschiedete sich und eilte in den Keller. Dort gab es eine Tür mit der Aufschrift Druckerei und eine zweite, die laut Beschilderung ins Lager führte.

Mickey war ein Junge mit dunklen Locken, vermutlich kaum älter als sechzehn und er schnarchte laut. Die Füße lagen auf dem Tisch und er kippelte dabei auf den hinteren Stuhlbeinen.

Kate räusperte sich.

Der Junge schreckte auf und wäre beinahe mitsamt dem Stuhl hintenübergekippt, doch er fing sich gerade noch ab, indem er die Hände in die Tischplatte krallte. »Verfluchte Scheiße, wer bist du denn?« Sein harter Akzent verriet seine irische Abstammung. Er versuchte, sein dichtes Haar mit mehreren fahrigen Handbewegungen zu bändigen, was ihm jedoch nur schlecht gelang.

»Kate«, sagte sie lächelnd und reichte ihm das Blatt Papier. »Mr Barnes meinte, du könntest hiermit was anfangen.«

Mickey nahm das Blatt Papier entgegen und studierte es. Zuerst hatte Kate Mitleid mit dem Jungen gehabt, weil er hier in der Dunkelheit arbeiten musste. Aber dann erkannte sie, dass er einen sicheren und warmen Arbeitsplatz hatte, der seinem Körper nicht zu viel

Schinderei abverlangte. Und dass er offensichtlich lesen konnte und zwar gut genug, um bei einer Zeitung zu arbeiten.

Er nickte, stand auf und verschwand zwischen den Regalreihen. Wenig später kam er mit einem vermutlich schweren Köfferchen zurück, denn er hatte deutlich Mühe damit, es zu tragen. »Tut mir leid«, sagte er verlegen, »eine Leichtere habe ich nicht.«

Kate zuckte die Achseln. In ihrer Euphorie hätte sie einen ganzen Karren voller Schreibmaschinen tragen können. Doch bevor sie das Köfferchen anhob, fiel ihr ein, dass sie am nächsten Tag noch einmal umziehen würde. »Kann ich sie auch erst morgen abholen?«

Mickey nickte. »Sicher. Ich bin hier.«

»Danke.«

Dann verließ Kate das Gebäude des *London Journal* und bahnte sich ihren Weg durch Londons Straßen, zurück zu ihrem Hotelzimmer.

Als sie es schließlich erreichte, hatte die Abenddämmerung schon längst eingesetzt. Die Alte reagierte prompt auf die Glöckchen, als Kate die Tür öffnete, und griff nach dem passenden Zimmerschlüssel. »Hatten Sie einen angenehmen Tag, Miss?«, fragte sie zwar höflich, doch auch eine Spur zu neugierig.

»Ja, danke«, sagte Kate matt. Sie wollte einfach nur ins Bett. »Gute Nacht«, brachte sie noch heraus, bevor sie sich die Treppe hinauf in ihr Zimmer schleppte.

Dort schaffte sie es gerade noch, die Tür hinter sich abzuschließen, dann fiel sie der Länge nach aufs Bett und versuchte erst gar nicht, gegen den Schlaf anzukämpfen.

Noch einige Stunden zuvor, als ihr Zug den Bahnhof von Manchester verließ, hatte ihr der Gedanke, die Nacht ganz allein in der riesigen Stadt zu verbringen, gehörig Angst gemacht. Ob es nun die Erschöpfung oder die Freude war, konnte Kate schon längst nicht mehr im Geist zerpflücken.

Sie schlief einfach ein.

Montag, 9. September 1895
20:37 Uhr

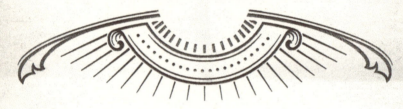

Lewis

»Soll ich dem Herrn eine Kutsche rufen?«, fragte Dietrich, während er von seiner Position im Türrahmen dabei zusah, wie Lewis seinen sauberen Anzug gegen dreckige und verschlissene Kleidungsstücke tauschte.

Er schüttelte den Kopf. »Nein, nein, ich gehe da lieber zu Fuß hin.«

»Passt der Herr seine Garderobe nun schon den übrigen Gästen in Edwards Kaschemme an?«

»Nein, Dietrich«, erwiderte Lewis leicht genervt. »Deine Sorge ist unbegründet. Ich werde heute Nacht einige Nachforschungen anstellen.«

Dietrich zog erstaunt die linke Augenbraue hoch. »Der Herr arbeitet tatsächlich wieder? Und ich fürchtete bereits, dass Ihr Besuch bei Scotland Yard erfolglos war.«

Lewis zuckte die Achseln. »Ich würde es nicht direkt Arbeit nennen, aber ich bin mit dem Thema noch nicht fertig.« Er holte den Flachmann aus seinem feinen Jackett und steckte ihn in eine Tasche seiner abgewetzten Weste, die er jetzt trug.

Dietrich rümpfte die Nase. »Wie mit manch anderem Thema auch, wie es mir scheint.«

Lewis seufzte entnervt. »Jetzt nicht!«

»Gut«, wechselte der deutsche Butler das Thema. »Aber eine Frage sei mir noch gestattet: Heute Nachmittag teilten Sie noch die Meinung des Inspectors, der eine Ermittlung bei den Kartoffeliren als Zeitverschwendung ansieht. Woher kommt nun Ihr Sinneswandel?«

Lewis nickte lächelnd. »Mein lieber Dietrich, wenn du deine Brille verlegst, wo fängst du an zu suchen?« Er wartete die Antwort des Butlers nicht ab, sondern fuhr fort, während er vor einem Spiegel seine Haare fein säuberlich in Unordnung brachte: »Ganz recht, du suchst an der letzten Stelle, von der du weißt, dass du sie da noch hattest.«

»Vermutlich.«

»Siehst du? Genau das tue ich. Es ist eine Tatsache, dass der Kartoffelsack von irgendwoher kam. Dass der Mörder ihn vielleicht sogar gestohlen hat … Ebenso gut ist es aber möglich, dass der *Drowner* einer von Finnagans Kunden ist.«

Dietrich gab sich mit der Antwort zufrieden und deutete auf Chester, der sich gemütlich vor dem kleinen Kamin in Lewis' Schlafzimmer breitgemacht hatte. »Nimmt der Herr den Hund mit?«

Lewis schüttelte den Kopf. »Nein, Chester kann ich diesmal leider nicht mitnehmen. Du müsstest später noch mit ihm in den Park gehen.«

Bei der Erwähnung seines Namens hob der Dürrbächler den massigen Schädel und beobachtete sein Herrchen neugierig. Als jedoch kein weiteres seiner Reizworte folgte, gähnte er herzhaft, wobei er ein strahlendes Gebiss kräftiger Zähne präsentierte, und legte sich mit einem zufriedenen Seufzer wieder hin.

Lewis ging zum Kamin, was erneut Chesters Aufmerksamkeit erregte. Als dieser erkannte, dass sein Herrchen lediglich etwas Ruß und kalte Asche vom Rand der Feuerstelle kratzte, äußerte er sein Missfallen in einem leisen Brummen.

Lewis ignorierte den starrköpfigen Hund und benutzte den Dreck, um seine Erscheinung noch ein wenig abgerissener wirken zu lassen. Schließlich war er mit dem Gesamtbild zufrieden und verließ das Schlafzimmer.

»Warte nicht auf mich«, sagte er im Vorbeigehen.

»Sehr wohl, der Herr.«

Am Treppenabsatz blieb Lewis noch einmal kurz stehen und wandte sich halb zu dem Butler um. »Aber es wird nicht sehr spät, denke ich.«

»Ihre Schulden bei Edward habe ich beglichen, wie Sie es mir aufgetragen hatten«, sagte Dietrich beiläufig. »Wobei ich schwerlich den

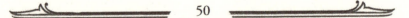

Sinn darin erkenne, das ohnehin teure Laster durch derartige Geldverschwendung noch kostspieliger zu machen.«

»Eds Preise sind nicht sonderlich hoch.«

»Das ist auch nicht der Preis, den ich anspreche, mein Herr.«

Lewis entließ die Luft in einem langen Atemzug, unfähig, eine Erwiderung zu geben. Er ging die Treppe hinunter und verließ das Haus.

Wieder einmal hatte Dietrich das letzte Wort gehabt.

Lewis schlug einen ähnlichen Weg ein wie den, den er immer zu Eds Kneipe nahm. Südlich über die Waterloo Bridge, dann an der Südseite der Themse entlang durch Southwark. Finnagans Lagerhaus lag in einer kleinen Seitenstraße zwischen Towerbridge und Abbey Street. Und da das Lagerhaus der einzige Fixpunkt der Gasse war, nannte man sie im Volksmund auch Finnagans Lane.

Das eigentliche Straßenschild war schon vor Jahren verschwunden. Man hatte eine Weile versucht, es durch neue zu ersetzen, aber als auch die immer wieder abhandenkamen, hatte die Stadt kapituliert.

Lewis musste über die Absurdität schmunzeln. London, strahlendes Juwel des Empire und unerbittlicher Moloch zugleich, in die Knie gezwungen von irischen Gemüsehändlern.

Das Lagerhaus befand sich nun direkt vor ihm. Er ging ein wenig langsamer. Nicht zu langsam, um nicht aufzufallen, aber er wollte sich erst einen Überblick verschaffen.

Normalerweise hätte man einfach mit einer ganzen Horde von Polizisten das Lager gestürmt, das Kundenverzeichnis beschlagnahmt und dann die Ermittlungen gestartet. Aber die Polizei glaubte nicht an eine Spur, was den Kartoffelsack anging.

Lewis war sich auch nicht sicher, ob er hier nicht einem Irrlicht hinterherjagte, doch Finnagans Logo auf dem Kartoffelsack war seine beste Spur, so dürftig sie auch war.

Das Lagerhaus zog Männer und Frauen an wie das Licht die Stechmücken, die im Spätsommer in den ruhigeren Seitenarmen der Themse schlüpften. Michael Finnagan, der älteste der drei Brüder, zahlte einen erstaunlich guten Lohn. Allerdings hielt sich das hartnäckige Gerücht, dass er diese höheren Löhne durch gesalzene Preise für Nichtiren subventionierte. Doch Michael war nicht dumm. Er handelte mit jedem Kunden einen individuellen Preis aus, was Vergleiche schier unmöglich machte. Und die Kunden schwiegen ihrerseits gern, denn Finnagans Gemüse zählte mit zum besten der Stadt.

So näherte sich Lewis dem leicht renovierungsbedürftigen Lagerhaus und drängte sich in eine Gruppe von arbeitswilligen Männern und Frauen hinein.

Feste Angestellte gab es nicht, die Finnagans heuerten jeden Abend genau so viele Hände an, wie sie brauchten. Nicht selten kam es um die letzten Plätze zu Schlägereien. Und ebenso häufig wurden die dann von Keith Finnagan, dem jüngsten Bruder, durch ein kleines Preisgeld noch zusätzlich angeheizt. Und Sean Finnagan, ein rothaariger Hüne, trennte die Kontrahenten zum Schluss.

Er war ein geübter Kämpfer und sicherte das zweite Einkommen der Finnagans. Jeden Samstag veranstalteten sie im Lagerhaus Faustkämpfe. Eigentlich waren derlei Veranstaltungen, bei denen Keith als Buchmacher fungierte, verboten, doch die Polizei hatte wenig Lust, sich mit einer Horde gewalttätiger Männer anzulegen. Und offenbar zog man es vor, dass sie sich gegenseitig die Köpfe einschlugen, als dass sie in den umliegenden Kneipen für Ärger sorgten.

Meist kannten die Kämpfe jedoch nur einen Sieger. Sean Finnagan.

Jener Sean traf gerade die Auswahl unter den heutigen Bewerbern. Er stand erhöht auf einigen Holzkisten und betrachtete jeden Bewerber genau. Wenn er einen ins Lagerhaus ließ, machte er einen Strich auf einer Liste. Ein Platz vorne in der Schlange bedeutete nicht automatisch, dass man auch einen Job für die Nacht hatte. Lewis warf deswegen einige verstohlene Blicke auf seine Konkurrenten. Die meisten machten einen erschreckend gesunden und kräftigen Eindruck. Er wusste nicht, wie viele Arbeiter die Finnagans in der heutigen Nacht benötigten, doch seine Chancen standen vermutlich nicht sonderlich gut.

Langsam arbeitete er sich in der Schlange noch vorne, nutzte jede freie Lücke, um ein paar Meter näher an den Eingang der Lagerhalle zu kommen.

Seine Befürchtungen bestätigten sich jedoch, als Sean die Liste in die Luft hielt und rief: »Noch zwei, dann ist Schluss für heute!«

Einen wählt er aus, den anderen bestimmt die Menge, wusste Lewis.

Sean deutete grob in seine Richtung: »Du da. Rein mit dir.«

Lewis war sich sicher, dass der irische Rotschopf das Muskelpaket neben ihm meinte. Doch der Mann reagierte nicht schnell genug. Lewis jubelte aufgesetzt vor Freude und wollte schon an Sean vorbeihuschen, als der von seinem Kistenturm heruntersprang und ihn mit eisernem Griff festhielt.

»Hab ich auf dich gezeigt?«, fragte der Ire leise.

Lewis zuckte die Achseln und deutete auf den Muskelprotz, der noch immer zögerlich in der Menge stand, sich jedoch bereits darauf einstellte, mit den übrigen Bewerbern um den letzten Platz zu kämpfen. »Der schafft das schon.«

Sean grinste breit und entblößte dabei erstaunlich weiße Zähne. Die Geschäfte der Finnagans liefen allem Anschein nach mehr als gut. »Du bist ein richtiges Genie, was?« Er pochte mit dem Finger gegen Lewis' Stirn, was sich jedoch verdächtig nach einer Schädelbohrung anfühlte. »Denkst schnell, was?«

Schneller als du, dachte Lewis, während er den anschwellenden Kopfschmerz verdrängte. Sean gegenüber zuckte er jedoch wieder lediglich mit den Achseln. »Weiß nicht. Schneller als der Riese da.«

Sean explodierte förmlich in schallendem Gelächter. »Du gefällst mir, Genie. Geh zu Michael, der sagt dir, wo du arbeiten sollst.« Dann wandte er sich wieder den wartenden Anwärtern zu und brüllte in freudiger Erwartung: »Also, ihr Schnorrer! Der letzte Platz geht an den, der als Letzter steht!«

Lewis hörte noch, wie hinter ihm Tumult losbrach, drehte sich jedoch nicht mehr um. Das nun dort folgende Spektakel war ihm zuwider.

Die Lagerhalle war im Inneren etwas kleiner als von außen, da man an der gegenüberliegenden Kurzseite zusätzliche Wände eingezogen hatte, um zwei Büros zu schaffen. Das Dach war von außen mit Wellblech abgedeckt, von innen jedoch eine typische Holzkonstruktion, die auf der Mittelachse von langen Holzpfosten getragen wurde. An den Längsseiten konnten Tore geöffnet werden, durch die man ganze Heuwagen voll Gemüse in die Halle fahren konnte. Heute standen drei solcher großen Wagen im Lagerhaus. Kartoffeln, Möhren und grüne Bohnen warteten darauf, von Arbeitern in Säcke gefüllt und anschließend verladen zu werden.

Lewis entdeckte Michael Finnagan neben dem Wagen mit den Kartoffeln, wie er gerade den anderen Mitarbeitern ihre Aufgaben erklärte. Die waren erstaunlich simpel: Man wog fünf Kilo des Gemüses ab und füllte es in einen kleinen Sack. Das waren die Liefermengen für private Abnehmer. Manche von ihnen wollten direkt mehrere Säcke oder verkauften das Gemüse weiter. Für die gab es noch die Möglichkeit, einen großen Sack mit bis zu fünfzig Kilo zu befüllen. Das geschah allerdings nicht hier am Wagen, wie Lewis hörte, sondern wurde von den Verteilern an den Listen gemacht. Hier am Wagen befüllte man immer nur kleine Säcke, damit man die Gewichte auf der Waage nicht ändern musste.

»Und merkt euch«, beendete Michael seinen Vortrag, »wenn ein Sack ein bisschen leichter ist, tut das keinem weh, klar? Aber wehe, ihr macht sie schwerer!«

Ed würde dazu wohl Schankgewinn sagen, dachte Lewis und unterdrückte ein süffisantes Grinsen. Bei den Verteilern wurden die gepackten Säcke dann auf kleinere Wagen und Karren verladen, um zu den Endkunden gebracht zu werden. Für die Auslieferung beschäftigten die Finnagans immer dieselben Leute, meist Verwandte der irischen Sippe, denn so weit traute man den Tagelöhnern nicht über den Weg.

Lewis staunte nicht schlecht darüber, wie effizient die drei Brüder ihren Betrieb geregelt hatten. *Wenn ich es zu den Verteilern schaffe, kann ich vielleicht einen Blick auf die Lieferliste werfen*, arbeitete es in seinem Kopf.

Michael teilte die Arbeiter ein. Als er Lewis anblickte, sagte er desinteressiert: »Bohnenwaage.«

Lewis unterdrückte ein lautes Fluchen und nickte dankbar. Gerade als er sich zu den Bohnen aufmachen wollte, hielt ihn eine fleischige Hand auf der Schulter zurück.

»Der is'n Genie, Michael«, polterte Sean los.

Der älteste Finnagan seufzte genervt. »Das sagst du von jedem, der seinen Namen richtig schreiben kann.«

Sean überging die Beleidigung mit einem Lachen. »Der hier is' wirklich clever, Brüderchen. Gib ihm 'ne Liste.« Dann deutete er auf den Hünen, den Lewis im Rennen um den vorletzten Platz ausgestochen hatte. Sein Hemd wies einige frische Blutspuren auf, doch Lewis

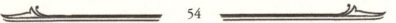

war sich sicher, dass es nicht das Blut des Hünen war. »Der hier kann Säcke füllen.«

Michael atmete einmal tief ein und wieder aus. Dann nickte er resignierend. »Also schön ... Aber auch nur, weil du sonst wieder bei Ma jammerst!«

»Danke, Sean«, entwischte es Lewis von den Lippen, und zu seiner großen Verwunderung meinte er es ernst. Nur äußerst ungern hätte er sich die halbe Nacht mit schweren Gemüsesäcken abgeplagt.

Michael winkte ihn zu sich herüber. »Dann komm mal mit, du Genie.«

Lewis folgte ihm zu einer provisorischen Rampe. Auf der einen Seite karrten die Tagelöhner die gefüllten Säcke heran, auf der anderen Seite warteten die Lieferanten darauf, dass man die Waren ihrem Wagen zuteilte. Lewis fiel auf, dass schon einige befüllte Säcke auf der Laderampe lagen, doch er hatte keine Zeit, länger darüber nachzudenken.

Michael überreichte ihm eine Liste. »Also«, begann er zu erklären, noch bevor Lewis einen Blick auf das Papier werfen konnte. »Auf der Liste steht, womit die Wagen beladen werden.« Er deutete auf die bereitstehenden Karren. »Aber das machen die Fahrer selbst. Du holst mit der Liste und der Sackkarre die Ware von den Packern ran.« Damit ließ er ihn stehen und ging wieder in die Mitte der großen Halle.

Lewis nickte langsam, zweifelte jedoch insgeheim an der Effizienz dieses Systems. Es hatte aber auch sein Gutes: Auf diese Weise könnte er sich fast frei in der Lagerhalle bewegen und umsehen. Vielleicht würde er doch noch einen Hinweis auf den Kartoffelsack finden.

»Also, ihr Glücklichen!«, rief Michael. Er stand jetzt neben einer großen Uhr und hatte die Hand am Zugseil einer Glocke. »Wer sein Soll unter zwei Stunden schafft, der bekommt den doppelten Lohn und darf morgen wiederkommen.« Er riss einmal kurz an dem Seil und die Glocke gab ihnen das Startsignal.

Lewis überflog die Liste und untersuchte sie darauf, ob sie einen Anhaltspunkt auf die Herkunft des Leichensacks geben könnte. *Ein »W«*, rief sich Lewis in Erinnerung. *Was kann es bedeuten?*

Der Hüne, den er bei der Auswahl übertölpelt hatte, warf ihm über die Kartoffelkisten hinweg einen finsteren Blick zu. Er war zwar sieg-

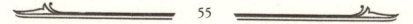

reich aus dem Kampf um die letzte Stelle hervorgegangen, doch offensichtlich nicht ohne einige schmerzhafte Blessuren. Lewis versuchte sich seine ansteigende Unruhe nicht anmerken zu lassen, er fürchtete allerdings, dass der Mann sich eventuell an ihm rächen wollte.

Um nicht unangenehm aufzufallen, stürzte Lewis sich auf die Arbeit. Er hievte Säcke auf den kleinen Karren – wobei er sich nach der zweiten Fuhre wünschte, kleine Säcke abwiegen zu dürfen, seine Arme schmerzen höllisch –, fuhr sie zur Rampe und lud sie vor den Fahrern ab. Die nahmen die Ware, ohne ein Wort mit ihm zu wechseln, und luden sie auf ihre Ochsenkarren oder Handwagen.

Die Männer an der Abfüllung sprachen nicht viel. Aber jeder von ihnen versuchte, so schnell wie möglich bei der Arbeit zu sein, um den versprochenen doppelten Lohn zu kassieren. Nach einem Blick in Michaels zufriedenes Gesicht war sich Lewis allerdings sicher, dass die Arbeit sogar unmöglich in drei Stunden zu schaffen wäre.

Die Finnagans sind nicht dumm, gemahnte er sich selbst zur Vorsicht. *Mit Ausnahme von Sean vielleicht ... aber der hat schon häufig eins in die Fresse bekommen, das entschuldigt ...*

Gedankenverloren griff er nach einem Sack Kartoffeln und verlud ihn auf die kleine Sackkarre. Erst als er den nächsten verladen wollte, stach ihm ein verblasstes »D« darauf ins Auge.

Sean, der selbst auch einer der Packer war, vermutlich weil die doch recht einseitige Arbeit ihn nicht überforderte, bemerkte Lewis' Stirnrunzeln und schlug ihm leicht gegen die Schulter. »He, was is' los, Genie?«

Lewis schüttelte den Kopf. »Nichts, ich wundere mich nur, wieso auf manchen Säcken kleine Buchstaben stehen.«

Sean zuckte die Achseln. »Manchmal kriegen wir 'se so zurück. Is'n Ding der Zwischenhändler.«

»Gibt's davon viele?«

Er schüttelte den Kopf. »Nee, nur einen pro Bezirk.« Ein dunkler Schatten legte sich über seine Augen, als er die Brauen plötzlich zusammenzog und ihn misstrauisch musterte. »Was interessiert dich das überhaupt?«

»Gar nicht. Ist mir bloß aufgefallen. Nicht so wichtig«, log Lewis und beeilte sich, wieder in den Arbeitstrott der anderen zu verfallen.

Wenn die Bonuszahlungen auch mit ziemlicher Sicherheit unmöglich zu erreichen waren – Lewis wollte nicht riskieren, dass die übrigen Tagelöhner ihm die Schuld dafür geben konnten.

Außerdem hatte Sean ihm, ohne es zu wissen, einen wichtigen Hinweis gegeben. *Was auch immer der Buchstabe auf dem Kartoffelsack zu bedeuten hatte*, dachte Lewis, *ich finde die Antwort ganz bestimmt nicht hier.*

Nach ein paar Mal Hin und Her mit der Sackkarre war Lewis völlig nass geschwitzt. Die Gemüsesäcke waren alles andere als leicht. Und im Gegensatz zu den Packern musste er sie nicht einfach nur auf der Waage befüllen, abwarten, ob sie das passende Gewicht erreichten, und dann zugebunden zur Seite rollen. Nein, er musste sie auf die Rampe wuchten, dabei noch nach seiner Liste vorgehen und abstreichen, welche Teile seiner Liste er jetzt abgearbeitet hatte. Allmählich glaubte Lewis, dass Sean ihn reingelegt hatte. Dass der feiste Schläger sehr wohl ein Problem mit schnell denkenden Menschen hatte. Und dass er ihm die Übervorteilung des mittlerweile lädierten Hünen übel nahm. Wann immer er ihn nun »Genie« nannte, meinte Lewis darin einen höhnischen Unterton zu hören.

Er vertrieb die Gedanken mit einem grimmigen Kopfschütteln und blickte zur Uhr. Die zwei Stunden waren bereits fast verstrichen, doch die Arbeit nahm kein Ende. An Michaels zufriedenem Gesichtsausdruck ließ sich ablesen, dass wohl keiner der Tagelöhner sein Soll in der vorgegebenen Zeit erfüllen würde.

Aus dem Augenwinkel warf er noch einen unauffälligen Blick auf Michaels Büro. *Ich brauche die Namen der Zwischenhändler.* Während der letzten Zeit waren ihm immer wieder Säcke mit einer individuellen Kennzeichnung aufgefallen. Manchmal waren es Zahlen, manchmal Buchstaben. *Jeder Zwischenhändler scheint sein eigenes System zu haben*, dachte er. *Wenn ich an deren Kundenlisten komme, kann ich vielleicht eine Spur zum Leichensack finden.*

Plötzlich ertönte wieder die Glocke und Michael verschaffte sich Gehör. »So, die Zeit ist um!« Er blickte einmal in die Runde. »Danke für eure Arbeit. Keith wird euch den Lohn vorne am Tor auszahlen.«

Einige der Tagelöhner kannten die Prozedur anscheinend schon, denn sie legten stillschweigend die Arbeit nieder und gingen in Richtung Ausgang, wo Keith Finnagan schon auf sie wartete.

Einer der Übrigen sprach seine Gedanken laut aus: »Aber wir sind noch nicht fertig ... machen wir nicht weiter?«

Michael schüttelte den Kopf. »Nein, für heute ist Schluss. Die Ware muss zum Kunden.«

Lewis bemerkte, dass an den Waagen noch viele gepackte Säcke lagen. Auch auf der Laderampe staute sich die Ware. Seine eigene Liste hatte er zwar nicht komplett abgearbeitet, aber viele Posten fehlten nicht mehr. Auch die Art, wie die Liste geschrieben war, immer in kleine Einheiten aufgeteilt, erschien ihm mittlerweile merkwürdig. Wäre es nicht viel sinnvoller gewesen, die einzelnen Warengruppen zusammenzufassen?

Allmählich dämmerte ihm, mit welchen Methoden die Finnagans wirtschafteten, doch er hatte keine Zeit, sich tiefere Gedanken darüber zu machen, denn der Hüne, den er um den letzten sicheren Platz gebracht hatte, unterhielt sich lautstark mit einigen seiner Kollegen, und dabei deuteten sie verdächtig oft in Lewis' Richtung.

Scheiße, dachte er, *das gibt Ärger.*

Es dauerte keine Minute, bis seine Befürchtung sich bewahrheitete. Der Hüne zeigte mit dem Finger auf ihn und brüllte: »Der ist schuld!«

Lewis blickte sich kurz Hilfe suchend um, doch die Finnagans machten nicht den Eindruck, als wollten sie eingreifen. Vermutlich erlebten sie diese Art der Reaktion häufiger – womöglich rechneten sie auch damit.

Vielleicht hat Sean mich deswegen genommen, blitzte ein Gedanke in seinem Hirn auf. *Als späteren Sündenbock. Jeder hat mitbekommen, wie ich den Riesen da übertölpelt habe.*

Sean Finnagan stand entspannt neben seinem älteren Bruder. Als ihre Blicke sich trafen, nickte er Lewis zu und verzog die Lippen zu einem breiten Grinsen.

Das hätte ich ihm gar nicht zugetraut, musste Lewis sich eingestehen.

Die geprellten Tagelöhner formierten sich bereits in einem bedrohlichen Halbkreis um ihn herum und ballten die Fäuste.

»Hält sich für so schlau«, verhöhnte ihn der Anführer des Mobs.

Lewis suchte fieberhaft nach einem Ausweg, ohne sich mit zehn Mann prügeln zu müssen, doch es gab keinen. Keith Finnagan hatte das Tor bereits fest verschlossen und schien schon Wetten auf den Kampf von denen anzunehmen, die sich an der kommenden Schlägerei nicht beteiligen wollten.

Lewis hob abwehrend die Hände. »Wartet!«, rief er gehetzt. »Es ist nicht meine Schuld!«

Der Hüne nickte bedeutsam. »Oh doch, hab dich immer faul rumstehen sehen.«

Lewis schüttelte heftig den Kopf. »Nein, nein, nein … ich hab mich nur umgesehen!«

»Du sollst aber arbeiten!«, hielt ein anderer Mann dagegen. Es war ein hagerer Kerl, dem mehrere Zähne fehlten. Gegen ihn rechnete Lewis sich hervorragende Chancen in einem Faustkampf aus, doch seine übrigen Gegner wirkten nicht so kränklich.

»Ja, aber schaut euch doch mal um!«, forderte Lewis die Gruppe auf. »Die Iren haben uns beschissen!«

Dieser eine Satz brachte die Menge ins Stocken, spaltete sie aber auch augenblicklich in zwei Lager. Die irischstämmigen Tagelöhner schien der Satz bloß noch wütender zu machen, doch die Engländer unter den Arbeitern hielten augenblicklich inne und schienen gewillt, ihm zumindest noch ein, zwei Sätze lang zuzuhören.

»Hier liegt schon so viel verpackte Ware rum«, begann Lewis um sein Leben zu reden. »Die Lieferung für heute Nacht ist schon längst fertig. Die schreiben absichtlich zu viel auf die Listen, damit es niemand schafft!«

Die Männer, allen voran der Hüne, schienen noch nicht voll überzeugt, doch sie bedrängten Lewis wenigstens vorerst nicht weiter.

»Glaubt ihr mir nicht?«, fragte er in die Runde. »Denkt ihr, ich stecke mit denen unter einer Decke? Seht euch um!«, bat er eindringlich. »Ich brauch' das Geld doch genauso dringend wie ihr!«

Er schien endlich zu ihnen durchzudringen, denn die Blicke der Männer richteten sich vermehrt in die Lagerhalle und nicht länger auf ihn.

Und auch Michaels säuerlicher Gesichtsausdruck verriet Lewis, dass die Stimmung wohl gerade zu seinen Gunsten kippte.

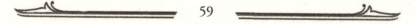

Er setzte noch einen drauf: »Diese irischen Schweine haben euch abgezockt!«

»Er hat recht!«, krächzte der hagere Kerl und plötzlich brach ein Sturm über die Halle herein.

Die Tagelöhner stürzten sich auf Michael und Sean Finnagan, und sogar Keith, der bisher stumm im Hintergrund gestanden hatte, wurde von den wettenden Arbeitern angegriffen, die nun erkannten, dass die Finnagans sie an jedem Abend, den sie bisher hier gearbeitet hatten, über den Tisch gezogen hatten.

Die fest angestellten Fahrer kamen ihren Chefs zu Hilfe und die Halle wurde plötzlich Schauplatz eines blutigen Spektakels.

Sean Finnagan schien das Chaos zu genießen, denn er stürzte sich lachend auf jeden Mann, der in Reichweite seiner Fäuste kam.

Lewis hingegen hatte sich weit an die Wand zurückgezogen, versuchte dem Ärger zu entgehen und fixierte bereits sein eigentliches Ziel: Michaels Büro. Dort würde er die Kundenliste finden und vielleicht auch einen Hinweis darauf, wer die größeren Zwischenhändler waren.

Im Schatten der Laderampe gelangte er unbemerkt von einer Seite der Lagerhalle zur anderen. Vor Michaels Büro warf er noch einen kurzen Blick über die Schulter. Die Tagelöhner gerieten langsam ins Hintertreffen, doch auch die Angestellten der Finnagans hatten Federn gelassen. Dennoch, der Kampf wäre bald entschieden.

Die Tür war nicht verschlossen und der Raum nur spärlich eingerichtet. Lewis ließ den Schrank vorerst links liegen und konzentrierte sich auf einen großen Ringordner, wie sie seit einigen Jahren in Gebrauch waren, der einsam auf der Schreibtischplatte lag. Er lehnte die Tür an und das Geschrei und der Krach der Schlägerei ebbten ab.

Er schlug den Ordner auf und blätterte in den Papieren. Tatsächlich handelte es sich um das Kundenverzeichnis, doch es war nicht nach Abnahmemenge sortiert, sondern nach Bezirk. Das Geschäftsgebiet der Finnagans umfasste den Bereich vom Hyde Park bis zu den östlichen Docks. Und von Southwark im Süden bis nach Clerkenwell im Norden. Im ganzen Gebiet gab es noch drei weitere Zwischenhändler. Einen in Soho, einen in der Nähe des Bahnhofs St Pancras und den letzten südwestlich von hier, nahe der Themse.

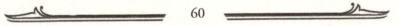

Da die Leiche an der Blackfriars Bridge gefunden worden war, nahm sich Lewis als Erstes die westlichen Lieferbezirke vor. Er suchte kurz nach Papier und Stift, entschied sich dann aber, die fraglichen Seiten einfach rauszureißen und mitzunehmen. Für Subtilitäten war beileibe keine Zeit mehr.

»Das war also dein Plan«, riss eine Stimme ihn aus seiner Konzentration.

Es war Keith Finnagan; zwar fehlte seinem Hemd ein Ärmel, seine Lippe war aufgeplatzt und sein linkes Auge ziemlich lädiert, doch er machte nicht den Anschein, ein leichter Gegner zu sein.

»Wer hat dich geschickt? Arthurs Bauerntölpel?«

Lewis schüttelte den Kopf, während er sich die Notizen in die Innentasche seiner Jacke steckte. »So ist es nicht«, versuchte er noch zu schlichten, erkannte aber rasch, dass solcherlei Bemühungen – allein schon wegen seiner Handlungen – vergebens waren.

»Sean wird dir die Arme ausreißen, wenn er mit den Pennern da draußen fertig ist«, versprach Keith.

Lewis zweifelte keine Sekunde am Wahrheitsgehalt der Aussage, also ging er zum Angriff über.

Er schleuderte Keith den Ordner entgegen. Der Ire duckte sich unter dem Geschoss hinweg, doch Lewis nutzte den Moment der Ablenkung, um die zwei Meter Raum zwischen ihnen zu überbrücken. Er zog mit der rechten Faust voll durch, landete allerdings lediglich einen Treffer gegen Keiths Schulter.

Die Wucht des Schlages wirbelte den jungen Mann herum, und ehe er reagieren konnte, stieß Lewis ihn, Gesicht voran, kraftvoll gegen den schweren Holzschrank.

Ein lautes Knacken zeugte von einem gebrochenen Nasenbein, doch Keith war noch nicht gewillt, sich geschlagen zu geben.

Der Ire drehte sich zu ihm herum, Blut vermischte sich mit Rotz und zog dicke Fäden über sein Gesicht. Den Mann noch weiter zu malträtieren war Lewis eigentlich zuwider, doch er hatte keine Zeit, Keith auf sanfte Art aus der Gleichung zu nehmen. Jede Sekunde, die er hier festhing, würde sein Schicksal in Form von Sean einen Schritt näher bringen.

Keith stürzte nach vorn, doch Lewis nutzte dessen eingeschränktes Sichtfeld, rollte sich zur linken Seite ab und verpasste Keith eine schallende Ohrfeige.

Der Mann jaulte laut auf und hielt sich den Kopf. Lewis nutzte die aufgegebene Deckung und drosch ihm die Fäuste mehrmals in die Nieren. Als Keith in die Knie ging, packte er ihn bei den Haaren und schleuderte ihn nach hinten unter den Schreibtisch. Dann rannte er zur Tür in die Lagerhalle hinaus.

Die Schlägerei würde jeden Moment ihr Ende finden. Einige der Fahrer begannen sogar schon wieder, die restlichen Gemüsesäcke auf ihre Wagen zu laden. Von Michael Finnagan fehlte jede Spur, während Sean sich noch immer mit dem Hünen prügelte, der als einziger Tagelöhner noch auf den Beinen war.

Lewis ließ alle Vorsicht außer Acht und rannte zum Tor der Lagerhalle. Er wollte nur so schnell wie möglich weg von hier.

Gerade als er sie erreichte, schickte Sean den Hünen mit einem Kinnhaken zu Boden und entdeckte ihn. »Hey, Genie, bleib da!«

Lewis ließ sich nicht beirren und stürzte durch das Tor. Auf der Straße rannte er Michael in die Arme, doch sein Schwung ließ ihn den Iren einfach über den Haufen rennen. Michael ging fluchend zu Boden, doch Lewis drehte sich nicht um.

Er rannte die Abbey Street entlang, schlug einige Haken durch kleine Seitenstraßen und bog schon bald in die Straße ein, in der Eds Kneipe lag. Vor einiger Zeit hatte es zu regnen begonnen, doch in der Aufregung, die noch immer durch seine Adern pulsierte – Forscher wollten dem Stoff seit ein paar Jahren einen Namen gegeben haben: Adrenalin –, hatte er es nicht bemerkt.

Nun öffnete er völlig durchnässt die Tür zum Schankraum und stürmte an Ed vorbei durch eine Tür ins Hinterzimmer.

»Hey! Da kannst du nicht rein!«, beschwerte Edward sich noch, doch er hielt ihn nicht zurück.

Stattdessen folgte er ihm und blickte ihn misstrauisch an. »Du hast doch irgendeinen Scheiß gebaut, nicht wahr?«, fragte er schließlich, nachdem er Lewis' heruntergekommene Erscheinung ausgiebig gemustert hatte.

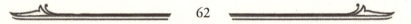

Lewis nickte. »Ich muss mich hier eine Weile verstecken«, sagte er leise. »Ich glaube, die Finnagans sind hinter mir her.«

Ed hob erschrocken die Augenbrauen. »Bist du wahnsinnig, dich mit denen anzulegen? Die legen dich um!«

»Ich weiß! Darum muss ich mich ja auch verstecken!«

»Und die anderen Gäste?«, fragte Ed mit leicht panischem Unterton. »Wenn dich einer von denen verpfeift?«

»Sag ihnen, ihre Drinks gehen auf mich, wenn sie die Klappe halten.«

Ed schnaubte kopfschüttelnd. »Also schön. Du kannst hierbleiben.«

»Bring mir 'ne Flasche!«, rief er ihm noch hinterher und sank gegen die Wand. Erst jetzt bemerkte er, wie erschöpft er tatsächlich war.

Der Raum war dunkel und Lewis verzichtete nur zu gern auf eine Beleuchtung. Aber er wusste, dass es Eds Büro war. Hier rechnete er die Lieferungen ab und verwahrte die Listen, wenn er Kunden anschreiben ließ. Einige Augenblicke später wurde die Tür erneut geöffnet und Ed reichte ihm eine Flasche Scotch und ein Glas hindurch.

»Nur die Flasche«, murmelte Lewis und griff zu. Ed schüttelte seufzend den Kopf und sagte etwas, doch er hörte ihm schon nicht mehr zu. Das Geräusch des Korkens, der aus dem Flaschenhals glitt, war alles, was er noch hörte.

Er legte die Lippen an das kühle Glas und presste sie um die Öffnung, ehe er sich einen großen Schluck Alkohol genehmigte.

Endlich. Endlich begann die Welt sich wieder langsamer zu drehen. Seine innere Unruhe wurde mit jedem Schluck stiller, seine Sinne betäubt. Er würde viele Details der heutigen Nacht vergessen, das wusste er noch. Er wusste auch, dass er leider nur die unwichtigen Dinge vergaß. Niemals würde er die Bilder vergessen, die er immer wieder mit ansah. Die Leichen, die Verbrechen … er konnte sie nur verdrängen, doch nie ganz vertreiben.

Schon bald hatte er jegliches Zeitgefühl verloren, nippte hin und wieder an der Flasche und lehnte sich gegen die kühle Zimmerwand.

Irgendwann sackte sein Kinn auf die Brust.

»Lewis«, ertönte eine vertraute Stimme, »es ist Zeit.«

Edward rüttelte sanft an seiner Schulter, doch fest genug, dass er ihn nicht ignorieren konnte. »Was ist?«

»Sperrstunde.«

Er reichte ihm die fast leere Flasche. »Schreib's an.«

»Schon in Ordnung. Du hast noch Kredit.«

Lewis wollte widersprechen, doch in seinem Kopf drehte sich alles. »Nein«, war das Einzige, was ihm über die Lippen kam. Er wusste irgendwo in seinem Hirn noch, dass er Ed gebeten hatte, die gesamte Kneipe zu bestechen. »Viel zu viel…«, brabbelte er.

»Die Finnagans waren hier«, warnte Ed ihn, während er ihm auf die Beine half. »Haben sich kurz umgesehen und sind wieder abgehauen.« Er wartete einen Moment, bis Lewis per Kopfnicken zu verstehen gab, dass er den Satz verstanden hatte, dann fuhr er fort. »Ich musste auch niemanden bestechen. Die Leute sind loyal zu mir. Jeder weiß, dass die Finnagans mich auch durch die Mangel drehen würden.«

Lewis öffnete zum ersten Mal wieder die Augen und blinzelte gegen das grelle Licht an, das aus dem Schankraum hereinfiel. »Bist 'n echter Freund.« Er klopfte Ed anerkennend auf die Schulter.

Der schüttelte nur den Kopf. »Wenn ich das wäre, würde ich dich nicht jeden Abend dieses Gift trinken lassen.«

Lewis lachte. »Du verkaufst das Gift! Also keine Diskussion.«

Ed seufzte. »Du weißt nicht, wann Schluss ist, Lewis.«

Er lächelte ihn müde an. »Jetzt, mein Freund.«

»Das sagst du immer.«

»Ich meine es auch immer ernst.«

Ed seufzte erneut. Diesmal noch ein wenig verzweifelter. »Geh nach Hause.«

Er begleitete Lewis zur Tür und drehte ihn in die richtige Richtung. Die ersten Meter waren holprig, doch mit jedem Schritt und mit jedem Atemzug frischer Luft schien sein Kopf ein wenig klarer zu werden. Er war schon viel zu gut an den Alkohol gewöhnt, um von einer Flasche noch ausgedehnte Rauschzustände zu bekommen.

Zwei Kreuzungen weiter fiel ihm auch wieder ein, wohin er wollte. Zur Blackfriars Bridge. Zwar hatte er noch nicht viel herausgefunden, doch er wollte der Frau zeigen, dass sie ihm nicht gleichgültig war.

Der Regen hatte zum Glück nachgelassen, doch das Kopfsteinpflaster auf den Straßen war spiegelglatt. Häufig musste er sich an Hauswänden abstützen, um nicht auszugleiten. In manchen der

Häuser brannte sogar noch Licht. Dort wohnten vermutlich Arbeiter, die schon bald ihre Frühschicht bei den Docks antraten. Zumindest war das die plausibelste Erklärung im Southwark.

Im Westend hätte Lewis vermutlich eher auf einen Kaufmann getippt, der sich heimlich von einer Hure besuchen ließ. Oder ein Treffen einer geheimen Loge.

Solche Clubs waren der letzte Schrei, doch sie waren alles andere als geheim. Im Gegenteil, die reichen Herrschaften machten geradezu einen Sport daraus, wer von ihnen an den meisten solcher *geheimen* Treffen teilnehmen konnte.

Lewis hielt nichts von solcherlei Dingen. Übertriebener Mystizismus hatte noch keinem Menschen geholfen.

Die Treppe zum Ufer der Themse kam in Sicht und aus einem unbestimmten Impuls heraus richtete er seine Weste und die Frisur.

Er legte die rechte Hand auf das eiserne Treppengeländer, als ihn zwei fleischige Hände von hinten packten.

»So spät noch unterwegs, *Genie*?« Es war Sean Finnagans Stimme, doch bevor Lewis den Kopf drehen und seine Angreifer anblicken konnte, stülpte man ihm einen großen Sack über den Kopf und die Welt verschwand.

Sie zerrten ihn ein paar Schritte mit sich, banden seine Hände auf dem Rücken fest. Während all der Zeit hielt Sean ihn mit eisernem Griff umklammert.

»Unser Brüderchen musste deinetwegen ins Krankenhaus, *Genie*«, ergriff Michael das Wort, als sie damit fertig waren, ihn zu fesseln. »Der Arzt sagt, er bleibt vielleicht auf dem linken Ohr taub.«

Ein harter Schlag ins Kreuz ließ ihn auf die Knie sacken.

»Also, wer hat dich geschickt?«

»Niemand«, brachte Lewis dumpf durch den Sack hervor. Er wollte wieder aufstehen, doch seine Beine wurden von schweren Gewichten gehalten. Dem Geruch nach von Kartoffeln.

»Blödsinn!«, widersprach Michael.

Ein weiterer Tritt ins Kreuz ließ ihn nach vorne stürzen. Mit einem dumpfen Laut schlug seine Stirn gegen den Stein der Brückenmauer und seine Wahrnehmung verschwamm.

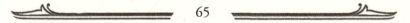

»Verdammt, Sean! Wenn du ihm den Hals brichst, kann er uns gar nichts erzählen.«

»'Tschuldigung.«

»Egal. Der redet nicht mehr.« Für einen kurzen Moment herrschte Stille, dann schien Michael entschieden zu haben, wie es weiterging. »Schaff ihn weg, ich will nach Hause.«

Wieder wurde er gepackt. »Was wolltest du am Flussufer, *Genie*?«, hörte er Seans Stimme an seinem Ohr, doch sie klang bereits weit entfernt. »Schwimmen?« Er verlor den Boden unter den Füßen und fühlte, dass er sich plötzlich in der Waagerechten befand. »Viel Spaß!«

Er fühlte sich mit einem Mal so leicht. So frei.

Dann kam der Aufprall, und die Wucht des Wassers raubte ihm den Atem.

Als er realisierte, dass er langsam unterging, riss und zerrte er an seinen Fesseln. *Ersäuft von Kartoffeln und Steinen*, schoss ihm dabei immer wieder die Schlagzeile der nächsten Zeitungen durch den Kopf. *Trunksüchtiger ... Wie werden sie mich nennen? – Detektiv? Schriftsteller? Lebemann?*

Er bekam die Hände nicht frei, doch der Sack löste sich von seinem Kopf.

Lewis blickte nach oben, auf die von der Wasseroberfläche verzerrte Mondsichel, während ihn mehrere Sack Kartoffeln und Steine langsam Richtung Grund zogen.

Er strampelte mit aller Macht mit seinen Beinen, die Fesseln gaben jedoch keinen Zentimeter nach.

Immer wieder stahl sich ein kleines Luftbläschen aus seinem Mund, entschwand blitzschnell nach oben und ließ ihn im Stich.

Die Strömung zog leicht an seinem Körper, nahm ihn mit auf eine letzte Reise und ein friedlicher Schimmer legte sich über ihn.

Kate

Aus dem Klopfen wurde ein Hämmern. Eine schwere Faust, die immer und immer wieder die Tür zu ihrem Zimmer malträtierte.

Kate stand mit galoppierendem Herz dahinter, den Tonkrug ihrer Wasserschale in der Hand, bereit, zuzuschlagen.

»Ethel, mach die verdammte Tür auf!«

Die Art, wie der Mann die Konsonanten verschluckte, zeugte von einer erfolgreichen Sauftour durch mindestens einen der hiesigen Pubs.

Kate wollte ihm versichern, dass sie *nicht* Ethel war, dass er sich im Zimmer geirrt hatte, dass er sich beruhigen sollte – irgendetwas. Doch ihre Kehle war wie ausgetrocknet und sie brachte nichts als ein verängstigtes Krächzen über die Lippen.

»Ethel. Ich schlag die Tür ein!«

Was, wenn er hier reinkommt?, manifestierte sich ein einziger Gedanke in ihrem Kopf, überlagerte sämtliche Impulse, zu versuchen, das Missverständnis aufzuklären. Würde er auf sie hören? *Könnte* er in seinem jetzigen Zustand überhaupt verstehen, was sie sagte?

Durch das Wummern der Faust hörte Kate Schritte auf der Treppe und hielt gespannt den Atem an. Wie würde der Mann auf eine Störung seines Wutausbruchs reagieren?

»George Pierce, du betrunkener Nichtsnutz!«, erklang eine nicht minder gereizte Frauenstimme. »Das ist das falsche Stockwerk. Jetzt halt die Klappe, bevor du noch das ganze Haus aufweckst.«

Offenbar handelte es sich bei der Frau um die eben viel beschworene Ethel, denn George hielt in seiner Misshandlung der Tür inne und brummte etwas für Kate Unverständliches vor sich hin.

Schwere Schritte auf dem Flur, das Knarzen der Holztreppe – dann war es wieder still.

Kate wagte noch immer nicht zu atmen und presste den Tonkrug gegen ihre Brust. Erst als sie sich sicher war, dass George den Weg in sein eigenes Bett gefunden hatte, entließ sie die angestaute Luft in einem erleichterten Seufzen.

Sie stellte den Tonkrug wieder neben die Waschschüssel, in der Hoffnung, ihn nicht noch weitere Male als improvisierte Waffe umklammern zu müssen, und legte sich ins Bett.

Fahles Mondlicht schien durch das kleine Fenster und vorbeiziehende Wolken malten sich windende Schatten auf den Boden.

Worüber soll ich als Erstes schreiben? Ich muss zuerst die Schreibmaschine holen – nein, ich brauche zuerst ein neues Zimmer. Eins, bei dem kein George betrunken an meine Tür hämmert.

Die Gedanken überschlugen sich in ihrem Kopf und nachdem sie bereits zum dritten Mal verschiedene Stadtteile in ihrer Lage und aufgerufenen Mietpreisen gegeneinander abgewogen hatte, musste Kate sich eingestehen, dass sie wach war.

Sie stand auf und legte sich den dunkelblauen Morgenmantel um die Schultern. Als das Licht nach einem einfachen Drehen an dem kleinen Knopf neben der Zimmertür schwach aus der kleinen Deckenlampe erstrahlte, hielt sie verzückt einen Moment inne. *Zu Hause hätte ich ein paar Kerzen gebraucht, um so viel Licht zu haben.*

Auch wenn das Hotel lediglich über elektrische Deckenlampen und eine Flurbeleuchtung mit der neuen Technik verfügte, fühlte Kate sich wie in einer unwirklichen Welt, wie sie in Wissenschaftsartikeln in den großen Zeitungen gezeichnet wurden.

Sie setzte sich an den Schreibtisch und entzündete die beiden Kerzen, die dort tapfer in kupfernen Haltern standen, als würden sie wie aufrechte Soldaten das Ende ihres Zeitalters bekunden und ihm zum Abschied respektvoll salutieren.

Ein Blick auf die Uhr zeigte kurz nach Mitternacht, daher schrieb Kate das Datum des morgigen Tages auf den Brief, auch wenn der für sie immer erst dann begann, wenn sie morgens aufstand.

Früher hatten die Worte ihres Vaters und die langen Gespräche mit ihm sie immer beruhigt. Es hatte nie eine Situation gegeben, in der er ihr nicht mit einem offenen Ohr, einem weisen Ratschlag oder schlicht stummer Zustimmung geholfen hatte, das Gewirr in ihrem Kopf zu entzerren. Sie hoffte, dass ein Brief eine ähnliche Wirkung auf sie hätte.

Außerdem hatte sie ihm versprochen, täglich zu schreiben.

Lieber Papa,

mein erster Tag in London war ein voller Erfolg! Ich darf für das London Journal schreiben! Bald werden meine Artikel in ganz England gelesen, du wirst sehen ...

Sie erzählte ihm von ihrer zunächst erfolglosen Suche nach einer Zeitung, die ihr eine Chance geben wollte. Von John Barnes, der ihr eine Schreibmaschine lieh, und der alten Schachtel an der Rezeption. Von ihrer nächtlichen Beinahebegegnung mit George Pierce schrieb sie nichts, sie wollte nicht, dass er sich noch mehr Sorgen um sie machte.

Während sie die Zeilen an ihren Vater niederschrieb, formte sich in ihrem Kopf ein Schlachtplan für den nächsten Tag. Ganz so, als hätte sie sich direkt mit ihm unterhalten, half der Gedanke an ihren Vater und daran, was er ihr wohl raten würde, Kate dabei, die Dinge für sich zu ordnen.

Zuerst würde sie sich die Schreibmaschine bei Mickey abholen. Denn wie Mr Barnes schon gesagt hatte – ohne gedruckte Zeile verdiente sie kein Geld. Dann galt es, möglichst rasch eine neue Bleibe zu finden, damit sie in Ruhe arbeiten konnte.

Morgen würde sie ihren ersten Artikel als Katelyn Shaw verfassen. Und London würde ihn lesen.

Dienstag, 10. September 1895
01:42 Uhr

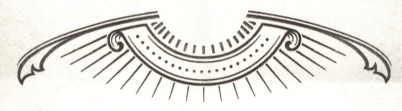

Lewis

Etwas – nein, jemand – griff nach ihm. Packte ihn an der Schulter und zog ihn zurück ans Licht. Zurück an die Oberfläche.

Lewis hustete brackiges Wasser aus, als er erschöpft ans Ufer robbte. Die eisige Kälte der Themse war ihm in jede Pore seines Körpers gekrochen und die krampfenden Muskeln machten jede Bewegung zu einem Kampf. Irgendwie schaffte er es, die Hände aus den Fesseln zu lösen, jetzt, da er an Land war.

»D-Danke«, brachte er mit klappernden Zähnen und prustend hervor, unfähig, den Kopf zu heben und einen Blick auf seinen Retter zu werfen.

Sie war beinahe noch schöner, als er sie in Erinnerung hatte. Das Strahlen ihrer Augen war wie blaues Feuer, das die Kälte aus seinen Knochen brannte, und die blonden Haare leuchteten im Schein der Straßenlaterne wie eine Feuerkrone um ihr ebenmäßiges Gesicht.

»Ich sagte doch, Sie sollen weniger trinken«, tadelte sie ihn.

Erschrocken riss er die Augen auf.

Die Finnagans!

Lewis presste sich beinahe panisch den linken Zeigefinger an die Lippen, wobei er gefährlich ins Schwanken geriet. Die Erschöpfung war noch zu präsent und die Schwerkraft ein Gegner, der niemals müde wurde. Unweigerlich raubte sie ihm das Gleichgewicht und er landete unsanft im Matsch.

Sein Missgeschick entlockte seiner Retterin ein beinahe heiteres Lachen, doch es haftete ihm auch eine andere Note an.

Ein Unterton von ... Bedauern?

»Keine Sorge«, sagte sie, »die Finnagans sind weg.«

Als die Bedeutung ihrer Worte zu ihm durchsickerte, entspannte er sich ein wenig. Lewis stemmte sich wieder auf alle viere und dann zitternd in die Höhe. Mit jedem Atemzug ging es etwas besser; zwar stank er erbärmlich nach Brackwasser und Schlamm, aber zumindest war er noch am Leben.

Wie seine Retterin es geschafft hatte, ihn nahezu unbeschadet aus dem Wasser zu ziehen, war ihm ein Rätsel. »Wie lange war ich unten?«, fragte er und deutete auf die Flussoberfläche.

Sie lächelte ihm sanft entgegen, doch ihre saphirblauen Augen blieben davon unberührt. »Nicht lange. Sie waren kaum unter Wasser.«

»Wirklich? Ich ... Nun, offenbar spielt uns der Verstand so seine Streiche, wenn uns die Luft zum Atmen fehlt, nicht wahr?«

Wieder dieses halbe Lächeln, doch der Ausdruck in ihren Augen wurde ungeduldiger. »Haben Sie bereits etwas herausgefunden?«

Lewis zog seinen Mantel zurecht. Die klatschnasse Wolle wog gefühlt einen Zentner und wollte sich keinen Deut weit bewegen. Ein letzter Schwall Wasser ergoss sich in einem Hustenanfall aus seinem Mund, ehe er antwortete. »Ich weiß mittlerweile, dass Ihre Freundin leider nicht das erste Opfer war. Ich fürchte ... sie wird auch nicht die letzte Tote gewesen sein.«

Sie verzog keine Miene, blickte ihn nur stumm an, als würde sie auf weitere Nachrichten warten.

Er räusperte sich und fuhr sich mit der Hand durch die nassen Haare. »Ich ... also ... gehe morgen wieder zu Scotland Yard und sehe mir alle Berichte an.«

Schweigen.

»Ich werde den Mörder finden.«

Nun senkte sie leicht den Kopf und zum ersten Mal leuchteten ihre Augen ein wenig, als sie lächelte. »Das weiß ich. Sie sind der Beste.« Wieder blickte sie auf die Themse. »Beinahe hätten Sie ihr Grab geteilt.«

Es dauerte ein paar Sekunden, bis Lewis ihre Worte verstand, und sie ließen ihn hart gegen den plötzlichen Kloß in seinem Hals schlucken. »Ja, zum Glück waren Sie in der Nähe.«

»Ich bin immer hier.«

»Danke … für Ihre Hilfe.«

Ihr Gesichtsausdruck veränderte sich kurz, kaum länger als einen Wimpernschlag lag eine unerbittliche Härte darin. »Sorgen Sie dafür, dass sie nicht vergebens war.«

Lewis deutete eine Verbeugung an und tippte sich an die hutlose Stirn. »Dann auf bald, Miss.«

»Auf bald«, verabschiedete sie sich. »Und passen Sie in Zukunft besser auf sich auf.«

»Das werde ich.«

Langsam ging Lewis die Treppe nach oben, blickte sich dabei mehrmals vorsichtig um, für den Fall, dass die Iren doch noch auf ihn lauerten, aber weit und breit war keine Menschenseele zu sehen.

In diesem Moment wünschte er sich, ein mutigerer Mann zu sein, die letzten Erlebnisse einfach ausblenden und gemäßigten Schrittes unauffällig seinen Heimweg antreten zu können.

Er rannte.

So schnell er konnte.

»Nun, der Herr scheint eine ganz andere Definition von spät zu kennen als der Rest der Welt«, begrüßte ihn die tadelnde Stimme seines Butlers, als er sich endlich in die Sicherheit seines Hauses rettete.

Lewis ignorierte die Bemerkung und warf die Tür knallend ins Schloss, sodass Chester, der mit freudigem Schwanzwedeln ins Foyer gewackelt kam, erschrocken innehielt. Erst als der schwere Riegel vorgeschoben war, atmete Lewis erleichtert auf. Er trat ans Fenster neben der Haustür und spähte nervös auf die Teile der Straße, die von Laternen erleuchtet wurden.

»Ist heute Abend etwas passiert?«, fragte er an Dietrich gerichtet.

Der Butler zog missbilligend eine Augenbraue in die Höhe und musterte ihn von Kopf bis Fuß. »Nichts, das ich nicht schon gesehen hätte.«

Lewis winkte ab. »Ich meine nicht mich, Dietrich. Waren die Finnagans hier? Oder andere Schläger? Hast du jemanden ums Haus schleichen sehen?«

Der Blick des Butlers veränderte sich binnen eines Herzschlags. Die Überheblichkeit verschwand und machte einer kühlen Berechnung Platz, die Lewis stets frösteln ließ. Er wusste, dass der alte Butler eine Vergangenheit hatte – haben musste, immerhin war er bereits über sechzig –, aber Dietrich hielt sich äußerst bedeckt. Und Referenzen hatte er keine gehabt – die hatten Lewis auch nicht interessiert.

Für ihn zählte einzig und allein, dass der Mann verschwiegener als ein zugemauertes Grab war, was seinem persönlichen … Lebenswandel entgegenkam.

»Es war den ganzen Abend und die ganze Nacht ruhig, mein Herr. Auch Chester hat nicht angeschlagen.« Ohne Aufforderung half er Lewis aus dem nassen Mantel. »Sollte ich mich auf Ärger einstellen?«

Lewis runzelte die Stirn. »Im besten Fall halten sie mich für tot«, stellte er nüchtern fest.

»Und wollen Sie es bei diesem Eindruck belassen?«

Langsam schüttelte er den Kopf, zuckte am Ende aber lediglich mit den Schultern. »Ich weiß nicht.« Er fischte die durchnässten Kundenlisten aus seiner Jacke und reichte sie Dietrich. »Nicht, wenn wir die Einträge hier retten können.«

Einige Buchstaben waren bereits zerlaufen und das brackige Wasser der Themse hatte dem Papier stark zugesetzt.

Dietrich nahm die nassen Fetzen entgegen und rümpfte die Nase. »Jeder soll seine zweite Chance bekommen, nicht wahr?« Die Überheblichkeit hatte ohne Probleme wieder ihren Weg in Dietrichs Stimme gefunden. »Ich lasse dem Herrn ein Bad ein. Das Bett ist frisch bezogen.«

Lewis wusste nicht, ob er den Butler dafür hasste oder liebte, doch die Aussicht auf heißes Wasser und Seife verdrängte alle anderen Gedanken aus seinem Kopf. Er blickte zu Chester, der noch immer zögerlich im Foyer stand. »Keine Begrüßung für mich?« Der Dürrbächler schnüffelte in seine Richtung und gab ein widerwilliges Schnauben von sich. »So schlimm, ja?« Lewis lächelte und der Hund legte den Kopf schief. »Na gut, du kleine Heulsuse. Aber dann bewach die Tür, verstanden? Platz«, gab Lewis den Befehl und deutete neben sich auf den Teppich.

Chester folgte der Anweisung ohne Murren und ließ sich sogar zu einem kurzen Händeablecken hinreißen – mehr Zuneigungsbekundungen gab es nicht.

Das Letzte, woran Lewis sich dann noch erinnerte, war die wohlige Wärme des Badewassers, die ihn wie die Arme einer Mutter umschloss, und die wohlduftenden Öle und Seifen, die den Tag und all seine Ereignisse von ihm abspülten.

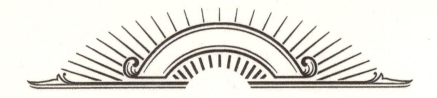

Kate

Kate erwachte viel zu spät. Die Sonne schien bereits hell durch die Fensterläden und auf den Straßen herrschte lautes Treiben. *Verdammt!*

Nach der nächtlichen Ruhestörung hatte sie einen langen Brief an ihren Vater verfasst, um sich zu beruhigen. Und schließlich war sie irgendwann eingeschlafen. Der kleine Schreibtisch erstrahlte im Licht und ließ den metallischen Teil der Tinte auf dem Umschlag leicht schimmern.

Kate sprang aus dem Bett, rieb sich mit einem nassen Lappen über Gesicht und Körper und zog einen frischen Rock samt Bluse und Gürtel an. Eine Garderobenwahl, die ihre Mutter sicher niemals gebilligt hätte ... zu modern.

Beim Blick in ihren Koffer stellte sie erneut fest, dass sie bald eine dauerhafte Bleibe finden musste. Und beim Blick in ihr Portemonnaie stellte sie sich erneut die Frage, wovon sie die bezahlen sollte.

»Eins nach dem anderen«, sagte sie an ihr Spiegelbild gerichtet. Ein wenig Puder und ein Hut, unter dem sie die hochgesteckten Haare verbarg, stellten sie ausreichend her, um sich ins Getümmel von Londons Straßen zu stürzen.

Kate verstaute den Brief in ihrer Tasche und kontrollierte nach dem Verlassen des Zimmers noch einmal, ob die Tür wirklich abgeschlossen war. Dann eilte sie die Treppe hinunter und betätigte die Klingel am Empfang.

Wieder erschien die Alte und beäugte sie misstrauisch. »Ja bitte, Miss Shaw?«

Immerhin kennt sie noch meinen Namen. Kate straffte die Schultern und räusperte sich. »Ich benötige das Zimmer noch für eine weitere Nacht.«

»Das macht zwei Schilling«, sagte die Alte mit einer Mischung aus Ablehnung und Bewunderung.

Kate überschlug im Kopf rasch ihre Finanzen und schüttelte den Kopf. »Nun, ich denke, dass mir nach dem nächtlichen Vorfall mit Mr Pierce ein saftiger Rabatt zugesteht.«

Die Alte tat so, als wüsste sie von nichts, doch Kate erkannte an dem kurzen Aufblitzen ihrer Augen nur zu deutlich, dass George Pierce kein unbeschriebenes Blatt war. »Was soll denn angeblich geschehen sein?«, fragte sie scheinheilig.

Kate setzte eine ernste Miene auf und stemmte die Hände in die Hüfte. »Nun, Mr Pierce versuchte gestern Nacht, sich gewaltsam Zutritt zu meinem Zimmer zu verschaffen. Offenbar sturzbetrunken und überaus wütend. Sie können mir nicht erzählen, dass Sie das nicht gehört haben.«

Die Alte zuckte mit den Schultern. »Ich habe einen sehr festen Schlaf, *junge* Miss.«

Allein die Art, wie sie das »junge« betonte, brachte Kates Blut zum Kochen. Doch anstatt ihrem Ärger freien Lauf zu lassen, entschied sie sich für eine andere Taktik und setzte ein steinernes Lächeln auf. »Ich wollte zwar an meinem ersten Arbeitstag beim *London Journal* über wichtige Dinge schreiben, aber sicher wird es die Leser auch interessieren, dass man in diesem«, sie machte eine ausladende Geste, »Etablissement gern von betrunkenen Gästen um die verdiente Nachtruhe gebracht wird. Ein kleines Hotel kann sich schlechte Presse nur schwerlich leisten, denken Sie nicht auch?«

Wie am Vortag verhakten sich ihre Blicke wieder ineinander. Die Augen der Alten schienen förmlich vor Zorn zu glühen, doch Kate wusste, dass sie auch dieses Duell gewinnen würde. Und schließlich gab die alte Vettel nach.

»Fein, Miss Shaw. Die heutige Nacht geht aufs Haus, da ich möchte, dass Sie sich als Gast wohlfühlen.«

»Danke, das ist überaus freundlich.«

Kate überreichte ihr den Zimmerschlüssel und wandte sich bereits der Tür zu, als die Alte erneut die Stimme erhob. »Aber die *junge* Miss sollte sich morgen lieber ein Zimmer in einer besseren Gegend suchen.« Kate blickte sie über die Schulter hinweg an und erkannte am triumphalen Blick, dass sie verloren hatte. »Ich bin alt und mein Sohn nicht immer zugegen. Ich wäre untröstlich, wenn der *jungen* Miss etwas zustoßen würde.«

Gut gespielt, alte Hexe. Zähneknirschend nickte Kate. »Ich danke Ihnen dennoch für Ihre Gastfreundschaft. Guten Tag.«

Damit beeilte sie sich, das Hotel zu verlassen, da sie nicht wusste, wie lange sie ihre Gesichtszüge noch unter Kontrolle behalten könnte. *Verdammt! Ich bin noch keine zwei Tage hier und sitze schon auf der Straße!*

In ihrem Magen rumorte es kräftig und sie konnte nicht sagen, ob es bloß der Hunger war oder die Sorge über eine neue Bleibe. Aber egal was es war – es würde warten müssen.

Vor der Tür schnaubte sie wütend. »Dämliche alte Kuh!«, begann sie vor sich hin zu schimpfen, während sie die Straßen in Richtung Fleet Street durchquerte. »Bloß weil sie nicht einsehen kann, dass wir Frauen heutzutage nicht mehr nur an der Hand eines Mannes umherlaufen dürfen.« Kate schüttelte wild den Kopf und ballte die Hände zu Fäusten. »Wir haben nicht mehr 1840, verdammt!«

»Verdammt richtig, Miss«, stimmte ihr ein Zeitungsjunge zu, der am Straßenrand die neueste Ausgabe des *Pamphlet* verkaufte. Sein breites Lächeln präsentierte vor allem vier fehlende Zähne – Kate konnte nicht sagen, ob es Milchzähne oder schon bleibende waren – und er wedelte auffordernd mit der Zeitung. »Und lesen dürfen Frauen heute auch!«

Kate grinste. Der Kleine hatte Schneid, zu seinem Pech aber die falsche Zeitung in der Hand. Sie kramte in ihrer Geldbörse und fischte fünf Pence daraus hervor, die sie ihm zuschnippte. »Pass auf dich auf.«

Der Junge fischte das Geldstück gekonnt aus der Luft und bedankte sich mit einem Kopfnicken. »Sie auch.«

Als sie das Redaktionsgebäude diesmal betrat, war sie beinahe noch aufgeregter als am Tag zuvor. Heute würde sie ihren ersten großen Artikel schreiben!

Der Wachmann grüßte sie nicht bloß freundlich – er stand von seinem Stuhl auf und kam auf sie zu. »Miss Shaw!«, grüßte er sie mit Namen. »Ich habe es gestern versäumt, mich Ihnen vorzustellen. Mein Name ist Frank Mason.« Er reichte ihr die Hand und drückte sie sanft, als hätte er Angst, sie zu zerbrechen. »Bitte verzeihen Sie, aber hier kommen immer wieder ... also ... na ja, Sie wissen ja.«

Sie lächelte milde. Natürlich lag ihr eine bissige Erwiderung auf der Zunge, angetrieben von ihrer Konfrontation am Morgen, doch sie wusste, dass Frank Mason nicht der Sündenbock ihrer schlechten Laune sein durfte. Was zählte, war, dass er sich bei ihr entschuldigte. »Aber natürlich. Ich hoffe, wir sehen uns ab jetzt häufiger.«

Er lächelte erleichtert. »Das hoffe ich auch, Miss Shaw.«

Am Fuß der Treppe hielt Kate noch einmal inne und wandte sich Mason zu, der sich bereits wieder hinter seinen Tresen verzogen hatte. »Sagen Sie, Mr Mason ... ich müsste diesen Brief abschicken, wo finde ich einen öffentlichen Briefkasten?«

Er dachte kurz nach, wobei sich seine Augenbrauen wie zwei Gewitterwolken auf der Stirn zusammenzogen. Kate wunderte sich bereits, dass eine so einfache Frage einer so gründlichen Evaluierung bedurfte, doch schließlich nickte Mason und lächelte sie breit an.

»Lassen Sie den Brief ruhig bei mir, Miss. Die Zeitung verschickt täglich jede Menge Briefe, da fällt der eine nicht auf.«

Kate zögerte. »Sind Sie sicher?«

Mason nickte heftig. »Ja, bitte. Als Entschuldigung, dass ich Sie gestern nicht ordentlich empfangen habe.« In seinem Blick konnte Kate echtes Flehen entdecken. *Anscheinend geht ihm die Sache wirklich nahe.* Sie atmete tief durch und ging zum Tresen.

Mason nahm ihr den Brief behutsam aus den Fingern, prüfte kurz mit einem Blick, an welche Adresse er gehen sollte, und nickte ihr väterlich zu. »Ich sorge dafür, dass Ihre Familie so schnell wie möglich von Ihnen hört, Miss. Ihr Pa ist sicher mächtig stolz auf Sie.«

Kate spürte die aufsteigende Nässe in den Augen. Sie drückte Masons Hand und beeilte sich, die Treppe ins Büro zu nehmen. *Na,*

ich bin ja wirklich eine knallharte *Reporterin,* schoss es ihr durch den Kopf. *Ein Wort über meine Familie und es brechen alle Dämme.*

Bevor sie die Tür öffnete, tupfte sie sich die Feuchtigkeit mit einem Taschentuch aus den Augenwinkeln. Nach ihrem gestrigen Auftritt wollte sie unter keinen Umständen heute heulend ins Büro kommen. Als sie diesmal die Hand auf die Türklinke legte, klopfte ihr Herz fast noch heftiger als am Tag zuvor. Denn diesmal öffnete sie die Tür nicht als verschüchtertes Mädchen aus Manchester, das um eine Anstellung flehte, sondern als Teil der Reportermeute des *London Journal.*

Erstaunlicherweise war es im Büro ruhig, bis auf zwei Männer, die auf ihre Schreibmaschinen einhackten, als hinge ihr Leben davon ab. Kate grüßte leise, da sie die Herren nicht in ihrer Konzentration stören wollte, und betrat erneut Barnes' Büro – jedoch erst, nachdem sie höflich angeklopft hatte.

»Ah, Kate!«, grüßte er sie freundlich. »Bringst du mir schon deinen ersten Artikel?«

Sie blickte ihn verdutzt an. »Ich ... äh ... habe verschlafen und wollte nur sagen, dass ich mir jetzt die Schreibmaschine bei Mickey abhole.«

Barnes legte die Stirn in Falten und rieb sich übers stoppelige Kinn. »Kate«, setzte er an und atmete tief durch. »Ich weiß ja nicht, wie das in Manchester gehandhabt wurde, aber hier in London verdienen Reporter wirklich nur Geld mit Nachrichten.« Als sie nicht direkt antwortete, fuhr er ungerührt fort. »Erspar mir bitte Belanglosigkeiten. Ich will Geschichten, Text, Eindrücke, Fotos – ich will eine Zeitung füllen.«

Sie blickte betreten zu Boden. »Entschuldigung.«

»Nicht nötig.« Seine Stimme war tief und ruhig, lief ihr wie ein warmer Sommerregen über den Rücken. »Fehler sind dazu da, dass man sie macht ... Einmal. Verstanden?«

Sie rang sich ein Lächeln ab. »Verstanden.«

»Aber gut, warum bist du heute so spät dran? Meine Neugier hat mal wieder gesiegt.«

Kate erzählte ihm daraufhin die Geschichte ihrer nächtlichen Begegnung mit George Pierce und des verlorenen Kampfes mit der alten Hoteldame. Barnes hörte ihr aufmerksam zu und hakte hin und

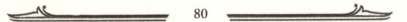

wieder nach, als wäre ihre Geschichte – ihr Leben – tatsächlich von Bedeutung.

»Und Mr Mason war so nett, den Brief für meinen Vater zur Hauspost zu pa...« Sie biss sich auf die Lippe.

Barnes' Augen blitzten freudig auf. »Ha! Der alte Frank ist mal wieder weich geworden.«

»Ich hoffe, er bekommt jetzt keine Schwierigkeiten.« Kate wippte von einem Bein aufs andere. »Ich kann den Brief auch gern se...«

Der Chefredakteur des *London Journal* winkte ab. »Keine Sorge. Wir verschicken wirklich so viele Briefe, dass deiner nicht auffällt.« Er machte eine kurze Pause und zwinkerte ihr zu. »So weiß ich wenigstens, dass deine Geschichte stimmt und du nicht heimlich von zu Hause getürmt bist.«

»Bestimmt nicht!«

John Barnes klatschte in die Hände. »So, damit ist die kleine Lehrstunde, wie man als Reporter ein Gespräch führt, auch vorbei!«

»Die Lehrstunde ... wie ... was?« Barnes wollte gerade zu einer Erklärung ansetzen, als Kate ihm ins Wort fiel. »Oh! Sie haben mich so tief in ein Gespräch verwickelt, dass mir die ... *pikante* ... Information um den Briefversand einfach so rausgerutscht ist, nicht wahr?«

Er nickte anerkennend. »Du lernst tatsächlich schnell, Donnerwetter. Und hatte ich nicht gesagt, dass du mich John nennen sollst?«

Ein warmes Gefühl erfüllte Kates Bauch. Bisher hatte sie lediglich von ihrem Vater ein solches Maß an Anerkennung erhalten. Sie nun von einem Fremden zu bekommen, der sie kaum kannte, war kostbar, das wusste sie. Um den Moment nicht überzustrapazieren, drehte sie sich um und ging zur Tür. »Ich hole dann mal die Schreibmaschine bei Mickey. Ich will nicht gleich an meinem ersten Tag ohne Lohn dastehen.«

»Gut, gut.« Barnes setzte sich bereits wieder an seinen Schreibtisch, als er noch einmal aufblickte und sie zurückhielt. »Ach Kate, hast du denn schon eine neue Bleibe in Aussicht? Kennst du jemanden in der Stadt?«

Sie schüttelte den Kopf. »Darum wollte ich mir morgen Gedanken machen.«

»Mach sie dir lieber heute«, entgegnete er. Dann nahm er einen Notizblock, den er in Reichweite auf dem Schreibtisch liegen hatte –

und Kate erkannte sofort an seinem gezielten Griff, dass John Barnes an jedem Tag und zu jeder Stunde einen Notizblock nebst Stift an haargenau jener Stelle deponiert hatte. Er kritzelte etwas darauf, riss das Blatt ab und hielt es ihr wedelnd hin. »Wo hast du bisher ein Zimmer? Ach, egal. Versuch es mal dort. Es ist ein großes Wohnhaus für Dienstmädchen.«

»Ich bin aber kein Dienstmädchen.«

»Macht nichts.« Er lächelte. »Die Zimmer sind günstig und sauber. Und die Mädchen können dir mehr über London und ihre hohen Herrschaften erzählen.« Barnes zwinkerte ihr verschwörerisch zu. »Sag der Hausdame, dass ich dich schicke, dann sollte es keine Probleme geben.«

Kate nahm den Zettel an sich und verstaute ihn in einer der seitlichen Taschen, die sie in ihren Rock eingenäht hatte, was Barnes anerkennend die Augenbrauen heben ließ.

Sie verließ das Büro und ging auf direktem Weg zu Mickey, der wie am Vortag hinter einem kleinen Tisch saß und sie aus wachen Augen musterte.

»Ah, die neue Reporterin. Hatte schon nicht mehr mit dir gerechnet«, begrüßte er sie ehrlich und ohne jede Rücksicht auf Formalitäten.

Kate lächelte und deutete auf das Köfferchen neben Mickeys Tisch. »Ist sie das?«

Er nickte und griff sich wie zum Gruß an die Stirn. »Jepp. Das beste Pferd im Stall! Damit werden dir jede Menge Artikel gelingen.«

Kate hob das Köfferchen an und spürte sein Gewicht. »Vorausgesetzt, ich bekomme das Ding heil in mein Zimmer.« *Wo auch immer das sein wird*, fügte sie in Gedanken hinzu.

»Vielleicht findest du draußen einen Jungen, der sie für 'nen Tanner schleppt. Ich kann leider nicht weg.«

Kate schüttelte den Kopf. »Das wird schon gehen.« Sie hatte nicht vor, Geld für etwas auszugeben, wozu sie selbst in der Lage war.

Fünf Minuten.

So lange dauerte es, bis Kate ihre Entscheidung bereute. Bis zu ihrem Ziel – einem Haus ganz in der Nähe des Hyde Parks – hatte sie die Schreibmaschine mehrmals abstellen müssen, das Gewicht zerrte

wie Blei an ihren Schultern. Aber so konnte sie sich wenigstens immer wieder einen Augenblick Zeit nehmen, um sich zu orientieren und die schönen Herrenhäuser zu bestaunen. Kate hatte sich gewundert, dass in einer so vornehmen Gegend ein Wohnhaus für Dienstmädchen sein sollte, doch Frank Mason hatte ihr beim Verlassen des *London Journal* erklärt, dass der Londoner Geldadel dieses »Manko« in Kauf nahm, da nicht in jedem Haus ein Zimmer für alle Angestellten vorhanden war.

Manche sind vielleicht nicht so reich, wie sie es gern vorleben, hatte Kate für sich gedacht.

Als sie an die schwere Haustür klopfte, verbannte sie derlei Gedanken rasch aus ihrem Kopf. Immerhin war dies ihre beste Gelegenheit auf ein günstiges Zimmer.

Die Hausmutter – zumindest hielt Kate die Dame jenseits der fünfzig dafür – öffnete die Tür gerade so weit, dass ihre schmale Gestalt den Durchgang weiterhin komplett blockierte. »Sie wünschen, Miss?« Die Art, wie sie die Worte betonte, zeugte von einer guten Erziehung und Bildung, jeder Buchstabe kam klar und messerscharf über ihre Lippen.

Kate hegte absolut keinen Zweifel daran, dass die ältere Frau nicht bloß jedes Mädchen kannte, sondern vermutlich ebenso dessen komplette Lebensgeschichte. Und sie zweifelte ebenfalls nicht daran, dass sie ihre Aufgabe äußerst ernst nahm. »Mein Name ist Katelyn Shaw. Mr Barnes schickt mich.« Sie streckte der Hausdame die Hand entgegen, doch die machte keinerlei Anstalten, sie zu ergreifen.

»Und was wollen Sie, Miss Shaw?«

Noch immer kein Anzeichen eines Handschlags, daher zog Kate die Hand wieder zurück und wischte sich beiläufig über den Rock. »Nun ... ich brauche dringend ein Zimmer und Mr Barnes meinte, dass ich es hier versuchen soll.« Kate setzte ein unscheinbares Lächeln auf. »Ich wäre Ihnen unendlich dankbar, Miss ...«

»Mrs Covington«, korrigierte die Hausdame sie hart. »Mein Mann mag verstorben sein, aber mein Schwur an ihn ist es nicht.« Etwas glitzerte in Mrs Covingtons Augenwinkel auf, doch mit ihrem nächsten Lidschlag war es verschwunden. »Ich nehme an, Sie sind Reporterin?«

»Ja, das bin ich.«

»Nun, dann sollten Sie sich rasch einen besseren Blick für Details aneignen, Miss Shaw. Wenn Sie den hätten, hätten Sie den Ring an meinem Finger bemerkt, nicht wahr?«

Kate nickte ergeben. »Da haben Sie recht, Madam.«

Mrs Covington zog eine Augenbraue scharf nach oben. »Madam? Leite ich hier etwa ein Bordell?«

Kate spürte, wie ihr Gesicht die Farbe reifer Kirschen annahm, und wedelte beschwichtigend mit den Händen. »Nein, nein, natürlich nicht! Ich wollte Sie nicht verärgern, Mrs Covington.«

Die Hausdame verengte die Augen zu schmalen Schlitzen, als würde sie nach einem weiteren Fettnäpfchen suchen, in das sie Kate mit dem Kopf voran stoßen könnte. Doch plötzlich klärte sich ihr Blick auf. Die harten Züge wurden weich, und was Kate zuvor noch für die knittrigen Mundwinkel eines stets mürrischen Ausdrucks gehalten hatte, entpuppte sich als fein ziselierte Lachfältchen. Mit einem Mal strahlten Mrs Covingtons Augen vor Freude und ein warmes Lächeln breitete sich in ihrem Gesicht aus. »John hätte Sie vorwarnen sollen!« Sie lachte herzlich und trat einen Schritt zur Seite, um Kate ins Haus zu bitten. »Von Zeit zu Zeit erlaube ich mir gern einen Scherz mit euch Mädchen«, fuhr sie fort, während Kate die Schreibmaschine durch die Haustür wuchtete.

Kate hatte nicht damit gerechnet, ein so modernes Anwesen vorzufinden. In ihrer Vorstellung war die Dienstmädchenunterkunft ein Haus, das gerade den nötigsten Komfort bot – vielleicht sogar weniger. Stattdessen betrat sie einen Eingangsbereich, der dem Vestibül eines großen Herrenhauses glich.

»Wunderschön«, stieß sie atemlos aus, was auch teilweise der schweren Schreibmaschine geschuldet war.

»Danke«, sagte Mrs Covington, während sie die schwere Haustür schloss. »Das Zimmer kostet einen halben Schilling pro Tag, Frühstück ist im Preis inbegriffen.« Dann wandte sie sich an eine junge Dame, die so unscheinbar neben der großen Treppe zum Obergeschoss stand, dass Kate sie völlig übersehen hatte. »Claire, sei ein Schatz und zeige Katelyn, wo sie schlafen kann, bevor du zur Arbeit gehst.«

Claire nickte eifrig. »Gewiss, Mrs Covington.« Dann bedeutete sie Kate, ihr zu folgen und ging langsam die Treppe hinauf.

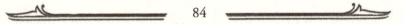

»Noch einmal, vielen Dank, dass ich hier wohnen darf.« Vor lauter Überschwang schloss Kate die ältere Dame kurz fest in die Arme und eilte dann Claire hinterher, so schnell sie mit der Schreibmaschine die Stufen erklimmen konnte.

Im oberen Stockwerk erwartete Kate ein langer Flur, von dem mehrere Türen abzweigten. Vermutlich die Schlafräume der übrigen Mädchen – wie viele mochten hier wohl wohnen? Dunkle Holzvertäfelungen an den Wänden verliehen der Luft einen ganz eigenen Duft, der sich mit dem Aroma von Politur und frischen Blumen zu einem Gedicht vermischte, das Kate leise zuflüsterte: *Heimat*.

In der Bibliothek ihres Vaters hatte es immer ähnlich geduftet, da Mr Shaw Senior stets auf äußerste Sauberkeit bedacht war, wenn es um Möbel oder Stoffe ging.

Kate, ein Stoff kann noch so schön sein, wenn er unter Staub erstickt, will ihn niemand mehr ansehen!, hörte sie ihn sagen. Sie war sich sicher, ihr Vater würde dieses Haus lieben.

»Sind Sie schon lange in London, Miss Shaw?« Die junge Frau, die Mrs Covington als Claire angesprochen hatte, warf ihr einen schüchternen Seitenblick zu.

Kate riss sich von ihren Gedanken los und blinzelte perplex. »Erst seit gestern«, stellte sie erstaunt fest. »Es kommt mir schon viel länger vor.«

Claire nickte lächelnd. »Das hat die Stadt so an sich. Vor allem die ersten Tage sind hart.«

»Wo kommst du her? Ich darf doch Du sagen? Immerhin sind wir fast im selben Alter, nehme ich an.«

»Ach, ein kleiner Vorort.« Sie öffnete eine Tür rechter Hand und blieb vorm Eingang stehen. »Dein Zimmer.«

Kate wuchtete die Schreibmaschine hinein. Die Zimmer waren nicht groß, jedoch gab es ein fest installiertes Waschbecken, was Kate augenblicklich darüber nachdenken ließ, wie viel Geld Mrs Covington in den Umbau des Hauses gesteckt haben musste. Das Bett mit dunklem Holzgestell wirkte bequem und nach den Strapazen des Weges eindeutig *zu* einladend auf sie. Und in dem Kleiderschrank könnte sie den Inhalt ihres Koffers fünfmal verstauen und sich selbst wohl noch verstecken.

Neben dem Bett stand ein kleiner Schreibtisch, auf dem Kate die Schreibmaschine platzierte. Von hier aus konnte man durch ein Fenster auf die Straße blicken und der Welt bei ihrem Voranschreiten zusehen. Kate musste das Bild unterdrücken, wie sie hier am Schreibtisch saß und tippte, oder sie würde sich schlichtweg einschließen und niemanden hereinlassen.

»Gefällt es dir?«, fragte Claire zaghaft.

»Es ist wunderschön!«

Claire lächelte, was sie jünger wirken ließ, und schlagartig fragte Kate sich, wie alt das Hausmädchen wohl sein mochte.

»Mrs Covington lässt jeden Morgen Frühstück für uns bereitstellen«, begann Claire mit einer Auflistung von Annehmlichkeiten und Pflichten, die in diesem Haus galten. »Sie erwartet, dass wir unsere Zimmer selbst sauber halten. Und sie kontrolliert es auch.«

»Warum? Wenn wir es selbst tun sollen, könnte es ihr doch egal sein?«

Claire schüttelte energisch den Kopf. »Mrs Covington lässt nur tadellose Mädchen bei sich wohnen. Einmal soll sie ein Mädchen des Hauses verwiesen haben, weil sie zwei Tage hintereinander nicht ihre Schuhe vor der Eingangstür abgetreten hatte.«

Unwillkürlich kontrollierte Kate ihre eigenen Schuhsohlen und stellte zu ihrer Erleichterung fest, dass sie für Straßenschuhe verhältnismäßig sauber waren. »Verstanden. Bestes Benehmen.«

»Es gibt keine vorgegebenen Zeiten, zu denen man wieder im Haus sein muss, aber alle hier arbeiten, daher sollte man immer auf die Lautstärke achten.«

Kate nickte. Auch damit konnte sie leben. »Dann nehme ich an, dass hier niemand nachts betrunken an meiner Tür randaliert.«

Claires Augen weiteten sich vor Schreck. »*Das* ist dir passiert?«

»Nicht der Rede wert.« Sie blickte sich im Flur um, alle anderen Türen waren verschlossen. »Sag, Claire, wohnst du als Einzige hier?«

»Nein, das Haus ist mit zwölf Betten bestückt und dank dir wieder voll belegt.«

»Wo sind die anderen?«

»Bei der Arbeit. Meine Herrschaft ist ... ungewöhnlich, daher fange ich nicht so früh an.«

Kate lächelte. »Ich mag ungewöhnlich. Das war meist das Netteste, was die Menschen in Manchester über mich gesagt haben.«

Claire legte ihr mitfühlend eine Hand auf die Schulter. Dabei fiel ihr eine ihrer roten Locken ins Gesicht und sie wischte sie mit einer flinken Handbewegung wieder hinters Ohr zurück. Kate liebte rote Haare, wie gern hätte sie ihre eigenen gefärbt, doch ihre Mutter war immer strikt dagegen gewesen. »Mrs Covington mag ungewöhnliche Menschen«, versicherte Claire.

»Wo ist dein Zimmer?«, fragte Kate und blickte sich weiter im Gang um.

»Direkt neben deinem«, gab Claire freudestrahlend zurück. »Und das daneben gehört Millie, aber sie schläft oft im Haus ihrer Herrschaft.« Sie bedeutete Kate, ihr zu folgen. Am Ende des Flurs lag zu jeder Seite des Ganges ein Badezimmer mit mehreren Toiletten. Was nicht weiter verwunderte bei über zwölf Personen. Ob neben Mrs Covington und ihnen noch jemand im Haus wohnte?

»Wie lange bist du schon hier?«, fragte Kate schließlich, als Claire den Rundgang beendet hatte.

Claire legte die Stirn in Falten und überlegte einen Moment. »Ich glaube, es sind jetzt schon sieben Jahre. Damals war ich vierzehn.«

Kate blähte die Backen. »In dem Alter hatte ich den dritten Privatlehrer verschlissen. Angeblich war ich unbelehrbar.«

»Und? Stimmt es?«

Sie schüttelte lachend den Kopf. »Nein, ich hatte einfach kein Interesse daran, zu lernen, wie ich als Dame schön vornehm den kleinen Finger beim Halten einer Teetasse abspreize, während ich über Unsinn lache, den Männer erzählen.«

Claire machte große Augen. »Klingt …«

»Unbelehrbar, ich weiß«, schloss Kate und lachte nur noch lauter.

Auf dem Weg hinunter hielt Kate am Fuß der Treppe kurz inne. »Weißt du, wie ich mein Gepäck von dem kleinen Hotel hierhertransportieren lassen kann? Ich muss gestehen, dass der Weg vom *London Journal* hierher schon anstrengend genug war.«

»Ich werde es für Sie veranlassen«, ertönte Mrs Covingtons Stimme hinter ihnen. Die alte Dame war wie aus dem Nichts erschie-

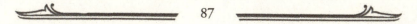

nen und betrachtete Kate neugierig. »Hat Claire Ihnen alles gezeigt, Miss Shaw?«

»Ja ... und bitte, nennen Sie mich Kate, Mrs Covington.« Der Blick der älteren Frau war undeutbar, daher fügte Kate noch hinzu: »Und vielen Dank, dass Sie mich in diesem wundervollen Haus wohnen lassen.« Sie kritzelte die Anschrift ihrer bisherigen Bleibe auf einen Zettel und reichte ihn der älteren Dame.

Damit verabschiedete sie sich und verließ, mit Block und Stift bewaffnet, das Anwesen, um auf Londons Straßen Stoff für ihren ersten Artikel zu finden.

Dienstag, 10. September 1895
13:16 Uhr

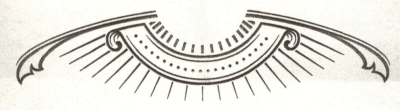

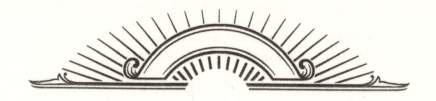

Lewis

»Der Herr möge mir verzeihen, dass ich Ihn wecke, aber heute Nacht sagten Sie, dass Sie Scotland Yard aufsuchen wollen.«

Lewis brauchte die Augen nicht zu öffnen, um zu wissen, dass es ein ganz bescheidener Tag werden würde. Sein Schädel brummte, das Sonnenlicht, das den Raum flutete, als Dietrich die schweren Samtvorhänge beiseitezog, brannte sich selbst durch die geschlossenen Lider in seine Netzhaut. Bei der Erwähnung von Scotland Yard setzten sich allerdings einige Zahnräder in seinem Hirn in Bewegung, von denen er wusste, dass sie nicht mehr zu stoppen waren.

Die anderen Leichen. Die Fallakten. Powler wartet auf mich. Wenn ich nicht auftauche, wird er misstrauisch. Am Ende kommt man meiner Trunksucht auf die Spur.

Lewis schwang die Bettdecke beiseite, ignorierte dabei die hämmernden Schmerzen in seinem Kopf und stemmte sich aus dem Bett.

»Der Herr scheint unter die Naturalisten gegangen zu sein«, bemerkte Dietrich und zog dabei eine Augenbraue pikiert nach oben.

Lewis bemerkte den Luftzug an seinen Beinen und anderen ... sensibleren Stellen und bedeckte mit hochrotem Kopf seine Blöße. »Ich ... äh ... muss heute Nacht wohl ...«

Dietrich wedelte abwehrend mit der linken Hand, während er ihm mit der rechten bereits den Morgenmantel reichte. »Sagen Sie nichts. Im Zustand völliger *Erleuchtung* sind jegliche gesellschaftliche Konventionen bloß Zwang.«

Die Art und Weise, wie er das Wort »Erleuchtung« betonte, ließ Lewis eine Grimasse schneiden. »Dietrich, ich will nicht, dass du ...« Beim Anblick des Butlers ließ er den Satz unvollendet. Im Gesichtsausdruck des alten Deutschen lag trotz aller Bissigkeit ein Anflug von ... Mitgefühl? Sorge?

Lewis wusste, dass der bärbeißige Mann im Kern aus zart schmelzender Schokolade bestand, mehr als einmal hatte er Dietrich beim Spielen mit Chester beobachtet. Und die Tatsache, dass der Hund den Butler beinahe mehr liebte als ihn, war ihm Beweis genug.

»Danke«, murmelte er leise, während er sich den anschmiegsamen Stoff überzog. Dann blickte er Dietrich kurz in die Augen und fügte hinzu: »Für alles.«

Der Blick des Butlers wurde weich – nur für einen kurzen Moment; hätte Lewis geblinzelt, er hätte es verpasst – und er deutete ein Nicken an. »Ich habe mir die Freiheit genommen, dem Herrn einen meiner speziellen Muntermacher zu bringen.« Er deutete auf den kleinen Beistelltisch am Kopfende des Bettes.

Beim Anblick des widerlichen Gebräus verzog Lewis das Gesicht, doch er wusste, dass Dietrich in dieser Frage nicht mit sich würde verhandeln lassen. »Danke.«

Dietrich hatte indessen den Kleiderschrank geöffnet und durchstöberte Lewis' Mäntel. »Nach Ihrem gestrigen Erlebnis kam ich zu dem Schluss, dass Ihre Garderobe eine Aufwertung benötigt.«

Lewis runzelte die Stirn. Er benötigte definitiv einen kräftigen Schluck von Dietrichs Muntermacher, auch wenn er den Geschmack fürchtete. »Die Mäntel sind doch alle neu?«

»Ja, und über jenen Vorfall hat der Herr mir aufgetragen zu schweigen«, erwiderte Dietrich, der wieder zu alter Größe auflief. »Aber da der Schneider Ihre Maße ohnehin noch hat, wäre es da nicht eine gute Idee, ein paar zusätzliche Taschen einnähen zu lassen?« Und als Lewis noch immer nicht verstand, fügte Dietrich hinzu: »Versteckte Taschen. Solche, in die man Gegenstände packen kann, die man beim Umgang mit niederen Subjekten gern in Griffweite hat?«

Allmählich dämmerte es Lewis und er nickte. »Ich fürchte zwar, dass ein Schlagring mir bei Sean Finnagan nicht viel hilft, aber schaden kann er auch nicht.«

»Ich werde Claire mit den Mänteln zu Ganderson schicken.« Damit drehte Dietrich sich auf dem Absatz um und verließ das Schlafzimmer.

Schlussendlich erkannte Lewis, dass er den Moment der Wahrheit nicht länger hinauszögern konnte. Er packte das Glas mit dem widerlichen grünen Gebräu, das Dietrich für ihn angesetzt hatte, hielt die Luft an und stürzte es in einem Zug hinunter. Es schmeckte noch immer ekelerregend.

Dietrich hatte ihm bereits angemessene Kleidung für den Tag bereitgelegt. Ein weißes Hemd mit aufknöpfbarem Kragen unter einer braunen Weste zu ebenso braunen Hosen, dazu den dunkelgrauen Gehrock. Lewis hielt kurz inne, als er zur knallroten Krawatte kam, die Dietrich für ihn ausgesucht hatte, entschied aber dann, dass der Butler mit diesem Farbtupfer durchaus richtiglag. Ein hellgrauer Bowler komplettierte das Ensemble.

Bevor er das Haus verließ, griff er sich noch den Gehstock mit dem silbernen Knauf.

Chester stand bereit, um seinem Herrchen zu folgen, doch Lewis gebot ihm, sich zu setzen. »Ich bin bald zurück, mein Junge, dann gehen wir eine Runde durch den Park, ja?«

In dem fröhlichen Hecheln des Dürrbächlers hätte man von Zustimmung, Vorfreude bis hin zu tumber Ratlosigkeit alles erkennen können, daher beschloss Lewis, dass der Hund sich auf seine Rückkehr freute.

»Der Herr gibt heute ein beispielhaftes Bild seines Standes ab«, stellte Dietrich nüchtern fest, als er ihm die Tür aufhielt.

Lewis kommentierte dies mit einem knappen Lächeln. Immerhin begann das Wundermittel des Butlers bereits zu wirken, denn sein Kopf klarte immer mehr auf. »Bis in ein paar Stunden, Dietrich.«

Damit verließ er das Haus.

»Warten Sie auf mich«, wies Lewis den Kutscher an und drückte ihm ein paar Schilling in die Hand. Die Summe war weitaus großzügiger, als nötig war, doch er wollte unter keinen Umständen seine Zeit mit der Suche nach einem neuen Transportmittel vergeuden, wenn alles wie geplant verlief.

Inspector Powler begrüßte ihn wie immer voller Überschwang und nicht, ohne allen anderen deutlich zu signalisieren, mit *wem* er gerade sprach. Lewis mochte das Gehabe des jungen Polizisten nicht, doch er wusste, dass er es dem Mann niemals würde ausreden können, ohne dessen Gefühle zu verletzen.

Und einen Befürworter – gar Bewunderer – in den Reihen Scotland Yards zu haben, könnte sich als überaus nützlich erweisen. Außerdem – gerade dieser Teil war schwer einzugestehen – mochte er Inspector Powler. Der Mann mochte ein Ehrgeizling sein, doch er war wissbegierig, offen und loyal.

»Mr van Allington!« Powler strahlte übers ganze Gesicht. »Welch eine Freude, dass Sie es einrichten konnten.«

Lewis ignorierte wie am Tag zuvor die ihm dargebotene Hand und tippte sich mit dem Knauf des Gehstocks kurz gegen die Hutkrempe. »Powler, mein Freund, Sie wissen doch, dass Männer wie wir einer Spur nachgehen müssen, bis wir am Ende des Weges sind.«

Der junge Inspector nickte eifrig. »Ich habe bereits alle Berichte für Sie zusammenstellen lassen. Wenn Sie mir bitte folgen würden.«

»Mit dem größten Vergnügen.« Lewis war nicht entgangen, wie der Mann bei der Betitelung als »Freund« gefühlt um eine Handbreit gewachsen war. »Ich hoffe, Sie hatten keine allzu große Mühe damit.«

Powler schüttelte vehement den Kopf. »Ganz im Gegenteil!« Er blieb stehen und blickte sich verschwörerisch um. Dann neigte er sich Lewis weiter zu und senkte die Stimme. Als er sprach, zierte ein breites Lächeln seine Lippen. »Sie hätten einmal sehen sollen, wie alle aufgesprungen sind, als klar war, dass Sie an diesem Fall arbeiten wollen.«

Lewis schnitt eine Grimasse. Er war kein Polizist, und seit er begonnen hatte, über die von ihm gelösten Fälle zu schreiben, genoss er in den Reihen Scotland Yards einen zweifelhaften Ruf. Es gab keinerlei Veranlassung, einer Privatperson Einblick in sensible Ermittlungsakten zu gewähren. Allerdings waren seine Erfolge nicht von der Hand zu weisen. Und sollte seine Einmischung in den Fall publik werden, wollte kein Beamter in ganz London derjenige sein, der dem berühmten Lewis van Allington bei seiner Arbeit im Weg gestanden hatte.

Und so ergab sich die überaus kuriose Situation, in der Lewis zwar offiziell von Scotland Yard totgeschwiegen, inoffiziell aber von den Beamten unterstützt wurde.

Powler ging voraus, als würde er ihn durch das Gebäude führen, dabei kannte Lewis sich bestens aus. Als sie das Foyer von Scotland Yard betraten, stürmten die vertrauten Geräusche des Polizeialltags auf ihn ein. Das Klingeln der Vermittlungsstation, wo dringende Anrufe direkt in die Büros durchgestellt und andere zurückgestellt wurden. Der Duft frisch polierter Stiefel, da die Beamten darauf eingeschworen waren, zu jeder Zeit den bestmöglichen Eindruck zu machen. Und hier und da ein Zivilist, der auf Auskunft wartete.

An einem der Schalter stand ein junger Beamter und diskutierte gerade mit einem älteren – der Kleidung nach wohlsituierten – Herrn. Der Mann schien überaus aufgebracht und ließ sich einfach nicht abwimmeln. »Ich möchte jetzt sofort wissen, wo meine Tochter ist!«

»I… ich sagte doch bereits, wir suchen sie.«

»Das sagt man mir seit zwei Wochen!« Der Mann schlug wütend auf den Tresen. »Junge, meine kleine Tochter ist in dieser Drecksstadt, also finde sie!«

»Wir tun, was wir können, Mr …«

Die Unterhaltung verlor sich im allgemeinen Lärm und Lewis konzentrierte sich lieber auf Powler. Er wollte unter keinen Umständen einen wichtigen Satz verpassen, den der Inspector möglicherweise von sich gab. Sein Plan hing maßgeblich von Powlers Gunst ab, daher wollte er nicht riskieren, den jungen Mann vor den Kopf zu stoßen.

»Die Leichen der beiden Frauen sind leider schon vor Wochen für anatomische Studien freigegeben worden«, sagte Powler auf der Hälfte des Weges zum Archiv, wo die Akten aufbewahrt wurden.

Namenlose Leichen für die Studien. Und hier Berichte in einem weiteren namenlosen Grab, dachte Lewis. *Fälle, die niemand aufklärt, weil sie keinen interessieren.*

Er spürte einen Anflug von Zorn in sich aufwallen, wenn er an die – soweit bekannt – drei toten Frauen dachte. Wie es den Freunden und Familien der anderen beiden Leichen wohl erging? Niemand würde ihnen die traurige, aber Gewissheit verschaffende Nachricht überbringen. Niemand würde ihnen Antworten auf ihre Fragen geben, die Möglichkeit, mit dieser schrecklichen Geschichte abzuschließen. Für die Familien der Opfer würde es für den Rest ihrer Tage die quälende Frage geben, was mit ihrer Tochter, Schwester oder Freundin geschehen war.

Lewis war fest entschlossen, diese Antwort zu liefern.

Powler öffnete die Tür zum Archiv und bat ihn hinein. Im Inneren roch es nach Eisentinte und modrigem Papier. Das Archiv war weiß Gott nicht der gepflegteste Raum des Gebäudes, und nicht selten nahmen Akten über die Jahre Schaden, was eine spätere Nachvollziehung alter Fälle häufig erschwerte, wenn nicht gar unmöglich machte.

Der Inspector führte ihn zu einem kleinen Tisch mit zwei Stühlen und einer einsamen Lampe. Auf der dunkelbraunen Holzplatte, die ihrerseits unter dem feuchten Klima des Raumes litt, lagen drei dünne Mappen. Lewis vermutete, dass die Fallakten kaum mehr als die Totenscheine enthielten.

Powlers Herumdrucksen bestätigte seinen Verdacht. Der junge Polizist tänzelte von einem Bein aufs andere, als er ihn in die Ermittlungsergebnisse einweihte. »Alle drei Opfer hatten rote Haare und waren noch recht jung.« Auf Lewis' auffordernden Blick folgte ein entschuldigendes Achselzucken. »Mehr haben wir nicht herausgefunden …«

»Ich verstehe«, sagte Lewis in versöhnlichem Tonfall. »London ist ein Moloch geworden, da sind Ermittlungen dieser Art kaum noch zu bewältigen, nicht wahr?«

Powler atmete erleichtert aus. »Sie sagen es!«

Dass man vermutlich kaum einen Tag auf die Suche nach den Frauen verwendet hatte, erwähnte Lewis nicht. »Das Problem mit Mordserien ist, dass häufig nur das erste Opfer einen echten Bezug zum Täter aufweist«, stellte er fest. »Mit dieser ersten Tat kommt der Mörder meist auf den Geschmack. Und mit jedem weiteren Opfer wird die Verbindung zu ihm schwächer.«

Powler blickte betreten zu Boden. »Ich weiß. Das haben Sie bereits in Ihrem ersten Buch festgestellt, als Sie *den Zimmermann* dingfest gemacht haben.«

Lewis nickte. *Der Zimmermann.* Er erinnerte sich noch gut an den Fall, obwohl er schon sechs Jahre zurücklag. Damals war ein einfacher Mann eines Nachmittags nach Hause gekommen und hatte seine Frau im Bett mit einem anderen Mann erwischt. Doch anstatt die beiden zur Rede zu stellen, nahm er sich einen Zimmermannshammer und folgte dem Liebhaber heimlich. Eine dunkle Gasse und fünf Schläge später war der Freier Rattenfutter. Die untreue Ehefrau ereilte ein weitaus schlimmeres Schicksal. Nachdem er sie umgebracht hatte, hatte er eine zweite Wand in seinem Haus eingezogen und sie in dem Hohlraum versteckt.

Bis dorthin war es eine schöne kleine Rachegeschichte gewesen, doch *der Zimmermann* war mit jedem Schlag seines Hammers mehr auf den Geschmack von Gewalt und Blut gekommen. Erst sieben Leichen später sollte Lewis dem Mörder auf die Spur kommen, als ihm bei einem Toten, der sich nach Leibeskräften wehrte, ein Knopf von seiner Weste abriss. Eine Banalität, doch aufgrund der Außergewöhnlichkeit dieses Knopfes konnte Lewis schließlich den Schneider, Robert Ganderson, ausfindig machen und somit auch den Mörder.

Als Scotland Yard bei seinem Haus ankam, wirkte dieser beinahe erleichtert, dass man ihn endlich gefasst hatte.

Er hatte immer wieder beteuert, dass der Teufel ihm die Morde befohlen hatte und man ihn erlösen solle.

Der Strick übernahm diese Aufgabe nach einem kurzen Prozess, in dem der Schuldige voll geständig war.

Nebenbei hatte Lewis auf diese Weise auch noch den besten Herrenschneider ganz Londons gefunden, aber das war im Vergleich zur Mordaufklärung Nebensache.

Nun blickte Lewis auf die Akten dreier Morde und wusste, dass in einer davon ein Hinweis auf den Täter verborgen lag, den er finden musste, bevor die Tragödie sich wiederholte. »Zwei Monate«, stellte Lewis fest, als er die Mappe des ersten Mordopfers aufschlug und auf das Datum blickte. »Sie starb vor zwei Monaten.«

»Ja, daher haben wir erst keinen Zusammenhang gesehen«, gestand Powler. »Die Mordzeitpunkte lagen bisher zu weit auseinander.« Der Inspector trat nervös von einem Fuß auf den anderen. »Wir können nicht einmal ausschließen, dass es nicht noch weitere Opfer gibt.«

Lewis schlug die Mappen zu und legte sie aufeinander. »Ich werde diese Akten mitnehmen.« Powler entglitten die Gesichtszüge, doch der Inspector verpasste seine Gelegenheit zum Einspruch. »In diesem feuchten Loch von einem Keller kann ich unmöglich arbeiten, ohne mir den Tod zu holen.« Damit verschwanden die Akten unter seinem Mantel und er wandte sich zum Gehen, wobei er Powler versöhnlich

auf die Schulter klopfte. »Keine Sorge, mein Bester, ich bringe sie bald zurück.«

Powlers Mund klappte auf, die Augen wurden immer größer, doch schließlich schloss er den Mund wieder und nickte. »Einverstanden. Bei Ihnen weiß ich die Berichte in guten Händen.« Und als würde ihm erst danach auffallen, dass er Lewis ein noch besseres Kompliment machen könnte, fügte er hinzu: »Den besten!«

Lewis mochte Powler, machte sich aber insgeheim eine Notiz, dass er dem Jungen die Speichelleckerei austreiben würde. Statt darauf einzugehen, tippte er sich an den Bowler und marschierte davon. *Genau nach Plan*, dachte er zufrieden.

»Ich sehe Sie dann in ein paar Tagen, Inspector«, verabschiedete er sich, als er durch die Tür in den Innenhof trat und in der Kutsche verschwand. Ein kurzes Klopfen mit dem Gehstock gegen die Decke des Innenraums, und das von zwei Pferden gezogene Gefährt setzte sich in Bewegung.

Wieder zurück in der Devonshire Street 17, schloss Lewis sich in seinem Büro ein. Dietrich hatte Anweisung, jegliche Ablenkung von ihm fernzuhalten. Nur Chester war der Zugang zum Raum gestattet, denn der Dürrbächler sorgte zuweilen mit seinem sonoren Schnarchen dafür, dass Lewis' Gedanken sich beruhigten und er klarer sehen konnte.

Vor sich auf dem dunklen Eichenholzschreibtisch lagen die Akten der drei Mordopfer.

Lewis öffnete eine der Schubladen zu seiner Linken und förderte Papier und Stift zutage. Er hatte Powler versprochen, die Berichte bald zurückzubringen, daher wollte er sich alle wichtigen Details lieber aufschreiben, anstatt sich auf sein Gedächtnis zu verlassen, das ihn zuweilen im Stich ließ. *Und du weißt auch, warum das so ist*, dachte er missmutig und spürte die Enttäuschung über sich selbst.

Kopfschüttelnd öffnete er die Mappe des ältesten Mordfalls.

Eine junge Frau, rothaarig und nach öffentlicher Meinung durchaus als schön zu bezeichnen. »Tod durch Ertrinken«, las er laut vor. Beim Gedanken an das jüngste Opfer bezweifelte er diese Einschätzung allerdings zutiefst. Dummerweise konnte er seine Vermutung

nicht bestätigen, doch Lewis wettete darauf, dass auch diese Frau durch den Stich mit einem Stilett getötet worden war.

Ein lautes Klopfen an der Tür riss ihn aus seinen Gedanken. Dietrich trat kurz danach ein und brachte ihm einen wohlduftenden Tee, den er diskret auf dem Schreibtisch abstellte.

»Schließ die Tür«, wies Lewis ihn an.

Der Butler hob missmutig eine Augenbraue in die Höhe. »Die Manieren des Herrn waren auch schon einmal besser. Das hier ist nicht Edwards Saufhöhle. In der Devonshire Street 17 pflegen wir gewisse Umgangsformen.«

Lewis blickte verwirrt von seinen Unterlagen auf. »Hatte ich nicht gesagt, dass ich nicht gestört werden möchte?«

»Ja, aber der Herr wies mich ebenso an, ihm einen Tee zu machen. Ich kann ihn schlecht unter der Tür durchschieben, nicht wahr?«

Für einen kurzen Moment lieferten sie sich ein Blickduell, dann lehnte Lewis sich in seinem lederbezogenen Schreibtischstuhl zurück und lächelte sanft. »Natürlich hast du recht, mein lieber Dietrich.«

»Bestand daran Zweifel?« Der Butler wahrte seine Fassade aus deutscher Missmutigkeit, gepaart mit der Überheblichkeit eines Mannes, der wusste, dass er im Vorteil war.

Lewis nickte und wollte ihn gerade wieder wegschicken, als er es sich anders überlegte. »Schließ die Tür ... aber von innen.«

Nun hob Dietrich erneut die Augenbraue, diesmal jedoch augenscheinlich vor Verwunderung.

Lewis lächelte entwaffnend. »Ich brauche einen Sparringspartner für meine Gedanken ... und ...« Er blickte dem Butler offen ins Gesicht. »... dir traue ich am meisten.«

Für einen Lidschlag lang wirkte es, als würde der Deutsche eine Regung zeigen, doch das Pendel der Uhr klackte erneut und der Moment war verflogen. »Also gut«, begann Dietrich und setzte sich Lewis gegenüber auf einen nicht weniger bequemen Stuhl. »Wo stehen wir?«

Lewis gab dem Butler einen Abriss über die Ereignisse. »Daher glaube ich, dass auch das erste Opfer mit einem Stilett getötet wurde«, schloss er seinen Monolog.

»Was macht Sie da so sicher?«

Lewis lehnte sich erneut im Stuhl zurück. »Das Stilett, Dietrich. Eine solche Waffe ist zu ungewöhnlich, als dass ihre Verwendung ein Zufall sein könnte.«

»Ein Serienmörder, der seine Opfer mit einem Stilett umbringt.« Der Blick des Butlers schweifte über die Fallakten. »Und eine Schwäche für junge Frauen zu haben scheint.«

Lewis nickte. »Das Morden hat für ihn etwas Rituelles. Er folgt einem Schema.«

»Dann wird er vermutlich nicht aufhören, nicht wahr?«, fragte der Deutsche mit ernster Stimme.

»Ich fürchte, wir stehen hier ganz am Anfang.«

»Könnte ... *er* zurück sein?«

Lewis schüttelte den Kopf. »Nein, das hier ist eine andere Handschrift ... Aber ich fürchte, dass *Jack the Ripper* gegen diesen Killer bald wie ein Chorknabe aussieht.«

»Und was ist Ihr nächster Schritt?«

Lewis zuckte mit den Schultern. »Ich weiß nicht. Sind die Notizen der Finnagans schon trocken?« Er hatte Angst, das Papier könnte sich zwischen seinen Fingern auflösen, sollte er zu früh versuchen, die verwaschenen Buchstaben zu entziffern.

»Leider nein.« Dietrich erhob sich vom Stuhl, wobei er sich für einen Mann seines Alters – wie alt war er eigentlich genau? – erstaunlich geschmeidig bewegte. »Da dies ein ... interessanteres Unterfangen zu werden scheint, war der Auftrag an Ganderson sicher nicht verkehrt. Der Herr möchte sich aber nun vielleicht umziehen.«

»Umziehen?«

»Da Sie wieder arbeiten, halte ich es für angebracht, dass Sie sich wieder regelmäßig in der Gesellschaft blicken lassen. Lord Treville hält noch immer diese schändlichen Soireen ab, aber zumindest kann der Herr sich dort mit seinesgleichen betrinken. Letzte Woche schienen Sie davon sehr angetan zu sein.«

»Ach ja, Paul.« Lewis nahm den letzten Schluck aus seiner Teetasse und sortierte die Akten zusammen. »Du hast recht, Dietrich, ich sollte mich mal wieder blicken lassen.« Auf dem Weg aus dem Arbeitszimmer hielt er noch einmal inne und blickte den Butler eindringlich an.

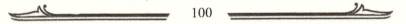

»Dietrich, sag Claire, dass sie das Arbeitszimmer vorerst ignorieren soll. Ich möchte nicht, dass sie diese Sachen sieht. Außerdem ... ich weiß nicht, ob das Wissen darum nicht schon eine Gefahr ist.«

»Na, wie gut, dass Sie es nur dem entbehrlichen Teil des Personals gezeigt haben. Und dem Hund.«

Lewis winkte kopfschüttelnd ab. Er hatte den Versuch, Dietrich mehr Respekt abzuringen, aufgegeben. *Du weißt, was der alte Mann sich von dir wünscht.* Er schob die Gedanken rasch wieder beiseite. »Du weißt, was ich meine.«

»Gewiss. Miss Claire wird keinen Fuß in den Raum setzen.«

»Danke.«

»Ich lasse eine Kutsche für halb acht kommen«, informierte Dietrich ihn noch, während er mit der Teetasse in der Küche verschwand.

Kate

Als sie wieder das Mädchenwohnheim betrat, schmerzten ihre Füße höllisch. Den ganzen Tag war sie durch London marschiert und hatte sich Notizen gemacht. An einem Punkt war sie so verzweifelt gewesen, dass sie eine Stunde im Park gesessen und überlegt hatte, einen Artikel über Eichhörnchen zu schreiben. Die Titelzeile stand schon – *Gottes bekloppte Gärtner* –, doch sie hatte die Idee rasch wieder verworfen.

Kate wusste zwar noch nicht, wofür sich die Londoner interessierten, aber sie vermutete stark, dass es nicht Eichhörnchen waren.

Mrs Covington hatte Wort gehalten, denn Kates Koffer erwartete sie bereits mitten in ihrem Zimmer. Wie der Bote es geschafft hatte, an der alten Schachtel in dem Horrorhotel vorbeizukommen, war ihr ein Rätsel, doch dann fiel ihr wieder ein, dass sie das Zimmer ja kostenlos verlängert hatte. *Vermutlich war sie froh, mich los zu sein*, ging es ihr durch den Kopf.

An ihrem Koffer hing ein kleiner Zettel, auf dem in wunderschöner Handschrift stand:

Herzlich willkommen in meinem Haus. Ursula Covington

Kate befühlte ihre Mundwinkel, die von dem breiten Grinsen, das auf ihr Gesicht getreten war, schmerzten. Sie packte den Koffer aus und räumte ihre Garderobe ordentlich in den Kleiderschrank ein. Endlich war sie angekommen. Was kümmerte es da schon, dass sie noch keinen Artikel verfasst hatte? Die Inspiration würde sie schon noch einholen. Wie jedes Mal.

»Schreiben ist ein Muskel«, betete sie sich immer wieder vor.

Und um den Muskel zu trainieren, setzte sie sich an den kleinen Schreibtisch, kramte Papier und Füller hervor und begann, einen Brief zu schreiben.

Lieber Papa,

du wirst nicht glauben, was heute alles geschehen ist. Ich habe eine neue Bleibe gefunden. Ein Zimmer, in dem ich dauerhaft wohnen kann! Und das Beste kommt noch: Es ist mitten in einem Mädchenwohnheim!

Die Leiterin, Mrs Ursula Covington, würde dir gefallen. Ich konnte mich schon gut mit ihr unterhalten. Sie hat einen Sinn für Details und Sauberkeit. Im ganzen Haus liegt nicht ein einziges Staubkorn. Mrs Covington hat das Haus zu einem Wohnheim umgebaut, nachdem ihr Mann gestorben war, bevor sie selbst Kinder haben konnten. Seitdem widmet sie ihre Zeit der Pflege und Erziehung junger Damen, wie sie sagt.

Oh, habe ich schon erwähnt, dass die Villa – nichts anderes ist dieses Haus – in der Nähe des Hyde Parks liegt? Ich habe heute schon einen Nachmittag im Park verbracht, weil das Wetter noch so schön war.

Ach Papa, ich wünschte, du könntest das alles sehen. Ich weiß, ich habe dir viel Kummer gemacht. Und das tut mir sehr leid. Ich hoffe, ihr könnt mir alle verzeihen …

London ist großartig! Ich habe das Gefühl, dass ich hier noch jede Menge lernen werde. Nur eine Sache gefällt mir nicht. Überall sehe ich Kinder, die an der Straßenecke stehen und Zeitungen verkaufen oder Schuhe putzen. Seit wir den Sandon Act haben, sollte Kinderarbeit nicht mehr vorkommen!

Aber die Dinge ändern sich wohl nicht so schnell, wenn sie keinen interessieren.

Ich finde das schrecklich, diese Kinder sollten uns nicht egal sein.

Nun ja. Ich schreibe dir morgen wieder.

Hab dich lieb

Kate

Sie legte den Füller beiseite und einen Bogen Löschpapier auf die beschriebene Seite, bis die Tinte getrocknet war. Sie hätte den Brief natürlich auch an der Schreibmaschine verfassen können, aber Kate wusste, dass ihr Vater es schätzte, wenn sie auch weiterhin an ihrer Handschrift arbeitete.

Während sie den Brief faltete, erinnerte sie sich wieder an die Zugfahrt nach London. Wie sich die Landschaft von Manchester aus immer weiter verändert hatte. Wie die Gerüche sich gewandelt hatten und die Menschen immer geschäftiger geworden waren …

Sie sprang auf und räumte den Tisch frei, stellte die Schreibmaschine auf den Tisch und legte ein Blatt Papier ein.

Sie spürte es genau: Ihr erster Artikel formte sich in den hinteren Windungen ihres Hirns.

Kate stellte die Schreibmaschine ein und drückte beinahe ehrfürchtig die erste Taste.

> Mit dem Zug durch England – ein Reisebericht …

Nach einiger Zeit der Eingewöhnung flogen ihre Finger geradezu dahin. Jede Zeile gelang ihr schneller, die Worte sprudelten aus ihr heraus.

Und je mehr sie die Bedienung der Maschine verinnerlichte, desto besser konnte sie sich auf den Inhalt ihres Artikels konzentrieren. Die Schönheit Englands, die Landschaft, die Leute – das alles legte sie in den Artikel hinein. Eine Liebeserklärung an dieses wundervolle Land und seine Menschen. Gewürzt mit den Empfindungen einer jungen Frau aus Manchester, die zum ersten Mal in ihrem Leben nach London kam.

Kate zog das Papier vorsichtig aus der Maschine und betrachtete den Artikel, korrigierte noch den einen oder anderen kleinen Fehler per Hand, verbesserte eine Wortwiederholung und nickte zufrieden.

Sie blickte auf die Uhr, noch war genug Zeit, zum *London Journal* zu eilen, John Barnes den Artikel zu präsentieren und vielleicht würde er es noch in die morgige Ausgabe der Zeitung schaffen. Kate spürte die Aufregung in sich ansteigen. Ihre Füße wurden unruhig und in ihrem Magen begann es zu kribbeln.

Vielleicht morgen schon steht ein Artikel von mir in einer von Londons größten Zeitungen!

Mehr Ansporn brauchte sie nicht mehr. Sie schnappte sich den Artikel und den Brief an ihren Vater, zog den leichten Mantel an und eilte hinaus.

»Im Haus wird nicht gerannt!«, rief Mrs Covington ihr noch hinterher, doch an ihrem Tonfall konnte man erkennen, dass es keine Rüge war.

»Herein!« John Barnes' Stimme brummte sonor aus seinem Büro, brachte die dünne Glasscheibe in seiner Tür leicht zum Vibrieren.

Kate drückte die Klinke und trat selbstbewusst ein. »Mr Barnes«, grüßte sie ihn aufgeregt, »ich bringe Ihnen meinen Artikel.«

Er unterbrach seine aktuelle Tätigkeit – Lesen, anscheinend war er den ganzen Tag ausschließlich mit Lesen beschäftigt – und blickte auf. In seinen Zügen lag der Anflug eines Lächelns, aber auch die Anstrengung eines ganzen Tages im Büro. »Kate, erstens, nenn mich John wie alle anderen hier. Zweitens, leg deinen Artikel zukünftig kommentarlos auf den Stapel hier.« Er deutete auf eine Kiste, auf der »Artikel zur Prüfung« stand.

Kate lief rot an, was Johns Lächeln nur verbreiterte. »Du musst dir wirklich ein dickeres Fell zulegen. Und zwar schnell.«

Sie straffte die Schultern und reichte ihm ihren Artikel. »Nun, Mr ... John, ich dachte, da es mein erster Artikel ist, würdest du ihn vielleicht gleich lesen wollen, um mir direkt deine Meinung zu sagen.«

Er schien die Idee abzuwägen, wiegte den Kopf hin und her, ehe er nickte und zugriff.

Die folgende Minute fühlte sich für Kate an wie eine Ewigkeit, aber ein Blick zur Uhr verriet ihr, dass er tatsächlich nur eine Minute gebraucht hatte, um ihren Reisebericht zu lesen.

Er reichte ihr das Papier zurück und schüttelte den Kopf. »Das werde ich nicht drucken, tut mir leid.«

»Oh.« Mehr brachte Kate im Angesicht der Niederlage nicht heraus.

»Kate, bitte versteh mich nicht falsch. Der Artikel ist fantastisch geschrieben. Du kannst dich wunderbar ausdrücken und deine Fehlerquote ist angenehm gering, aber … ein Reisebericht? Noch dazu über England? Ich fürchte, das interessiert kein Schwein.«

»Ich verstehe.«

John schüttelte energisch den Kopf. »Nein, ich denke, das tust du nicht. Ich sehe dir an, dass du jetzt nur die Ablehnung spürst, aber das Lob gar nicht zu dir durchgedrungen ist.«

»Lob?«

»Ich habe dir gesagt, dass dein Artikel toll geschrieben ist.«

»Aber er wird nicht gedruckt.«

John seufzte und stand auf. Er trat um den Schreibtisch herum und packte sie bei den Schultern, ehe er sie so drehte, dass sie durch die Glasscheibe hindurch in das große Büro blicken konnte. »Siehst du diese Menschen? Sie alle – auch du – sind darauf angewiesen, dass die Zeitung sich verkauft. Ohne Auflage verdienen wir kein Geld. Ohne Geld keine morgige Zeitung.« Er ließ sie los und zog ihre Aufmerksamkeit wieder auf sich, indem er ihr tief in die Augen blickte. »Du kannst verdammt gut schreiben, Kate, also bring mir morgen einen Artikel, der die Leute auch interessiert, klar?«

»Und was interessiert die Leute?«

Er warf die Hände in die Luft. »Was weiß ich? Verbrechen – wobei du davon lieber die Finger lässt –, Gerüchte und Sensationen. Die Leute werden gern aufgerüttelt … polarisiere sie. Gib den Leuten das, wovon sie noch nicht einmal wussten, dass sie es wollen.«

»Klingt kompliziert.«

»Ist aber einfach.« Er taxierte sie mit seinem Blick. »Wie bist du in Manchester auf deine Ideen gekommen?«

Kate zuckte die Achseln und blies sich eine Strähne aus dem Gesicht. »Ich hab Papa bei seinen Geschichten über die Arbeit zugehört. Und dann habe ich immer wieder ein paar Sachen am Rand mitbekommen. Das war alles. Irgendwann wusste ich, dass außer mir niemand etwas dazu sagen würde.«

John Barnes klatschte freudig in die Hände. »Siehst du? Das ist es! Finde das, was nur du erzählen kannst, weil es sonst keiner tut.«

Ihre Laune besserte sich ein wenig. Immerhin hatte er ihr ein paar wichtige Hinweise gegeben. »Danke.«

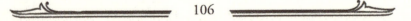

Sie wollte schon wieder gehen, als er sie mit erhobenem Zeigefinger zurückhielt. »Hast du schon eine neue Bleibe?«

Kate klatschte sich gegen die Stirn. »Ach, verdammt! Ja! Ich wollte dir schon längst danken. Mrs Covington ist … ungewöhnlich, aber hinreißend. Und das Zimmer ist ein Traum. Vielen Dank.«

Sie hatte nicht bemerkt, wie sie während des Sprechens seine Hände in Dankbarkeit ergriffen hatte, aber es war nicht zu leugnen. Rasch ließ sie von ihm ab und strich sich über den Rock, als wolle sie ihn glätten. »Wirklich. Vielen Dank, John.«

Er machte eine wegwerfende Handbewegung. »Keine Ursache. Ich kenne Ursula schon lange. Sie mag streng und verstockt wirken, aber sie hat ein Herz aus purem Gold.« Er deutete auf die Tür. »Nun, hier bei mir verdienst du sicher kein Geld, also los. Morgen will ich ein paar Zeilen, die ich drucken kann, klar?«

Kate nickte eifrig und verließ das Büro.

Sie durchquerte den Großraum und hastete die Treppe hinunter. Frank Mason saß hinter dem Tresen am Eingang und grüßte sie erneut. Kate glaubte, dass er sie von Mal zu Mal herzlicher empfing, und sie musste sich eingestehen, dass sie seine leicht schüchterne Art sehr mochte.

»Wie geht es Ihnen heute, Miss Shaw?«

»Danke, Mr Mason, es geht mir sehr gut.«

»Oh, heißt das, morgen steht einer Ihrer Artikel in der Zeitung?«

Sie schüttelte den Kopf. »Nein, aber ich habe ein neues Zuhause gefunden.«

»Na, da gratuliere ich aber recht herzlich.«

»Danke. Sagen Sie, Mr Mason, wären Sie noch einmal so freundlich, einen Brief für mich zu verschicken?«

Er lächelte freudig. »Für Sie immer, Miss Shaw.«

Kate überreichte ihm den kleinen Umschlag mit der Adresse ihrer Eltern und verabschiedete sich. Sie musste sich schleunigst einen neuen Artikel einfallen lassen, mit dem sie John beeindrucken würde. *Dann eben beim zweiten Versuch*, sagte sie zu sich selbst und stürzte sich ins Getümmel auf Londons Straßen.

Dienstag, 10. September 1895
19:30 Uhr

Lewis

Wie von Dietrich versprochen, wartete die Kutsche Punkt halb acht vor Lewis' Haus. Er kontrollierte noch einmal den Sitz seines Krawattenschals – er wusste, dass bei Pauls Soiree gern dicker aufgetragen wurde und die Garderobe nicht immer der aktuellen Mode, sondern dem jeweiligen Spleen des Trägers entsprach. Zu seinem dunkelgrauen Mantel trug er ein weißes Hemd unter einer zum Mantel passenden Weste. Der burgunderrote Krawattenschal bildete mit dem Einstecktuch in selber Färbung einen Akzent, der Pauls bissigen Kommentaren standhalten sollte.

Lewis klopfte mit dem silbernen Knauf seines Gehstocks zweimal gegen die Decke der Kutsche und machte es sich bequem, als das von zwei Pferden gezogene Gefährt sich rumpelnd über das Kopfsteinpflaster in Bewegung setzte.

Nach und nach machten sich Laternenanzünder daran, die Gasbeleuchtung auf den Straßen zu entzünden. Zwar war noch ausreichend Tageslicht vorhanden, doch um diese Jahreszeit konnte auch schon einmal rasch Nebel von der Themse her aufziehen und die ganze Stadt im Dunst verschlucken.

Bald werden auch sie dem technischen Fortschritt weichen müssen, dachte Lewis mit Blick auf die gebückten Männer, die sich fachmännisch an den Laternen zu schaffen machten. Er hatte Berichte gelesen, dass es mittlerweile möglich war, die Laternen automatisch anzuschalten. Die Technik würde sich nach und nach durchsetzen, dessen war er sich sicher.

Fortschritt war unaufhaltsam.

Pauls Haus – vielmehr Anwesen – lag in Westminster nahe der Themse. Lewis passierte die Villa manches Mal, wenn er nachts von Eds Kneipe nach Hause wankte und zur Abwechslung mal die Westminster Bridge nahm.

Lange Zeit hatte er sich eingeredet, dass er mit seinen Wegen rotierte, um nicht einzurosten, Chester weiter zu schulen oder einfach die längeren Fußmärsche dabei halfen, wieder halbwegs nüchtern zu Hause anzukommen. Die Wahrheit war jedoch, dass er Angst hatte, Bewohner könnten ihn bemerken, wenn er zu oft den gleichen Weg nahm, und ihn am Ende gar noch erkennen.

Lewis erhaschte sein Spiegelbild im blank polierten Seitenfenster der Kutsche und verzog angewidert das Gesicht. Stattdessen konzentrierte er den Blick auf das Stoffmuster der Innenverkleidung, bis die Kutsche langsamer wurde und schließlich ganz zum Stehen kam.

Pauls Kutschmeister – sein Freund besaß mehrere eigene Fuhrwerke und musste nicht erst nach einem Fahrer schicken lassen – öffnete die Tür von außen und bot Lewis eine Hand als Ausstiegshilfe an.

Lewis lehnte dankend ab und wandte sich dem Kutscher zu. »Was bin ich schuldig?«

Die buckelige Gestalt des Kutschers streckte sich ein wenig durch. Vermutlich verbrachte der Mann jeden Tag fast ausschließlich auf dem Kutschbock, was auf Dauer zu diesem Haltungsschaden geführt hatte. Er hob eine fleischige Hand und winkte ab. »Nicht nötig, Sir. Dietrich hat das schon erledigt.«

Lewis nickte. Vermutlich kannte der Deutsche den Mann. Dietrich hatte sich über die Jahre ein Netzwerk an vertrauenswürdigen und zuverlässigen Dienstleistern aufgebaut. Eine Leistung, zu der Lewis ihm insgeheim gratulierte und die mal wieder bewies, dass der zuweilen gehässige Mann die perfekte Besetzung für Lewis' Hausdiener war. »Dann danke für die Fahrt.«

Nichtsdestotrotz griff Lewis in seinen Mantel und fischte einen Schilling aus der Innentasche. Er schnippte ihn dem Kutscher zu und

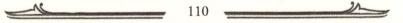

der Mann fing das Geldstück behände auf, tippte sich zum Dank an den Hut und ließ die Zügel schnalzen.

»Mr van Allington!«, begrüßte ihn Pauls Kutschmeister. »Wie schön, Sie zu sehen.«

»Danke.« Lewis wollte der Name des jungen Mannes partout nicht einfallen, darum beließ er es bei einem freundschaftlichen Schulterklopfen und deutete auf die Villa mit über dreißig Zimmern. »Im Salon, wie immer?«

Der Kutschmeister nickte. »Jepp. Immer der Nase nach. Seine Lordschaft hat neue Zigarren.«

Lewis setzte ein gespieltes Lächeln auf. »Na, da komme ich ja gerade rechtzeitig.« Rauchen gehörte nicht zu seinen vielen Lastern, doch das würde Paul niemals akzeptieren, daher wappnete sich Lewis innerlich schon gegen den Geschmack von Rauch und Ruß in seinem Mund. Wenigstens gab es hier ausreichend Scotch, um den Gaumen zu … desinfizieren.

Pauls Butler, ein gedrungener Mann in den Dreißigern, begrüßte ihn an der Eingangstür und nahm seinen Mantel, den Bowler und den Gehstock entgegen. »Mr van Allington«, begrüßte er ihn mit dieser leicht nasalen Stimme, die einem stets das Gefühl von Langeweile vermittelte. »Welch Freude, dass Sie hier sind. Keine Feier wäre ohne Sie komplett.«

»Danke, James. Ich finde den Weg.« Lewis war der leicht schnippische Unterton nicht entgangen. Da er von Dietrich aber weit Schlimmeres gewohnt war, ignorierte er die Bemerkung und marschierte durch die von vier Säulen getragene Eingangshalle direkt auf den großen Salon zu. Die Tür stand offen und der Lärm von lauten Gesprächen und leiser Musik drang hindurch, vermischte sich zu einem Grundrauschen im Hintergrund, das Lewis erstaunlich gut ausblenden konnte, wenn er versuchte, sich gezielt auf ein Gespräch in seiner Umgebung zu konzentrieren.

Vermutlich war das mit einer der Gründe, weshalb ihn die höhere Gesellschaft Londons so ungern auf ihren Soireen zu Gast hatte. Ihre Geheimnisse waren vor ihm nicht sicher. Womöglich war er aber auch weniger diskret mit seiner Trinkerei, als er dachte.

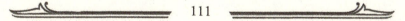

Der Gedanke brachte ihn für einen Moment ins Straucheln, doch er schüttelte den Kopf und trat durch die Flügeltür in einen Salon der Größe, dass fast sein gesamtes Haus hineingepasst hätte.

Paul erblickte ihn sofort und sprang freudig auf. »Lewis! Komm her, ich erzähle Lady Ashbourne gerade davon, wie wir letztes Jahr im Winter in die Themse gesprungen sind.«

Lady Ashbourne, eine Frau Anfang dreißig und die neueste Errungenschaft in Lord Ashbournes Schlafzimmer, kicherte aufgesetzt und berührte mit den Fingern ihre Halsbeuge. Ihre Bewegungen waren ein perfektes Beispiel damenhafter Scham und neckischer Koketterie, wie sie mit den in weiße Spitze gekleideten Fingern den Blick unweigerlich auf ihr üppiges Dekolleté zog – die Natur hatte sie mit sämtlichen Vorzügen ausgestattet, die sich ein alter Sack wie Lord Ashbourne an einer Frau wünschte.

Lewis legte sein »Salongesicht« auf. Eine Mischung aus angedeutetem Lächeln, leicht kraus gezogenen Augenbrauen und leerem Blick. Es war der perfekte Gesichtsausdruck für Abende wie diesen, da er dem Gegenüber erlaubte, jegliche Emotion in seinem Gesicht auszumachen, obwohl er in Wahrheit keine hatte. Erzählte ihm jemand eine traurige Geschichte, vermittelten seine Augen Mitgefühl. Bei den üblichen schlechten Witzen zeigte das angedeutete Lächeln seinen Gefallen.

Es war perfekt und es funktionierte immer – außer bei Paul. Sein alter Freund kannte ihn einfach zu gut. So auch jetzt. »Jetzt lass die Dackelmaske im Schrank und setz dich zu uns! James, bring Mr van Allington ein Glas Scotch.«

Lewis hatte nicht bemerkt, dass der Butler ihm gefolgt war, doch er konnte seinen Schreck darüber gut überspielen.

»Sehr wohl, Eure Lordschaft.« James drehte sich auf dem Absatz um und verschwand in Richtung des Wandschranks, in dem Paul immer eine erstklassige Kollektion vorzüglicher Tropfen bereithielt.

»Aber den guten!«, rief Paul dem Butler noch hinterher. Dann wandte er sich wieder an Lewis. »Ich weiß doch, dass du ein Kenner bist.«

Die Art, wie er es sagte, versetzte Lewis in Panik. Er hatte immer peinlichst darauf geachtet, nur bei Pauls rauschenden Empfängen vor ihm zu trinken. Was, wenn er sich zu weit hatte gehen lassen?

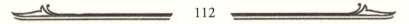

Paul schien seine Unsicherheit nicht zu bemerken. Im Gegenteil, er hatte nur Augen für Lady Ashbourne und ihre ... Vorzüge, während er eine dämliche Geschichte nach der anderen zum Besten gab, in dem Versuch, sie zu beeindrucken. »Das Wasser hatte sicher Minusgrade, so kalt war es! Aber dieser tollkühne Hund hat sich einfach splitternackt ausgezogen und ist mit einem Schlachtruf auf den Lippen hineingesprungen.«

Lady Ashbournes Augen leuchteten vor Freude. »Wie aufregend! Und sagen Sie, Mr van Allington, wie lautete der Schlachtruf?«

Lewis zuckte mit den Schultern. »Für Königin und Vaterland, natürlich.«

In Wahrheit hatte er nicht den leisesten Schimmer, wovon Paul da sprach. Er erinnerte sich nur dunkel an jene Nacht. Was er wusste, war, dass sie jede Menge Alkohol beinhaltet hatte.

Paul schien sich aber ebenso wenig daran zu erinnern, denn er nickte eifrig und Lady Ashbourne lachte dieses gekünstelte Lachen, das Lewis so oft in besserer Gesellschaft hörte. Es war ein Laut purer Agonie. Man lachte über hohle Phrasen, in dem Versuch, die Zeit totzuschlagen.

Manchmal hasste er die ganze Koketterie.

Gerade rechtzeitig, bevor er sich noch weiter in seiner schlechten Laune suhlen konnte, drückte James ihm ein Glas in die Hand. Die goldene Flüssigkeit darin verhieß Linderung für seine rotierenden Gedanken, würde den Abend erträglich machen und ihm nicht zu viele Erinnerungen daran bescheren.

Gerade als Lewis das Glas zum Mund führte, gab es im hinteren Bereich des Salons einen lauten Knall, gefolgt von Scherbenklirren. Eine junge Frau in Hausmädchenuniform stand wie erstarrt da und presste sich ein leeres Tablett gegen die Brust, während die umstehenden Herren freudig grölten. Offenbar hatten sie an diesem Abend schon deutlich mehr Gläser geleert.

Paul winkte ab. »Das Mädchen ist neu. Sie wird sich noch an die Umgangsformen hier gewöhnen.«

Lewis entgingen nicht die lüsternen Blicke, die ihr einige der älteren Herren zuwarfen, als sie sich nach den Scherben bückte. Angewidert führte er sein Glas zum Mund und nahm einen kräftigen Schluck Scotch.

»Treville, du Teufel!«, brüllte einer der Gaffer durch den Raum. »Ist das alles an Weibern, was du zu bieten hast? Wo steckt denn Millie?«

Paul lachte und zuckte mit den Schultern. »Konnte dein Gesicht nicht mehr ertragen, Havisham!« Er winkte James zu sich heran. Der Butler glitt nahezu lautlos durch den Raum. »Seien Sie doch so nett und organisieren den Herren ein wenig ... Gesellschaft.«

»Sehr wohl«, erwiderte der Butler und wandte sich bereits zum Gehen, als Paul ihn am Arm zurückhielt. »Diskrete Gesellschaft.«

»Selbstverständlich, Eure Lordschaft.«

Damit verschwand er durch die Tür.

»Hier hat sich nichts verändert, nicht einmal dein Spitzname«, bemerkte Lewis trocken und stellte sein nunmehr leeres Glas auf einen kleinen Beistelltisch neben dem Sessel. Schlagartig fiel ihm wieder ein, weshalb er die meisten Gäste auf Pauls Abendveranstaltungen zutiefst verachtete.

Paul bedachte ihn mit einem entwaffnenden Lächeln. »Man muss sich die Zeit vertreiben. Apropos, hast dich hier ganz schön lange nicht blicken lassen. Ich hab mir schon Sorgen gemacht.«

»Du und Sorgen?« Lewis bemerkte, dass Lady Ashbourne aufmerksam ihrer Unterhaltung folgte, daher wandte er sich ihr direkt zu. »Sie müssen wissen, dass Paul mich damals zum Nacktbaden gedrängt hatte, so viel Sorgen macht er sich um seinen ältesten Freund.«

Paul setzte ein übertrieben gequältes Lächeln auf. »Du brichst mir das Herz. Wer soll denn meinen moralischen Kompass halten, wenn ich gerade mal unpässlich bin?«

Lewis lachte trocken. »Euer moralischer Kompass, verehrter Lord Treville, kreist nur um Euer Vergnügen.«

»Wie recht Ihr doch habt, Mr van Allington.« Paul prostete ihm mit einem Glas Sherry zu und stürzte es komplett hinunter.

»Nun«, begann Lewis und lehnte sich entspannt im Sessel zurück, »welche Zerstreuung bietet der heutige Abend? Außer dass Lord Havisham sich wieder wie ein Schwein aufführt?«

Paul winkte ab. Jeder wusste, dass Havisham sich überall amüsierte – außer zu Hause. Seine Frau duldete sein Verhalten, denn der

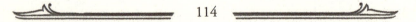

schmierige Fettsack war reicher als die Königin. Havishams Familie hatte, neben dem Besitz von Ländereien südlich von London, auch die Finger im Baugewerbe und war maßgeblich am Bau der Untergrundbahnen beteiligt.

Während eines Abends war Havisham mal so betrunken gewesen, dass er Lewis von mehreren geheimen Tunneln unterhalb Londons erzählt hatte. Teilweise handelte es sich um Versorgungstunnel, die man während der Bauphase benötigt und dann nicht zugeschüttet hatte, oder geheime Zugänge zu den so geschaffenen Katakomben, die sich so mancher reiche Händler oder Adlige hatte anlegen lassen.

Havisham war allerdings nicht betrunken genug gewesen, um Lewis zu verraten, wer Zugang zu diesem geheimen Wegenetz unter London hatte, aber die Information für sich war durchaus wertvoll. Leider erinnerte sich Havisham zumindest daran, *dass* er im Suff gesungen hatte, denn seitdem mied er Lewis wie der Teufel das Weihwasser. Wo er sich den feisten Widerling genauer betrachtete, empfand Lewis die Tatsache als weiteren Gewinn.

Paul strahlte übers ganze Gesicht. »Ich habe tatsächlich einen Gast, der dich interessieren wird.«

»So?« Er hob neugierig die Augenbraue.

Lord Treville mochte ein zügelloser Lebemann sein, aber sein Geschmack war unbestechlich.

»Einen Komponisten«, sagte Paul verschwörerisch und lehnte sich Lewis noch ein Stück weiter entgegen. »Antonín Dvořák. Du kennst sicher seine Neunte, die Sinfonie ›Aus der Neuen Welt‹. Er ist gerade erst von seinem Aufenthalt in Amerika zurück und seit einigen Wochen mein Gast.«

»Du machst Scherze.«

»Ich und Scherze?« Paul setzte ein gespielt verblüfftes Gesicht auf. »Er ist heute Abend nicht zugegen, weil er mit einer Bekannten im Theater sitzt, aber Antonín wird sich sicher gern mit dir unterhalten. Ich weiß, dass du seine Äußerungen zur indigenen Musik Amerikas kritisch betrachtest.«

Damit lag Paul zwar richtig, aber Lewis stellte sich ein Gespräch mit dem Musiker schlicht als überaus unterhaltsam vor. »Treville, damit hast du dich mal wieder selbst übertroffen.«

Paul wedelte mit der rechten Hand, neigte den Kopf in einer angedeuteten Verbeugung und versuchte erneut, Lady Ashbourne in ein Gespräch zu verwickeln. Die spielte die Rolle der unschuldigen Ehefrau perfekt, doch Lewis ahnte, dass man nicht Lord Ashbournes fünfte Frau wurde, wenn man die Unschuld vom Lande war.

Der Abend entwickelte sich prächtig. Es wurde viel getrunken, was Lewis nur begrüßte. Paul verstand es, seine Gäste zu bewirten und zu unterhalten. Spät in der Nacht brach Lewis mit den letzten Gästen – zu denen auch Lady Ashbourne gehörte – auf. Paul geleitete sie am Arm nach draußen und gab ihr einen züchtigen Handkuss. »Lady Ashbourne, es war mir wie immer eine helle Freude. Grüßen Sie bitte Ihren Gatten von mir.«

Wieder lachte sie dieses perfekt einstudierte Lachen. »Lord Treville, wenn mein Mann wüsste, dass Ihr mir den ganzen Abend schöne Augen gemacht habt, wäre er sicher nicht so freizügig mit meiner Freizeit.«

»Aber, aber«, wehrte Paul ab. »Ich passe doch nur auf, dass Euch bei Taugenichtsen wie unserem Mr van Allington hier nichts geschieht!«

»Ist er nicht einer Eurer liebsten Gäste?«, schoss sie zurück.

Paul lachte herzhaft. »Aber sicher. Keiner versetzt die feinen Pinkel mehr in Aufruhr als der gute Lewis.«

Ihre Augen blitzten begeistert auf. »Ist das so?« Sie wandte sich Lewis zu, der sich ein wenig verloren fühlte, da keine Kutsche auf ihn wartete. »Nun, dann möchte ich nächstes Mal eine Kostprobe davon bekommen.«

Er machte eine entschuldigende Geste mit den Händen. »Ich werde sehen, was ich tun kann.«

Sie klatschte begeistert, sodass die Pferde ihrer Kutsche kurz zusammenzuckten. »Wie schön! Sagen Sie, Lewis, soll ich Sie nach Hause fahren?«

Er dachte kurz darüber nach. Zum Glück hatte Lewis noch nicht so viel getrunken, dass dieser Teil seines Hirns – seine Vernunft – den Dienst quittiert hatte. Und bei Nacht in die Kutsche einer Lady zu steigen, erschien ihm mehr als unvernünftig. »Vielen Dank für das

Angebot, Lady Ashbourne, doch ich werde noch ein wenig die Nachtluft bei einem Spaziergang genießen.«

Sie zuckte mit den Schultern. »Wie Sie meinen.« Dann trat sie einen Schritt näher heran und flüsterte in sein Ohr. »Und da wir uns wohl häufiger sehen werden, nennen Sie mich bitte Sophia.«

»Ist das Ihr Name?«, rutschte es Lewis heraus. Offensichtlich war sein Verstand nicht mehr vollständig zugegen.

Sie lachte – diesmal klang es echt. »Wer weiß?« Damit ließ sie sich von Paul in die Kutsche helfen und das dunkle Gefährt rumpelte vom Hof.

Lewis ertappte sich selbst dabei, dass er der Kutsche noch nachstarrte, als diese bereits vom Dunkel der Nacht verschluckt worden war.

Paul klopfte ihm freundschaftlich auf die Schulter. »Ashbourne, der alte Bastard, hat da einen echten Fang gemacht, was?«

Lewis räusperte sich verlegen. »Kann schon sein.«

»Ha! Tu nicht so. Dafür kenne ich dich zu gut. Sophia hat es dir angetan.«

»An ihr ist mehr, als es scheint«, gab Lewis zu.

Paul grunzte. »Ja, ich weiß auch genau wo.«

»Treville, du bist ein Schwein!« Lewis boxte dem Freund gegen den Arm. »Im Gegensatz zu deinen übrigen Gästen und dir weiß ich mich zu benehmen.«

»Ach Lewis, wir haben alle unsere Laster.«

Die Art, wie er es sagte, ließ Lewis das Blut in den Adern gefrieren. Bisher hatte er immer angenommen, Paul wüsste nichts von seinem ... Zustand. Er riskierte einen Seitenblick und erkannte in den Augen des Lebemanns ehrliches Mitgefühl. *Scheiße!*

»Hey, wir leben unser Leben. Und wenn es uns nicht mehr gefällt, dann können wir aufhören, nicht wahr?«

Lewis nickte zögerlich. »Ja. Wenn es uns nicht mehr gefällt, hören wir auf.« Er zog den Mantel enger zusammen und setzte den Bowler auf, ehe er den Gehstock entgegennahm und sich verabschiedete.

Paul war bereits wieder auf dem Weg in die Villa. Vermutlich suchte er nach Lord Havisham, der nicht wieder aufgetaucht war. Auf

Lewis' Abschiedsruf hin hob er kurz die Hand zum Gruß, ohne sich umzudrehen.

Vor dem Anwesen dachte er kurz darüber nach, den direkten Weg nach Norden zu nehmen, doch die Nacht war klar und vor allem trocken – eine Gelegenheit, die man sich nicht entgehen lassen sollte, um Londons schönere Seiten einmal in Ruhe zu genießen.

Lewis spazierte mit leicht wankenden Schritten zur Themse. Er könnte am Fluss dem neuen Victoria Embarkment eine Weile folgen, ehe er Richtung Devonshire Street abbog. Er würde dabei zwar direkt Scotland Yard passieren, aber Lewis rechnete nicht damit, dass ihn um diese Uhrzeit jemand erkennen würde.

Das Rauschen des Wassers wirkte beruhigend. Die Erkenntnis, dass Paul von seinem … Zustand … wusste, hatte ihn schwerer getroffen, als er sich eingestehen wollte. Er lehnte sich an das Geländer auf der Westminster Bridge, um seine Gedanken vom Fluss davontragen zu lassen, als er es hörte.

Sie hörte.

Diese Stimme hätte er mittlerweile unter Tausenden erkannt.

Die Frau, die ihn um Hilfe gebeten hatte, stand unten am Pier und blickte aufs Wasser hinaus.

Lewis zögerte einen Moment, doch schließlich gewann seine Neugier – oder war es etwas anderes? – die Oberhand und er stolperte hastig die Steintreppe hinunter, um leicht außer Atem vor ihr zu stehen zu bleiben. »Hallo«, sagte er verlegen und nahm den Hut ab.

Sie wandte sich zu ihm um. Ihre Bewegungen waren wie immer von einer Anmut begleitet, die Lewis noch nie zuvor erlebt hatte. Als sie ihn erblickte, verzog sie die Lippen zu einem schmalen Lächeln. »Hallo. Wie ich sehe, geht es Ihnen besser.«

Er trat einen Schritt näher und räusperte sich. »Nun ja. Ich glaube, ich habe mich noch gar nicht richtig bei Ihnen bedankt.«

»Nicht nötig.«

»Doch, doch, Miss …« Sie blickte ihn neugierig an, so als würde sie erwarten, dass er ihren Namen erriet, doch sie leistete ihm keine Hilfe. »Nun, ohne Ihr Eingreifen wäre ich jetzt nur noch Fischfutter.«

»Das wäre eine ziemliche Verschwendung, nicht wahr?«

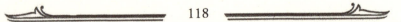

Ein verlegenes Lachen entschwand seinem Mund und wurde sogleich von einer gegen den Pier schlagenden Welle verschluckt. »Darf ich fragen, was Sie hier so spät noch tun?«

»Dasselbe könnte ich auch Sie fragen, nicht wahr?«

Lewis stockte verdutzt über eine solche Kaltschnäuzigkeit, doch ihr Lächeln holte ihn rasch wieder in den Moment zurück.

»Ich suche sie«, gab sie schließlich zu. »Ich glaube, hier wurde sie ins Wasser geworfen.«

Lewis betrachtete den Pier genauer. Tatsächlich könnte man hier im Schutz des Walls der Promenade und der Brücke recht unentdeckt einen leblosen Körper in die Themse gleiten lassen, ohne dabei viel Lärm zu erzeugen.

Dass die Leichen dann überhaupt gefunden worden waren, glich einem Wunder. Normalerweise war die Strömung so stark, dass sie einen mitriss. Er erinnerte sich plötzlich wieder an sein Nacktbad bei Nacht. Sie hatten extra auf die Flut gewartet, da der Atlantik dann so stark gegen den Fluss drückt, dass die Strömung tatsächlich schwächer ist. Noch immer zu mächtig für einen ungeübten Schwimmer, aber jede andere Situation war schlicht Selbstmord.

»Wer auch immer die Leichen entsorgt hat, hat nicht auf die Gezeiten geachtet«, sprach er seinen Gedanken laut aus.

Sie folgte seinem Blick und nickte. »Wer auch immer die Frauen umbringt, hält sich für unantastbar.« Sie wandte sich ihm zu und in ihren Augen konnte Lewis eine Mischung aus trauriger Sehnsucht und kalter Wut erkennen. »Haben Sie schon etwas herausgefunden?«

Lewis kratzte sich kurz am Hinterkopf. »Es gab mindestens drei Opfer.«

»Ich weiß …«

Hitze schoss ihm ins Gesicht und er bemerkte, wie sein Gesicht die Farbe wechselte. Warum war es ihm so unangenehm, mit leeren Händen vor ihr zu stehen? Er hatte seine Ermittlungen gerade erst aufgenommen, sie konnte doch unmöglich erwarten, dass er die Lösung bereits nach einem Tag parat hatte.

»Ich werde den Mörder finden«, sagte er mit der festesten Stimme, die er aufbringen konnte. Ein Windstoß erfasste sie und das Kleid der

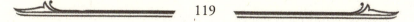

Frau wehte um ihre Beine. Lewis zog seinen Mantel aus und reichte ihn ihr. »Bitte, Miss, es ist zu kalt.«

Sie schüttelte lächelnd den Kopf. »Ich friere nie, aber vielen Dank.« Plötzlich veränderte sich ihr Gesichtsausdruck, wurde distanziert und kühl. »Bitte halten Sie Ihr Wort. Lassen Sie mich nicht im Stich.«

»Nichts läge mir ferner, Miss.« Mit einem Mal fröstelte er, also schlüpfte er selbst wieder in den so ritterlich angebotenen Mantel und setzte den Bowler auf. »Ich denke, ich sollte nach Hause gehen. Morgen werde ich mehr herausfinden, ganz bestimmt.«

»Werden Sie es mir erzählen?«

Er atmete tief durch. »Ja. Sobald ich etwas herausfinde, werde ich es Ihnen erzählen. Versprochen.«

Lewis verließ den Pier und spazierte noch ein wenig die Victoria Embarkment entlang. Wie vermutet, bemerkte keiner der diensthabenden Polizisten seine Gestalt, als er Scotland Yard passierte. Es sollte bald Regen aufziehen, der Mond hatte sich bereits hinter dicken Wolken versteckt. Wer nicht vor die Tür musste, mied die frische Luft.

Zu Hause empfing Dietrich ihn bereits an der Tür und nahm ihm Mantel, Hut und Gehstock ab. Nachdem der Butler ihn von Kopf bis Fuß taxiert hatte, hob er eine Augenbraue und verzog die Mundwinkel zu der Andeutung eines Lächelns. »Ist Lord Treville der Schnaps ausgegangen? Der Herr scheint komplett ansprechbar.«

Lewis überging die übliche Spitze seines Angestellten. Wenn er ganz ehrlich zu sich selbst war, musste er sich eingestehen, dass er die Art des Deutschen mochte. Und sie würde sich auch nicht mehr ändern. Aber es gab eine Frage, die ihn viel stärker beschäftigte, nämlich wie der ältere Herr es schaffte, stets zugegen zu sein, egal zu welcher Zeit Lewis die Haustür durchschritt, und dabei auch noch ausgeruht zu wirken. »Wann schläfst du eigentlich?«, fragte er geradeheraus.

Dietrich schien einen Augenblick lang nach einer Antwort zu suchen. Ein Umstand, der Lewis neugierig machte. Und dass ihm dieses kleine Detail aufgefallen war, bestätigte Dietrichs Aussage. Lewis war nahezu nüchtern. Ein Gefühl, das er schon lange Zeit nicht mehr bewusst gespürt hatte. Unwillkürlich begann seine Hand zu zittern und sein Blick rutschte vom Butler in Richtung Mantel, in dessen Innentasche sich noch sein Flachmann verbarg.

»Ich habe gelernt, dass ein leichter Schlaf in diesem Haus überaus nützlich sein kann«, antwortete der Butler schließlich und riss Lewis zurück in die Wirklichkeit.

»Soso«, überging Lewis die offensichtliche Lüge. Der Grund dafür lag vermutlich in Dietrichs Vergangenheit. Doch auch nach über zwölf Jahren in seinen Diensten gab es so manches, was der Deutsche vor ihm verbarg.

»Die Papiere sind übrigens vollständig getrocknet. Ich war so frei, sie im Arbeitszimmer zu platzieren.«

Lewis spürte, wie beim bloßen Gedanken daran, vielleicht endlich eine handfeste Spur auf den Mörder zu finden, sein Blut in Wallung geriet. »Fantastisch! Danke, Dietrich. Du kannst dann schlafen gehen.« Er wandte sich seinem Arbeitszimmer zu, war schon halb durch die Tür verschwunden, ehe er sich noch einmal umdrehte und dem Butler, der wie immer wartete, bis Lewis die Tür geschlossen hatte und sich zurückzog, sagte: »Du weißt, du kannst mir vertrauen.«

»Und der Herr kann mir vertrauen.« Eine weitere Antwort würde Lewis heute nicht erhalten.

Er schloss die Tür und setzte sich an seinen Arbeitstisch. Das Papier fühlte sich vom Wasser noch leicht aufgequollen an. Lewis erkannte, dass Dietrich die Zettel schon sorgfältig und vorsichtig voneinander getrennt hatte. Zwei Listen mit Namen aller Kunden in einem Gebiet westlich der Themse.

Einer davon war der Mörder.

Oder würde Lewis zu ihm führen.

Er überflog die Namen – die meisten davon kannte er nicht, vermutete jedoch, dass es sich um wohlhabende Geschäftsmänner handelte. Auch Paul bezog sein Gemüse von den Finnagans, aber in deutlich kleineren Mengen.

Eine Position erregte seine Aufmerksamkeit: Frederick Simmons.

Simmons betrieb einen Gemischtwarenladen in der Nähe von Scotland Yard. Lewis hatte selbst schon dort eingekauft, wenn er in

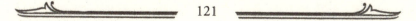

der Gegend war. Der Laden war nicht riesig, aber groß genug, dass man das Gemüse säckeweise kaufen würde.

»Simmons«, flüsterte Lewis über die Papiere gebeugt. »Wird Zeit, dass ich dir einen Besuch abstatte.«

Lewis schaltete die elektrische Lampe auf seinem Schreibtisch aus und ging in sein Schlafzimmer.

Eine Spur. Endlich hatte er eine Spur!

Und ohne es zu wollen, tauchte wieder das Gesicht der jungen Frau vor ihm auf und eine wohlige Wärme breitete sich in seinem Bauch aus. Morgen könnte er ihr endlich mehr erzählen.

Kate

Im ganzen Haus war es totenstill. Niemand randalierte an ihrer Tür, die übrigen jungen Frauen und Mädchen hatten sie freudig begrüßt und nach den üblichen Fragen, wie »Wo kommst du her?« und »Du bist Reporterin? Müssen wir jetzt aufpassen, was wir sagen?«, in ihre Gemeinschaft aufgenommen.

Claire würde ihr am nächsten Tag ein wenig bei der Orientierung in ihrem neuen Stadtviertel helfen. Mrs Covington achtete darauf, dass *ihre Mädchen*, wie sie alle Frauen unabhängig ihres wahren Alters bezeichnete, einander unterstützten und sich auch noch Jahre später, nachdem sie das Wohnheim verlassen hatten, regelmäßig trafen.

An jedem Sonntag lud Mrs Covington daher zu Tee und Gebäck ein. Kate ahnte, dass bei diesen Treffen nicht nur alte Erinnerungen, sondern auch aktueller Klatsch und Tratsch getauscht wurden. Daher ja, die Damen müssten vielleicht tatsächlich auf ihre Zungen achten. Und ein wenig beschlich sie der Gedanke, dass Mrs Covington womöglich eine der einflussreichsten Frauen Londons war. Vielleicht sogar, ohne es zu wissen.

Mittlerweile lag Kate in ihrem Bett, das herrlich nach frischer Wäsche und einem Hauch von Sommerblumen duftete. Das weiche Kissen umschmeichelte ihren Kopf und Nacken, die Daunendecke war nicht zu warm und hielt sie doch in einer wohligen Umarmung umschlossen.

Kate konnte kaum fassen, dass sie ein so wunderbares Zuhause gefunden hatte.

Und dass sie nicht schlafen konnte.

Seit über drei Stunden lag sie nun wach im Bett, wälzte sich von einer Seite auf die andere, rezitierte im Geist immer wieder ihren Artikel und das Gespräch mit John Barnes darüber. Was hatte sie übersehen? Wo war ihr Fehler gewesen?

Er hatte es ihr sehr deutlich gesagt, doch Kate fürchtete, dass da noch mehr war.

Dass sie es einfach nicht schaffen würde.

Dass London sie erneut besiegt hatte.

Sie entließ den angestauten Atem in einem schweren Seufzen und setzte sich auf.

»Was mache ich falsch?«, flüsterte sie in die Dunkelheit ihres Zimmers.

Im Gegensatz zu dem kleinen Hotelzimmer, durch dessen Fenster und die halb durchsichtigen Vorhänge stets Licht ins Innere gedrungen war, war ihr neues Domizil absolut lichtundurchlässig abgeschottet. Es war sogar so stockduster, dass Kate die Vorhänge einen kleinen Spalt offen gelassen hatte – zu neu und ungewohnt war die Umgebung und die Schatten wirkten bedrohlicher, als sie waren.

Bring mir einen Artikel, der die Leute interessiert, der polarisiert, wiederholte sie in Gedanken.

Egal wie Kate es auch drehte und wendete – am Ende blieb, dass sie nicht gut genug war. Sie konnte schreiben, das hatte John ihr selbst gesagt, aber der Artikel war langweilig.

Niemand würde ihn lesen.

Man hätte sie bereits vergessen, bevor man sie hätte kennen können.

Sie dachte an ihren Vater und wie gern sie ihm jetzt von ihrem Kummer erzählt hätte. Aber in ihrem Brief an ihn hatte sie wie immer nur die positiven Aspekte herausgegriffen. Er sollte sich keine Sorgen machen.

Nun, einen negativen Aspekt Londons hatte sie ihm erzählt. Die Kinderarbeit, die gegen den *Sandon Act* verstieß …

»Moment mal«, rief sie aus und schlug sich sogleich die Hand vor den Mund. Hoffentlich war Mrs Covington nicht aufgewacht.

Kate schlug die Decke beiseite und stand auf. Der Drehschalter funktionierte einwandfrei und wenige Sekunden später erstrahlte die Deckenlampe in goldenem Licht.

Die Kinder!

Sie entzündete die Nachttischlampe, die noch nicht elektrisch betrieben wurde, und setzte sich an die Schreibmaschine.

Endlich hatte sie die Idee für einen Artikel.

Kate begann mit den ersten Zeilen:

Skandal auf Londons Straßen – und wir alle schauen weg ...

Mittwoch, 11. September 1895
08:47 Uhr

Lewis

Er betrat die kleine Schlafkammer des gedrungenen Hauses mit vorgehaltener Hand. Der Gestank war mit Öffnen der Tür beinahe unerträglich geworden. Eisen und süße Verwesung.
Fliegen schwirrten umher, labten sich an den Resten menschlichen Daseins, die das Monster ihnen überlassen hatte. Lewis wappnete sich für den Anblick, der ihn unweigerlich erwartete, doch wie jedes Mal traf es ihn bis ins Mark.
Der grausige Schädel der Leiche, der ihn gesichtslos anstarrte.
Die Gesichter. Immer schnitt er ihnen die Gesichter vom Körper.
Wie immer waren die Schnitte unsauber ausgeführt. An manchen Stellen hatte der Mörder bis auf die Knochen geschnitten, an einer Wange hingen noch Muskelreste in Fetzen. Hinter Lewis übergab sich ein junger Constable auf den Dielenboden. Wer konnte es ihm verübeln?
»Wir müssen ihn kriegen«, hörte er die Stimme des Inspectors …

Sein Durst rettete ihn. Und es war, als stünde sein Körper in Flammen.
Durch die Spalte in den Vorhängen drang grelles Tageslicht, das Lewis auszusperren versuchte, indem er die Lider fest zusammenpresste. Blind tastete er nach der Schublade seines Nachtschränkchens und zog sie ungelenk heraus. Sie verkantete sich auf halbem Weg – ein Hindernis, das er mit geöffneten Augen leicht hätte beseitigen können. Stattdessen fischte er mit der Hand in der Schublade herum, bis seine Finger den kalten Flaschenhals erfühlten.

Das Versprechen von Linderung und Vergessen ließ ihn kurz durchatmen.

Er zog die Flasche Scotch langsam hervor und presste sich das kalte Glas gegen die erhitzte Stirn. Das Versprechen, das die Flasche ihm gab, ließ die Flammen für einen Moment abklingen, gerade lange genug, um den Korken zu ziehen und die Öffnung an den Mund zu führen.

Der erste Schluck brannte höllisch in seiner Kehle und in seinem Magen.

Feuer mit Feuer bekämpfen, dachte er dann immer.

Doch mit jedem weiteren Zug wurde es besser. Seine Atmung ruhiger, sein Herzschlag gleichmäßiger. Die Welt hörte auf sich zu drehen, und drehte sich doch wieder schneller.

Irgendwo ganz hinten in seinem Verstand wusste er, dass es falsch war. Dass das Versprechen der Flasche eine Lüge war, eine Täuschung und Verführung.

Ein Test, den er nicht bestand.

Niemals, seit seiner Arbeit über den *Schneider*, wie ihn die Presse getauft hatte. Und so harmlos die Bezeichnung auch anmutete, sie hatte leider gar nichts mit seinem Herrenschneider, Robert Ganderson, gemein.

Und selbst jetzt, mit der Stütze des Whiskys, musste Lewis sich dazu zwingen, nicht darüber nachzudenken.

Das Buch über jenen Fall hatte ihn reich gemacht. Reicher als viele von Londons bekanntesten Kaufleuten.

Aber Lewis wusste – es hatte ihn alles gekostet.

Erst als die Flasche leer war, setzte er sie wieder ab und erhaschte darin einen kurzen Blick auf sein Ebenbild. Es wirkte fremd und doch vertraut. Viel zu vertraut.

Lewis schleuderte die Flasche gegen die Wand, wo sie mit lautem Klirren in glitzernde Scherben zerbarst.

Dietrich betrat wenig später sein Schlafzimmer, ein Tablett mit köstlich duftendem Tee, kleinen Pasteten und frischer Minze in den Händen. »Der Herr hat geläutet.«

Lewis brachte es nicht über sich, dem Butler in die Augen zu blicken. Tonlos nahm er die Teetasse entgegen und einen tiefen Schluck. Die heiße Flüssigkeit brannte beinahe ebenso wie der Alkohol in seiner Kehle, aber das erlösende Gefühl wollte sich nicht einstellen. Er wusste, egal wie viel Wasser oder Tee oder Kaffee er trank – nichts würde seinen Durst stillen.

Dietrich zog die Vorhänge beiseite und öffnete eines der Fenster. Grelles Sonnenlicht und kühle Luft fluteten augenblicklich das Zimmer, nahmen es gierig in Besitz, als wüssten sie, dass Lewis sie bei der erstbesten Gelegenheit wieder aus seinem Leben aussperren würde.

»Wie oft soll ich dir noch sagen, dass ich das nicht leiden kann?«

Dietrich zog eine Braue herausfordernd nach oben. »Die Welt? Seien Sie versichert, dass ich *genau weiß*, dass der Herr mit der ganzen Welt auf Kriegsfuß steht.« Er stellte das Tablett auf dem kleinen Nachtschrank ab und betrachtete die Scherben der Whiskyflasche. »Aber wie so oft scheint der wahre Feind im Inneren zu lauern, nicht wahr?«

Lewis griff schweigend nach einer der Pasteten, eine Quiche Lorraine, wie er nach einem Bissen feststellte. Der Käse lag schwer in seinem Magen, doch er schlang auch den Rest hinunter, schon allein wegen des vortrefflichen Geschmacks. Die letzten Krümel spülte der Tee dampfend heiß hinunter. Dann zupfte er sich ein paar Blätter von der Minze und zerkaute sie, in dem Versuch, den Whiskyatem zu übertünchen.

Dietrich ging derweil ins Bad und ließ heißes Wasser in die Wanne.

Lewis wusste nicht, weshalb der Mann so sehr darauf bestand, dass er jeden Tag badete.

Der Butler musste seinen verwunderten Blick bemerkt haben. »Nun, da der Herr zu einigen Lastern neigt, sollte mangelnde Hygiene keines davon sein. Ein gepflegter Gentleman, der trinkt, geht vielleicht noch als Exzentriker durch, ein miefender Mann wird nur als der Säufer gesehen, der er ist.«

»Ich bin kein Säufer.«

»Das ist die richtige Einstellung«, stellte Dietrich lächelnd fest. Doch es erreichte seine Augen nicht. In ihnen glaubte Lewis für einen flüchtigen Moment Bedauern und Mitgefühl erkannt zu haben. »Sie sollten sich beeilen. Die Kutsche ist für halb zehn bestellt.«

Simmons, erinnerte sich Lewis wieder und eilte ins Bad, wo Dietrich bereits Handtücher und frische Kleidung bereitgelegt hatte.

»Die Mäntel sind noch bei Ganderson, möchte der Herr heute vielleicht lieber *den Stock*?«

Damit meinte Dietrich einen alten Stockdegen, den Lewis sein Eigen nannte. Bei dem Gedanken an die versteckte Waffe durchfuhr ihn ein eisiger Schauer. Zuletzt hatte er *den Stock* mit sich geführt, als er dem *Schneider* nachjagte. Damals erschien es ihm sinnvoll, sich für den Notfall zu bewaffnen.

Gott sei Dank hatte er ihn niemals benutzen müssen.

»Ich denke nicht, dass Simmons auf mich losgeht. Schon gar nicht am helllichten Tag.« Er wusch sich das Gesicht mit Wasser und nach Orange duftender Seife. »Und ich glaube auch nicht, dass er etwas mit den Morden zu tun hat.«

Wieder zog Dietrich eine Augenbraue in die Höhe. »Mir scheint, für jugendlichen Leichtsinn wird man nie zu alt.«

Lewis seufzte tief. »Deine Sorge um mich in allen Ehren, aber ich denke wirklich nicht, dass ich in Gefahr bin.« Er stand auf und fischte nach einem flauschigen Handtuch.

Die Kutsche rumpelte über die vertrauten Straßen in Richtung Scotland Yard. Lewis hatte den Kutscher gebeten, ihn eine Querstraße weiter rauszulassen, damit er sich Simmons' Laden unauffällig zu Fuß nähern konnte.

Die Straßen Westminsters waren um diese Uhrzeit voller Leben. Menschen gingen in die verschiedensten Richtungen. Hier und da erkannte er geschäftige Kaufleute, die demonstrativ auf goldene Taschenuhren blickten, um ihrem Umfeld subtil zu vermitteln, dass ihr Vorankommen wichtiger war als das eines Hausmädchens, das einen Stapel Einkäufe auf den Armen balancierte.

Ältere Gentlemen flanierten mit herausgeputzten Frauen an ihrer Seite. Bei vielen von ihnen war es nicht mehr die erste Gattin, sondern eine jüngere Ausgabe, die wohl den Lebensabend versüßen sollte. Lady Ashbournes Gesicht blitzte vor seinem inneren Auge auf und er musste schmunzeln. Vermutlich hoffte sie – wie auch die meisten der jungen Frauen an den Armen der alten Herren –, dass Lord Ashbourne dem Leben entsagte, bevor er ihrer überdrüssig wurde.

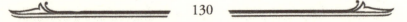

Lewis ließ einen Pferdebus passieren und wechselte in seinem Schatten die Straßenseite. Er hatte heute absichtlich den Bowler gegen einen Zylinder getauscht, da er in Westminster nicht zu sehr auffallen wollte. Der große Hut fühlte sich ungewöhnlich schwer auf seinem Kopf an und gab ihn sicher der Lächerlichkeit preis wie die übrigen Herren, doch wenn er bei Simmons keinen bleibenden Eindruck hinterlassen wollte, musste er in der Masse der Kundschaft untergehen.

Simmons Laden war durchaus als groß zu bezeichnen. Fred hatte es geschafft, über die Jahre viele seiner Konkurrenten in Westminster auszustechen. Meistens gelang es ihm, indem er bessere Preise mit seinen Zulieferern aushandelte. Aber die Gerüchte, wonach Frederick Simmons die Preise der Konkurrenz nicht bloß unterbot, sondern – gerade in den Anfangsjahren – das Kapital seiner Eltern nutzte, um manche Waren einfach komplett aufzukaufen, bis man sie in ganz Westminster nirgends außer bei ihm bekommen konnte, hielt sich hartnäckig. Lewis konnte nicht ausschließen, dass so mancher erfolglose Händler, der seiner Not mit dem Strick von der Brücke entkommen war, auf Simmons' Konto ging. Fred machte sich die Hände zwar nicht direkt schmutzig, aber er war auch kein Heiliger.

Die Türglocke klingelte zweimal – einmal, als die Tür sich öffnete, und noch einmal, als sie sich wieder schloss. Lewis hielt den Kopf gesenkt und erwiderte das freundliche »Guten Morgen« von Freds ältestem Sohn lediglich mit einem angedeuteten Heben des Zylinders. Bevor er Simmons auf den Kartoffelsack ansprach, wollte er sich ein wenig im Laden umsehen.

Er betrachtete gerade ein Einmachglas mit Pfirsichen aus den Kolonien, als die Türglocke erneut schellte. Er spürte die Anwesenheit der Männer eher, als dass er sie sah, doch mit einem Mal veränderte sich die Luft zwischen den Regalen. Lewis bog rasch um die Ecke, als eine nur allzu vertraute Stimme ertönte.

»Ware ist da!«

Sean Finnagan.

Verdammte Scheiße, ging es Lewis durch den Kopf und er spähte aus den Augenwinkeln hin und her. Sean schleppte mehrere Säcke in den Ladenraum, dicht gefolgt von einem weit weniger bedrohlichen Vertreter der menschlichen Spezies, der einen kleinen Handkarren zog. *Von allen Tagen muss ich mir gerade* den *aussuchen, an dem Simmons frische Ware bekommt. Großartig!*

Wenn Sean ihn hier drin in die Finger bekäme …

Lewis verdrängte den Gedanken so rasch, wie er ihm gekommen war. Noch hatten sie ihn nicht bemerkt, und in seiner heutigen Aufmachung würden sie ihn vielleicht bei einem flüchtigen Blick nicht einmal wiedererkennen.

»Pa!«

Lewis starrte unter der Hutkrempe hervor und musterte die Obst- und Gemüsesäcke, die Sean schleppte, als wären sie nicht mehrere Zentner schwer. Auf ihnen allen prangte das Logo der Iren.

Finnagan's Crops & Fruits

Er wollte sich gerade abwenden, als Sean ihn bemerkte.

»He, was glotzt du so, du feiner Schnösel?«

Der Ire ließ die Säcke an der Theke geräuschvoll fallen und die Bodendielen ächzten unter dem Gewicht.

Lewis tat so, als hätte er den Mann nicht gehört und widmete sich wieder dem Studium des Regals, doch Sean war nicht bereit, die Sache einfach auf sich beruhen zu lassen.

»Hast du mich nicht gehört, Alterchen?«

Alterchen? Lewis wusste, dass er aktuell nicht in der besten Verfassung seines Lebens war, aber das erschien ihm nun doch ein wenig übertrieben. *Na ja, er wird sich schon benehmen, wir sind hier ja nicht im Southwark*, dachte er noch, als Sean Finnagan bereits wieder die Stimme erhob.

»Vielleicht sollte ich dir mal die Ohren frei klopfen, was?«, fragte Sean und machte einen ersten Schritt in Lewis' Richtung.

Ist er völlig verrückt? Wie konnte man so dämlich sein und in einer der besten Gegenden Londons so auftreten? Er war fest davon überzeugt gewesen, dass die Finnagans sich wenigstens hier an Gesetze halten würden, aber Sean Finnagan war wohl alles andere als zurechnungsfähig.

Für eine Flucht war es zu spät, daher bewaffnete sich Lewis mit dem Erstbesten, was er finden konnte, einem faustgroßen Glas Orangenmarmelade. Dabei achtete er tunlichst darauf, den Anschein zu wahren, er würde die Ware einfach nur betrachten.

Sean machte zwei weitere Schritte, der nächste würde ihn in Lewis' Gang führen und noch zwei mehr direkt neben ihn.

»Ich hatte euch heute noch nicht erwartet«, ertönte eine weitere Stimme und Sean machte auf dem Absatz kehrt.

»Ja, 'tschuldigung«, begann der Hüne. »So ein Penner hat unsere Kundenliste gestohlen, darum schickt Michael uns gerade alle rum.«

»Eure Kundenliste?«

»Ja, so ein kleiner Penner hat sich bei uns eingeschlichen. Michael denkt, dass die Konkurrenz sich breitmachen will, also …«

»Also soll ich in nächster Zeit ein wachsames Auge auf andere Anbieter haben, nicht wahr?«

»Bingo! Fred, du bist der Beste!«

Simmons lehnte sich ein Stück nach vorn und blickte Sean fest in die Augen. Lewis war erstaunt, dass der irische Kleiderschrank sich von dem alten Händler einschüchtern ließ, doch Freds stahlblaue Augen waren klar und der Blick von einer Schärfe, die in Lewis Eiseskälte aufkommen ließ. Simmons senkte die Stimme und vergewisserte sich, dass Lewis – augenscheinlich – mit dem Regal beschäftigt war.

»Ich habe deinem Bruder schon mal gesagt, dass es ihn was kostet, wenn ich die Konkurrenz für ihn kleinhalte.«

Sean lachte dreckig. »Weiß ich doch! Darum geht die Hälfte der Lieferung aufs Haus.«

»Zwei Drittel.«

Seans Begleiter schnappte hörbar nach Luft, doch der alte Simmons gab keinen Fingerbreit nach.

»Also gut, du alter Penner!« Sean Finnagan mochte ein Berg von einem Mann sein, aber wenn es ums Geschäft ging, war er leicht zu bewegen.

Lewis stellte das Glas Marmelade zurück und ging Richtung Tür.

Als er die Hand schon am Knauf hatte, hörte er noch die letzte von Seans Anweisungen. »Den Sack da nich', der geht direkt zu Treville, die anderen schleppst du nach hinten.«

Paul, du alter Gauner. Umgehst den Mittelsmann, dachte er kopfschüttelnd, als das Glöckchen seine Freiheit verkündete.

Er selbst hatte ihm zu diesem Schritt geraten, weil Pauls abendliche Veranstaltungen Unmengen an Essen und Getränken verschlangen. Darum hatte Lewis ihn vor – wie lange war das nun schon her? – zwei Jahren davon überzeugt, einen riesigen Haufen Geld zu sparen und direkt beim Erzeuger zu kaufen.

Auf der Straße ging Lewis ruhigen, doch zügigen Schrittes davon. Unbewusst trieb es ihn in Richtung Scotland Yard. Nicht, weil er dort etwas zu erledigen hätte, sondern einfach nur für den Fall, dass Sean sich doch noch an ihn erinnerte.

Simmons war weiterhin seine beste Spur, dessen war er sich sicher. Der alte Griesgram hielt für die Iren die Hand auf und sorgte dafür, dass andere Händler es schwerer hatten. Womöglich waren die Mordopfer Teil dieses Spiels?

Die Menschen neigten dazu, sich die wildesten Geschichten hinter den grausamsten Verbrechen auszudenken. Monster, die aus alten Sagengeschichten auftauchten und den Lebenden nach der Seele trachteten. Dazu noch eine Verschwörung – gern von höchster Stelle geleitet –, um die Sache abzurunden.

Meistens lag die Wahrheit aber viel näher.

Menschen töteten aus Rache oder Habgier.

Wieder wurden seine Gedanken in die Vergangenheit gezogen. Zu einer Mordserie, die sich noch vor dem *Schneider* abgespielt hatte. Weit weniger brutal, doch nicht weniger grausam.

Auch für diesen Mörder hatte die Presse einen reißerischen Spitznamen gefunden: *Klavierspieler*.

Seit *Jack the Ripper* musste jedem Mörder, der mehr als einmal zuschlug, direkt ein schmissiger Name verpasst werden. Denn wer den besten Namen fand, dessen Blatt hatte den größten Absatz. Und auch Lewis hatte sich in seinen Büchern dieser reißerischen Namen bedient. Ein Buch über den »*Klavierspieler*« verkaufte sich nun einmal besser als eines, das mit »Mittelmäßiger Musiker ermordet Kollegen, um die erste Geige zu spielen«.

Er schmunzelte. Obwohl einwandfrei geklärt war, dass es sich bei dem *Klavierspieler* um einen Geiger eines hiesigen Orchesters handelte, blieb der Name haften, weil der Mann eine Klaviersaite als Garrotte genutzt hatte.

Was hatte die Presse diesem Mann nicht alles angedichtet.

Er tötet, wenn andere falsch spielen!

Morden für die Kunst!
Nach dieser Note war sie tot!

Manche behaupteten sogar, dass der Mann aus Liebe zu einer Kollegin getötet hatte, damit sie eine bessere Position im Orchester erhielt.

Die Wahrheit war – wie so oft – viel weniger spektakulär. William Hayes war spielsüchtig und hatte immense Schulden. Und irgendwann war er im Untergrund auf einen Spielmacher gestoßen, der Wetten darauf annahm, welcher Musiker an welchem Abend spielen würde und auf welcher Position.

Hayes nutzte seine Gelegenheit und platzierte über Freunde ein paar lukrative Wetten. Dieses Detail verschwig die Presse immer, denn in Wahrheit war Hayes nicht der Gerichtsbarkeit, sondern den Buchmachern zugeführt worden. Die mochten es nämlich gar nicht, wenn man ihr System betrog.

Der *Klavierspieler* war der einzige Fall, den Lewis nicht zur Verhaftung gebracht hatte, denn ... man hatte Hayes' Leiche nie gefunden.

Vielleicht wäre ihm viel Kummer erspart geblieben, wenn dieser erste Fall nicht so überaus anregend und vergleichsweise harmlos gewesen wäre. Dann wäre er nie dem *Schneider* begegnet.

Rache und Habgier ...

»He, du!« Die Stimme riss ihn aus seinen Gedanken und ließ ihm das Blut heiß durch die Adern schießen. »Glaub nich', ich hätte vergessen, dass du mich angestarrt hast!«

Sean Finnagan war entweder ein noch größerer Schwachkopf, als Lewis bisher vermutet hatte, oder der Mann war einfach krankhaft gewalttätig.

Wie auch immer, das Ergebnis wäre in jedem Fall unschön für Lewis' Gesicht.

Ihm blieb der Bruchteil einer Sekunde, um zu entscheiden, wie er darauf reagieren sollte. Langsam weitergehen und hoffen, dass Sean ihm nicht folgen würde? Oder losrennen und hoffen, dass er dem Iren entkommen könnte? Letzteres würde ihn eindeutig verdächtig erscheinen lassen, aber Lewis entschied, dass verdächtig allemal besser als schwer verletzt war und rannte los.

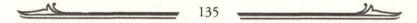

»Hab ich's doch gewusst!«, schrie Sean ihm hinterher. »Wenn ich dich erwische …«

Angesichts der Passanten ließ Sean den Satz unvollendet, aber die kurz darauf ertönenden Rufe der Menge genügten Lewis, um zu wissen, dass er verfolgt wurde.

Lewis rannte so schnell er konnte, doch schon nach wenigen Schritten protestierte seine Lunge. Jeder Atemzug brannte wie Feuer und ihm brach der Schweiß aus. Die Kleidung eines Gentlemans war eindeutig nicht für die Flucht vor einem wild gewordenen Iren geeignet.

Der Zylinder flog von seinem Kopf, doch er dachte gar nicht daran, für das nutzlose Ding langsamer zu machen. Wenn er es nur bis zu Scotland Yard schaffte, wäre er vorerst in Sicherheit. Sean Finnagan konnte ihn kaum im Beisein von mehreren Polizisten verdreschen … Zumindest nicht, ohne eine Verhaftung zu riskieren.

Bei dem Bild des Hünen, der sich mit mehreren Polizisten prügelte, vermutlich noch einige von ihnen mit zu Boden nahm, geriet Lewis aus dem Tritt. Seine Schuhspitze blieb an einem vorstehenden Pflasterstein hängen, er stolperte noch zwei Schritte weiter, ehe er sich auf die staubige Straße legte. Das Rad einer Kutsche rollte gefährlich nah an seinem Kopf vorbei und die Pferde wieherten protestierend, als der Kutscher die Zügel hart anzog.

Lewis rappelte sich vom Boden auf, wollte einfach nur weiter, in der blinden Hoffnung, Sean Finnagan noch irgendwie zu entkommen, als sich die Tür der Kutsche öffnete und eine mit weißer Spitze umhüllte Hand herausgestreckt wurde.

»Mr van Allington, welch seltsame, doch auch angenehme Überraschung.«

Lewis blickte noch perplex hin und her, ohne die Stimme zuordnen zu können, da packte die Hand ihn schon am Kragen und dirigierte ihn in die wieder anfahrende Kutsche.

»Wie schön, Sie zu sehen«, sagte seine Retterin.

Lewis starrte aus dem Fenster und begegnete gerade noch Sean Finnagans mordlüsternem Blick, als die Kutsche um eine Ecke bog und rasch verschwand. Erst jetzt gestattete er sich, einen Blick auf seine Retterin zu werfen und zog erstaunt die Augenbrauen hoch. »Lady Ashbourne?«

Sie lachte vergnügt. »Bei Ihnen klingt es fast so, als wäre es wirklich mein Name.«

Lewis räusperte sich und richtete den Kragen seines Hemds. Seine Weste war voller Staub und Dreck, der nun mit jedem Rumpeln der Kutsche auf den Boden von Lord Ashbournes Kutsche rieselte.

Sie bemerkte seinen Blick und legte ihm eine Hand auf den Oberschenkel. Bei der vertraut anmutenden Geste durchzuckte Lewis kurz ein Gefühl von … wovon eigentlich? Seine Gedanken huschten zur Frau an der Themse und für einen kurzen Moment stellte er sich vor, sie wäre es, die ihn auf diese Weise berührte. Lady Ashbourne riss ihn aus diesem angenehmen Tagtraum, indem sie ihm forsch in die Augen blickte. »Verraten Sie mir, weshalb Sie es so eilig hatten?«

Lewis blinzelte die Fantasie beiseite und räusperte sich erneut. »Nicht weniger als mein Leben hing davon ab.«

»Ihr Leben?« Lady Ashbourne klang verängstigt und begeistert zugleich. Die Neugier in ihrem Blick war nicht zu übersehen.

Lewis bemühte sich um ein selbstsicheres Lächeln. »Nun, die Finnagans und ich sind keine Freunde. Aber das ist eine lange Geschichte.«

Sie blickte sich um. »Na ja, ich denke, wir haben Zeit.« Sie schob sich mit der linken Hand eine Strähne zurück hinters Ohr, wobei Lewis einen Blick auf Lord Ashbournes Siegelring werfen konnte. Es war ein protziges Ding aus Gold mit verschlungenen Ranken – Kitsch, würde man gemeinhin sagen. Aber Lord Ashbourne war äußerst stolz auf seine Herkunft, daher musste jede seiner Frauen die Scheußlichkeit tragen. »Nun?«, forderte sie ihn erneut auf, als er zu lange geschwiegen hatte.

»Also, Lady Ashbourne …«

»Sophia«, unterbrach sie ihn. »Das hatten wir doch schon.«

Lewis lächelte. Diesmal meinte er es auch so. »Also, Sophia«, er lehnte sich verschwörerisch nach vorn, »ich fürchte, darüber darf ich nicht sprechen.«

Ihre Augen blitzten auf vor Neugier. »Oh, wieso nicht?«

»Es geht um Mord«, sagte er trocken. »Und ich fürchte, sollte ich Ihnen davon erzählen, könnten Sie in Gefahr schweben.«

Auch sie kam ihm ein Stück entgegen, bis ihre Gesichter nur noch eine Handbreit voneinander entfernt waren. Sie duftete leicht nach

Zitrusfrüchten und Rosen und dem feinen Puder, den sie aufgelegt hatte. »Nun, mir scheint, ich bin bereits in Gefahr, nicht wahr?«

Zu nah!, warnte ihn eine innere Stimme, und er tastete instinktiv nach einem Pfefferminzbonbon, fand jedoch keines in seinen Taschen. Lewis lehnte sich wieder zurück und versuchte, ein entspanntes Gesicht aufzusetzen.

»Ich meine nur, weil Sie in meine Kutsche eingestiegen sind«, fuhr Sophia fort. »Macht mich das nicht zu … Ihrer Komplizin?«

Die Art, wie sie es sagte, verriet ihm, dass sie sich in keiner Weise davor scheute – im Gegenteil. »Mir scheint, die Lady hat eine Schwäche fürs Abenteuer«, stellte Lewis fest.

»Oder schlicht für Abwechslung«, entgegnete sie mit einem Achselzucken. »Die Tage auf Ashbourne Manor können sehr lang und … einsam sein.«

Lewis schüttelte den Kopf. »Ich fürchte, Sie müssen sich eine andere Zerstreuung suchen, Sophia. Das hier ist kein Spiel.«

»Mir scheint, dass auch Sie die Regeln nicht genau kennen, Lewis.«

Nun zuckte er die Achseln. »Ich lerne schnell.«

Die Kutsche kam zum Stehen, was die Pferde mit einem erleichterten Schnauben kommentierten.

Lady Ashbourne deutete mit einem Blick zur Tür. »Dann viel Glück bei Ihrem Spiel, Lewis van Allington.«

»Und Ihnen, Sophia, viel Glück damit, Ihre Tage mit Sinn zu füllen.« Lewis tippte sich zum Abschied an den nicht mehr vorhandenen Hut und verließ die Kutsche. Zu seiner Überraschung hatte sie ihn direkt zu Scotland Yard gefahren, doch sein Bedarf an menschlicher Interaktion war gedeckt.

Nachdem Lady Ashbournes Kutsche außer Sichtweite war, winkte Lewis sich selbst eine herbei und wies den Kutscher an, ihn nach Hause zu bringen.

Simmons und die Finnagans, ging es ihm dabei nicht mehr aus dem Kopf. *Worin waren die Gauner verstrickt?*

Während er noch darüber nachdachte, wie er an Beweise für seinen Verdacht gelangen könnte, kam ihm ein anderer, weitaus beunruhigenderer Gedanke.

Dietrich hatte ihm den Hut bei Ganderson anfertigen lassen. Im Zylinder war noch immer ein Zettel mit seinem Namen vernäht …

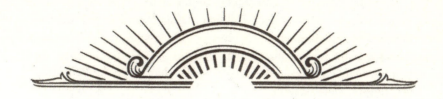

Kate

Am Morgen konnte Kate es kaum erwarten, endlich das Haus zu verlassen und in die Redaktion zu stürmen. Mrs Covington bestand jedoch darauf, dass alle »ihre Mädchen«, wie sie sagte, gemeinsam frühstückten und sich so auf den Tag vorbereiteten. Zuerst hatte Kate es als zeitraubend empfunden, aber schon bald erkannte sie den Nutzen dieses Beisammenseins. Noch nie hatte sie in so kurzer Zeit so viel über einige Mitglieder der Londoner Oberschicht erfahren. Wer wann das Haus verließ. Mit wem die Leute Handelsbeziehungen pflegten. Mit wem sie ... andere Beziehungen pflegten.

Ein junges Mädchen – kaum älter als vierzehn – hatte mit hochrotem Kopf erzählt, wie es seinen Herrn mit der Geliebten im Ehebett überrascht hatte. Sie hatte Mrs Covington gefragt, wie sie nun damit umgehen sollte, woraufhin die ältere Dame geantwortet hatte: »Wir wahren stets Diskretion und Anstand. Und wir mischen uns niemals in die Belange der Herrschaft ein.«

Alle Mädchen hatten bestätigend genickt und Kate ahnte, dass sie keine dieser vertraulichen Informationen verwenden durfte, wollte sie hier wohnen bleiben.

Nach dem Frühstück waren alle noch einmal auf ihr Zimmer gegangen, um die eigene Garderobe zu überprüfen, dann waren die Mädchen nach und nach wie Tauben aus einem Verschlag entschwunden. Mrs Covington hatte jede Einzelne von ihnen verabschiedet.

Auf dem kleinen Grünstreifen hinter dem Haus zwitscherten Vögelchen, die hektisch nach Halmen und anderen Dingen suchten, um ihr Nest auszubessern.

Kate hatte bereits ihre Tasche gepackt, als Claire an ihre Tür klopfte. »Mrs Covington lässt fragen, ob du den Tag in der Redaktion verbringst«, sagte sie leise.

Claire war überaus still. Sie hatte als Einzige am Tisch keine Geschichte über ihre Herrschaft zum Besten gegeben und dafür mehr als einen skeptischen Blick geerntet.

»Ich muss direkt in die Redaktion, aber ich habe dort keinen Schreibtisch.«

Claire schien einen Moment zu überlegen, ehe sie zaghaft weitersprach. »Ich habe heute Nachmittag einen Botengang für meine Herrschaft. Ich könnte dir danach noch ein wenig die Stadt zeigen.«

Kate dachte kurz darüber nach. Eigentlich müsste sie direkt einen neuen Artikel schreiben. Andererseits wäre eine Stadterkundung nicht verkehrt. Wie wollte sie über London schreiben, wenn sie die Stadt nicht kannte? »Das wäre großartig!«, sagte sie deshalb mit einem Lächeln.

Claire strahlte übers ganze Gesicht, ehe sie sich verabschiedete und die Treppe hinuntereilte. Kate griff nach ihrer Tasche, in der ihr neuer Artikel steckte, und machte sich ebenfalls auf den Weg.

Die Strecke zur Redaktion des *London Journal* war mittlerweile kein Problem mehr.

Wieder erstürmte sie das Redaktionsgebäude und steuerte zielstrebig John Barnes' Büro an.

Er betrachtete sie neugierig und legte den Kopf leicht schief. »Du weißt, dass du deine Artikel auch einfach unten an der Poststelle abgeben kannst, Kate?«

Sie drückte ihm ohne Umschweife ihren Artikel in die Hand. »Lies das und sag mir, was du davon hältst.«

Als er nicht direkt reagierte, schickte sie ein »Bitte« hinterher.

Barnes seufzte und begann zu lesen. Nach wenigen Zeilen verengten seine Brauen sich zu einem dicken Wulst auf seiner Stirn. Mehrmals brummte er leise vor sich hin. Ein Laut, von dem Kate nicht sagen konnte, ob er Zustimmung oder Abneigung signalisierte.

Schließlich legte er den Artikel beiseite und blickte sie direkt an. »Gute Arbeit.«

Kate spürte Hitze in ihre Wangen schießen. »Heißt das, du druckst ihn?«

Er nickte langsam, ließ sie dabei aber nicht aus den Augen. »Ja. Aber ich habe noch eine Frage. Willst du dafür ein Pseudonym?«

Nun war es an Kate, die Stirn zu runzeln. »Nein, wieso?«

Barnes seufzte und lehnte sich in seinem Stuhl zurück. »Dieser Artikel wird ganz schön viel Wirbel erzeugen, weißt du? Das Thema erhitzt die Debatten im Unterhaus schon eine Weile. Bist du sicher, dass du zwischen die Fronten geraten willst?«

Sie drückte den Rücken durch und reckte das Kinn leicht vor. »Es ist die Wahrheit. Wir sollten keine Angst haben, die Wahrheit zu schreiben.«

»In Manchester hattest du ein Pseudonym.«

»Das war was anderes. Da musste ich meine Familie beschützen.«

»Und was ist mit deinem Schutz?«

Kate zuckte die Achseln. »Ich bin nicht hierhergekommen, um mich dann wieder zu verstecken.«

»In Ordnung. Seite eins. Morgen.«

»Morgen? Seite ... was?« Kates Mund stand weit offen. Sie wusste irgendwo in den hinteren Windungen ihres Hirns, dass sie gerade John Barnes mit offenem Mund wie ein Karpfen anstarrte, doch sie war unfähig, sich zu bewegen. »Was?«, japste sie nach Luft.

Barnes brach in jenes schallende Gelächter aus, das er ihr schon bei ihrer Einstellung entgegengeschmettert hatte. »Kate, du musst wirklich daran arbeiten! Eine Reporterin, die katatonisch wird, wenn man ihre Artikel druckt, wird es nicht leicht haben.«

»John ... ich ... wieso?«

»Machst du Witze?« Jetzt stand er doch auf und kam um den Schreibtisch herum. »Der Artikel ist gut. Er wird die Menschen polarisieren und wir werden für einen Tag *das* Thema der Stadt sein. Wenn es gut läuft, sogar zwei Tage.« Er packte sie mit beiden Händen an

den Schultern, verankerte sie so wieder in der Realität und hielt sie auf den Beinen. »Ich habe dir schon gesagt, dass du verdammt gut schreiben kannst. Dieser Artikel unterstreicht das nur. Aber sei auf der Hut«, warnte er und blickte ihr fest in die Augen. »Artikel wie dieser finden bei gewissen Gesellschaftsschichten wenig Anklang.«

Sie verschränkte die Arme. »Damit habe ich Erfahrung.«

Barnes überflog den Artikel noch einmal und zählte die Zeilen. Dann kritzelte er etwas auf einen Quittungsblock, riss das Stück Papier ab und reichte es Kate. »Geh hiermit zu Helen in die Buchhaltung. Sie zahlt dich aus.«

Kate nahm das kleine Stück Papier in beide Hände und betrachtete ehrfürchtig die geschwungene Handschrift, die unmissverständlich festhielt, dass sie – Katelyn Shaw – soeben ihre ersten einundvierzig Pennys verdient hatte. Das machte drei Schilling und fünf Pennys!

In Manchester hatte sie mehr oder weniger umsonst geschrieben, wenn man von den kostenlosen Zeitungsexemplaren als Beleg absah. Aber die Begründung war stets gewesen, dass ihre Sachen noch abgetippt werden mussten, ehe sie zum Setzer gehen konnten. Kate hatte sich damit zufriedengegeben – was hätte sie auch sonst tun sollen? In Manchester war es ein kleines Wunder gewesen, dass man die Tochter von Erwin Shaw überhaupt eine eigene Meinung vertreten ließ, die nicht dem Wohle der Familie diente.

Aber hier war das anders.

In London war sie nicht an den Familiennamen gekettet.

Kate war frei und ihr Name ein weißes Blatt Papier, das sie mit ihren eigenen Geschichten füllen würde.

»Es wird nicht mehr, auch wenn du es den ganzen Tag anstarrst«, sagte John plötzlich und riss sie aus ihren Gedanken.

Ein Lächeln breitete sich auf ihrem Gesicht aus. »Oh doch. Es wird mehr. Ist mehr. Mehr, als ich jemals hatte.«

John Barnes nickte verstehend. »Sag Helen, dass es dein erstes Mal ist, dann darfst du den Zettel behalten und sie schreibt eine Kopie für die Akten.« Als Kate sich freudestrahlend umdrehte und schon halb durch die Tür war, hielt er sie zurück. »Und übrigens: gute Arbeit, Kate. Wirklich gut.«

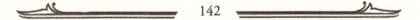

Sie wollte sich ehrlich bedanken, doch sie fühlte die Tränen in sich aufwallen und wollte nicht schon wieder vor ihm losheulen, also nickte sie abgeklärt und eilte davon.

Helens kleines Büro befand sich im zweiten Stock. Kate war mehr als überrascht, dass die Frau nicht nur ein eigenes Büro besaß – nein, sie arbeitete auch ganz klar in einem Beruf, der sonst nur von Männern ausgeübt wurde.

Das London Journal *scheint wirklich äußerst fortschrittlich zu sein*, schoss es ihr durch den Kopf.

Nachdem sie an die Tür geklopft und höflich auf Einlass gewartet hatte, betrat sie den kleinen Raum und erblickte eine Frau mittleren Alters, die über mehrere Bücher gebeugt dasaß und eine kleine Brille mit halbmondförmigen Gläsern auf der Nase balancierte. Das Gestell war mit einer dünnen Kette verbunden, die in ihrem Nacken unter den braunen Haaren verschwand.

Sie blickte auf und in ihrem wachen Blick lag eine Mischung aus Freude und Überraschung. »Wie kann ich Ihnen helfen, Miss?«

»Katelyn Shaw«, stellte sie sich vor und streckte die Hand aus. »Ich schreibe jetzt für das *London Journal*.«

Helen legte ihren Füller beiseite und ergriff Kates Hand. »Freut mich, Kate. Ich bin Helen, aber das hat dir John ja schon erzählt, was? Sag, Kindchen, ist es dein erstes Mal?«, fragte sie und deutete auf den Zettel.

Kate nickte.

»Dann setz dich. Ich mache hiervon eine Abschrift und erkläre dir, was wichtig ist.«

»Danke.« Sie setzte sich auf den einzigen freien Stuhl, der im Büro stand, und legte die Hände damenhaft in den Schoß, ganz so wie ihre Mutter es ihr immer eingebläut hatte.

Helen blickte kurz auf. »Reiche Familie, was?«

»Wie?«

»Deine Haltung«, sagte sie lächelnd und widmete sich wieder dem Zettel, dessen Inhalt rasch übertragen war. »Hast viel gelernt und bist schön brav zum Unterricht gegangen. Wo kommst du her?«

»Manchester.«

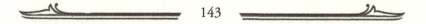

»Nicht gerade aufregend, was?«

»Es hat seine Momente.«

Jetzt trug Helen etwas in ein großes Buch ein, wobei sie äußerst sorgfältig vorging. Ein weißes Tuch unter dem Handgelenk sorgte dafür, dass sie nicht mit der Tinte schmierte, und nach jeder Zeile hielt sie inne, betrachtete ihr Werk und wartete kurz darauf, dass das Königsblau etwas eintrocknete, bevor sie am Ende das gesamte Blatt einmal mit einem Löschroller abfuhr. »Und was führt dich hierher?«

»Ich will Reporterin sein.«

Helen überreichte ihr den von John geschriebenen Zettel und die Bezahlung. »Dann herzlichen Glückwunsch, Kate. Du bist jetzt offiziell eine bezahlte Reporterin für das *London Journal*.«

Mit zitternden Fingern nahm sie das Geld entgegen und verstaute es samt Zettel in ihrer Tasche. Sie stand noch einen kurzen Moment mit breitem Grinsen vor der Buchhalterin, ehe sie sich wieder fing. »Helen, darf ich dir eine Frage stellen?«

»Wie ich an diesen Schreibtisch gekommen bin?«

Kate errötete. »Ja.«

Helen lehnte sich zurück und tippte mit den Fingern der linken Hand auf die polierte Tischplatte. »Nun, so wie du an deinen. Ich hab mir nicht sagen lassen, was wir Frauen dürfen oder können.«

»So einfach?«

»Ist es das?« Die ältere Dame blickte sie eindringlich an. »Sag du es mir.«

»Nein. Und doch ja.«

»Du verstehst«, sagte sie mit sanftem Lächeln. »Es ist so einfach und doch so unendlich schwer. Und Frauen wie wir machen den Unterschied.«

»Das hoffe ich. Vielen Dank, dass ich den Zettel behalten kann.«

»Nichts zu danken. Und morgen sehe ich dich wieder, klar?«

Kate nickte lächelnd. »Abgemacht.«

Vor dem Redaktionsgebäude atmete Kate tief ein, nahm jede Nuance des ganz eigenen Dufts der Straße in sich auf. Druckerschwärze, Maschinenöl – sie bildete sich sogar ein, das Papier riechen zu können. Nichts von diesem Moment wollte sie je wieder vergessen. Ihr erster

Artikel wurde gedruckt. Und sie hatte ehrliches und gutes Geld damit verdient.

Sicher, drei Schilling würden sie auf Dauer nicht weit bringen. Aber darum ging es gerade auch nicht. Heute war nicht der Tag, um sich Sorgen um eine ungewisse Zukunft zu machen. Heute war der Tag, an dem sie sich von ihrem ersten Lohn als Reporterin etwas gönnen würde.

Kate erstand in einer Bäckerei ein Gurkensandwich und spazierte weiter durch die Stadt, bis sie die Themse erreicht hatte. Bei Blackfriars Bridge setzte sie sich auf eine Bank, die Brücke linker Hand, und blickte auf die tanzenden Schaumkronen, die von der morgendlichen Sonne zum Glitzern gebracht wurden.

Sie liebte das Wasser. Hatte sie schon immer. Wann immer ihr Vater nach Liverpool gefahren war, um bei seinen Partnern am Hafen nach dem Rechten zu sehen, hatte Kate ihn begleitet. Damals hatte sie nicht verstanden, weshalb ihre Mutter so dagegen gewesen war – für Kate waren die Docks in Liverpool ein wunderbarer Spielplatz gewesen. Wie oft hatte sie sehnsüchtig den großen Dampfschiffen hinterhergestarrt, die den Hafen mit einem ihr unbekannten Ziel verließen. Viele davon, das wusste sie, fuhren nach Amerika. Der Strom an Auswanderern hatte nicht nachgelassen.

Verglichen mit Liverpools Hafen war die Themse geradezu zahm. Während Kate ihr Sandwich aß, zählte sie nur acht kleinere Boote, die sich durch die Strömung kämpften. Was vermutlich auch daran lag, dass die Docks weiter flussabwärts lagen.

Gedankenverloren kaute sie auf ihrem Essen herum und genoss die wärmende Sonne. Das Rauschen der Themse vor sich, den Trubel der Stadt im Rücken – dieser Tag war perfekt.

Sie konnte es kaum erwarten, ihrem Vater davon zu schreiben.

Mittwoch, 11. September 1895
14:23 Uhr

Lewis

»Diese Iren wissen nun also, wer Sie sind«, begann Dietrich nach einer Weile des Schweigens.

Zu Hause hatte Lewis die Haustür verschlossen und den Butler angewiesen, das gesamte Haus zu kontrollieren. Sie hatten sich aufgeteilt, jedes Stockwerk, jedes Zimmer und jedes Fenster – sogar die Schornsteine der Kamine überprüft. Chester hatte Lewis dabei fröhlich begleitet und alles für ein neues Spiel gehalten. Als er bemerkt hatte, dass dabei keine Leckerchen für ihn abfielen, hatte er aber nach dem dritten Raum das Interesse verloren und sich leise murrend vor dem Kamin im Salon niedergelassen. Manchmal wunderte Lewis sich, wie der Hund schlank blieb, obwohl er sich so gut wie nie bewegte.

Dietrich war bei der Prüfung des Kellers deutlich effizienter vorgegangen und erwartete Lewis bereits mit einer frisch gebrühten Kanne Tee. Diesmal hatte er nicht auf eine Aufforderung durch Lewis gewartet, sondern sich direkt in einen der mit grünem Samt bezogenen Ohrensessel gesetzt.

Erst dann hatte Lewis ihm alles erzählt. Von seinem Besuch bei Simmons und seinem Gespräch mit Lady Ashbourne. Der Butler hatte ungerührt zugehört, lediglich das Zucken seiner Augenbrauen verriet dann und wann, dass er der Geschichte aufmerksam folgte.

»Ich schätze, davon müssen wir ausgehen«, sagte Lewis tonlos.

»Und was gedenkt der Herr nun mit dieser Information anzufangen?«

Lewis hob die Schultern und ließ sich im Sessel zurücksinken. Der Duft seines halb getrunkenen Tees stieg ihm in die Nase und ließ ihn unwillkürlich lächeln. Früher hatten sie das oft gemeinsam getan. Am Kamin gesessen, Tee getrunken und geschwiegen. Mehr Gesellschaft hatte Lewis nach dem Tod seiner Eltern oft nicht ertragen. Im Gegenteil, all die Mitleidsbekundungen waren einfach zu viel gewesen.

Dietrich hatte damals auf seine Annonce reagiert. Eine Annonce, die mehr als ungewöhnlich verfasst gewesen war – aber Dietrich war auch alles andere als ein gewöhnlicher Butler.

Referenzen sind nicht vonnöten und könnten im Zweifelsfall sogar eher stören.

Und jetzt, fast zwölf Jahre später, war der deutsche Butler der einzige Mensch, dem Lewis genug vertraute, um über solche Dinge zu reden. Er schüttelte den Kopf und betrachtete die tanzenden Flammen im Kamin. »Ich weiß es nicht«, gestand er schließlich. »Als ich mich das letzte Mal mit den Finnagans angelegt habe, endete ich mit einem Kartoffelsack über dem Kopf in der Themse.«

Dietrich stellte seine Tasse auf den Beistelltisch. Und obwohl Porzellan auf poliertes Holz traf, war seine Bewegung so präzise, dass kein Laut ertönte. »Was uns zu der Annahme verleitet, dass die Iren mit den Morden zu tun haben, korrekt?«

Lewis wiegte den Kopf hin und her. »Nun, es *könnte* ein Indiz sein. Aber jemandem einen Sack über den Kopf zu ziehen, bevor man ihn ersäuft, ist nicht ungewöhnlich. Könnte Zufall sein.«

»Ich habe in meinem Leben gelernt, dass Zufälle weit weniger häufig vorkommen als gedacht«, erwiderte der Deutsche. »Oft steckt ein Muster dahinter.«

Lewis stand auf, um mit dem Schürhaken im Feuer herumzustochern. »Also, Simmons und die Finnagans machen gemeinsame Sache, um … was? Die Konkurrenz kleinzuhalten?«

Dietrich erwiderte nichts, sondern blickte ihn nur auffordernd an.

»Aber Mord? Ich meine, Preisabsprachen und Erpressung – ja. Aber Mord?«

»Die Stadt lobt neue Gewerbegebiete aus«, fügte Dietrich hinzu. »Ein Prestigeobjekt von Lord Havisham.«

Lewis runzelte die Stirn. »Woher weißt du das?«

»Stand in der Zeitung. Der Herr sollte vielleicht wieder häufiger lesen.«

»Wie auch immer. Was hat das mit den Iren zu tun?«

»In dem Artikel stand, dass Lord Havisham nur die erfolgreichsten Kaufleute dort ansiedeln will. Es soll das industrielle Juwel Londons werden.«

Lewis nickte nachdenklich. »Das wäre ein Motiv. Michael Finnagan ist ehrgeizig. Er will unbedingt seinen Platz in der Gesellschaft.«

»Der ihm gewiss wäre, wenn er seine Lagerhallen bei den neuen Docks hätte«, schloss Dietrich.

Wieder nickte Lewis. »Aber was hätte Simmons davon?«

»Vielleicht will er ebenfalls expandieren? Vielleicht wollen sie sich zusammentun?«

»Nein, auf keinen Fall. Die Brüder würden niemals die Kontrolle über ihr Geschäft aufgeben. Ihre Mutter hat es aufgebaut.« Er stellte den Schürhaken wieder neben den Kamin. »Aber Simmons könnte mit einem Exklusivvertrag mit den Finnagans reichlich Profit machen ... womöglich seinen Laden erweitern.«

»Geld reicht in den meisten Fällen als Motiv. Das schrieben Sie selbst in einem Buch.«

Rache und Habgier ...

»Gut. Aber ohne Beweise können wir damit nicht zu Scotland Yard. Powler ist vielleicht nicht der beste Ermittler, aber auch er weiß, dass man keinen Prozess ohne Beweise führen kann.«

»Also doch wieder die Iren?«

Lewis schüttelte vehement den Kopf. »Da kriegen mich keine zehn Pferde mehr rein.« Plötzlich huschte ein Lächeln über seine Lippen. »Aber ich wette, der alte Simmons hat auf einer schriftlichen Absprache bestanden.«

»Was macht Sie da so sicher?«

»Er ist Engländer. Und ich verwette dein Gehalt, dass er den Iren nicht traut.«

Dietrich zog eine Augenbraue missbilligend in die Höhe. »Der Herr scheint mir wieder überaus freigiebig zu sein.«

Lewis zuckte die Achseln. »Es war doch auch deine Idee?«

Damit ließ er den Butler allein am Kamin zurück und ging in sein Schlafzimmer, um sich auszuruhen, bevor er in der kommenden Nacht bei Simmons einbrechen würde.

Zu seiner Überraschung hatte Dietrich eine neue Flasche Scotch in den Nachtschrank gestellt. Bevor Lewis sich ins Bett legte, genehmigte er sich noch ein paar tiefe Schlucke, um die Nerven nach dem aufreibenden Morgen ein wenig zu beruhigen.

Kate

Als Kate zurück in Mrs Covingtons Wohnheim kam, wartete Claire bereits auf sie. Das Hausmädchen hatte ein sorgfältig geschnürtes Paket vor sich auf dem Tisch abgelegt und trank eine Tasse Tee mit Mrs Covington.

»Ah, Kate, wie schön, dass du wieder da bist«, grüßte die ältere Dame sie freundlich und doch zurückhaltend. »War dein morgendlicher Ausflug von Erfolg gekrönt?«

Kate knickste zur Begrüßung – warum zum Teufel tat sie das? – und erwiderte in gemäßigtem Tonfall: »Sogar überaus erfolgreich. Mein Artikel wird morgen auf der Titelseite des *London Journal* erscheinen.«

Mrs Covington gestattete sich ein herzliches Lächeln. Und auf eine gewisse Weise gefiel es Kate, die alte Dame zu beeindrucken. Sie konnte nicht sagen, woher es rührte, aber Mrs Covington löste in ihr den Wunsch aus, die beste Version von Katelyn Shaw zu sein, die sie sein konnte.

Claire sprang auf und umarmte sie stürmisch. »Kate, wie wundervoll!«

Ein Räuspern der Hausherrin erinnerte Claire daran, dass sich eine solche Zurschaustellung von Euphorie nicht ziemte, und sie trat einen angemessenen Schritt zurück. »Es freut mich außerordentlich für dich.« Sie deutete auf das Paket. »Ich muss noch diese Sachen zu meiner Herrschaft bringen, aber wenn du möchtest, kannst du mich begleiten. Und danach zeige ich dir die Gegend.«

Kate nickte eifrig. »Sehr gern!«

Und noch ehe Mrs Covington sie auf mangelnde Etikette hinweisen konnte, schnappte Kate sich das Paket und eilte zur Tür hinaus.

Dort übernahm Claire die Führung. Es ging durch die Regent Street in Richtung Norden. Kate prägte sich den Weg genau ein, um ihn zur Not auch allein zu finden. Es war nicht auszuschließen, dass Claires Herrschaft sie noch mit einer Aufgabe bedachte und aus ihrem freien Nachmittag nichts wurde.

Vor der Devonshire Street 17 hielt sie schließlich an. »Warte hier, ich bin gleich wieder da.«

»In Ordnung.« Kate betrachtete kurz das Haus, dessen Fensterläden größtenteils geschlossen waren. Und irgendwie fühlte es sich an, als würde sie in die Privatsphäre eines Fremden eindringen, daher wandte sie dem Haus rasch den Rücken zu und betrachtete die umstehenden Häuser. Alles herrschaftliche Bauten von mittlerer Größe. Womit auch immer Claires Obrigkeit ihr Geld verdiente, es musste ein einträgliches Geschäft sein.

Sie hörte die leise Unterhaltung, die Claire mit dem Hausdiener führte, und bemühte sich, die Worte nicht aufzunehmen.

Wenig später trat die junge Frau wieder an ihre Seite. »Lass uns gehen, um diese Uhrzeit kann man die Schönheit von Regent's Park am besten genießen.«

Claire sollte recht behalten. Der Park war traumhaft schön. Gepflegter Rasen, ein kleiner See und vor allem wenige Menschen, die sie störten.

»Wie kommt es, dass du heute frei hast?«

Das Hausmädchen zuckte die Achseln. »Ich sollte etwas beim Schneider abholen und mir den Rest des Tages freinehmen.«

»Macht dir die Arbeit Spaß?«

Kate stellte die Frage ohne Hintergedanken oder Unterton in der Stimme, dennoch merkte sie, wie Claire sich versteifte. »Meistens.«

»Ich muss gestehen, ich finde das unglaublich spannend! Man bekommt einen so tiefen Einblick in das Leben eines anderen Menschen.«

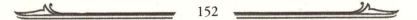

»Nicht alle Einblicke sind interessant ... oder sehenswert.«

Kate legte den Finger an die Lippen und dachte kurz nach. »Da magst du recht haben, aber nehmen wir deine Herrschaft. Womit verdient sie ihr Geld?«

»Mr van Allington schreibt Bücher.«

»Er ist Schriftsteller?«

Claire nickte. »Er schreibt über Verbrechen und hilft als Berater bei der Aufklärung.«

Jetzt blieb Kate stehen und hob die Arme. »Hallo?! Und das ist *nicht* interessant?«

»Doch, schon. Aber ...«

»... seine Frau und die Kinder sind anstrengend?«, vollendete Kate den Satz.

»Er ist ledig.«

»Dann ist er anstrengend?«

Claire schüttelte den Kopf. »Meistens bekomme ich ihn gar nicht zu Gesicht. Es ist mehr ... seine Arbeit, sie quält ihn.«

Nun wurde Kates Miene ernst. »Ich schätze, das bleibt nicht aus, wenn man sich mit den schlimmsten Exemplaren der Spezies Mensch befasst.«

Seit Darwins Buch über die Entstehung der Arten war die Evolutionstheorie in aller Munde.

»Aber dieser Mr van Allington ... ist er gut? Also in seinem Beruf.«

Claire nickte eifrig. »Dietrich sagt immer, er sei der genialste Kopf, den London in diesem Jahrhundert hervorgebracht hat.«

»Dietrich?«

»Der Butler.«

»Ein deutscher Butler?«

Claire zuckte mit den Schultern. »Mr van Allington lebt äußerst ungewöhnlich.«

»Hm. Ich könnte mir vorstellen, dass er nicht gerade beliebt ist.«

»Mag sein. Aber wenn es so ist, dann stört es ihn nicht. Er lebt zurückgezogen und schätzt es sehr, in Ruhe gelassen zu werden.«

Plötzlich war Kate froh darüber, dass sie sich zuvor von dem Haus abgewandt hatte. Als hätte eine innere Stimme oder ihr Instinkt sie geleitet.

Dennoch, ein Artikel über den brillanten Mr van Allington wäre sicher etwas, wofür John gutes Geld bezahlen würde. Sie seufzte.

»Was ist?«

»Ach, ich habe gerade darüber nachgedacht, wie fantastisch es wäre, deine Herrschaft für die Zeitung zu befragen. Aber das geht nicht, weil ich dich damit ausnutzen würde.«

Claire lachte laut auf. »Kate, du bist Reporterin! Ich erwarte, dass du jegliche Informationen ausnutzt.«

Sie runzelte die Stirn. »Und dennoch redest du offen mit mir?«

»Natürlich. Wie soll man sonst neue Freunde finden, wenn man sich direkt verschließt?«

Nun war es an Kate, übers ganze Gesicht zu strahlen.

Die beiden spazierten noch durch den Park und die angrenzenden Straßen. Claire zeigte Kate jede Menge wichtige Punkte, wie den Bäcker in der Nähe von Charing Cross, bei dem es die besten Brote gab. Oder ein kleines Teehaus in einer Seitenstraße, das bereits in der dritten Generation betrieben wurde. Die Eigentümer hatten schon viele Gelegenheiten gehabt, sich um einen besser gelegenen Laden zu bemühen, doch sie zogen es vor, in dem Gebäude zu bleiben, das ihr Geschäft von Anfang an beherbergt hatte. Nichtsdestotrotz verfügte der Laden über ein beeindruckendes Sortiment verschiedenster Teesorten, die Kate alle zum Schwärmen brachten.

Am Abend fiel Kate völlig erschöpft, aber glücklich auf ihr Bett. Sie verdrängte geflissentlich den Gedanken daran, dass sie heute nicht geschrieben hatte und somit morgen kein Geld verdienen würde, doch für den Moment war sie zufrieden damit, in Claire eine neue Freundin gefunden zu haben.

Ehe ihr die Augen komplett zufielen, setzte sie sich an den Schreibtisch, holte Papier und Füller hervor und begann zu schreiben.

Lieber Papa,

mein erster Artikel ist erschienen – also, während ich diese Zeilen schreibe, ist er noch im Druck, aber wenn ich den Brief morgen aufgebe, kaufe ich ein Exemplar der Zeitung und schicke sie mit.

John Barnes ist fantastisch. Er glaubt an mich.

Ich hätte nie für möglich gehalten, dass jemand außer dir dazu fähig wäre.

Aber du hast mich stets ermutigt, mich unterstützt, als Mama längst wollte, dass ich aufhöre. Ist sie noch sehr böse auf mich? Wie verkraftet sie, dass ich nicht mehr da bin? Auch wenn ich nicht will, dass sie traurig ist, so fürchte ich manchmal doch, dass sie ohne mich glücklicher ist. Aber das ist wohl nur Einbildung.

Du kannst übrigens an die Adresse von Mrs Covington antworten, falls du die Zeit dafür findest.

Heute saß ich eine Weile an der Themse und musste an unsere Ausflüge nach Liverpool denken. Ich hoffe, die Lage bei euch hat sich beruhigt. Ich weiß, dass ich für einen riesigen Skandal gesorgt habe.

Es tut mir leid.

Ich weiß, ich habe es schon hundertmal gesagt, aber ich fürchte, das reicht einfach nicht. Ich hoffe, du weißt, dass ich der Familie niemals Schande bringen wollte.

Vielleicht macht dich mein Artikel ein bisschen stolz.

Grüß Mama von mir.

Ich hab euch lieb.

Kate

Sie steckte den Brief in einen Umschlag und versiegelte ihn. Kate wendete den Umschlag in den Fingern hin und her. Ihre erste Erfolgsgeschichte an ihren Vater. Wäre er stolz, wenn er die Zeitung bekäme?

Und wie würde London auf ihren Artikel reagieren? Würde er für ebenso viel Wirbel sorgen wie ihre Enthüllungsgeschichte in Manchester? Und was, wenn dem so wäre? Was würde sie dann tun?

Nun, dann würde sie einen neuen Artikel schreiben.

Wobei Kate schon ahnte, dass es nicht ausreichen würde, sich von Tag zu Tag und Artikel zu Artikel zu hangeln. Wenn sie es dauerhaft in London schaffen wollte, brauchte sie einen Plan.

Bücher, ging ihr das Gespräch mit Claire durch den Kopf. *Was, wenn ich Bücher schreibe?*

Die Aussicht, mit einem Buch deutlich mehr Geld zu verdienen, war verlockend. Nur musste sie dafür ein Thema für ein Buch finden. Dann einen Verleger. Und dann …

Kate schwirrte der Kopf. Zu viele Dinge, um sie kurz vor dem Einschlafen zu durchdenken. Aber womöglich könnte sie am nächsten Tag mit John darüber sprechen.

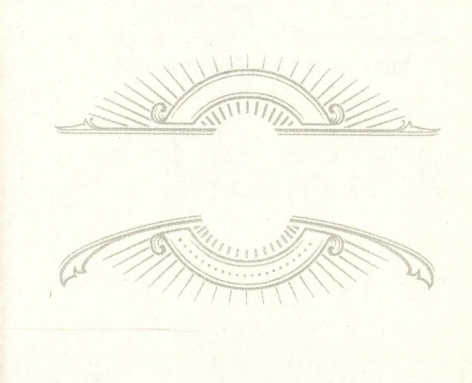

Mittwoch, 11. September 1895
22:23 Uhr

Lewis

Dunkle Kleidung war geboten. Nach einer ausgiebigen Durchsuchung seiner Ankleide stellte Lewis fest, dass er zwar jede Menge dunkelgraue Anzüge besaß, aber nichts, was für die bevorstehende Unternehmung auch nur im Geringsten geeignet wäre.

Seufzend gab er auf und griff sich den dunkelsten Anzug samt Mantel – einen der wenigen, die Dietrich nicht zu Ganderson gegeben hatte – und zog sich um. Wie immer wählte er eine passende Taschenuhr aus. Als er das silberne Gehäuse in die Hand nahm, huschte ein Lächeln über seine Lippen. *Alte Gewohnheiten sterben langsam.*

Derselbe Gedanke durchzuckte ihn, als seine Hand nach dem Flachmann griff, nur entrang er ihm diesmal kein Lächeln. Dennoch steckte er die Flasche ein und verließ das Schlafzimmer.

Im Foyer erwartete ihn Dietrich bereits. Der Butler trug einen schwarzen Pullover aus dicker Wolle, wie ihn nur Arbeiter und Gauner trugen. Lewis hob erstaunt eine Augenbraue, als Dietrich sein Ensemble von dunkler Hose und schwarzen Stiefeln noch um eine schwarze Mütze ergänzte und ihn dann ruhig anblickte.

»So siehst du also nach Feierabend aus?«

»Mitnichten.« Der Deutsche musterte ihn abschätzig. »Ich kleide mich nur dem Anlass angemessen.«

»Und der wäre?«

»Ich werde den Herrn begleiten.«

Lewis verschränkte die Arme vor der Brust. »Und das ist eine gute Idee, weil ...?«

»Weil mich noch niemals ein Ire über eine Brücke geworfen hat.«

»Sehr witzig. Ich denke nicht, dass sie bei Simmons auf mich warten.«

Dietrich blickte ihm fest in die Augen. »Der Herr trägt gern die Last der Welt und seinen Weltschmerz auf seinen Schultern, das ist mir durchaus bewusst. Aber in dieser Sache könnte er sich eingestehen, dass Hilfe von Zeit zu Zeit nicht schadet.«

»Ich ...« Er ließ die Worte unausgesprochen und nickte. Da war etwas in der Stimme des Butlers, das ihn stutzig machte. »Du weißt, ich habe dich nie nach deiner Vergangenheit gefragt, aber ...«

»Eine Tatsache, die ich sehr zu schätzen weiß.«

»... ich bin hier, wenn du darüber sprechen willst.«

Dietrich zeigte keine Regung. »Ich habe darauf verzichtet, eine Kutsche zu rufen. Wir werden die Strecke zu Fuß bewältigen müssen.«

Lewis nickte und öffnete die Haustür. Chester kam schwanzwedelnd dahergetapst und sein Blick pendelte zwischen ihnen hin und her. »Nein, mein Junge«, sagte Lewis und Chesters Laune schien sich augenblicklich zu trüben. »Heute kannst du nicht mit. Ich gehe später noch eine Runde mit dir, ja?«

Ob der Hund ein Verständnis für später hatte oder gar ein Konzept von Zeit, wusste Lewis nicht, bezweifelte es aber stark. Dennoch legte Chester sich brav neben die Tür.

Dann tauchten Dietrich und Lewis ein in die Nacht. Während des gesamten Weges zu Simmons' Laden sprachen sie kein Wort. Dietrich übernahm die Führung, was Lewis erst mit einer Mischung aus Unglauben und Belustigung – immerhin war der Deutsche es gewohnt, in der Devonshire Street das Heft in der Hand zu haben –, doch letztendlich mit bloßem Staunen hinnahm. Der deutsche Butler schien einen siebten Sinn für verlassene Gassen zu besitzen. Er lenkte sie immer wieder durch verschiedene Seitenstraßen und hielt oft an einer Ecke inne, als würde er in die Nacht lauschen, ehe sie den Weg fortsetzten.

Lewis konnte nicht sagen wie, doch Dietrich schaffte es, dass sie die ganze Strecke zurücklegten, ohne auch nur einer einzigen Men-

schenseele zu begegnen. Nicht einmal eine verirrte Katze kreuzte ihren Weg.

Schließlich blieb Dietrich an der Hintertür eines Hauses stehen. »Wir sind da.«

Lewis blickte sich um, erkannte jedoch nichts um sie herum wieder. »Du hast uns blind zum Hintereingang geführt?« Seine Stimme war dabei kaum mehr als ein Flüstern.

Dietrich streckte sich ein wenig. »Ich bin mitnichten blind.« Und auch hier überbot ihn der Butler, denn Dietrichs Worte glichen einem Windhauch, der über Lewis' Ohren strich und sich sofort im Nichts verlor.

Lewis winkte ab. »Eine Redewen... vergiss es.« Er legte die Hand auf die Türklinke und drückte sie vorsichtig herunter. Die gut geölte Mechanik erzeugte dabei keinen Laut, doch Lewis merkte gleich, dass der Widerstand dem verriegelten Türschloss zu verdanken war. Natürlich würde Simmons seine Türen nachts abschließen. Er atmete tief durch die Nase ein.

Er trat zurück und Dietrich ging mit dem Türschloss auf Augenhöhe. Der Deutsche befühlte die Mechanik und prüfte mit einem Klinkendruck – ja, was eigentlich? Lewis musste sich eingestehen, dass er vom Schlösserknacken recht wenig verstand, im Gegensatz zu dem älteren Herrn, den er bis eben noch für seinen Butler gehalten hatte.

Der sonst so hager wirkende Mann schien regelrecht aufzublühen, griff in eine Tasche unter dem Pullover und förderte ein paar Metallstifte und Haken hervor. Die schob er kurzerhand fachmännisch ins Türschloss und nach einem kurzen Ruck klackte es im Inneren der Mechanik und die Tür öffnete sich einen Spaltbreit.

Dietrich verstaute sein Werkzeug und blickte Lewis mit derselben steinernen Miene an, die er ihm auch darbot, wenn er ihm den Tee brachte. »Aus diesem Grund empfiehlt es sich immer, einen Dietrich bei sich zu haben«, sagte er tonlos.

Ein Scherz?

Er hätte schwören können, dass die linke Augenbraue des Mannes kurz zuckte, doch einen Lidschlag später war davon nichts mehr zu sehen.

»Dietrich, war das ein Scherz?«

Anstelle einer Antwort verschwand der Butler in der Schwärze von Simmons' Geschäft. Lewis folgte ihm kopfschüttelnd.

Im Inneren des Ladens herrschte fast vollkommene Dunkelheit. Türen und Läden waren verriegelt, die Lichter gelöscht. Lewis fragte sich schon, wie sie hier drin etwas finden wollten, als Dietrich plötzlich verschwand. Der Butler bewegte sich mit einer Sicherheit, als wäre er zu Hause, und dazu noch nahezu geräuschlos. Lewis brauchte deutlich länger, bis seine Augen sich an die Dunkelheit gewöhnt hatten und ihm auffiel, dass durch die Spalte in den Fensterläden fahles Mondlicht ins Innere drang. Ebenso schien Licht durch Ritzen und Türspalte, spiegelte sich in Glasscheiben und erzeugte einen gespenstischen Schattenriss von Simmons' Geschäft.

Nach einer Minute, die ihm wie eine halbe Ewigkeit vorkam, fühlte er sich sicher genug, um sich in dem Raum umzusehen. *Wo hast du deine Unterlagen ...*

Lewis durchquerte den schmalen Gang, schlich an der Treppe ins obere Stockwerk vorbei und suchte unter dem Kassentresen. Fand dort jedoch nur ein paar Notizblöcke und Stifte, einige Wechsel und Blankoschuldscheine.

Daneben noch ein aufwendig gestaltetes Flugblatt, das den üblichen Schwachsinn von geistiger Erleuchtung und einem Zeitenwechsel predigte.

Lewis schüttelte augenrollend den Kopf. Diese ganzen *magischen Zirkel* waren ihm ein Dorn im Auge. Reiche Leute, die sich bei verrauchter Luft und schlechtem Rotwein zur Erleuchtung verabredeten. Er richtete seine Aufmerksamkeit wieder auf das Hier und Jetzt und blickte sich weiter um.

Eine zweite Treppe führte in den Keller, vermutlich die Lagerräume des Ladens. Daneben war eine weitere Tür, vor der Dietrich bereits statuengleich verharrte – Simmons' Büro. Lewis trat ein und untersuchte den kleinen Schreibtisch. Die Schubladen waren alle nicht verschlossen. Entweder fürchtete Simmons keine Einbrecher oder er vertraute seinen Türschlössern zu sehr.

Vielleicht finden wir hier nichts, beschlich Lewis ein unguter Gedanke. *Dann sind wir ganz umsonst bei ihm eingebrochen.*

Er verdrängte den Gedanken daran, etwas Ungesetzliches zu tun. Er hatte die letzten Jahre damit zugebracht, Verbrecher hinter Gitter zu bringen, nicht selbst einer zu werden.

Er schüttelte den Gedanken ab und zog vorsichtig die Schubladen heraus. Dabei fiel ihm auf, dass die untere der beiden sich nur zu drei Viertel herausziehen ließ und dann an eine Art Widerstand stieß. Hätte er die Schubladen nur oberflächlich untersucht, wäre es ihm entgangen. Da er sich aber so darauf konzentrierte, kein Geräusch zu verursachen, war er besonders aufmerksam für jedes noch so kleine Detail.

Mit den Fingern tastete er die Unterseite der Schublade ab und fand, wonach er suchte: einen kurzen Hebel.

Als Lewis daran zog, gab der Widerstand nach und die Schublade glitt komplett heraus. In dem Geheimfach lag ein kleines schwarzes Buch. Ohne zu zögern, steckte er es ein und schloss die Schublade wieder. Sie verließen den Laden durch die Hintertür und Dietrich verriegelte sogar das Türschloss wieder.

Zurück in Richtung Devonshire Street nahmen sie einen völlig anderen Weg, aber wieder gelang es dem Butler, sie ungesehen ans Ziel zu bringen.

»Dem Herrn ist hoffentlich bewusst, dass man ihm rasch auf die Schliche kommen wird?«, stellte Dietrich fest, als Lewis gerade den Mantel ablegte.

Den Mann noch immer in seiner Einbrecherkleidung zu sehen, brachte Lewis aus dem Takt. Sie passte auf eine Art so gar nicht zu dem stoischen Gemüt des Deutschen. Und auf eine andere schien er nie mehr in seinem Element gewesen zu sein als bei ihrem nächtlichen Ausflug.

»Mein Zylinder, ich weiß«, antwortete Lewis, denn darüber hatte er sich bereits Gedanken gemacht. »Hoffen wir, dass wir in dem Buch einen guten Beweis finden, sonst haben wir uns ganz umsonst die Hände schmutzig gemacht.«

»Das geschieht zuweilen den besten Männern, wenn sie für das höhere Wohl streiten.«

Lewis stutzte kurz, doch die Körpersprache des Butlers deutete nicht an, dass er darüber sprechen wollte, daher verfiel Lewis rasch

wieder in das bekannte Muster, das ihnen beiden Halt gab. »Mach uns doch bitte noch einen Tee, ja?«

Dietrich verschwand in der Küche und Lewis in seinem Arbeitszimmer. Chester brummte zwar protestierend, doch der Hund wartete weiter geduldig auf den versprochenen Spaziergang.

An seinem Schreibtisch holte Lewis das Notizbuch hervor. Und zu seiner Erleichterung entpuppte es sich bereits auf den ersten Seiten als der Beweis, den er gesucht hatte.

Simmons hatte darin seine gesamte Korrespondenz mit den Finnagans gesammelt. Ihre Briefe waren sauber zwischen die Buchseiten gefaltet, seine eigenen hatte er handschriftlich kopiert. In diesen Nachrichten war alles aufgelistet: Konkurrenten, Kundennamen, Liefermengen, Preisabsprachen.

Hinweise auf einen Mord fand er nicht.

»Mir scheint, dass Simmons und die Iren einträgliche Geschäfte gemacht haben«, sagte er und überreichte Dietrich das Buch.

Der überflog die Zeilen und hob die Augenbrauen. »Interessant. Hier stehen sogar Fischlieferungen, dabei sind die Finnagans Gemüsehändler.«

»Ja, das ist der einzige Eintrag, der nicht passt ...« Er stutzte und stand auf, riss dem Butler das Büchlein aus der Hand und blätterte darin herum, während er mit dem Finger die Zeilen abfuhr. »Dietrich, du bist genial!« Er reichte ihm Papier und Stift. »Schreib mit: Fisch für Smith. Vierzehnter Mai. Zwei Fische für O'Rourke. Fünfter Februar.« Lewis blätterte schneller in dem Buch und legte es schließlich auf den Tisch. Er atmete tief durch. »Das geht immer so weiter.« Er blickte Dietrich ernst in die Augen. »Ich glaube, das sind Bezeichnungen für Morde.«

Dietrich hob eine Augenbraue. »Es müsste ein Leichtes sein, die Daten mit fragwürdigen Ereignissen in Verbindung zu bringen.«

Lewis rieb sich über das mittlerweile wieder stoppelige Kinn und nickte langsam. Dann schüttelte er den Kopf. »Ich bin mir nicht sicher, ob das als Beweis ausreicht.« Er seufzte. »Nein, eigentlich bin ich mir sogar sicher. Es reicht nicht. Das könnte alles bloß Zufall sein. Und wenn die Beschreibungen bedeuten, dass die Leichen versenkt wurden, dann werden wir sie auch nie wieder finden.«

Dietrich deutete auf das unscheinbare Buch auf dem Schreibtisch. »Dennoch ist es ein wertvolles Druckmittel gegen Simmons.«

»Ja, aber eines, das uns vorerst nichts bringt.« Er zuckte mit den Schultern. »Ich gehe mit Chester eine Runde durch den Park, vielleicht hilft mir das beim Denken.« Damit verließ er das Arbeitszimmer, setzte einen Bowler auf und zog den Mantel wieder an. Chester sprang sofort auf und kam fröhlich mit dem Schwanz wedelnd auf ihn zu. »Genau, mein Junge, jetzt bekommst du noch ein wenig frische Luft.« Bevor er durch die Tür ging, wandte er sich noch einmal Dietrich zu. »Verschließ die Türen und sei auf der Hut, ja? Die Iren wissen jetzt, wer ich bin.«

Der Butler schenkte ihm wieder jenen undefinierbaren Blick – eine Augenbraue leicht angehoben –, bei dem Lewis nie wusste, ob er ihn verhöhnen oder loben sollte.

Chester gab die Richtung vor. Der Dürrbächler wusste, dass es um diese Uhrzeit meist nur noch einmal in den Regent's Park ging, um dort eine kleine Runde zu drehen. Das beständige Hecheln des Hundes war der einzige Laut in der Nacht, als sie die Straße hinter sich ließen und in die Grünanlage eintauchten. Lewis mied die gekiesten Wege, da die kleinen Steinchen sich schmerzhaft in Chesters Pfoten bohrten, und blieb mit dem Tier auf den Grünflächen.

Die angelegten Pfade kreuzten sie nur, um an den kleinen See zu gelangen, der an der Südwestseite des Parks lag. Tagsüber machte Chester sich einen Spaß daraus, den Schwänen nachzujagen, daher behielt Lewis den Dürrbächler nachts an der Leine. Er wollte nicht, dass der Hund einen schlafenden Schwan riss oder bei dem Versuch in den See fiel. Seinem leicht beschränkten Gefährten wäre es durchaus zuzutrauen, in den sanft plätschernden Fluten zu ertrinken.

Lewis genoss vor allem die Tatsache, dass um diese Uhrzeit – es war kurz vor zwei Uhr nachts – niemand im Park seine Ruhe störte oder beobachtete, wie er aus seinem Flachmann trank. Umso mehr überraschte es ihn, eine Gestalt nahe am Wasser auszumachen.

Er wollte bereits wieder umdrehen, als Chester freudig an der Leine zerrte, um die Person zu begrüßen. Nach wenigen Schritten erkannte Lewis, dass es sich um die Freundin des Mordopfers handelte.

»Wir begegnen uns immer zu den ungewöhnlichsten Zeiten«, begrüßte er sie und hielt Chesters Leine so kurz, dass der Hund sie nicht erreichen konnte. Nur wenige Menschen begrüßten es, wenn ein achtzig Pfund schwerer Dürrbächler sie zur Begrüßung ansprang.

Sie trug wieder jenes blassblaue Kleid, das ihre weiße, fast bleiche Haut umschmeichelte, und schenkte ihm ein müdes Lächeln. Sie wirkte angespannt und ausgezehrt. Als hätte sie die letzten Tage kaum geschlafen. Schlagartig überkam Lewis das schlechte Gewissen, dass er noch immer nicht herausgefunden hatte, wer ihre Freundin ermordet hatte.

»Eine Begegnung ist niemals gewöhnlich«, entgegnete sie.

Er zog den Bowler vom Kopf und spielte an der Hutkrempe herum. »Nun, da haben Sie recht, Miss … Aber Sie sollten um diese Uhrzeit wirklich nicht mehr hier draußen unterwegs sein.«

»Ich habe keine Angst mehr.«

»Das mag sein, aber …« Er ließ den Satz zwischen ihnen verklingen und blickte ihr tief in die traurigen Augen. »Ich werde den Mörder finden.«

Sie streckte eine Hand aus und strich sanft über seine Wange. Die Berührung war so unerwartet und gleichzeitig vertraut, dass Lewis den Kopf gegen ihre Handfläche lehnte und leicht seufzte. »Ich weiß, dass Sie ihn finden werden«, sagte sie leise und zog ihre Hand zurück. »Niemand außer Ihnen kann ihn finden.«

»Ich habe eine neue Spur«, platzte es aus ihm heraus. Er wollte ihr keine falschen Hoffnungen machen. Wollte Simmons nicht als den Mörder präsentieren – denn Lewis hegte starke Zweifel daran, dass Simmons sein gesuchter Mörder war. Kriminell? Sicher. Ein Mörder? Vermutlich. Aber wohl leider nicht verantwortlich für die aktuelle Mordserie des *Drowners*. All das hätte er ihr sagen können, hätte ihr versichern können, dass er weitersuchte, dass er irgendwann den Schuldigen finden würde. Doch die Traurigkeit, die von ihr ausging, bohrte sich wie ein Stachel aus Eis in sein Herz, und er wollte nichts sehnlicher, als der Kälte der Hoffnungslosigkeit etwas entgegenzusetzen. Wenn nicht für sie, dann für sich selbst.

Erneut bedachte sie ihn mit jenem unscheinbaren Lächeln, hinter dessen schüchterner Fassade ein ausgelassenes Lachen zu lauern schien. »Ist es eine Spur, die zum Ziel führt?«

Er seufzte geschlagen. »Ich fürchte nicht.«

»Ah, eine Abzweigung.«

»Könnte man sagen.«

»Achten Sie darauf, sich nicht in einem Labyrinth zu verlieren.«

»Immer der Nase nach«, versuchte er sich an einem Scherz.

Sie blickte ihm tief in die Augen. »Im Zweifel, suchen Sie die sehende Rose. Ich muss nun gehen. Und Sie sollten so spät ebenfalls nicht hier sein.«

Chester bellte und zerrte an der Leine. Lewis blickte über die Schulter, um der Richtung des Hundes zu folgen, der mit einem Mal das Gebüsch hinter ihnen fixierte und anknurrte. »Bleiben Sie hinter mir!«, befahl er. Bevor der Hund ihn von den Beinen reißen konnte, wandte Lewis sich vollständig um, doch nichts regte sich im Dickicht.

Lewis blickte Chester tadelnd an. »Wirklich, Junge? Bellst du schon Eichhörnchen und Mäuse an?«

Chester brummte verstimmt, wirkte aber ausreichend betreten.

»Falscher Alarm«, sagte Lewis und wandte sich wieder der Frau zu – die verschwunden war. »Na toll, du hast ihr solche Angst gemacht, dass sie davongelaufen ist!«, schalt er den Dürrbächler, was Chester ein weiteres gebrummtes Jaulen entlockte. Lewis spähte in die Dunkelheit, ob er die Frau noch ausmachen konnte, doch sie war verschwunden.

Er stand noch einen Augenblick am Wasser, ehe er den Hund hinterm Ohr kraulte und den Heimweg antrat.

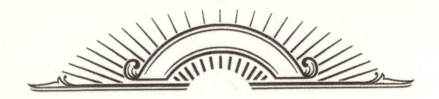

Kate

Am nächsten Morgen fühlte sich Kate geradezu euphorisch. Sie hatte die Nacht wunderbar geschlafen. Das unterschwellige Gefühl der Fremdheit in Mrs Covingtons Wohnheim, das sie noch begleitet hatte, war endlich verflogen. Sie wusste nun, dass Jillie nachts noch einmal in die Küche schlich, um sich ein paar Kekse zu stibitzen.

Ebenso dröhnte Marys Stimme durch den Flur, wenn sie mal wieder im Schlaf sang – meistens Stücke aus ihrem Chor. Claire hatte sie bereits gewarnt, dass es vor Aufführungen noch schlimmer wurde, doch Kate musste sich eingestehen, dass sie Marys Altstimme sehr mochte. Und auch wenn die kirchlichen Lieder nachts etwas Geisterhaftes an sich hatten, so gaben sie Kate ein Gefühl der Geborgenheit. Womöglich weil ihre Mutter früher für sie gesungen hatte, wenn sie nicht einschlafen konnte.

All diese Dinge erlebte sie einfach nur, weil sie in diesem wunderbaren Haus wohnte. Und dann waren da noch die unzähligen Gespräche mit den Mädchen! Claire war so nett gewesen, sie auch beim Abendessen in die Unterhaltungen der anderen mit einzubeziehen. So viele Gespräche wie hier in den letzten beiden Tagen hatte Kate in Manchester vielleicht innerhalb eines Monats geführt.

Erst jetzt wurde ihr klar, wie sehr ihr privilegiertes Leben sie von so vielen Erfahrungen ferngehalten hatte.

Umso erstaunter war sie, als die Stimmung am Frühstückstisch alles andere als ausgelassen war.

Genauer gesagt lag eine bedrückte Anspannung über der versammelten Menge.

Mrs Covington war nicht am Tisch, doch Kate konnte hören, dass sie im Nebenzimmer telefonierte. Wäre die Nervosität der anderen jungen Frauen nicht geradezu greifbar gewesen, hätte Kate sich vermutlich wieder ihren Schwärmereien über die moderne Technik hingegeben, doch irgendetwas schien ganz und gar nicht in Ordnung zu sein.

»Was ist denn los?«, fragte sie Claire im Flüsterton.

Claire knetete ihre Serviette zwischen den Händen und wirkte so, als habe sie die halbe Nacht nicht geschlafen. »Millie ist nicht nach Hause gekommen.«

»Schläft sie nicht häufiger bei ihrer Herrschaft?«

»Doch, schon ... aber ... nie länger als zwei Nächte.«

»Seit wann ist sie weg?«

»Sonntag«, warf Jillie ein. Sie sah aus, als hätte sie viel geweint.

Überhaupt sahen alle am Tisch aus, als hätten sie kaum ein Auge zugetan. Nur Kate hatte hervorragend geschlafen, weswegen sie sich sofort schuldig fühlte. Natürlich war ihr bewusst, dass sie nichts für das Verschwinden des Mädchens konnte, doch sie mochte ihre Mitbewohnerinnen. Es erschien ihr nicht richtig, dass sie gemütlich in ihrem Bett lag, während eine von ihnen vermisst wurde.

»Irgendwas stimmt da nicht«, sagte Mary immer wieder, und ihre tiefe Stimme verlieh der Aussage einen düsteren Ton. Wie ein teuflisches Mantra schwang es durch den Raum und hallte in Kates Ohren nach.

Mrs Covington hatte das Telefonat beendet und betrat mit ernster Miene das Esszimmer. »Meine lieben Mädchen«, begann sie mit fester Stimme, doch Kate glaubte, ein leichtes Zittern darin zu vernehmen. »Ich habe mit Millies Herrschaft gesprochen. Sie ist dort seit Montag nicht mehr aufgetaucht. Mr Smith hat gesagt, dass er ihr Verschwinden vor seiner Herrschaft geheim gehalten hat, um ihre Anstellung nicht zu gefährden. Lord Treville glaubt, dass Millie krank ist. Mr Smith und ich sind uns einig, dass es nicht zu Millie passt, sich nicht zu melden und einfach zu verschwinden. Daher hat er mir versprochen, im Namen von Lord Treville eine Vermisstenanzeige bei Scotland Yard zu stellen.«

Sie ging ans Kopfende des Tisches und setzte sich. Ihre Haut wirkte ein wenig blasser als sonst. Die übrigen Mädchen schnatterten wild durcheinander. Nur Claire schwieg. Sie blickte Mrs Covington fragend an und die ältere Dame deutete lediglich ein Kopfschütteln an. Kate interpretierte es als Signal, dass jetzt nicht die Zeit für weitere Gespräche und Fragen war.

Claire und Millie waren die ältesten Mädchen. Bereits Anfang zwanzig, so wie Kate. Die anderen blickten zu ihnen auf. Dass Millie sie einfach im Stich gelassen haben sollte, war nun das bestimmende Thema.

»Ich sage euch, sie hat sich einen reichen Kerl geschnappt und ist mit ihm durchgebrannt!«, verkündete Julia, ein junges Mädchen mit vorwitzigen Sommersprossen. Sie war gerade einmal alt genug, um nicht mehr in die Schule zu müssen, und träumte davon, eines Tages einem reichen Herrn aufzufallen. Kate wusste nicht, ob sie das Mädchen zu dieser Weltsicht beglückwünschen oder es einmal ordentlich durchschütteln sollte. »Wie oft hat sie von den ausschweifenden Abenden bei Lord Treville erzählt? Einer von den hohen Herrn hat sich bestimmt in sie verliebt!«

»Halt die Klappe, Julia«, zischte Mary und brachte damit alle am Tisch zum Schweigen.

Mrs Covington räusperte sich. »Nun, die Polizei wird sich jetzt darum kümmern. Beten wir dafür, dass Millie in Sicherheit ist. Und bis dahin habt ihr alle eine Arbeit, auf die ihr euch konzentrieren solltet.«

Kate nippte an ihrem Tee, doch der Appetit war ihr vergangen.

Nach dem Frühstück, das sie alle schweigend einnahmen, beeilten sich die Mädchen, zu ihren Herrenhäusern zu gelangen. Nur Claire saß noch in ihrem Zimmer und starrte in Gedanken versunken auf einen Punkt an der Wand.

Kate klopfte leise gegen den Türrahmen. »Kann ich reinkommen?«

Claire zuckte zusammen, als habe sie sie nicht bemerkt. »Natürlich.«

»Was denkst du?« Kate fragte geradeheraus. Sie kannte Claire noch nicht so gut, aber sie hatte gelernt, dass ein unangenehmes Gespräch

nicht leichter wurde, indem man es vor sich herschob. »Ich meine, wegen Millie.«

»Ich weiß nicht.« Claire atmete tief ein und aus.

»Glaubst du nicht, Julia könnte recht haben? Irgendein reicher Kerl hat sie sich geschnappt und ist mit ihr auf und davon?«

Der Blick, mit dem sie Kate bedachte, sprach Bände. »Lord Trevilles Gesellschaften sind tatsächlich ausschweifend, aber glaub mir, keiner davon wäre für Millie interessant gewesen.«

Kate machte unwillkürlich einen Schritt auf Claire zu und schloss sie in die Arme. Diese vergrub ihr Gesicht an Kates Schulter und schluchzte ein paar Tränen in ihr Kleid. »Alles wird gut.« Selbst in Kates Ohren klangen die Worte wie eine schlechte Lüge.

»Ich hab Angst.«

Das war ein Gefühl, das Kate nur allzu gut nachvollziehen konnte. Und plötzlich kam ihr eine Idee. »Hast du ein Foto von Millie?« Die Technik hatte sich in den letzten fünfzig Jahren immer weiter durchgesetzt. Ihr Vater hatte jährlich mehrere Fotos von der ganzen Familie machen lassen.

Claire dachte einen Augenblick nach, dann nickte sie. »Sogar ein Farbfoto. Mrs Covington hat sie uns letztes Weihnachten geschenkt.«

Gut, das war älter, als Kate gehofft hatte, aber dennoch, ein Bild war ein Bild. »Kann ich es mir ausborgen? Ich bringe es dir heute Abend wieder.«

Claire nickte und ging an ihren Schrank. Dort holte sie eine kleine Kiste heraus. Und in der Kiste, die sie mit einem Schlüssel aufschloss, den sie um den Hals trug, verbargen sich ihre vermutlich kostbarsten Schätze. Darin waren Briefe, eine Brosche und schließlich auch ein Foto, das sie und Millie zusammen in Mrs Covingtons Teezimmer zeigte. Sie trugen schöne Kleider und vor ihnen stand eine Etagere mit klein geschnittenen Sandwiches, Gebäck und Scones. Eine Kanne Tee daneben und zwei Teller. Claire und Millie schienen in eine Unterhaltung vertieft, was dem Bild einen wundervoll lebendigen Charakter verlieh. Wie lange sie diese Pose gehalten haben mussten, um das Bild nicht zu verwackeln, konnte Kate bloß erahnen. Auf der Rückseite stand mit schöner Handschrift geschrieben: »Eines Tages«.

Kate schluckte gegen den Kloß in ihrem Hals an. »Danke. Ich passe gut darauf auf, versprochen.«

Sie beeilte sich, das Haus zu verlassen, um sich nicht einfach dem Moment hinzugeben und traurig in ihrem Bett zu vergraben.

Sie wollte das Haus gerade verlassen, als Mrs Covington sie zu sich rief. In der Hand hielt die alte Dame zwei Ausgaben des frisch erschienenen *London Journal*, die sie Kate feierlich überreichte.

»Das ist ein wirklich guter Artikel, Kate.«

Mit zitternden Fingern ergriff sie das Bündel aus dünnem Papier und Druckerschwärze. Ganz sanft strich sie über die schwarzen Lettern, die für alle Ewigkeit ihren Artikel auf das Zeitungspapier bannten. Das *London Journal* wurde überall verkauft, jeder Londoner würde heute an den Zeitungsständen ihren Artikel auf Seite eins des *London Journal* sehen.

Und als hätte Mrs Covington geahnt, dass Kate ein Exemplar an ihre Familie schicken wollte, hatte sie ihr direkt zwei Ausgaben besorgt.

»Danke, Mrs Covington. Ihr Urteil bedeutet mir sehr viel.« Zu Kates eigener Verwunderung war das nicht einmal gelogen. Es interessierte sie wirklich, was diese Frau über sie dachte, obwohl sie sie erst drei Tage kannte.

Mrs Covington hob eine Augenbraue. »Dann dürfte es dich auch interessieren, dass ich mir Sorgen um dich mache.«

»Sorgen? Um mich?«

»Dieser Artikel wird vielen Menschen in London ganz und gar nicht gefallen.«

»Das sagte John auch«, murmelte Kate.

»Recht hat er.«

»Er hat mich gewarnt, dass ich mit diesem Artikel auf mehr als einen Schlips trete.«

Die alte Dame schnaubte verächtlich. »Er hätte dich nicht ermutigen sollen, gerade mit einem *solchen* Artikel zu beginnen.«

Kate reckte das Kinn vor und stampfte mit dem Fuß auf. »Ich habe aber keine Angst. Und die Dinge ändern sich nicht, wenn man Angst hat, sie anzusprechen. Nur wenn wir bereit sind, uns immer zu hinterfragen, können wir wachsen.« Einer der Leitsprüche ihres Vaters.

»Weise Worte ... aber leichter von einem Mann gesprochen und gelebt als von einer Frau, denkst du nicht?«

Kate schnaubte. »Gerade dann sollte ich ein Beispiel für andere sein.«

Mrs Covington seufzte. »Du hast ja recht. Ihr jungen Mädchen seid so viel furchtloser, als es meine Generation ist. Sei einfach vorsichtig.«

Sie versprach, auf sich achtzugeben und verließ das Wohnheim – die beiden Zeitungen unter dem Arm eingeklemmt. Ursprünglich hatte Kate direkt zum Redaktionsgebäude des *London Journal* gehen wollen, doch es gab eine Sache, die ihr heiß unter den Nägeln brannte, daher marschierte sie steten Schrittes direkt zu Scotland Yard.

Nachdem sie sich durchgefragt hatte, wurde sie an einen jungen Inspector verwiesen. Er war ordentlich gekleidet, der Anzug saß perfekt und auch die Stoffe und Farben entsprachen der aktuellen Mode. Offensichtlich gab sich dieser Inspector große Mühe bei seiner Erscheinung.

»Guten Morgen, ich bin Inspector Powler, Miss ...?«

»Shaw. Katelyn Shaw.« Sie ergriff seine Hand und schüttelte sie, wie ihr Vater es ihr beigebracht hatte. Er hatte stets gesagt, dass ein Händedruck viel über einen Menschen aussagte. Manchmal hatte ihrem Vater ein einfacher Händedruck genügt, um eine Verhandlung zu seinen Gunsten zu kippen – hatte er zumindest behauptet.

Aber Kate mochte es, über diesen ersten Kontakt ein Gefühl für ihr Gegenüber zu bekommen.

Powlers Händedruck war fest, ohne ihre Finger zu quetschen. Seine Hand war trocken, ohne rau oder schwielig zu sein. Die sauberen Fingernägel deuteten auf eine gute Körperhygiene hin, ebenso sein Geruch, der angenehm nach frischer Seife und einem Hauch Zitrone duftete.

»Was kann ich für Sie tun, Miss Shaw?«

Kate fischte das kleine Bild aus ihrer Tasche, das Millie und Claire zeigte, und schilderte ihm rasch die Situation. »Lord Treville hat wohl ebenfalls eine Vermisstenanzeige erstattet«, schloss sie, »doch ich wollte noch einmal persönlich nachfragen.«

Powler runzelte die Stirn. »Bisher ging noch keine Anzeige bei uns ein, davon hätte ich erfahren.« Er betrachtete das Bild noch einen

Augenblick länger, und wie sich seine Brauen dunklen Gewitterwolken gleich über seinen Augen zusammenzogen, glaubte Kate, dass er etwas erkannt hatte. Schließlich nickte er und überreichte ihr das Bild. »Setzen Sie sich doch, Miss Shaw.«

In Kates Eingeweiden bildete sich ein widerlich heißer Knoten und ihr wurde leicht übel. Sie folgte Powler in ein kleines Büro mit zwei Besucherstühlen und setzte sich, als der Inspector ihr eine Sitzgelegenheit anbot. »Was ist mit Millie passiert?«, fragte sie. Ihre Stimme hatte einen ungewohnt schrillen Unterton angenommen.

»Miss Shaw, ich fürchte, ich muss Ihnen mitteilen, dass Ihre Freundin leider nicht mehr am Leben ist.«

Kate schlug die Hände vors Gesicht. Sie hatte Millie nicht gekannt – nie kennengelernt. Aber schlagartig holte die Trauer der Mädchen vom Frühstück sie wieder ein. Die Angst um die gemeinsame Freundin hatte sich tief in ihr eingenistet, bis sie selbst um Millies Wohlergehen gefürchtet hatte.

Jetzt zu erfahren, dass diese junge Frau, die auf Claires Foto eine so große Lebensfreude versprüht hatte, nicht mehr am Leben war, erfüllte Kate mit tiefer Trauer.

»Aber ... wie? Ich meine, was ist geschehen?«

Inspector Powler räusperte sich und schüttelte schließlich den Kopf. »Ich darf Ihnen zu einer laufenden Ermittlung leider keine Auskunft geben, Miss Shaw.«

»Ich verstehe.«

Mord.

Dieses eine Wort manifestierte sich in ihrem Geist. Bei einem Unfall hätte Powler ihr berichten können, was belegt war, er hätte ihr haarklein darlegen können, dass es ein schrecklicher Zufall war, dass Millie gerade in jenem Moment die Straße überquert hatte, als ein Pferdebus durchgegangen war. Oder dass sie bei Regen auf einer nassen Stufe ausgeglitten und tödlich gestürzt war.

Aber die Tatsache, dass es eine laufende Ermittlung war, zu der er keinerlei Auskunft geben durfte, ließ nur einen Schluss zu.

Jemand hatte Millie ermordet.

Aber warum?

Die Frage tauchte in übergroßen Buchstaben in ihrem Kopf auf wie eine Werbetafel für eine Zeitung oder ein neues Hotel. Groß und bunt und nicht zu übersehen. Sie rauschte laut durch ihren Verstand und blendete alles andere aus.

Warum?

»Kann ich sonst noch etwas für Sie tun, Miss Shaw?«

Inspector Powler war aufgestanden und blickte auffordernd auf sie herab.

»Oh, nein, vielen Dank«, beeilte Kate sich zu antworten und erhob sich undamenhaft schnell vom Stuhl, wobei ihr die Zeitungen aus den Händen glitten.

Powler war schneller als sie und hielt die beiden Ausgaben des *London Journal* in die Höhe. »Gleich zwei?« Er überflog die erste Seite und blieb an dem reißerischen Aufmacher hängen. Dem Aufmacher, den Kate verbrochen hatte, wie ihr gerade siedend heiß einfiel.

Powlers Augen wurden schmal. »Netter Versuch«, sagte er mit einer plötzlichen Härte in der Stimme, die sie dem Mann nicht zugetraut hätte. »Die Presse wird von uns unterrichtet, wenn wir neue Erkenntnisse haben. Bis dahin bleibt der *Drowner* einzig und allein Sache von Scotland Yard. Richten Sie das auch Mr Barnes aus.«

»Was? Ich ... Nein, ich bin wirklich eine Freundin von Millie«, versuchte Kate noch das Schlimmste zu verhindern, doch Powler war auf der Hut.

»Wie ist denn Millies voller Name?«

Sie biss sich auf die Unterlippe.

Erwischt.

Kate nahm die beiden Zeitungen entgegen und verließ fluchtartig und mit hochrotem Kopf das Büro, ohne sich zu verabschieden.

Vor dem Gebäude von Scotland Yard blieb Kate mit zitternden Knien stehen. Sie spürte, wie die Schluchzer sich wie ein Erdbeben ihren Weg durch ihren Körper bahnten, und sie lehnte sich – wieder völlig undamenhaft, wie ihre Mutter gesagt hätte – gegen die Mauer, die den Polizeihof von der Straße trennte.

Verdammt!

Wie hatte sie so leichtgläubig in das Büro eines Inspectors gehen können?

Und wie hatte sie *nicht* damit rechnen können, dass er sie durchschaute?

Aber er hatte ihr auch einen Hinweis gegeben, fiel ihr plötzlich ein. Einen Namen.

Der *Drowner*.

Vermutlich war es dem Inspector nicht aufgefallen, dass er ihr damit einen entscheidenden Hinweis geliefert hatte. Vielleicht hatte er es auch mit Absicht getan.

Wie auch immer, Kate wusste, dass sie hier, gegen die Mauer von Scotland Yard gelehnt, keine Antworten finden würde.

Als sie sich sicher war, dass ihre Beine ihr wieder gehorchten, eilte sie ins Redaktionsgebäude des *London Journal*.

Sie überreichte Frank Mason den Brief an ihren Vater mitsamt einer Ausgabe der heutigen Zeitung. Noch ehe sie etwas sagen konnte, nickte er freundlich und machte sich schon daran, die beiden Sachen zu einer einzigen Postsendung zu verschnüren.

Kate eilte die Treppe hinauf und direkt in Barnes' Büro.

John deutete nur auf den Korb für zu prüfende Artikel, ohne den Blick von dem Blatt Papier zu heben, das gerade vor ihm lag.

»Ich muss mit dir reden.«

Entweder war es seine Engelsgeduld mit ihr oder die Dringlichkeit in ihrer Stimme, die ihn sofort innehalten und aufblicken ließ. »Sei mir nicht böse, aber ich hoffe, das wird nicht zur Gewohnheit, Kate. Irgendwann musst du auch mal ohne mi…«

Sie schnitt ihm das Wort ab. »Da draußen läuft ein Mörder rum!«

»Was du nicht sagst.«

Die Beiläufigkeit in seinem Ton brachte ihr Blut nur noch mehr in Wallung. »Ich meine es ernst, John!«

»Ich auch.« Anscheinend bemerkte er an ihrem Gesichtsausdruck, dass sie nach etwas mehr Erklärung verlangte, daher fuhr er fort: »Das hier ist London, Kate, nicht Manchester. Hier sammelt sich alles. Von der Königin bis zum Bettler. Leuchtende Beispiele unserer Gesellschaft und der Abschaum, der sich in den Schatten rumdrückt. Soll

ich jedes Mal, wenn so ein Bastard einem anderen die Kehle aufschneidet, eine Sonderausgabe drucken?«

»Nein, aber was hat es mit dem *Drowner* auf sich?«, fragte sie ungerührt.

Nun lehnte sich John interessiert zurück. »Wie kommt es, dass du schon von ihm gehört hast?«

»Ich glaube, er hat Millie getötet.«

»Millie?«

»Eins der Mädchen aus meinem Wohnheim.«

»Wie kommst du darauf?«

»Ich war eben bei Scotland Yard«, erklärte sie die ganze Geschichte und berichtete ihm auch, was sie sonst noch wusste.

John Barnes hörte aufmerksam zu, wie immer. Er nickte und machte sich Notizen.

Schließlich endete Kate mit: »Und dass er Im Zusammenhang mit Millies Tod den *Drowner* erwähnt hat, kann kein Zufall sein.«

»Gute Arbeit, Kate.«

»Was wissen wir über diesen Kerl?«

»Nicht viel«, gab John nach kurzem Zögern zu. »Nur dass er gern Frauen in der Themse versenkt.«

»Haben wir über die anderen Opfer berichtet?«

»Wir haben Artikel über die Morde gebracht, ja.«

»Ich will …« Sie stockte. Was *wollte* sie eigentlich? Gerechtigkeit? Einen großen Artikel?

Plötzlich sank sie kraftlos auf einen Stuhl vor Johns Schreibtisch und starrte ihm mit leerem Blick ins Gesicht.

»Ich weiß, Kate«, sagte er mitfühlend. »Du willst etwas verändern. Du bist wütend. Du willst Vergeltung für deine Freundin.«

»Sie war nicht meine Freundin«, murmelte sie. »Ich kannte sie gar nicht.«

Er zuckte mit den Schultern. »Dann eben für die anderen Mädchen aus deinem Wohnheim. Du willst deinem Schmerz eine Richtung, ein Gesicht geben. Einen Sinn … Ich kenne das.«

»Wir können nicht zulassen, dass ein solches Monster frei herumläuft«, sagte sie schließlich.

»Wir sind nicht die Polizei, Kate.«

Sie schüttelte den Kopf. »Nein, aber wir können sie unterstützen.«

Er runzelte die Stirn und lehnte sich nach vorn. »Was schwebt dir vor?«

In wenigen Augenblicken hatte Kate eine Warnung im Namen Scotland Yards verfasst, die sie John überreichte. »Druck das in der morgigen Ausgabe ab. Du brauchst mich auch nicht zu bezahlen.«

John überflog den Text und schnaubte. »Kate, wenn ich das einfach so drucke – weißt du, was dann hier los ist?«

»Bitte, John, wir müssen etwas tun.«

Er zögerte noch einen letzten Augenblick, ehe er seufzend nickte. »Also schön, ich drucke es.« Kopfschüttelnd fügte er noch hinzu: »Eine Warnung im Namen von Scotland Yard, nach Dunkelheit nicht mehr auf die Straßen zu gehen … du bist verrückt.«

Sie zuckte mit den Schultern. »Und wenn es nur einen weiteren Hinweis auf den Mörder einbringt, ist es die Aufregung wert.«

»Kate«, er blickte ihr wieder eindringlich in die Augen, »wir sind nicht die Polizei, verstanden?«

Als sie keinerlei Anstalten machte, etwas zu erwidern, wedelte er sie mit der Hand weg, als wäre sie ein lästiges Insekt. »Und jetzt geh an die Arbeit.«

Kate stand auf und ging durch das Großraumbüro in Richtung Treppe. Einige der Redakteure hielten in ihrer Arbeit inne und warfen ihr neugierige Blicke zu. Offensichtlich hatten auch sie schon ihren Artikel gelesen. In manchen Blicken lag Anerkennung, in anderen auch eine überhebliche Geringschätzung. Nun, so ganz konnte sie ihnen diese Reaktionen nicht verübeln. Sie war ein Pennyliner und unterhielt sich täglich mit dem Chefredakteur. Ging hier ein und aus, als gehörte ihr die Zeitung.

Hat ja wunderbar geklappt, mich unauffällig zu verhalten.

Nach dem Vorfall in Manchester, bei dem ihre Familie plötzlich öffentlich in Ungnade gefallen war, hatte sich Kate geschworen, nie mehr so negativ im Rampenlicht zu stehen.

Und mit ihrem ersten Artikel hatte sie diesen Vorsatz schon wieder in den Staub der Geschichte getreten.

Irgendwann lernen dich alle kennen und schätzen, sagte sie sich immer wieder im Geist, war aber dennoch froh, als sie die Treppe endlich erreicht hatte.

Frank Mason blickte auf und schoss hinter seinem Empfangstresen vor. »Miss Shaw!«, sagte er mit dringlicher Stimme. »Ich habe Post für Sie.«

»Für mich?«

Er nickte und überreichte ihr einen Umschlag aus teuer wirkendem Papier. »Kam heute Morgen«, gestand er, »aber Sie waren vorhin so schnell, dass ich nicht daran gedacht hatte.«

»Vielen Dank.« Sie steckte den Brief in ihre Tasche und verließ das Redaktionsgebäude.

Heute stand ihr nicht der Sinn nach einem gemütlichen Spaziergang. Viel eher wollte sie so rasch wie möglich wieder auf ihr Zimmer und sich einfach nur in ihrem Bett vergraben.

Mrs Covington öffnete ihr die Haustür und Kate fiel der alten Dame direkt in die Arme.

Worte waren nicht nötig.

Entweder war es die verzweifelte Art, in der Kate sich an die Wohnheimsmutter krallte, oder das leise Schluchzen, das ihrer Kehle entkam.

Vielleicht waren es auch die Tränen in ihren Augen gewesen, als Mrs Covington die schwere Tür des Herrenhauses geöffnet hatte.

Was auch immer es gewesen war, jetzt hielt die alte Dame sie in den Armen und strich ihr sanft über den Kopf. »Es wird alles gut«, sagte sie immer wieder.

Kate wollte ihr glauben.

Mehr als alles andere auf der Welt.

»Millie ist …« Weiter kam Kate nicht. Ihr Widerstand brach und die Trauer und die Tränen bahnten sich endlich ihren Weg an die Oberfläche.

Zum ersten Mal, seit sie in London war, konnte Kate sich fallen lassen, musste nicht mehr stark sein. Mrs Covington bot ihr eine Schulter, die einem Fels in stürmischer Brandung glich, und Kate war dankbar für diesen Halt.

»Es wird alles gut«, wiederholte die ältere Frau. Schließlich schob sie Kate auf Armeslänge von sich und blickte ihr tief in die verheulten

Augen. »Geh auf dein Zimmer und ruh dich aus. Ich werde es den anderen Mädchen sagen.«

»Sie ... sie wurde ...«

Mrs Covington legte ihr einen Finger auf die Lippen. »Nichts davon ist gerade wichtig, Kate. Ruh dich aus. Und später mache ich uns einen Tee.«

»Danke.« Sie wischte sich ein paar Tränen aus den Augenwinkeln und strich ihr Kleid glatt, ehe sie die Treppe hinaufstieg und sich in ihr Zimmer flüchtete.

Die Einsamkeit empfing sie wie ein alter Bekannter. In Manchester war Kate oft allein gewesen. Teilweise, weil ihr Vater einer der reichsten Männer der Stadt war und die Leute sie vor Ehrfurcht mieden – oder aus Abneigung. Teilweise war es ihre eigene Art, das wusste sie. Kate lag nichts an den immer gleichen langweiligen Teegesellschaften und Gesprächen, die sich um reine Belanglosigkeiten drehten. Kate hatte schon immer mehr vom Leben gewollt. Mehr Abenteuer, mehr geistige Erfüllung. Daher hatte sie die Einsamkeit stets als willkommene Abwechslung vom öden Dasein einer Kaufmannstochter empfunden.

Aber diesmal war es anders.

Diesmal wirkte die Einsamkeit bloß wie ein gähnendes Loch, das sie zu verschlucken drohte.

Ein Mensch war tot. Ein Mensch aus ihrem – indirekten – Umfeld.

Doch die Trauer der Mädchen war real. Und sie würde noch sehr viel schlimmer werden, wenn sie die Nachricht erst erhielten. Was würde sie dann tun? Sie kannte Millie nicht. Sollte sie mit den anderen Mädchen trauern? Würden sie das wollen? Würde es sich nicht scheinheilig anfühlen, wenn eine völlig Fremde um einen Menschen trauerte, den sie nicht gekannt hatte?

Kate lehnte noch immer mit dem Rücken an ihrer Zimmertür und wagte kaum zu atmen, auch wenn das gerade das einzige Geräusch in ihrem kleinen Raum war.

Irgendetwas musste sie doch tun können!

Sie schleuderte ihre Handtasche aufs Bett und pfefferte die Zeitung auf den kleinen Schreibtisch. Die Wut über die eigene Hilf-

losigkeit verdrängte die fassungslose Trauer und erlaubte ihrem Hirn, wieder einen klaren Gedanken zu fassen.

Der Drowner, *sagte der Inspector. Es gibt also einen Fall, der einen Namen hat. Warum hat er einen Namen? – Weil er schon häufiger getötet hat.* Nach und nach rekonstruierte sie das Gespräch mit Inspector Powler und rief sich jedes noch so kleine Detail wieder ins Gedächtnis.

Es war eine laufende Ermittlung. Also hatten sie den Mörder noch nicht gefasst. Zusätzlich stand also zu befürchten, dass er weitere Opfer fordern würde.

Was hat er noch alles gesagt?

Kate wälzte jeden Gedanken im Kopf, drehte und wendete jedes Wort umher, nahm die Sätze auseinander, bis ihr schließlich ein Detail wieder in Erinnerung kam, das sie beinahe als nichtig abgetan hatte.

Lord Treville hatte keine Anzeige erstattet.

Wieso nicht?

Wieso hatte sein Butler Mrs Covington erzählt, dass sie ebenfalls in Sorge um Millies Verbleib waren, wenn sie dann doch nicht zu Scotland Yard gegangen waren?

Warum hatte er gelogen?

Oder … hatte er vielleicht gar nicht gelogen, sondern Lord Treville hatte seinen Butler in falschem Glauben gelassen?

Und wenn sie doch so in Sorge um Millie waren, warum hatten sie sich nicht schon viel früher gemeldet?

Ein Teil von ihr hatte Angst, die Antwort auf diese Frage zu finden, auch wenn sie sich geradezu aufdrängte.

Er hat gelogen, weil er weiß, dass Millie tot ist.

Lord Treville hatte gewusst, dass Millie tot war.

Fassungslos starrte sie auf das Fenster, hinter dem die Mittagssonne hell und warm schien. London zeigte sich von seiner besten Seite, doch in ihr tobte ein Sturm, der sie hinwegzufegen drohte.

Was sollte sie tun? Zu Scotland Yard gehen und ein Mitglied des Oberhauses anzeigen? Ohne Beweise?

Erinnere dich, wie du es in Manchester gemacht hast, Kate, sagte sie zu sich selbst. Damals hatte sie über Wochen und Monate Beweise gesammelt, die die korrupten Machenschaften der Kaufleute aufdeck-

ten. Als ihr Artikel schließlich erschien, waren all ihre Quellen gut belegt und niemand konnte sie der Lüge bezichtigen.

Was natürlich ein weiterer Grund war, dass sie nicht hatte in der Stadt bleiben können.

Nicht nur, dass sie Schande über ihre Familie gebracht hatte – sie hatte auch noch ein paar sehr reiche Leute hinter Schloss und Riegel gebracht.

Und genau das war der Weg, den sie gehen musste. Der Einzige, den sie gehen konnte. Sie musste auf eigene Faust Beweise für Lord Trevilles Schuld finden.

Bloß hatte sie noch keine Ahnung, wie sie das anstellen sollte.

Kate ging zu ihrem Bett und öffnete die Handtasche. Darin lag noch immer der Brief, den Mr Mason ihr gegeben hatte.

Als sie den Absender sah, stockte ihr der Atem.

Seine Lordschaft, Paul Treville.

Donnerstag, 12. September 1895
15:23 Uhr

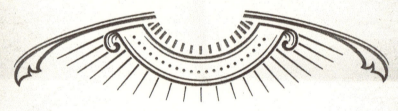

Lewis

»Der Herr möge mir verzeihen, dass ich Ihn wecke, aber ein Bote hat soeben diese Einladung überbracht.«

Dietrich stand neben dem Bett, in der rechten Hand einen Brief. Auf der linken balancierte er ein Tablett, auf dem wieder ein Glas jener widerlichen grünen Flüssigkeit stand, die Lewis in den letzten Tagen viel zu häufig gebraucht hatte.

Er hatte alle Mühe, sich im Bett aufzurichten. Die Welt drehte sich und drehte sich und hörte einfach nicht damit auf. Er erblickte die leere Flasche Scotch neben dem Nachtschrank und fragte sich, ob er sie wirklich komplett ausgetrunken hatte.

Dietrich folgte seinem Blick und zog eine Augenbraue in die Höhe. »Sicher wird man Ihre Trinkfestigkeit im ganzen Land besingen. Seht, da ist Lewis van Allington, der Mann, der jede Nacht der Welt entflieht.«

Lewis war zu sehr damit beschäftigt, seinen Magen zu beruhigen, als dass er hätte antworten können, auch wenn er es wirklich wollte. Stattdessen griff er nach dem Glas und stürzte die widerliche Suppe in einem Zug hinunter. Er spürte genau, wann die Flüssigkeit seinen Magen erreichte, denn es war auch genau der Moment, in dem sein Magen entschied, sich krampfartig zusammenzuziehen. Lewis unterdrückte das Würgen und kämpfte sich aus dem Bett.

Er hatte es halb geschafft, als der Würgereflex zu stark wurde und er erkannte, dass er es nicht mehr würde aufhalten können. *Nicht schon wieder!*

In dem Moment, da er sich übergab, hielt Dietrich ihm zielsicher einen Eimer unter den Mund. Woher der Deutsche den hatte, wusste Lewis nicht, aber es war ihm gleich. Für ihn zählte nur, dass er endlich ein Ziel für sein Elend hatte.

Nachdem sich sein Innerstes gefühlt komplett in den Eimer ergossen hatte, hustete er und blickte auf. »Das Zeug wirkt nicht, fürchte ich.«

Dietrich hob erneut die Augenbraue. »Was macht Sie da so sicher?«

Sein Verstand klarte ein wenig auf. »Vergiftest du mich hier?«

»Entgiften, der Herr.«

»Bitte, lass es.«

»Wenn der Herr nun ein Bad nehmen möchte, im Salon steht dann das Essen bereit«, überging Dietrich einfach die Bemerkung. »Und sobald Ihr brillanter Verstand wieder funktioniert, sollten Sie die Einladung lesen.« Damit deutete er auf den Brief, der mittlerweile auf der kleinen Kommode neben dem Kleiderschrank lag. »Ich entsorge das Zeugnis Ihrer Heldentat.«

»Respekt, Dietrich«, ermahnte Lewis den Butler, als er ins Bad tappste.

»Ich sage dem Herrn Bescheid, sobald er ihn wieder verdient.«

Lewis hielt für einen Moment inne. Er versuchte sich einzureden, dass es wegen Dietrichs Bemerkung war, doch in Wahrheit musste er sich am Türrahmen abstützen, um nicht wieder zusammenzubrechen.

Die Schübe wurden schwerer und hielten länger an … oder kamen in kürzeren Abständen.

Du weißt, was das bedeutet, ratterte es in seinem Hirn. *Du verlierst die Kontrolle. Unwiederbringlich.*

Unverantwortlich.

Das heiße Badewasser war eine Wohltat. Der Duft der Seife ließ es zwar ein wenig in seinem Magen rumoren, aber Dietrichs Höllenzeug hatte ihm im Nachhinein doch geholfen. Zudem entspannte die Wärme seine Muskeln, die ungewöhnlich verspannt waren.

Frisch gewaschen und rasiert betrat er sein Schlafzimmer und wählte eine Kombination aus Hose, Hemd und Weste, die zu dem einzigen Mantel passte, der nicht bei Ganderson war. Zum Glück

arbeitete der Schneider so schnell, dass Lewis' Garderobe in ein paar Tagen wieder komplett sein würde.

Die Einladung kam von Paul, erkannte Lewis, noch bevor er den Brief überhaupt entfaltet hatte. Lord Trevilles Siegel prangte darauf. Paul hatte diesen ganz eigenen Hang zur Theatralik, und ein in rotes Wachs gepresstes Wappen gehörte einfach dazu.

Lewis überflog die Zeilen und suchte nach ungewöhnlichen Details. Im Sommer hielt Paul die Soireen nahezu jeden Abend ab, da er sich angeblich »so nach Gesellschaft sehnte«. Daher war die Einladung nicht nötig. Doch hin und wieder stellte er die Veranstaltungen unter ein Motto, wie »Blutmond« oder »Grüner Abend«. An den erinnerte sich Lewis noch genau. Das ganze Haus war grün verziert; Vorhänge, Teppiche, Sitzkissen, Garderobe – ja sogar die Speisen und Getränke waren ausschließlich grün gewesen.

Dietrichs Muntermacher hätte gut dazu gepasst, schoss es ihm durch den Kopf.

Glücklicherweise fand er keinen Hinweis darauf, dass besondere Kleidung oder Accessoires vonnöten wären.

Er wählte die silberne Taschenuhr und verließ das Schlafzimmer.

Dietrich erwartete ihn am Fuß der Treppe und segnete seine Erscheinung mit einem Kopfnicken ab. »Wie neugeboren«, stellte der Deutsche mit leicht bissigem Unterton fest.

»Warte nicht auf mich«, überging Lewis die gewohnte Spitze. »Und bitte geh mit Chester spazieren. Ich werde heute nicht dazu kommen.«

Kate

Er hatte sie tatsächlich zu seiner Soiree eingeladen. Lord Paul Treville hatte sie, Katelyn Shaw, zu sich nach Hause eingeladen.

Zu seinen reichen Freunden.

Nachdem sie den Brief geöffnet hatte, war sie völlig perplex im Zimmer gestanden, ohne zu wissen, wie sie darauf reagieren sollte.

… empfand ich Ihren Artikel als überaus erfrischend und aufrüttelnd …
… daher wäre es mir eine Freude, Sie in meinem Hause zu begrüßen …

War das alles eine glückliche Fügung des Schicksals oder bloß ein verrückter Zufall?

Kate hatte nicht gezögert, sie hatte sich frisch gemacht, ihr bestes Kleid aus dem Schrank genommen und sich bei Mrs Covington die Erlaubnis eingeholt, das Haus um diese Uhrzeit verlassen zu dürfen. Nach den kürzlichen Ereignissen empfand sie das als richtig. Und die alte Dame hatte ihr sogar dazu geraten, den Abend mit ein wenig Zerstreuung zu füllen.

Nun saß Kate in einer Kutsche, die sie zu Lord Trevilles Herrenhaus fuhr, und dachte fieberhaft darüber nach, wie sie dem Mann begegnen sollte.

Sollte sie ihn auf den Kopf zu auf seine Lüge ansprechen?

Nein, das wäre dumm. Dann könnte er alles leugnen … Ich muss mitspielen. Ich muss die interessante Neuentdeckung sein, die er sich wünscht, ratterte es in ihrem Hirn.

Kate kannte seinen Menschenschlag. Reiche Leute schmückten sich gern mit der neuesten Banalität oder einer anderen willkommenen Abwechslung zu ihrem eintönigen Alltag. Denn sosehr sie auch vorgaben, glücklich zu sein – die Tage voller Müßiggang zermürbten sie.

Viele reiche Kaufleute hatten sich deshalb in kostspielige oder waghalsige Freizeitbeschäftigungen gestürzt – oder gleich beides zusammen. Die Großwildjagd in den Kolonien war überaus beliebt. Alles Dinge, die Kate verabscheute. Sie hatte solches Verhalten zuhauf in Manchester erlebt.

Und Lord Treville stand jenen Menschen in nichts nach.

Er wollte sie präsentieren, weil ihr Artikel nicht der dort vorherrschenden Meinung entsprach. Und sobald sie ihn langweilte, würde er sie nicht mehr einladen.

Dann sorgen wir mal für Unterhaltung, dachte sie grimmig, als die Kutsche anhielt und ein mürrisch dreinblickender Butler ihr die Tür öffnete.

Lord Treville schien persönlich gekommen zu sein, um sie in Empfang zu nehmen. Jedenfalls verwettete sie die Bezahlung ihres nächsten Artikels darauf, dass der gepflegte Herr mittleren Alters in feinem Hemd samt Weste und Fliege der Hausherr war. Er strahlte die Unbekümmertheit eines Mannes aus, der alles, was die Welt zu bieten hatte, kaufen konnte.

»Miss Shaw – Sie müssen Miss Shaw sein –, herzlich willkommen in meinem bescheidenen Heim!« Er reichte ihr galant den Arm, um ihr aus der Kutsche zu helfen.

Sie griff dankend danach, denn die Kutsche war alles andere als einfach zu verlassen. »Oh, ich habe zu danken, Eure Lordschaft«, sagte sie höflich. »Es ist mir eine Ehre, Ihrer Einladung zu folgen.«

Er wedelte mit der freien Hand. »Papperlapapp, Kate, nennen Sie mich bitte Paul … Im Zweifel auch Lord Treville – aber bitte niemals *Eure Lordschaft.* Dabei komme ich mir so schrecklich alt vor.«

Oh ja, Kate kannte Männer wie ihn. Je mehr sie ihn aus dem Konzept brächte und ihn amüsierte, desto länger könnte sie Beweise sammeln, dass er Millies Mörder war. »Ganz wie Sie wünschen, Paul.«

Während sie gemeinsam auf sein Haus zusteuerten, hörte er nicht auf, von ihrer Arbeit zu schwärmen. »Es war ein so erfrischender Artikel. So ehrlich, so ... bodenständig. Diese armen Kinder! Man stelle sich das nur vor!«

»Mir scheint, Sie sind ein richtiger Philanthrop, Paul.« Sie lachte kokett, um ihre Worte zu unterstreichen.

»Nun, wie man es nimmt. Ich mag einfach nicht die Richtung, in die das Land sich entwickelt. Und ich denke, es ist die Pflicht jedes guten Bürgers, etwas zu tun.«

»Ich wünschte, alle würden das so sehen.«

Er lehnte sich verschwörerisch zu ihr herüber. »Ich muss Sie warnen, Kate, auch heute Abend gibt es einige Menschen, die nicht Ihrer Meinung sind – sie geradezu verachten.«

Nachdem sie übertrieben schockiert aufgekeucht hatte, tätschelte er ihr die Hand und lächelte jovial. »Keine Sorge, Sie sind Gast in meinem Haus. Es wird Ihnen nichts geschehen.«

»Vielen Dank.«

Lord Treville führte sie ins Innere seines Hauses und öffnete schwungvoll eine breite Flügeltür, die in einen Salon führte. Bücherregale füllten die Wände, unterbrochen von Fenstern, die bis zum Boden reichten. Mehr als eine Bar war in die Regalwände eingearbeitet worden und der Raum war gefüllt mit bequemen Sofas und Beistelltischen, deren Platten mit kunstvoll gearbeiteten Mosaiken verziert waren.

Zigarrenrauch und Pfeifenduft schwängerte die Luft, in den Ecken standen Diener aus den Kolonien, die mit großen Federwedeln für eine angenehme Luftzirkulation sorgten. Kate mochte den Anblick der Sklaven nicht und verzog das Gesicht, was ihrem Begleiter nicht entging.

»Oh, diese Männer sind keine Sklaven, wenn Sie das denken, Kate.«

»Sind sie nicht?« Sie ärgerte sich über ihren ungläubigen Tonfall. Sie war noch keine Viertelstunde hier und hatte es bereits geschafft, den Hausherrn zu beleidigen.

»Sie sind meine Angestellten«, fuhr Treville ungerührt fort. Entweder hatte er die Beleidigung nicht als solche empfunden oder geflissentlich überhört. »Ich glaube nicht an die Sklaverei.« Er blickte ihr tief in die Augen. »Um die Wahrheit zu sagen, Kate, ich verabscheue es, Menschen zu etwas zu zwingen. Alle sollen aus freien Stücken handeln.«

»Und auch gleich behandelt werden?«

Lord Treville brach in Gelächter aus. »Sie sind überaus erfrischend, Kate! Selten spricht ein Gast so offen aus, was er denkt.«

»Danke«, stammelte sie und stolperte vorwärts.

Erst jetzt nahm sie sich einen kurzen Moment, die übrigen Gäste zu betrachten. Reiche Kaufleute, Adelige und die dazugehörigen »Schmuckfrauen«, wie Kate sie gern nannte. Und der Anblick verdeutlichte Kate noch einmal, wie sehr sie ein solches Leben ablehnte. Wie falsch ihre Mutter immer gelegen hatte. Allein die Vorstellung, sie könnte sinnbefreite Gespräche an der Seite eines sich selbst überschätzenden Halbkriminellen führen … Undenkbar.

Plötzlich wurde es still im Salon und alle Blicke richteten sich auf sie.

»Meine Freunde, darf ich euch vorstellen, Katelyn Shaw, Londons neue Stimme der Vernunft!« Lord Treville trat ein paar Schritte zurück und applaudierte frenetisch.

Einige der übrigen Gäste stimmten mit ein, doch die meisten rümpften pikiert die Nase.

John hatte recht, dachte Kate. *Mein Artikel spaltet die Gesellschaft.*

Ein Gentleman mittleren Alters kam auf sie zu, in der einen Hand ein halb leeres Weinglas, in der anderen ein volles. Kate blickte sich Hilfe suchend nach Lord Treville um, doch der war bereits wieder in ein Gespräch mit einer hübschen jungen Frau und einem Herrn vertieft, den Kate zu kennen glaubte. War das etwa der bekannte Komponist Antonín Dvořák?

Ihr blieb keine Zeit mehr, darüber nachzudenken, denn der Herr hatte sie erreicht und drückte ihr das volle Weinglas in die Hand. Es handelte sich dabei um einen schweren Weißwein, wie sie an den öligen Schlieren im Glas sofort erkannte.

»Lord Havisham, es ist mir eine Ehre, Sie kennenzulernen, Miss Shaw.«

Noch ehe Kate sich's versah, hatte der Mann ihre freie Hand ergriffen und ihr einen etwas zu feuchten Handkuss darauf geschmatzt. Sie bemühte sich um ein Lächeln. »Mir ist es auch eine Ehre, Eure Lordschaft.«

Er stürzte den Rest des Weinglases hinunter und tauschte es mit einem vollen Glas Rotwein vom Tablett eines passierenden Dieners. »Sie haben mit Ihrem kleinen Artikel für gehörigen Wirbel gesorgt. Meine Frau lag mir den halben Morgen in den Ohren, dass wir doch die armen Kinder unseres Gesindels zur Schule schicken sollen. ›Aber wer putzt dann deine Schuhe?‹, hab ich sie gefragt. Dann war sie endlich still.«

Kate biss sich auf die Zunge, um ihren ersten Impuls zu unterdrücken – dem alten Widerling ins Gesicht zu schleudern was sie von ihm hielt und ihn zurechtzuweisen, dass Bildung wohl wichtiger war als Schuhe. Stattdessen setzte sie ihr manchestererprobtes Dauerlächeln auf. »Ich bin untröstlich, dass Sie meinetwegen einen so unerfreulichen Morgen hatten, Lord Havisham.«

Er taxierte sie einen Moment zu lange. Sein Blick wanderte in einer Eindringlichkeit, die schon an der Anzüglichkeit kratzte, ihren Körper hinab und verweilte deutlich auf ihren Brüsten. Als Kate sich hörbar räusperte, fiel ihm offensichtlich wieder ein, dass sie keine Statue, sondern ein lebender Mensch war, und er blickte ihr wieder ins Gesicht.

»Ach, ich habe nichts dagegen, wenn eine Frau von Zeit zu Zeit einen Gedanken fasst«, sagte er mit gönnerhaftem Lachen. »Solange sie nur die richtigen davon für sich behält.«

»Wie überaus … großzügig von Ihnen.«

Etwas blitzte in seinen Augen auf. Etwas Verdorbenes und überaus Abstoßendes. »Oh, ich kann überaus großzügig sein.«

Kate wollte dem Mann gerade den Inhalt ihres Weinglases ins Gesicht schleudern und fluchtartig den Raum verlassen, als Lord Treville wieder neben ihr erschien. »Havisham, du alter Schwerenöter. Ich denke, ich muss Miss Shaw ein klein wenig vor dir retten, kann das sein? Sag James Bescheid, falls dir der Sinn nach Gesellschaft steht.« Er bot ihr seinen Arm an. »Miss Shaw, erlauben Sie mir, Sie ein wenig herumzuführen und bekannt zu machen?«

»Mit dem größten Vergnügen.« Sie wusste nicht, ob Lord Havisham ihre Ablehnung ihm gegenüber herausgehört oder gar verstanden hatte – es war ihr egal. Hauptsache, sie konnte dem Widerling entkommen.

Treville hielt sein Wort. Er war ein gewissenhafter Gastgeber. Er führte Kate durch sein Haus, wobei sie nach dem dritten Gästezimmer und dem vierten Studierzimmer den Überblick verloren hatte. Fest stand, Lord Treville genoss das Leben, schätzte ein gutes Buch und Zerstreuung. Er gab sich zwar ausschweifenden Festen hin, doch der Mann entpuppte sich als überaus anregender Gesprächspartner mit scharfem Verstand.

»Im Gegensatz zu Leuten wie Havisham halte ich Ihren Artikel in der Tat als richtungsweisend, nicht nur für London, sondern für ganz Britannien samt seinen Kolonien.«

Er ließ den Satz fallen, während Kate gerade in einer von Charles Darwin persönlich signierten Ausgabe seiner Abhandlung über die Entstehung der Arten blätterte.

»In der Bildung liegt der Fortschritt, verstehen Sie, Kate? Ach ja, natürlich verstehen Sie das.«

Sie schenkte ihm ein ehrliches Lächeln. »Nur so kommen wir voran, nicht wahr?«

Treville tippte auf den Buchdeckel. »Viele sagen, es ginge im Leben um das Recht des Stärkeren und dass eben nur diese überleben. Das ist aber ein Irrglaube.«

Kate nickte. »Darwin schreibt davon, dass manche Arten besser an ihren Lebensraum angepasst sind als andere. Und diese Anpassung trägt zu ihrem Überleben bei.«

»Ganz recht. Derjenige, der sich seiner Umwelt am besten anzupassen vermag, wird überdauern.« Er nahm ihr das Buch ab und stellte es wieder ins Regal. »Und der Mensch verfügt über die Gabe, sich Kraft seines Verstandes an unzählige Situationen anzupassen. Aber das gelingt nur, wenn wir als Ganzes, als Gesellschaft voranschreiten. Bildung ist der Schlüssel.«

»Verzeihen Sie mir, wenn ich so direkt bin, aber ... diese Haltung ist für einen Mann Ihres Standes nicht üblich.«

Er seufzte tief. »Leider. Aber ich denke, bald werden alle dieser Ansicht sein.« Treville wandte sich ihr zu und blickte ihr tief in die Augen. Da war ein Feuer, das hinter den grünen Iriden brannte und Kate zu verschlingen drohte. Seine Fingerspitzen fanden ihren Handrücken, strichen sanft darüber. »Und es werden Artikel wie der Ihre sein, Kate, die uns den Weg weisen.«

Er kam ein Stück näher, hüllte sie ein in einen angenehmen, kaum wahrzunehmenden Duft nach gebrannten Mandeln und Zimt. Gerade als seine Lippen sich auf ihre legen wollten, fiel der Zauber von ihr ab und sie ging rasch auf Abstand.

Er lächelte sie spitzbübisch an.

»Lord Treville, ich fürchte, ich muss gleich wieder direkt sein, wenn ich sage, dass es mehr braucht als ein paar schöne Worte, um mich zu betören. Sagen Sie, sind Ihre anderen Gäste so leicht zu verführen?«

Er zuckte vielsagend mit den Schultern, schien aber nicht im Geringsten verärgert zu sein. »Sie sind ein Mysterium, Kate. Das gefällt mir.«

Sie lachte und musste zu ihrer eigenen Verwunderung und Scham gestehen, dass es ein ehrlicher Laut war. »Sie können mir noch so viel schmeicheln, ich werde nicht darauf hereinfallen. Meine Mutter hat mich besser erzogen.«

»Und meine hat mich gar nicht erzogen. Ich glaube, es war die ... dritte Amme.« Wie auf ein unsichtbares Kommando hin, erschien James mit einem Tablett, auf dem sich volle Whisky- und Weingläser befanden. Lord Treville überreichte Kate ein Glas Wein und nahm sich selbst einen Scotch. »Auf unsere Mütter.«

Kate nippte an dem Glas und blickte ihn fragend an. »War irgendetwas davon echt?«

»Wovon?«

»Dem Süßholz.«

Wieder dieses spitzbübische Lächeln. »Ich sage immer, was ich denke, nicht was mein Gegenüber hören möchte. Also ja, Kate, ich glaube fest daran, dass diese Gesellschaft sich wandeln wird. Und ich glaube, dass Menschen wie Sie den Anstoß geben werden.«

»Danke.«
»Was meinen Sie, wagen wir uns wieder unter die Meute?«
»Mit dem größten Vergnügen.«

Donnerstag, 12. September 1895
20:37 Uhr

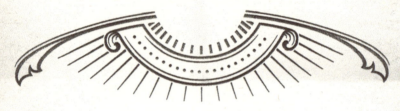

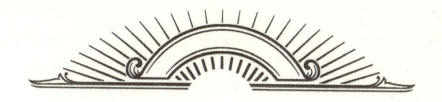

Lewis

»Lewis! Wie schön, dass du es geschafft hast!«, begrüßte Paul ihn überschwänglich. Allem Anschein nach hatte sein Freund bereits einigen Vorsprung bei den Weingläsern. »Komm mit, ich will dir unbedingt jemanden vorstellen.« Damit packte er Lewis bei der Schulter und schleifte ihn zielsicher über den Hof.

Lewis hatte gerade noch genug Zeit, seinen Mantel an James zu überreichen, der ihn mit wissendem Lächeln entgegennahm.

»Er ist da. Und als ich ihm von dir erzählt habe, hat er gesagt, dass er sich auf deine Bekanntschaft freut«, fuhr Paul ungerührt fort.

Die Villa glich einem Bienenstock. Deutlich mehr Gäste als am Dienstag waren zugegen. Wen auch immer Paul ihm präsentieren wollte, er schien der Grund für diesen Auflauf zu sein.

Im großen Salon erwarteten Lewis größtenteils die üblichen Gesichter. Lord Havisham gab seine – deutlich ausgeschmückten – Geschichten über Handelsabschlüsse und Baugenehmigungen zum Besten. Und Lady Ashbourne saß wie auch schon am Dienstag etwas abseits und unterhielt sich angeregt mit der einzigen Person, die Lewis nicht auf Anhieb zuordnen konnte.

»Ist das der, für den ich ihn halte?«, fragte er Paul leise.

Der nickte energisch. »Ist das nicht aufregend? Antonín Dvořák in meinem kleinen Haus!«

»Wenn das hier klein ist, was ist dann mein Haus?«

Paul zuckte entschuldigend mit den Achseln. »Verzeih, alter Knabe, aber in dieser Gegend wird ein wenig mehr erwartet.«

»Dann solltest du in meine Gegend ziehen«, erwiderte Lewis. »Weniger sozialer Druck.«

»Und mein Ohr vom Puls der Macht nehmen? Niemals!«

»Seit wann interessierst du dich für Politik? Möchte wieder jemand die Einfuhrmenge für französischen Wein beschränken?«

»Um Gottes willen! Ich würde sofort eine Revolution starten!« Paul lachte kurz, doch in seinen Augen blitzte keine Freude auf. Er lehnte sich ein wenig zu Lewis herüber und flüsterte ihm ins Ohr: »Umwälzungen stehen bevor, mein Freund. Große Umwälzungen.«

Lewis wollte gerade nachfragen, wie Paul das meinte, als Lady Ashbourne sich erhob, in der Hand bereits ein Glas Wein, und ihn mit einem vielsagenden Lächeln begrüßte. »Soll ich Sie wieder retten, mein lieber Lewis?«

Er ergriff ihre Hand, die in einem weißen Seidenhandschuh steckte, und deutete einen Handkuss an. »Ich fürchte, wenn es um Paul geht, bin ich bereits verloren, Lady Ashbourne.«

»Sophia«, korrigierte sie ihn. »Aber dann erlauben Sie, dass ich Sie Antonín Dvořák vorstelle.« Sie machte eine ausladende Geste und Lewis sah sich dem Komponisten gegenüber, der ihn freundlich mit Handschlag grüßte. Unter seinem Rauschebart konnte man das Lächeln bloß erahnen, doch die Art, wie er Lewis' Hand schüttelte, vermittelte ihm den Eindruck, als wären sie seit Jahrzehnten befreundet.

»Es ist mir eine Freude, Mr Dvořák«, sagte Lewis. »Ich bin ein Bewunderer Ihrer Arbeit.«

Der Komponist ließ sich wieder auf das Sofa fallen. »Nennen Sie mich Antonín.«

»Wunderbar!«, stieß Paul freudig aus. »Mein Lieblingsmensch und mein Lieblingsgast verstehen sich blendend. Lewis, ich habe diesen neuen Scotch hier, den du unbedingt kosten musst. James!«

Der Butler tauchte plötzlich mit einem Tablett hinter Lewis auf. Darauf standen zwei Gläser, in denen eine bernsteinfarbene Flüssigkeit träge hin und her schwappte und dabei ölige Schlieren über das Glas zog. Paul griff sich ein Glas und flüsterte ihm dabei zu: »Dank mir später«, ehe er sich neben Lady Ashbourne auf ein zweites Sofa setzte.

Lewis nahm das übrige Glas und setzte sich zu Antonín Dvořák, der bereits wieder in ein Gespräch mit Sophia vertieft war. Sie sprachen über dessen Zeit in Amerika. Welche Inspiration er aus seiner dortigen Arbeit gewonnen hat. Lewis hielt seine Sinfonie Nr. 9, die in der Zeit in der Neuen Welt entstanden war, für seine beste Arbeit, aber er behielt dieses Detail für sich. Es gab nichts Schlimmeres als Bewunderer, die einem den ganzen Abend damit in den Ohren lagen, wie großartig man in ihren Augen doch war.

Es war diese Idealisierung, mit der Lewis sich absolut nicht anfreunden konnte. Inspector Powler neigte ebenfalls dazu. Und mit jedem Kompliment erinnerte er ihn nur noch stärker daran, dass er diesem Bild nicht gerecht wurde – niemals gerecht werden konnte. *Was würde Powler sagen, wenn er wüsste, dass ich trinke?*

Ihm graute vor der Antwort.

»Oh, wenn Sie eine Schauergeschichte hören wollen, dann müssen Sie sich nur an Lewis wenden«, sagte Paul plötzlich und drei Augenpaare richteten sich auf Lewis. »Er hat ein paar der schlimmsten Bestien in Londons Geschichte hinter Gitter gebracht.«

»Sie sind Inspector?«, fragte Dvořák neugierig.

»Schriftsteller«, antwortete Lewis mit schmalem Lächeln. »Ich befasse mich mit Kriminalfällen und schreibe dann darüber.«

»Nachdem die Täter gefasst sind?«

»Meistens, ja.«

»Und an deren Ergreifung sind Sie beteiligt?«

»Meistens«, wiederholte Lewis verlegen.

»Dann, mein lieber Freund, sind Sie ein Inspector«, beharrte Dvořák. »Vielleicht keiner, der ein Abzeichen der Stadt trägt, aber was bedeuten schon Symbole?«

»Manchmal sind es gerade die Symbole hinter einem Verbrechen, die zu seiner Aufklärung führen«, sinnierte Lewis.

»So?«

Er lehnte sich ein wenig nach vorn. »Zum Beispiel läuft gerade ein Mörder durch Londons Straßen, der …«

»Sie sprechen vom *Drowner*?«, fiel ihm Lady Ashbourne ins Wort.

»Ganz recht.«

»Du arbeitest also wieder?« Paul klang leicht verwirrt.

Früher hätte Lewis ihn schon längst in den Fall eingeweiht und mit ihm nächtelang über Motive sinniert. Doch seit aus seinen Schüben eine waschechte Gewohnheit zu werden drohte, hatte Lewis sich in die Devonshire Street 17 zurückgezogen. Aus Pauls Ton konnte er jedoch deutlich heraushören, dass der Freund alles andere als begeistert darüber war, nicht mit einbezogen zu werden.

»Es hat sich so ergeben«, sagte er mit entschuldigendem Blick. »Ich würde es auch nicht direkt als Arbeit bezeichnen. Ich tue einer … Freundin einen Gefallen.«

»Wie aufregend!« Lady Ashbourne rutschte auf dem Sofa weiter nach vorn, um Lewis besser verstehen zu können. »Haben Sie bereits eine Spur?«

»Ja, Lewis, hast du bereits eine Spur?«, fragte Paul mit eisigem Unterton und fixierte ihn dabei mit einem Blick, den Lewis noch nie zuvor bei ihm gesehen hatte. War das Argwohn?

»Noch nicht«, gestand er. »Aber der Mörder geht nach einem Muster vor. Er ersticht seine Opfer mit einem vermutlich glühenden Stilett, um sie dann in der Themse zu versenken.«

Lady Ashbourne schlug die Hände vor den Mund.

»Das klingt äußerst grausam«, antwortete Dvořák für sie. »Und Sie denken, er nutzt Symbole?«

Lewis wiegte den Kopf hin und her. »Nun, die Art der Morde *ist* das Symbol. Ich glaube, der Mörder folgt einem Ritual.«

»An dessen Ende ein Mord steht?« Lady Ashbourne war noch immer außer sich.

»Womöglich«, sagte Lewis, doch in jenem Moment durchzuckte ihn eine Idee. »Oder der Mord steht am Ende eines misslungenen Rituals.«

Dvořák genehmigte sich noch einen großen Schluck Wein. »Was auch immer das Ziel ist, es ist gefährlich, so mit den Seelen der Menschen zu spielen.«

»Die Seelen der Menschen?«, wiederholte Lewis ungläubig, doch Dvořák schwenkte energisch den Zeigefinger.

»Ich weiß, was Sie jetzt denken. Und ich nehme es Ihnen nicht übel. Sie sind ein rationaler Mensch, Mr van Allington, nicht wahr?«

Lewis lächelte verschmitzt. »Nun, ich denke, dass die Gründe für unser Handeln im Diesseits verborgen liegen, ja. Und ich glaube nicht an höhere Mächte.«

»Oh, wie spannend. Warum nicht?«, fragte Lady Ashbourne interessiert.

»Weil wir dann zu leicht die Verantwortung für unser Handeln abgeben könnten«, erklärte Lewis seinen Standpunkt. »Priester können sich immer auf eine übernatürliche Macht berufen und somit alle Schuld von sich weisen. Mir ist das zu einfach.«

Dvořák legte ihm beschwichtigend eine Hand auf die Schulter. »Das mag schon sein, aber dennoch sollten Sie die Geschichten unserer Vorfahren nicht abtun.«

»Folklore?«

»Überlieferung«, beharrte der Komponist.

»Wie auch immer, ich muss mich leider entschuldigen«, sagte Paul plötzlich und stand auf. »Genießt den Abend, meine Freunde.« Damit drehte er sich um und verschwand wortlos durch die Flügeltür.

Lewis sah ihm noch einen Moment hinterher, ehe er sich wieder Dvořák zuwandte. »Wie auch immer. Ich glaube nach wie vor an einen weltlichen Mörder und ein weltliches Motiv.«

»Das mag sein, aber da, wo ich herkomme, würde jeder die Seelen der so aus dem Leben gerissenen Menschen fürchten.«

»Wieso? Kommen die Seelen der Ermordeten als böse Geister zurück?«, fragte Lewis und nippte lächelnd an seinem Scotch. Der Whisky war samtig im Abgang und verbreitete eine wohlige Wärme in seinem Bauch.

»Eine Rusalka ist ein gequälter Geist, der nur noch ein Ziel in seiner bemitleidenswerten Existenz kennt: Rache.«

»Mörder und Geister. Mir scheint, London ist dieser Tage nicht mehr sicher«, beklagte sich Lady Ashbourne. Sie blickte Lewis direkt in die Augen. »Wie gut, dass ich starke Männer um mich habe, die mich beschützen.«

Lewis nahm einen weiteren Schluck Whisky und stellte das leere Glas dann auf dem kleinen Beistelltisch ab. »Da ich niemanden umgebracht habe, bin ich wohl vor der Rache der Rusalka sicher, was denken Sie, Antonín?«

Dvořák schüttelte den Kopf und jeglicher Glanz war aus seinen Augen gewichen. »Eine Rusalka rächt sich an jedem lebenden Wesen, das ihr zu nahe kommt.« Er nahm beiläufig einen Schluck Wein und sprach dann weiter, wobei er klang, als würde er aus der Erinnerung zitieren. »Sie locken einen mit ihrem betörenden Gesang. Und dann, wenn man es nicht erwartet, ziehen sie einen mit sich hinab in die Tiefen des Wassers.«

Lewis atmete tief durch. »Nun, das klingt nach einer fantastischen Geschichte für eine Oper. Aber ich halte mich doch eher an weltliche Beweise.«

»Werden Sie über diesen Fall wieder ein Buch schreiben?«, wechselte Lady Ashbourne das Thema.

»Möglich. Aber das kommt darauf an, wie sich die Dinge entwickeln.«

James brachte ihnen eine neue Runde Getränke und schon bald war der *Drowner* nicht mehr das Thema ihrer Unterhaltung und der Abend die übliche Mischung aus Alkohol, leichter Zerstreuung und Lord Havisham, der sich der Lächerlichkeit preisgab.

Nur Paul ließ sich nicht mehr blicken.

Kate

Den Rest des Abends hatte sie größtenteils damit verbracht, sich mit den anderen Gästen kleinere Wortgefechte zu liefern. Zu Kates Glück hatte Reichtum sie noch nie einschüchtern können, dafür war sie zu wohlhabend aufgewachsen. Sie wusste, dass die wenigsten der Kaufleute ihr Geld ehrlich verdient hatten, daher gab sie wenig auf deren vollmundige Behauptungen.

Immer wieder musste sie ihren Artikel gegen verknöcherte Weltanschauungen verteidigen. Aber ebenso oft bekam sie Beistand von anderen, die ähnlich weltoffen wie Paul Treville waren.

Dabei war früher am Abend ein Gast auf der Soiree erschienen, mit dem sie nur zu gern ein paar Worte gewechselt hätte.

Lewis van Allington.

Kate hatte nicht gewusst, wie Claires Herrschaft aussah, aber die übrigen Gäste hatten sie rasch ins Bild gesetzt.

Van Allington hatte den halben Abend neben Paul auf einem Sofa gesessen, die beiden schienen dicke Freunde zu sein. Ihnen gegenüber hatte die wunderschöne Frau gesessen, deren Namen Kate noch immer nicht kannte.

Irgendwann hatte Lord Treville sich entschuldigt und die beiden allein gelassen. Wenig später war auch die Frau aufgestanden und hatte van Allington allein auf dem Sofa zurückgelassen. Kate sah ihre Gelegenheit gekommen, den brillanten Mann um Hilfe in Millies Mordfall zu bitten.

»Mr van Allington?«, begann sie schüchtern und hatte die Hände sittsam vor sich gefaltet.

Er blickte träge zu ihr auf, in seinem glasigen Blick spiegelte sich mindestens ein Whisky zu viel. »Der bin ich.«

»Mein Name ist Katelyn Shaw, und ich ...«

»Ach, die Reporterin«, fiel er ihr ins Wort. »Ich gebe keinen Kommentar.«

Sie runzelte die Stirn. »Keinen was? Wozu?«

Er zuckte mit den Schultern. »Zu was auch immer Sie gerade schreiben, Miss Shaw.«

Perplex ließ sie sich neben ihm aufs Sofa plumpsen. »Ich gestehe, ich wollte Sie um Rat bitten.«

»Na schön.« Er nahm einen weiteren Schluck aus seinem Glas und setzte sich aufrecht hin. »Sehen Sie sich im Raum um. Was sehen Sie?«

Kate folgte seiner Anweisung, konnte ihm jedoch nicht ganz folgen. »Jede Menge reiche Leute?«

»Angst, Kate.«

»Angst? Wovor?«

Er lächelte matt. »Vor Ihnen, vielleicht auch vor mir ... Wobei ich heute Abend eher auf Sie tippen würde.«

»Wie sollte ich denn den Leuten Angst einjagen?«

»Weil Sie Ideen haben, Kate. Ideen, die im Gegensatz zu allem stehen, was diese Menschen verkörpern. Die Havishams und Ashbournes dieser Welt.« Er stellte das mittlerweile leere Glas ab und wirkte mit einem Mal sehr müde. »Die Menschen werden uns immer fürchten. Weil wir hinter ihre Fassade blicken.«

»Nun ... ich danke Ihnen«, sagte Kate und stand auf, bevor er sie noch weiter deprimieren konnte. Claire hatte ihr nichts darüber erzählt, dass er ein solcher Trauerkloß war, sondern nur, dass es sich bei ihm um einen der brillantesten Männer Londons handelte.

Sie beschloss, das Haus ein wenig auf eigene Faust zu erkunden, denn sie hatte genug von den immer gleichen Gesprächen. Den Fragen nach ihrem Artikel, den unterschwelligen Vorwürfen, dass sie als Frau doch gar kein Recht darauf hätte, solche Gedanken zu fassen. Als könne man das Denken verbieten!

Abseits des Salons war es bereits erstaunlich still. Offensichtlich waren auch viele der Bediensteten – von denen Lord Treville ein ganzes Bataillon zu unterhalten schien – bereits zu Bett gegangen, sodass Kate sich völlig unbehelligt durch die gedämpft erleuchteten Flure bewegen konnte.

Hier und da unterstützte ein schwaches elektrisches Licht den fahlen Mondschein, der durch die Fenster fiel. Lord Trevilles Anwesen war von einer hohen Mauer umringt, weshalb er sein Haus des Nachts anscheinend nicht verriegelte. Dabei gab es in diesem Haus doch auch so viel mehr von Wert, was es zu schützen galt.

Während sie noch über dieses Paradoxon nachsann, drangen Stimmen an ihr Ohr. Einige Schritte voraus zu ihrer Rechten führte eine Treppe in die Kellergewölbe hinab. Von dort drang warmes Licht zu ihr empor, das immer wieder ein wenig flackerte, vermutlich von einer Laterne.

»… wenn der Meister davon erfährt, wird er dich richten!«, vernahm sie deutlich, als sie sich weiter an den Treppenabsatz geschoben hatte. Die Stimme gehörte zu einem Mann, so viel stand fest.

»Du wagst es, so mit mir zu sprechen?« Havisham. Die widerliche Stimme des feisten Mannes hätte sie überall erkannt.

»Schweig!« Wieder der andere Mann, der deutlich jünger klang. »Du bist nur dort oben ein hohes Tier, vergiss das nicht. Hier unten bist du mir unterstellt.«

Kate stockte der Atem. Was ging dort unten vor sich? Sie hätte zu gern um die Ecke gespäht, doch der Mond schien direkt durch ein Fenster der Treppe gegenüber und sie wollte keinen verräterischen Schatten werfen.

»Deine Nachlässigkeit gefährdet die Pläne des Meisters«, fuhr der junge Mann fort. »Man macht keine Geschäfte mit niederem Gewürm.«

»Keine Sorge«, versicherte Havisham. »Sie sind nur Mittel zum Zweck. Und wenn wir den Hafen kontrollieren, sind die Lieferungen kein Problem mehr.«

»Ich entscheide, was ein Problem ist und was nicht.«

Eine dicke Wolke schob sich vor den Mond und verschluckte sämtliches Licht im Flur. Kate fasste sich ein Herz und spähte um

die Ecke. Beim Anblick musste sie einen überraschten Schrei unterdrücken, denn dort unten standen nicht nur Havisham und sein Gesprächspartner, sondern noch eine weitere Gestalt, die deutlich kleiner war. Alle trugen schwarze Roben mit tiefen Kapuzen, die ihre Gesichter völlig verbargen.

Havisham – den sie aufgrund seiner Körperfülle problemlos ausmachte – hob beschwichtigend die Hände. »Natürlich, Bruder. Ich verspreche, es wird keine Verzögerungen geben. Die Welt dem Meister«, schloss er und verneigte sich ehrfürchtig.

»Die Welt dem Meister«, wiederholte der andere Mann und legte Havisham eine Hand auf den Hinterkopf. »Von jetzt an hältst du dich an den großen Plan. Einen weiteren Fehler wird man dir nicht verzeihen.«

Die Wolke verschwand und Kate erstarrte zu Stein. Wenn sie sich nicht bewegte, würde vielleicht niemandem der kleine Schatten auffallen, den ihr Kopf warf.

Der jüngere Mann ließ von Havisham ab und verbarg die Hand wieder in den Ärmeln seines Umhangs. »Kommt jetzt. Der Meister verlangt nach uns.«

Damit schritten die drei weiter die Treppe hinab.

Kate verharrte noch einige Augenblicke, ehe ihr der schreckliche Gedanke kam, dass vielleicht noch weitere Vermummte hier herumliefen, weshalb sie tat, was jeder vernünftige Mensch getan hätte: Sie rannte. Sie rannte auf den Hof, sprang in eine der Kutschen, die Lord Treville auf Abruf bestellt hatte, und ließ sich nach Hause fahren.

Freitag, 13. September 1895
01:42 Uhr

Lewis

»Havisham ist mal wieder eingenickt«, stellte Lady Ashbourne mit gerümpfter Nase fest und blickte sich dann im Salon um. »Wie mir scheint, haben wir den größten Teil der Gesellschaft überlebt, meine Freunde.« Sie hatte gut reden, schließlich hatte sie sich selbst vor ein paar Stunden zurückgezogen, um erst eine Weile später wieder – deutlich ausgeruhter – aufzutauchen.

Lewis folgte ihrem Blick und nickte zustimmend. Wie so oft hatte er einen guten Teil des Abends allein verbracht. Nicht viele ertrugen es, wenn das Gespräch erstarb und zu einem schweigsamen Trinkgelage wurde. Nachdem die übrigen Gäste nach und nach den Salon verlassen hatten, waren die letzten Überlebenden wieder zu ihm zurückgekehrt. Er zückte seine Taschenuhr. »Sophia, mit Ihnen vergeht die Zeit aber auch wie im Flug. Und selbes gilt auch für Sie, Antonín.«

Dvořák leerte sein Glas – das wievielte es war, konnte Lewis beim besten Willen nicht sagen – und erhob sich. Der Komponist schwankte ein wenig, aber er wirkte nüchterner als so mancher der edlen Herren um sie herum. »Ich habe zu danken. Der Abend war die reinste Freude. Sollten Sie jemals in Prag sein, besuchen Sie uns. Meine Frau würde sich freuen.«

»Vorsicht, mein lieber Antonín, ich könnte auf Ihr Angebot zurückkommen«, stieß Lady Ashbourne mit einem Lachen aus. »Lewis, wie kommen Sie nach Hause?«

»Zu Fuß. Die frische Luft tut mir gut.«

»So furchtlos.«

»Oder unvernünftig«, gab Dvořák zu bedenken.

Lewis spürte den Alkohol in seinem Kopf. Seine Gedanken waren wie in Watte gepackt und sein Blick brauchte diesen einen Lidschlag länger, um der Kopfbewegung zu folgen. Kein guter Zustand, um mit einer Frau wie Lady Sophia Ashbourne in einer Kutsche zu sitzen, so viel wusste er noch. »Weder noch«, erwiderte er und bat James, ihm seinen Mantel und den Hut zu bringen.

Zum Abschied schloss der Komponist ihn heftig in die Arme und presste ihm einen Kuss auf die Wange. »Passen Sie auf sich auf, Lewis.«

Lewis war zu perplex, um mit angemessener Zurückhaltung zu reagieren, und stammelte nur: »Das werde ich.«

Lady Ashbourne reichte ihm die behandschuhte Hand und Lewis hauchte einen Kuss darauf. »Ich freue mich schon auf unsere nächste Begegnung«, sagte sie.

»Mit Ihnen ist jeder Moment eine Freude, Sophia.«

Lewis nahm wieder den Weg zur Westminster Bridge und dann zum Victoria Embarkment. Er wusste, warum er den Umweg ging. Und der Grund dafür war alles andere als rational. *Sie wird nicht wieder am Wasser auf mich warten*, dachte er. Der Gedanke schmerzte ihn auf eine Art, die er sich nicht erklären konnte. Als er Westminster Bridge erreichte, reckte er den Kopf, um auf die Anleger darunter blicken zu können.

Und dort stand sie.

Wie jeden Abend in ihr weißes Kleid gehüllt, blickte sie gedankenverloren auf die Themse hinaus.

Lewis schluckte. Ihr Anblick löste in ihm eine Sehnsucht aus, der nicht nachzukommen einem körperlichen Schmerz gleichkam. Er kannte das Gefühl. Es kam dem Durst, der ihn momentan täglich überkam, gefährlich nahe.

Er schritt die Steintreppe zu den Anlegern langsam hinab und ließ sie dabei nicht aus den Augen. Entweder hatte sie ihn nicht bemerkt oder sie zeigte es schlicht nicht.

»Guten Abend, Miss.« Lewis nahm den Hut ab und trat auf den Steg.

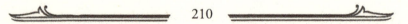

Sie wandte sich zu ihm um. Langsam und ohne ein Anzeichen von Überraschung. »Guten Abend, Mr van Allington.«

»Bitte, nennen Sie mich Lewis.«

»Guten Abend, Lewis.«

Sein Herz machte einen kleinen Sprung, als sie seinen Namen aussprach. Von ihren Lippen klang er gleich viel schöner. Bei ihr war er bloß Lewis. Nicht Lewis der Trinker, oder Lewis der Lebemann. Nicht einmal Lewis der brillante Ermittler. Er war einfach er selbst.

»Ich hätte nicht erwartet, Sie heute erneut zu treffen«, gestand er.

Sie drehte sich ihm vollends zu. Das weiße Kleid saß eng, jedoch sittsam geschlossen um ihren Körper, endete in einem mit Rüschen besetzten Kragen, der ihrem Gesicht einen strengen Unterton verlieh. Ein Eindruck, der von dem Lächeln, das gerade ihre Mundwinkel umspielte, ablenkte. »Und ist es eine freudige Überraschung?«

Lewis trat einen Schritt näher. »Absolut.«

Er konnte die Veränderung ihrer Erscheinung nicht leugnen. Seit ihrer letzten Begegnung schien es ihr schlechter zu gehen. Sie wirkte so ausgezehrt, als hätte sie schon seit Jahren nicht mehr richtig geschlafen. Wieder fragte Lewis sich, ob die Frau jede Nacht durch Londons Straßen geisterte und aufs Wasser starrte.

Der Mond tauchte ihr Kleid in einen bläulichen Schimmer – nein, nicht bloß ihr Kleid …

Der Mond verlieh der Frau einen bläulichen Schimmer.

»Wieso treffe ich Sie immer nur nachts?« Die Worte hatten seinen Mund verlassen, noch ehe er richtig über sie nachgedacht hatte. *Verdammt!*

»Vorsicht. Der Alkohol lockert Ihre Zunge.« Es sollte eine Warnung sein, doch ihrem Tonfall war deutlich zu entnehmen, dass er sie erheiterte. Doch ebenso plötzlich wich die Emotion wieder aus ihrem Gesicht und sie blickte ihn aus traurigen Augen an. »Sie sollten keine Fragen stellen, deren Antwort Sie nicht glauben wollen.«

»Aber ich will sie hören.«

»Vielleicht. Aber was, wenn Sie die Wahrheit nicht akzeptieren können?«

Er schnaubte. »Es gibt keine Wahrheit, die ich leugnen würde.«

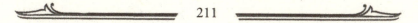

Ein harter Ausdruck huschte über ihr Gesicht. »Dann gestehen Sie, dass Sie ein Trinker sind.«

Der Satz traf ihn härter, als Sean Finnagan es jemals könnte. Woher wusste sie ... Lewis kniff die Augen zu schmalen Schlitzen zusammen und taxierte sie genau. »Wer hat das behauptet?«

»Sie selbst.«

Scham und Angst wallten in Lewis auf. Wenn es schon so weit war, dass er im Suff aller Welt erzählte, was und wer er war, dann war nicht auszuschließen, dass sein Geheimnis auch in Pauls Kreisen bereits die Runde gemacht hatte. *Der trunksüchtige Ermittler* ...

Wie konnte sie es wagen? Wollte sie ihn erpressen? Wut raste durch seine Adern, verdrängte jedes andere Gefühl und er packte sie bei den Schultern. »Woher ...« Ihre Arme waren eiskalt. Nicht in dem Sinne, wie Haut auskühlte, die zu lange der Wärme ferngehalten wurde – sie waren kälter als das Eis auf dem kleinen See im Regent's Park im Winter. »Was zum ...«

Er blickte ihr fassungslos ins Gesicht. »Was sind Sie?«

Die Trauer in ihrem Blick ließ sein Herz zu Eis erstarren. Eine einzelne Träne rollte über ihre Wange, und als sie von ihrem Kinn abperlte, zersprang sein gefrorenes Herz in Millionen Splitter.

Die Warnungen seines Verstandes – des letzten Restes, der noch aktiv mitarbeitete – ignorierend, machte Lewis einen Schritt auf sie zu und nahm sie in seine Arme. Die Kälte drohte ihn zu verbrennen, doch er hielt sie fest. Wiegte sie in einer Umarmung, die er sich selbst so sehr gewünscht hatte. Vom Moment ihrer ersten Begegnung hatte er sie festhalten wollen, jetzt fürchtete er, dass er es niemals könnte.

Seine Finger wurden bereits taub, als sie ihn sanft, aber bestimmt von sich schob. Seine Wärme schien die Blässe aus ihrem Gesicht vertrieben zu haben, doch einen Atemzug später war jener unwirkliche Schimmer zurück, der ihn gleichermaßen faszinierte wie ängstigte.

»Wie?«, war das einzige Wort, das er hervorbrachte – krächzte, weil sein Hals vor Kälte schmerzte.

Sie machte einen Schritt auf ihn zu und legte ihre Lippen in einem zarten Kuss auf seine. All die Wärme, die er ihr hatte schenken wollen, floss in ihn zurück. Als würde sie ihm zurückgeben, was ihr nicht gehörte – niemals mehr gehören konnte. »Sie sollten gehen.«

»Ich werde ihn finden«, versprach er ihr, als er am Absatz der Treppe stand. »Ich werde ihn finden.«

Den gesamten Heimweg über verdrängte Lewis jeglichen Gedanken an die Frau an der Themse. Wann immer ihr Gesicht in seinem Geist auftauchte, zwang er sich, an etwas anderes zu denken. Mehrmals gelang es ihm nur mithilfe eines großen Schluckes aus seinem Flachmann, den er so oft hervorholte, dass er ihn am Ende schlicht in eine der Außentaschen des Mantels gleiten ließ.

Der Hochprozentige gab ihm den Rest. Seine Beine kannten den Weg und irgendwie schaffte er es auch sicher nach Hause, doch irgendwo in seinem Geist ahnte Lewis, dass er sich am nächsten Morgen nicht mehr daran erinnern würde.

Er hatte die Haustür gerade einen Spaltbreit geöffnet, als etwas Großes und Schweres ihn von hinten rammte und ihn so ins Innere seines Stadthauses stieß. »Was zum …«, setzte Lewis an, doch ein weiterer Schlag in seinen Rücken schleuderte ihn gegen das Treppengeländer.

»Hätte nicht gedacht, dass ich dich noch mal wiedersehe, Genie.«

Die Stimme klang merkwürdig vertraut. Lewis wusste, dass er sie kannte. Und er wusste, dass er sie besser fürchten sollte. Ein Schatten baute sich drohend vor ihm auf. Massig und undurchdringlich.

Chester bellte und stellte sich schützend vor ihn. Wer auch immer ihn bedrohte, der Hund hatte die Situation eindeutig besser erkannt als sein volltrunkenes Herrchen.

Etwas blitzte silbern in der Dunkelheit. »Pfeif deine Töle zurück, oder ich muss ihr eine Kugel verpassen.«

Auch diese Stimme kam Lewis bekannt vor. Und zu Chesters Glück übernahm der Teil von Lewis' Verstand die Führung, den er nicht betäuben konnte. »Chester! Aus!«

Der Dürrbächler schien die Welt nicht mehr zu verstehen. Alles in dem Tier schien auf den Schutz seines Herrchens zu drängen, doch Lewis' Befehl war unmissverständlich. Der Hund zog sich knurrend einige Schritte zurück, ließ den drohenden Schatten aber nicht aus den Augen.

»Lewis van Allington«, sagte die zweite Stimme. »Wenn ich gewusst hätte, dass du uns gelinkt hast, wäre ich nicht so gnädig gewesen. Ein Sack über dem Kopf war viel zu nett für dich.«

»Michael?«

»Sagte doch, er ist ein Genie!«, rief der Schatten vor ihm.

»Sean«, stellte Lewis fest. »Was verschafft mir die Ehre?«

»Du hast unsere Bücher durchwühlt«, rekapitulierte Michael. »Und dann tauchst du bei Simmons auf. Zufall? Wohl eher nicht.«

»Lass mich das machen, Bruder. Ich hab noch eine Rechnung mit ihm offen.«

»Ihr habt Keith mitgebracht?« Lewis rappelte sich am Geländer in die Höhe, wobei er die Streben als Haltestangen nutzte. Sean hatte ihn verdammt hart getroffen, doch das Adrenalin in seinem Körper verhinderte, dass Lewis den Schmerz spürte. Es sorgte ebenso dafür, dass sein Verstand etwas aufklarte. »Der Junge ist doch nicht hart genug.«

»Ich zeig dir gleich, wie hart ich bin!«, brüllte der jüngste der Finnagan-Brüder, was Chester wieder zum Anlass nahm, sich bellend vor Lewis zu stellen.

»Ich sagte doch, halt deinen Hund zurück, oder ich knall ihn ab«, warnte Michael.

Offensichtlich war er der Einzige mit einer Kanone.

»Chester. Bei Fuß!« Er hielt den Hund am Halsband fest, auch wenn er bezweifelte, dass er den über achtzig Pfund schweren Rüden würde halten können, wenn es darauf ankäme. Daher versuchte er eine andere Taktik. »Wir wissen doch beide, dass du nicht schießen wirst.«

»Ach ja?«

»Ja. Du hast einen Schuss, dann rufen die Nachbarn Scotland Yard.« Er seufzte schwer. »Und wir wissen beide, dass du diese eine Kugel nicht an meinen Hund verschwenden wirst, oder?«

Michael brummte, doch der angedrohte Schuss blieb aus.

»Ich sag doch. Ein verfluchtes Genie.«

Lewis konnte das Grinsen in Seans Stimme geradezu hören. »Also, wie wäre es, wenn ich den Hund an die Kette lege und wir uns unterhalten?«

Er wusste, dass der Vorschlag Selbstmord gleichkam, doch Lewis wollte verdammt sein, wenn sie seinen Hund vor seinen Augen erschossen.

Sean lachte schallend, doch er rührte sich nicht. Wie immer wartete er auf ein Kommando seines Bruders.

Keith war weniger zurückhaltend. »Ja, Arschloch, dann unterhalten wir uns.« Er hob die Fäuste, um seinen Worten Nachdruck zu verleihen.

Lewis konnte die nächsten Worte nicht schnell genug wieder einfangen, sie huschten einfach über seine Lippen. »Pass nur auf, dass du dir nicht dein zartes Händchen brichst.« *Scheiße! Denk nach!*, schalt er sich. Die Finnagans zu provozieren war schon keine gute Idee, wenn er nüchtern war und die Iren stockbesoffen. Mit den aktuell vertauschten Rollen waren seine Chancen ins Bodenlose gesunken.

Sean trat einen Schritt zurück und Keith schob sich an ihm vorbei. Michael hatte die kleine Stehlampe neben der Garderobe angeschaltet, sodass Keiths wutverzerrtes Gesicht sich aus der Dunkelheit schälte. »Du hättest unter Wasser bleiben sollen«, sagte der junge Mann und förderte einen schmalen Ledergürtel zutage. »Siehst du den?«, fragte er und hielt Lewis den Gürtel vors Gesicht.

Das Leder war alt und abgewetzt. An manchen Stellen war das Schwarz dunkler und schimmerte metallisch im Licht.

»Mit dem Gürtel hat uns unser Alter immer verprügelt«, erklärte Keith mit vor Hass zitternder Stimme und wickelte sich das Leder um die rechte Faust. »Aber einmal, da hab ich mich gewehrt«, fuhr er fort, während er die letzte Wicklung festzog. »Hab ihm das Ding abgenommen und ihn damit totgeschlagen.«

Lewis musste unwillkürlich schlucken. Bisher hatte er immer geglaubt, Sean sei der Sadist der Finnagans. Aber er hatte sich geirrt. Sean mochte ein Schläger sein, der gern andere Leute verprügelte – aber Keith hatte eindeutig Züge eines Sadisten.

»Weißt du, wie lange es dauert, jemanden mit einem Gürtel zu Tode zu prügeln?«

»Das kommt drauf an«, antwortete Lewis trotzig. »Wirst du wieder wie ein Mädchen zuschlagen?«

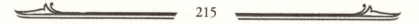

Er hatte darauf spekuliert, dass Keith die Fassung verlieren und sich auf ihn stürzen würde. In dem Moment hätte er Chester auf ihn losgelassen und sich selbst auf Sean gestürzt. Vielleicht hätte er einen glücklichen Treffer gelandet. Vielleicht hätte Michael seinem Bruder im Gemenge in den Rücken geschossen – er hatte es nicht völlig durchdacht.

Doch Keith Finnagan sprang ihn nicht an. Er brüllte nicht, er keifte nicht. Er stand nur da und lachte.

Scheiße, dachte Lewis. *Er ist nicht nur ein Sadist, er ist ein kaltblütiger Mörder.*

Seine Chancen schwanden von Sekunde zu Sekunde.

Michael Finnagan verlagerte seine Position von Lewis aus gesehen nach links, in Richtung der Küchentür. So konnte er durch die Streben des Treppengeländers hindurch auf ihn anlegen, ohne Gefahr zu laufen, einen seiner geliebten Brüder zu treffen. *Na herrlich. Jetzt werden sie zu kriminellen Genies?*

Lewis machte sich keine Mühe mehr, über seine Chancen nachzudenken. Es stand schlecht, und mit jedem Atemzug kam er seinem letzten ein Stück näher.

»Bevor Keith dein Gesicht verschönert, Genie, sag uns noch, was du bei Simmons wolltest«, ergriff Michael wieder das Wort.

»Das könnt ihr morgen in der Zeitung lesen.« Es war ein Bluff, aber mehr fiel Lewis nicht mehr ein. »Zwei Fische für O'Rourke. Klingelt's da bei euch?«

»Simmons, das Arschloch«, sagte Michael wütend.

»Habt ihr gedacht, er vertraut euch?«, hakte Lewis nach. »An eurer Stelle würde ich London ganz schnell verlassen.«

»Danke für die Warnung«, sagte Michael, nachdem er die Fassung wiedergefunden hatte, und legte mit dem Revolver auf Lewis an. »Da wir nichts mehr zu verlieren haben, können wir uns ja an dir austoben, nicht wahr?«

Lewis schloss die Augen in Erwartung des Unvermeidbaren, gerade als die große Deckenbeleuchtung angeschaltet wurde.

»Was ist das hier für ein Radau?«

Dietrich! Nicht! Lewis hatte in seinem Zustand völlig vergessen, dass der pflichtbewusste Butler immer wartete, bis Lewis nach

Hause kam, bevor er zu Bett ging. Jetzt trat er nichts ahnend aus der Küche heraus und direkt in die Arme von Michael Finnagan, der eine Kanone in der Hand hielt.

»Noch mehr Überraschungen?«, fragte Michael ungehalten. »Ist sonst noch jemand hier?«

»Nein. Und ich insistiere, dass die Gentlemen sich verabschieden und ihrer Wege ziehen.«

Denkt er, die hören auf ihn? Lewis fand keine Worte, konnte nur fassungslos auf die halb geöffnete Küchentür starren, die Dietrichs rechten Arm und Schulter noch immer verbarg.

»Er insis... was?«, fragte Sean lachend und winkte dann ab. »Noch so ein Genie.«

»Verzieh dich, Opa, und ich vergesse *vielleicht*, dass ich dich hier gesehen habe, klar?« Michael schwenkte die Waffe in Richtung von Dietrichs Kopf.

Der Butler behielt seine stoische Haltung bei, der Anflug eines Lächelns auf seinen Lippen war die einzige Regung, die er zeigte. »Die Gentlemen wurden gewarnt«, sagte er mit ruhigem Ton.

Nein, nicht mit ruhigem Ton – völlig tonlos.

Lewis hatte noch nie eine solche Grabesstimme aus Dietrichs Mund vernommen, und es lief ihm eiskalt den Rücken hinunter.

Michael zuckte mit den Schultern. »Na schön, Opa. Dann schau eben zu.« Er drehte den Kopf halb zu Keith. »Mach ihn alle.«

Er hatte Dietrich nur einen Lidschlag lang aus den Augen gelassen, doch mehr brauchte der Deutsche nicht. In einer einzigen flüssigen Bewegung sprang Dietrich nach vorn, in der rechten Hand eine lange zweizinkige Fleischgabel. Er drückte Michaels Schussarm mit dem eigenen Körper zur Seite und rammte dem Mann die improvisierte – wobei Lewis immer stärkere Zweifel daran hatte, dass man bei Dietrich überhaupt von improvisiert sprechen konnte – Waffe in die rechte Schulter.

Der Schwung trug ihn an Michael vorbei, er drehte die Fleischgabel herum und kugelte dem Iren den Arm aus. Anscheinend hatte er zufällig einen Nerv getroffen, denn der Revolver entglitt Michaels erschlaffter Hand.

Der Schmerzensschrei des Iren riss alle übrigen Männer aus ihrer Starre.

Lewis ließ seinen Instinkten freien Lauf und löste die Hand von Chesters Halsband.

Der Dürrbächler sprang nach vorn und schnappte nach Keith Finnagans zuschlagender Faust. Die Zähne des Rüden verfingen sich im Gürtel und Mann und Hund zerrten um ihre Freiheit.

Lewis stürzte sich mit dem Mut der Verzweiflung auf Sean. Selbst wenn Keith und Michael ausgeschaltet wären, könnte Sean Finnagan sie allein noch immer problemlos mit bloßen Händen erledigen.

»Ich mach dich alle!«, brüllte Sean Dietrich ins Gesicht, der noch immer seinen Bruder auf die Fleischgabel gespießt hatte.

Sean holte zu einem Schwinger aus, der Dietrich jeden Knochen im Leib brechen würde. Lewis streckte sich in einem Hechtsprung, der ihn in Seans Kniekehle krachen ließ. Der massige Mann knickte ein, verlor das Gleichgewicht und kippte hintenüber, landete mit seinem vollen Gewicht auf Lewis. Schätzungsweise dreihundert Pfund Muskeln und Knochen pressten Lewis schlagartig sämtliche Luft aus dem Körper und machten ihn bewegungsunfähig.

Erst jetzt erkannte Lewis, dass Dietrich den Revolver in der Bewegung gefangen hatte und die Waffe fest am Lauf gepackt hielt.

»Ich mach dich alle!«, wiederholte Sean schreiend und rammte Lewis den Ellenbogen ins Kreuz. »Und dich auch, Opa!«

Lewis Blut rauschte laut in seinen Ohren und der Schmerz war so heftig, dass ihm übel wurde.

Plötzlich stand Dietrich über ihnen. In der rechten Hand hielt er noch immer die Fleischgabel, an deren Ende Michael Finnagan hing, der zu kaum mehr als leisem Wimmern in der Lage war. In der linken ruhte der Revolver. »Mir scheint, die Gentlemen haben sich etwas übernommen«, sagte Dietrich seelenruhig und schlug das Griffstück des Revolvers hart gegen Seans Schläfe.

Der Hüne hatte sich gerade halb aufgerappelt, um jetzt erneut hintenüberzukippen. Diesmal jedoch bewusstlos.

Keith Finnagan hatte immer noch alle Hände voll damit zu tun, Chester mit der lederumwickelten Faust auf Abstand zu halten.

»Chester! Platz!«, befahl Dietrich und als hätte der Dürrbächler verstanden, was sich gerade abgespielt hatte, gehorchte er sofort. Er gab die Hand frei; der Gürtel hatte Keith zwar vor dem Schlimmsten bewahrt, doch hier und da schimmerte es verräterisch dunkel von Blut.

Der letzte noch stehende Ire blickte kurz in Richtung Schürhaken neben dem Kamin, als das leise Klicken eines Hahns, der gespannt wurde, ertönte. »Ich fordere den Gentleman ein letztes Mal auf, sich friedlich zu verhalten. Ein Verlassen des Hauses kommt nun nicht mehr infrage, so viel steht fest.« Dietrich baute sich vor Keith Finnagan auf, den jammernden Michael noch immer im Schlepptau. »Bis Scotland Yard hier eintrifft, kann ich den Herren einen Tee anbieten.« Er hob den Revolver etwas höher, sodass Keith gezwungen war, in den Lauf der Waffe zu starren. »Aber nur, wenn die Gentlemen sich benehmen. Ansonsten sähe ich mich gezwungen, zu niederer Gewalt zu greifen …«

Er ließ den Satz einfach verklingen. Michaels Wimmern und Stöhnen verstärkte Dietrichs Drohung und schließlich nickte Keith.

Lewis hatte Mühe, zu erkennen, was genau vor sich ging, da Sean noch immer auf ihm lag und ihm teilweise die Sicht versperrte, doch plötzlich stand Dietrich vor der Tür zu Lewis' Arbeitszimmer. Die Fleischgabel noch in der rechten Hand, doch Michael Finnagan hing nicht mehr daran.

»Und jetzt würde ich es begrüßen, wenn die Gentlemen in der Küche auf die Polizei warten, anstatt den Fußboden vollzubluten. Und bei der Gelegenheit nehmen die Gentlemen bitte ihren bewusstlosen Bruder mit.«

Kurz darauf hievten zwei linke Hände Seans massigen Körper in die Höhe und schleiften ihn hinter sich her. Dietrich hielt sie dabei die ganze Zeit mit der Waffe in Schach, doch Lewis zweifelte keinen Augenblick daran, dass auch die Fleischgabel ausgereicht hätte.

Als er endlich aufstehen konnte – sein Rücken schmerzte höllisch –, erkannte er, dass nicht einmal eine einzige Schweißperle auf Dietrichs Stirn stand.

»Ich werde unsere *Gäste* in die Küche begleiten. Hätte der Herr wohl die Güte, Scotland Yard zu rufen? Dann können wir alle bald wieder ins Bett gehen.«

Lewis starrte dem Butler entgeistert nach, der nach den drei Iren in der Küche verschwand. »Wer bist du?«, murmelte er so leise, dass nur Chester es hören konnte. Der Hund stand prompt auf und kam schwanzwedelnd auf ihn zu. Lewis kraulte ihn hinter dem Ohr, eine seiner Lieblingsstellen. »Guter Junge.« Er deutete zur Küchentür. »Geh zu Dietrich!«

Zwar glaubte er nicht, dass der Deutsche die Hilfe des Hundes benötigte, doch nur für den Fall der Fälle wollte er auf Nummer sicher gehen.

Der erste Schritt fiel ihm schwerer als gedacht. Sean hatte ihn ganz schön malträtiert, seine Brust war beim Atmen eng und er fürchtete, eine gebrochene Rippe zu haben. Aber Lewis schaffte die wenigen Meter zum Telefon und ließ sich mit Scotland Yard verbinden. *Der Fortschritt*, dachte er dabei immer wieder ungläubig. Noch vor wenigen Jahren war das Telefon ein reines Hirngespinst gewesen, jetzt stand in vielen Haushalten in London ein fest installierter Apparat, der mit einer zentralen Vermittlung verbunden war. Seine Stimme wurde in diesem Moment nach Scotland Yard geschickt, wo ein junger Constable leicht verschlafen antwortete.

Der Sachverhalt war rasch erklärt und der Polizist versprach sogar, Inspector Powler selbst und einen Arzt zu schicken. Letzteren wollte Lewis ablehnen, doch dann fielen ihm die beiden Verletzten in der Küche wieder ein.

Genau dorthin ging er auch nach dem Gespräch. Der Gedanke, dass Dietrich allein mit den drei brutalen Schlägern war, missfiel ihm über die Maßen, wurde jedoch immer von Bildern der Fleischgabel in Michaels Arm verdrängt.

Die Finnagans saßen am Küchentisch. Jeder von ihnen hatte eine Tasse Tee vor sich stehen, auch wenn sie nicht wagten, daraus zu trinken. Dietrich stand neben dem Spülbecken und hielt seinerseits eine Tasse mit dampfendem Tee in der Hand. Der Revolver lag auf einer Anrichte in Griffweite. Keith Finnagans rechte Hand war notdürftig mit einem Geschirrhandtuch verbunden.

Bei Michael war die Sache schwieriger, erkannte Lewis sofort. Die Wunde in seiner Schulter war tief, Dietrich hatte die fast unterarmlangen Zinken der Fleischgabel vermutlich bis ins Schultergelenk

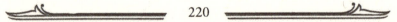

getrieben. Ohne ärztliche Hilfe würde Michael sicher verbluten. Und ob er den Arm selbst mit Behandlung jemals wieder würde bewegen können, wagte Lewis ebenfalls nicht zu sagen – nicht dass es noch eine Rolle gespielt hätte. Die drei würden hängen, da war er sich sicher.

Und die Tatsache, dass sie trotz dieses Wissens – denn er ging davon aus, dass sie ebenfalls schon auf diesen Gedanken gekommen waren – ruhig an seinem Küchentisch saßen, jagte ihm einen eisigen Schauer über den Rücken, wann immer er seinen vorlauten deutschen Butler ansah.

Wer bist du?, schoss die Frage wieder und wieder durch seinen Kopf, als er nach der für ihn bereitstehenden Tasse griff.

»Zucker?«, fragte Dietrich schließlich, als auch nach mehreren Minuten keiner der Iren den Tee angerührt hatte.

Sean war wach, wirkte aber völlig desorientiert. »Wann machen wir den Penner jetzt platt?«, fragte er seine Brüder. »Wieso sitzen wir hier rum?«

»Halt deine dumme Fresse!«, presste Michael unter Schmerzen hervor.

»Was ist überhaupt los?«

»Ehrlich, Sean, halt dein verschissenes Maul!«

»Wieso blutet ihr?«

»Vielleicht kann ich das aufklären«, schaltete Lewis sich ein und ergriff den Revolver.

Sean blickte ihn an und für einen kurzen Moment blitzte Wut in seinem Blick auf.

»Ihr seid hier eingebrochen«, erklärte Lewis seelenruhig. All seine Fragen an Dietrich konnten warten. Jetzt ging es darum, die Iren lange genug ruhig zu halten, bis Scotland Yard hier eintraf. »Und ihr wolltet mich umbringen.«

»Und?«, fragte Sean.

Lewis zuckte die Achseln, wobei ihn wieder ein heißer Schmerz durchfuhr. »Hat nicht funktioniert.«

»Oh.«

»Sag mal, Michael, warum macht ihr Geschäfte mit Simmons?«

Michael Finnagan verzog das Gesicht vor Schmerzen, brachte aber nicht mehr als ein Knurren zustande. Wie auf Kommando sprang

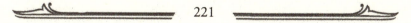

Chester von seinem Platz vorm Ofen auf und erwiderte die Drohung des Iren. Und so viel Angst Lewis vorhin auch um den Hund gehabt hatte, jetzt gerade war er überzeugt davon, dass der Rüde es mit den Iren aufnehmen könnte.

Lewis wechselte einen Blick mit Dietrich und blies den Atem mit geblähten Backen aus. »Ach, weißt du, mir kann es auch egal sein … Aber wollt ihr nicht auch noch den Typen drankriegen, der euch das mit seinem Notizbuch eingebrockt hat?«

»Dieses dumme Arschloch!«, spie Keith aus und presste die verletzte Hand fester an seine Brust.

»Die Fische in seinem Notizbuch stehen für Morde, nehme ich an? Ein wenig die Konkurrenz schwächen, ja?«

»Geht dich nichts an.«

Lewis bemühte sich, ein lässig klingendes Lachen zu produzieren, doch es endete in einem Hustenanfall. »Egal, es sind ohnehin genug Beweise in dem Buch. Und ich wette, wenn man eure Lagerhallen auf den Kopf stellt, findet man noch mehr.«

»Und wenn schon.«

»Stimmt. Allein für das hier«, er ließ den Finger kreisen, »droht euch der Strick.« Dann blickte er auf Sean. »Für dich gibt es vielleicht das Beil. Oder dein Genick bricht nicht und du hängst daran wie ein Fisch.«

Er stellte die Teetasse ab und blickte ins Leere. »Ich hab das mal gesehen. Kräftiger Kerl, fast wie du. Der Strick konnte ihm das Genick nicht brechen, also hing er da. Und hing. Und hing. Der Kopf wurde erst rot, dann blau. Und irgendwann, da hat er aufgehört zu atmen. Hat sich eingenässt im Tod.« Er blickte Sean Finnagan tief in die Augen. »Man ließ ihn noch eine weitere Stunde hängen, nur um sicherzugehen. Und weißt du, was? Die ganze Zeit stand seine Mutter neben ihm und hielt seine Hand. Weinte um ihren verkommenen Sohn, aber konnte sich nicht abwenden.«

»Hör nicht hin, Sean«, raunte Keith. »Simmons holt uns raus.«

»Halt's Maul, Keith!«

Michaels Stimme wurde immer brüchiger. Wenn Scotland Yard und der Arzt noch viel länger brauchten, könnten sie direkt einen Totengräber bestellen.

Lewis witterte seine Chance. Sean wirkte alles andere als glücklich mit der Vorstellung, ihre Mutter könnte ihm beim Sterben zusehen. Michaels Kontrolle über seine Brüder schwand mit jedem Moment, den er weiter in die Bewusstlosigkeit driftete. Und Keith stand zu sehr unter Adrenalin, als dass er noch hätte klar denken können – wenn er denn jemals dazu fähig gewesen war.

»Was wird eure Mutter wohl sagen?«, fragte Lewis traurig. »Sie wird zum Gespött im Southwark. Die Mutter der drei Mörder.« Seine Worte trafen ihr Ziel. Alle drei Männer blickten beschämt zu Boden. »Und nicht nur das«, fuhr er fort. »Ohne euren Betrieb ... was soll da aus ihr werden? Ob sie noch einmal eine Arbeit findet?«

»Na schön!«, rief Sean verzweifelt. »Simmons will sich bei Havishams neuen Docks einkaufen. Die werden gigantisch. Da kommt alles zusammen. Handel, Schmuggel – wer da sitzt, ist ein gemachter Mann. Aber Simmons wollte die Konkurrenz loswerden.«

»Und da hat Simmons euch eine Partnerschaft angeboten und ihr habt für ihn die Drecksarbeit erledigt«, schloss Lewis.

»Es reicht!«, kam Michael seinem Bruder zuvor. »Haltet endlich die Klappe.«

Lewis nippte noch einmal an seinem Tee. Das Adrenalin hatte den Alkohol fast komplett aus seinem Körper verdrängt, doch allmählich kehrte die Ruhe zurück, jetzt, wo die Finnagans unschädlich gemacht waren. Und mit der Ruhe, dem Gefühl, das die meisten Menschen nach einer solchen Nacht mindestens begrüßt, wenn nicht gar herbeigesehnt hätten, spürte er den Durst in sich aufsteigen.

Den Durst nach Verdrängen.

Den Durst nach Vergessen.

Den Durst nach Frieden ...

Er leckte sich über die gefühlt trockenen Lippen. Dietrich schien seine aufkeimende Unruhe zu bemerken, denn der Butler räusperte sich kurz und nahm ihm den Revolver ab, um die *Gäste* in Schach zu halten.

»Ich werde in meinem Arbeitszimmer die Beweise für Scotland Yard zusammensuchen«, fand Lewis schließlich die passende Ausrede, um den Raum zu verlassen. Und das war nicht einmal gelogen – Powler würde mit Sicherheit auf die Herausgabe des Notizbuches bestehen.

Lewis betrat gerade das Foyer, als es an die Haustür klopfte.

»Scotland Yard! Mr van Allington? Hier ist Inspector Powler, machen Sie bitte die Tür auf.«

Sein Blick glitt noch ein letztes Mal zu dem schweren Schreibtisch in seinem Arbeitszimmer, in dessen unterster Schublade eine schöne Flasche Scotch auf ihn wartete, dann öffnete er seufzend die Tür. Powler trat direkt ein, gefolgt von einigen Polizisten, die mit Handschellen und Knüppeln bewaffnet in die Küche verschwanden.

Lewis wollte sich gerade wieder abwenden, doch Powlers Anblick brachte ihn ins Stocken. Trug der Mann unter seinem Mantel einen Pyjama? Der Inspector deutete Lewis' Zögern als Aufforderung, ihn standesgemäß zu begrüßen, und so ergriff der Mann schnell Lewis' Hand.

»Die Finnagans!«, sagte er ehrfürchtig. »Wir versuchen schon sehr lange, Beweise gegen sie zu finden.«

Powler schien das Zittern der Hand, die er gerade schüttelte, nicht zu bemerken, aber Lewis versetzte es in Angst und Schrecken. *Was, wenn er es erkennt? Was, wenn er die richtigen Schlüsse zieht?*

»Nach heute Nacht haben Sie genug Beweise, um ihnen den Strick zu bringen«, überspielte er seine Unsicherheit.

»Darf ich fragen, wie Ihnen die Festsetzung der Mistkerle gelungen ist?«

Lewis hatte schlagartig Dietrich vor Augen, der die Männer nahezu im Alleingang unschädlich gemacht hatte. Die Fleischgabel, die sich immer tiefer in Michaels Schulter bohrte, und das widerliche trockene Knacken, als der Arm sich so weit verdrehte, dass er aus dem Gelenk sprang.

Keith Finnagan, dessen Hand von Chester Stück für Stück zerbissen wurde, und Sean, den Dietrich mit einem einzigen Schlag ins Reich der Träume schickte.

»Reines Glück«, log Lewis, denn er wollte nicht auch zusätzlich noch Fragen zu seinem Butler gestellt bekommen.

Fragen, die er lieber selbst stellen wollte.

Unter vier Augen.

Powler zuckte mit den Schultern. »Nun, das Glück des Tüchtigen, nehme ich an.«

Lewis zwang sich zu einem Lächeln. Der Inspector war ein guter Mann, das wusste er. Er bedeutete Powler, ihm ins Arbeitszimmer zu folgen, als die Polizisten die Finnagans in Eisen abführten.

»Simmons hat alles in diesem Buch festgehalten«, begann Lewis, als er Powler das schwarze Büchlein übergab.

»Simmons?«

»Ja, er macht Geschäfte mit den Iren. Und mit Havisham.«

»Lord Havisham?«

Lewis nickte. »Es geht dabei um die neuen Docks. Um Schmuggel und«, er machte eine bedeutungsvolle Pause, »um Mord.«

Powlers Augen leuchteten förmlich. »Fantastisch! Ich meine … natürlich ist es abscheulich, aber … das klingt nach dem Stoff für ein neues Buch von Ihnen, oder nicht?«

Lewis machte eine abwehrende Geste mit den Händen. »Ich denke nicht, dass ich –«

»Unsinn!«, unterbrach ihn der Inspector. »Sie *müssen* wieder schreiben.« Powler tippte sich mit dem Notizbuch gegen die Stirn und wandte sich zum Gehen um.

Endlich konnte Lewis den Scotch aus dem Schreibtisch holen und entkorkte die Flasche. Ein Glas war auf die Schnelle nicht aufzutreiben, daher setzte er die Flasche direkt an. Der erste Schluck brannte, doch es war das Versprechen von wohligem Vergessen.

Er blickte gerade wieder zur Tür, als er erkannte, dass Powler stehen geblieben und sich erneut umgedreht hatte.

Ertappt setzte Lewis die Flasche ab und stellte sie auf den Schreibtisch.

Für einen kurzen Moment huschte ein Schatten über Powlers Gesicht. Seine Augenbrauen sanken eine Winzigkeit hinab und seine Stimme hatte einen dunklen Unterton. »Sie müssen noch eine offizielle Aussage machen.« Ihre Blicke verhakten sich und Lewis musste all seine Willenskraft aufbringen, dem jungen Inspector standzuhalten. Er ging einen Schritt auf ihn zu, und jetzt erkannte er, was sich in Powlers Blick geschlichen hatte. Erkenntnis. Und eine Art von Bedauern. »Aber schlafen Sie sich erst einmal aus. Die Nacht war sicher anstrengend.«

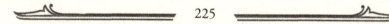

»Inspector Powler!«, hielt Lewis ihn vom Gehen ab. Doch was wollte er ihm sagen? Sollte er ihn bitten, niemandem davon zu erzählen? Sollte er sich rechtfertigen? Ausflüchte suchen?

»Ja?«

»Sie … Sie sind ein guter Mann, Powler.«

»Sie auch, Lewis.« Er zog den Mantel enger um den Körper. »Vergessen Sie das nicht.«

Für einen Moment stand Lewis wie angewurzelt mitten in seinem Arbeitszimmer. Unfähig, auch nur einen klaren Gedanken zu fassen. Sein Verstand drehte sich um eine einzige Tatsache: *Er weiß es!*

Dietrichs Räuspern zerriss die aufgekommene Stille. »Möchte der Herr noch einen Tee?«

»Bitte?«

»Oder sonst etwas? Dann würde ich mich nämlich gern zurückziehen.«

Irgendetwas in Dietrichs Gesichtsausdruck sagte Lewis, dass jetzt nicht der richtige Zeitpunkt war, den Butler nach seiner Vergangenheit zu fragen, daher nickte er einfach.

»Vielen Dank.« Dietrichs Blick fiel auf die Flasche Scotch auf dem Schreibtisch. »Der Herr möge den heutigen Abend vielleicht zum Anlass nehmen, seine Gewohnheiten zu überdenken. Ein frischerer Geist hätte vermutlich bemerkt, dass die Iren sich vor dem Haus postiert hatten.«

Lewis runzelte die Stirn. »Du wusstest, dass sie da waren?«

Dietrich zuckte mit den Schultern. »Sean Finnagan ist schwer zu übersehen.«

»Warum hast du nicht … Aber …« Schließlich schüttelte er bloß den Kopf.

»Gute Nacht, der Herr.« Damit zog Dietrich sich zurück und ließ Lewis allein mit seinen Gedanken.

Powler wusste es. Oder ahnte es zumindest. Der Inspector war nicht dumm, vermutlich sogar gewitzter, als Lewis ihm zugetraut hatte. Und jener Blick …

Bald weiß ganz London, dass der große Lewis van Allington nichts weiter als ein versoffener Schreiberling ist.

Lewis konnte ihre Blicke bereits in seinem Rücken spüren und das Getuschel weit und breit hören. Dass die meisten Bürger Londons ihn nicht einmal erkennen würden, wenn er direkt vor ihnen stünde, war ihm egal.

Die Flasche Scotch lockte und verhöhnte ihn gleichermaßen. Und wie jedes Mal war da dieser Moment, in dem er sich bemühte, den Teil seiner Willenskraft obsiegen zu lassen, der verhindern würde, dass seine Finger sich um den Flaschenhals schlossen. Dass er besser war als das. Dass er stärker war. Dass er der Herr seiner Sinne bliebe und aufrecht in den Spiegel blicken könnte.

Der nächste Schluck brannte in seiner Kehle, doch er riss die Zweifel, die Gedanken und all die Scham mit sich, ersetzte sie durch ein Gefühl der Geborgenheit, des Verstandenwerdens. Der Flasche musste Lewis nichts vormachen. Und niemand stellte mehr Fragen.

Er ließ es einfach zu.

Er ließ einfach los.

Kate

Sie hatte kaum ein Auge zugemacht. Die Ereignisse hatten sich überschlagen und Kate war irgendwo aus dem Rad gepurzelt und versuchte verzweifelt, wieder aufzuspringen.

Wer waren die geheimnisvollen Kuttenträger?

Was hatten sie mit den Docks vor?

Wieso musste Millie sterben?

Wer war der Meister?

Zumindest die letzte Frage konnte sie rasch für sich beantworten: Lord Treville.

Die Vermummten hatten sich in seinem Haus getroffen, waren in seinen Keller gegangen und sie erinnerte sich daran, wie Havisham sofort von ihr abgerückt war, als Treville ihn zurechtgewiesen hatte.

Also konnte sie eine Frage abstreichen, blieben noch drei – und wie viele auch immer noch aufgeworfen wurden.

Konnte sie hiermit zu Scotland Yard? Würde dieser Inspector Powler ihr helfen? Kate bezweifelte stark, dass ihre Beweise ausreichten. Sie hatte ja auch keine. Alles, was sie hatte, waren ein paar belauschte Wortfetzen, eine Vermutung und ein nicht näher benannter Plan mit den Docks. Viel eher würde man sie auslachen, wenn sie damit an die Öffentlichkeit ging.

Und warum hatte Treville Millie ermordet? Welchen Grund könnte man dafür haben, eine unbedeutende Hausdienerin zu töten?

Je länger sie darüber nachdachte, desto mehr hoffte sie, dass sie sich irrte. Denn aus einem unbestimmten Grund heraus mochte sie Lord Treville. Er schien gebildet und weltoffen – ganz anders, als sich Kate einen Serienmörder vorstellte.

Claire!

Kate sprang auf und verließ fluchtartig ihr Bett. Claires Zimmer lag direkt neben ihrem, sie klopfte hämmernd gegen die Tür und die junge Frau öffnete ihr kurz darauf. Claire trug bereits ihre Dienstkleidung, und ein Blick auf die Uhr bestätigte Kates Befürchtung, dass sie beinahe bis zehn geschlafen hatte.

»Du musst mir helfen.«

»Dir auch einen guten Morgen«, gab Claire matt zurück. »Und spar dir die Mühe. Mrs Covington hat wohl bemerkt, wann du heute Nacht hier eingetrudelt bist.«

Erst jetzt bemerkte Kate die tiefen Augenringe und es fiel ihr siedend heiß wieder ein. *Die Mädchen haben erst letzte Nacht davon erfahren!* Sie machte einen Schritt auf Claire zu und nahm sie fest in die Arme. »Es tut mir so leid. Ich bin ein verdammter Trampel.«

Claire begann augenblicklich zu schluchzen und zog sie in ihr Zimmer, damit die übrigen Mädchen nicht Zeuge wurden. Kaum hatte sich die Tür geschlossen, stieß sie Kate von sich und funkelte sie mit einer Mischung aus Trauer und Wut an. »Wo warst du gestern? Ich hätte eine Freundin gebrauchen können, als … als Mrs Covington uns … verdammt, Kate!«

Kate hielt die Hände entschuldigend nach vorn. »Ich weiß. Du hast auch allen Grund, wütend zu sein. Ich …« Sie stockte, wusste nicht, wie sie es Claire sagen sollte. Schließlich entschied sie, dass es keinen Sinn machte, um den heißen Brei herumzureden. »Millie wurde ermordet.«

Claire starrte sie fassungslos an, offensichtlich unfähig, etwas zu erwidern.

»Und ich glaube, ich weiß, wer es war«, fuhr Kate fort.

»Was? Warst du schon bei der Polizei?«

Kate schüttelte energisch den Kopf. »Hör mir zu. Ich glaube, ich weiß, wer es ist. Ich kann es aber nicht beweisen … noch nicht.« Sie vergewisserte sich, dass die Tür gut verschlossen war und trat näher an

die junge Frau heran, um ihr ins Ohr flüstern zu können. »Ich glaube, es war Lord Treville persönlich.«

Claires Augen wurden groß und sie schlug sich die Hände vor den Mund. Nach einem Augenblick, der sich wie eine Ewigkeit anfühlte, schüttelte sie bloß den Kopf. »Das kann nicht sein.«

»Verstehst du, warum ich nicht zu Scotland Yard gehen kann? Wer würde mir schon glauben?«

»Das kann nicht sein«, stammelte Claire immer wieder.

»Glaub mir, ich war gestern bei ihm, da ist was faul. Hat Millie irgendwann mal etwas erwähnt, was ihr komisch vorkam?«

»Nein, nur die üblichen Trinkereien reicher Leute.«

Kate erzählte ihr rasch, was sie am Vorabend alles gesehen und erlebt hatte, und Claire kam aus dem Staunen nicht mehr raus. »Du musst mir helfen«, kam Kate wieder auf den Ausgangspunkt ihrer Unterhaltung zurück. »Du musst Mr van Allington dazu bringen, den Fall zu übernehmen. Ich brauche seine Hilfe.«

»Er und Lord Treville sind die besten Freunde.«

»Gerade dann sollte er ein gesteigertes Interesse daran haben, herauszufinden, wer der Mann in Wirklichkeit ist.« Sie blickte Claire tief in die Augen. »Ich werde heute an den Docks nach weiteren Beweisen suchen. Und du bittest für mich Mr van Allington um Hilfe, ja?«

Claire nickte. »Ich muss heute Sachen bei Ganderson für ihn abholen, dann frage ich ihn.«

»Danke.«

Sie wandte sich bereits wieder zum Gehen, als Claire sie zurückhielt. »Kate, sei vorsichtig. Wenn du recht hast, dann …«

»Ich weiß. Dann ist es gefährlich.« Sie seufzte tief. »Ich kann nicht anders. Ich habe einfach das Gefühl, etwas tun zu müssen. Sie dürfen damit nicht davonkommen.«

Claire legte ihr eine Hand auf den Unterarm. Die Berührung war warm und tröstend. »Pass auf dich auf. Ich … ich will nicht noch eine Freundin verlieren.«

Kate stockte der Atem. Nicht nur die Sorge um sie, sondern auch die Tatsache, dass Claire sie bereits als Freundin betrachtete, ließ in ihrem Hals einen Kloß von mondartigen Dimensionen anwachsen. Bevor ihr Tränen der Rührung in die Augen stiegen,

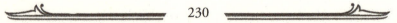

verließ sie Claires Zimmer, holte ihre Tasche und den dunklen Mantel und eilte die Treppe hinunter.

Mrs Covington erwartete sie bereits am Fuß der Treppe. »Katelyn, ich darf annehmen, dass du einen ausgelassenen Abend verbracht hast?«

Kate lief rot an. Die alte Dame hatte ihr zwar zur Zerstreuung geraten, aber sie hatte sicher nicht damit gerechnet, dass Kate bis tief in die Nacht unterwegs sein würde. »Ja. Bitte verzeihen Sie, dass ich so spät zu…«

»Papperlapapp«, machte Mrs Covington und wedelte mit der Hand. »Ihr jungen Mädchen kommt viel zu selten in wichtige Gesellschaft. Ich hoffe, du hast ein paar Antworten gefunden.«

Kate seufzte tief. »Wenn ich ehrlich bin, bloß noch mehr Fragen.«

Die alte Dame gab den Weg frei. »Na, dann los, finde die Antworten.«

»Danke, Mrs Covington!« Und damit war Kate schon durch die Haustür.

»Kate, ich weiß nicht viel über deine finanzielle Situation, aber wenn du weiter in dem Tempo ablieferst, schreibst du dich ins Armenhaus«, begrüßte John Barnes sie, als sie sein Büro betrat. »Ich hatte eigentlich gehofft, dass du nach dem Artikel direkt weitermachst. London braucht Texte wie deinen.«

Sie vergewisserte sich, dass die Tür komplett verschlossen war und auch keiner der übrigen Redakteure sie belauschte. »Ich weiß, aber ich bin auf etwas gestoßen.«

»Bin ganz Ohr.«

Sie atmete tief durch und setzte sich auf einen der Stühle vor Johns Schreibtisch. »Ich glaube, ich weiß, wer der *Drowner* ist.«

Johns Augen wurden groß. »Wie? Ist dir was passiert? Wer ist es?«

»Ich kann es noch nicht beweisen, aber … es ist Lord Treville.«

John ließ den Stift fallen und lehnte sich in seinem Schreibtischstuhl zurück. »Lord Treville. Hol mich doch der Teufel.« Er schüttelte den Kopf und lehnte sich verschwörerisch nach vorn. »Hast du es schon Scotland Yard erzählt?«

»Nein.«

»Gut. Solange du es nicht beweisen kannst, wäre das keine gute Idee.«

»Ich weiß.«

»Wie kommst du überhaupt darauf?«

Kate erzählte ihm rasch, was sie wusste; dass Treville keine Anzeige bei der Polizei gemacht hatte, dass in seinem Haus seltsame Dinge vor sich gingen und sie ihn als Meister feierten.

Während der ganzen Zeit hörte John konzentriert zu, stellte zuweilen Rückfragen oder nickte. Am Ende fuhr er sich mit den Händen durch die Haare. »Das klingt wirklich verdächtig. Könnte aber auch einfach nur bedeuten, dass er nicht dazu kam, die Anzeige zu machen. Die Kutten – was weiß ich, was das reiche Pack gerade für einen Spleen hat. Wir drucken quasi in jeder Ausgabe irgendeine verschrobene Anzeige irgendeines erleuchteten Kults, der Mitglieder werben will.«

»Du denkst also, es ist nichts?«

»Nichts? Nein. Ich denke, es ist in jedem Fall einen Artikel wert. Seien es abartige Liebesspiele in seinem Folterkeller, illegale Machenschaften bei den neuen Docks oder eine Mordserie.«

»Also sollte ich weiter an der Sache arbeiten?«

Er rieb sich über das stoppelige Kinn. »Ganz ehrlich? Ich weiß es nicht. Die Sache ist gefährlich – ich weiß, das hält dich nicht auf«, fügte er beschwichtigend hinzu.

»Ich bin vorsichtig.«

»Das hoffe ich.« Er blickte ihr fest in die Augen, ehe er eine Schublade aufzog und einen Bogen Papier herausholte. »Aber ich kann dich nicht mehr für die Zeile schreiben lassen, Kate.«

»Was?« Ihre Stimme wurde schrill. »Du hast gesagt, dass ich gut bin! Wieso willst du nicht mehr, dass ich für dich schreibe?«

John hob beschwichtigend die Hände, aber Kate wollte sich nicht beruhigen.

»Na klar, da schreibe ich einen tollen Artikel, werde zu Treville eingeladen und kaum will ich diesem adeligen Schnösel an den Kragen, lässt du mich fallen. Hast du so viel Angst?«

Er lehnte sich wieder in seinem Stuhl zurück und verdeckte mit der Hand das aufkeimende Grinsen in seinem Gesicht.

»Und sieh mich nicht so gehässig an! Ich habe *alles* riskiert, um nach London zu kommen. Denkst du, ich gebe jetzt klein bei? Verdammt, John, das ist nicht fair!«

Er blies hörbar den Atem aus. »Bist du fertig?«

»Ja!« Sie stampfte mit dem Fuß auf und wollte gerade gehen, als er sie zurückhielt.

»Kate!«

»Was ist?«

»Setz dich.«

Er reichte ihr den Bogen Papier, darauf stand fett gedruckt *Arbeitsvertrag*.

Sie überflog die erste Seite und runzelte die Stirn. »Du ... du willst mich fest anstellen?«

Diesmal verbarg er sein breites Grinsen nicht. »Ich sagte doch, ich kann dich nicht mehr für die Zeile schreiben lassen. Am Ende gehst du noch woanders hin.«

»Ist das dein Ernst?«

»Und du musst eine Weile recherchieren, untertauchen und Leute schmieren.« Er schüttelte den Kopf. »Das geht alles viel besser, wenn du die Zeitung im Rücken hast.« Er kritzelte ein paar Anweisungen auf einen anderen Papierbogen, versah ihn mit Unterschrift und Stempel. »Bring das zu Helen. Dein Budget. Wenn du mehr brauchst, sag Bescheid.« Ehe sie zugreifen konnte, zog er das Blatt wieder zurück. »Den Arbeitsvertrag unterschreibst du bitte gleich. Und denk dran, ich erwarte Ergebnisse.«

»Ich werde dich nicht enttäuschen, John.«

Als sie wieder vor dem Zeitungsgebäude stand, konnte sie noch immer nicht begreifen, was gerade geschehen war.

Katelyn Shaw, fest angestellte Reporterin für das *London Journal*.

Sie hatte innerhalb einer Woche geschafft, was ihr in Manchester niemand zugetraut hatte. Und sie würde jetzt nicht aufhören.

Treville, du Schwein, du kommst mir nicht davon.

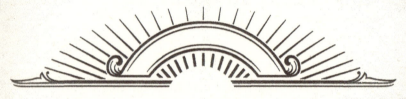

Freitag, 13. September 1895
13:36 Uhr

Lewis

Hinter seiner Stirn saß ein Kobold mit einem Hammer. Und der hatte Spaß daran, ihm bei jedem Schlag seines Herzens einen glühenden Nagel ins Hirn zu treiben. Lewis wagte kaum, sich zu bewegen – zudem brauchte es einige schmerzvolle Hammerschläge, bis er realisierte, dass er in seinem Arbeitszimmer war.

Er saß noch immer in dem üblicherweise bequemen Bürostuhl, nur war das Möbelstück nicht darauf ausgerichtet, dass man die ganze Nacht darin schlief. Sein Kopf musste irgendwann grotesk nach hinten gekippt sein, denn sein Nacken schmerzte fast so sehr wie sein Schädel. Die Sonne schien grell durch die Fenster, die zur Südseite ausgerichtet waren. Gleißendes Licht reflektierte von zwei leeren Glasflaschen vor ihm auf der Tischplatte. Stumme Zeugen seiner nächtlichen Leistung.

Lewis konnte sich nicht einmal daran erinnern, dass er sich eine zweite Flasche Scotch geholt, geschweige denn wie er die schmale Kellertreppe in alkoholisiertem Zustand bewältigt hatte. Chester tauchte plötzlich neben ihm auf, stellte die Vorderpfoten auf die Armlehne, bis er auf Augenhöhe mit Lewis war, und der Atem des Hundes ließ seinen Magen rebellieren.

»Bitte, Chester«, brachte er zwischen den Würgepausen hervor, »mach Platz.«

Als der Dürrbächler keine Anstalten machte, sich zu bewegen, gab Lewis nach und erhob sich aus dem Stuhl, um dem Mundgeruch des Rüden zu entkommen.

Schwerer Fehler.

Die Welt drehte sich rasant.

Der Kobold in seinem Schädel lief zur Hochform auf und trieb ihm Nagel um Nagel in die Stirn.

»Verflucht!«

Er presste die Handflächen gegen die Schläfen, in dem Versuch, den Druck in seinem Kopf auszugleichen – vergeblich. Sobald er die Hände lockerte, kehrte der Schmerz mit aller Macht zurück.

»Manche Menschen trinken Wasser zwischen den Schnäpsen. Das soll helfen«, ertönte Dietrichs Stimme aus Richtung der Tür. »Aber ich bin stolz, dass der Herr ein solcher Purist ist. Wahre Größe zeigt sich immer in unseren Gegnern, nicht wahr?«

»Dietrich, du ... Wie spät ist es?«

»Inspector Powler hat bereits dreimal angerufen. Er erwartet Sie bei Scotland Yard.«

»Hast du ...«

»Ein Muntermacher steht in der Küche bereit. Neben ein wenig Schonkost für den Magen.«

Lewis hangelte sich von Arbeitstisch zu Sessel, Schrank, Tafel und schließlich Türrahmen, ständig in der Angst, seine Knie könnten ihm den Dienst versagen. Das Foyer war eine kleine Mutprobe. Fünf Schritte ohne Stütze würde er bewältigen müssen, ehe er das Geländer erreicht hätte.

Dietrich schnaubte verächtlich. »Ich hole dem Herrn einen Stuhl, dann kann er hier seine wohlverdiente Pause machen.«

Die Aussicht, sitzen zu können, war zu verlockend, als dass Lewis den Butler jetzt zur Rede gestellt hätte. Bilder der vergangenen Nacht blitzten vor seinem inneren Auge auf, manifestierten sich im Dunst seiner Trunkenheit und verschwanden wieder, noch ehe er sie greifen konnte.

Dietrich mit einer Fleischgabel in der Hand – und mit einem Mal wusste Lewis nicht mehr, ob er dem Deutschen wirklich die Leviten lesen wollte.

»Zum Wohl.« Dietrich reichte ihm die scheußliche Flüssigkeit, die ihn in den letzten Tagen immer wieder auf die Beine gebracht hatte.

Was darin war, wusste Lewis nicht – wollte es auch gar nicht wissen. Einzig den starken Minzgeschmack konnte er eindeutig bestimmen.

»Vielleicht sollte ich damit in Produktion gehen«, überlegte Dietrich laut. »Es scheint einen Markt für derlei Muntermacher zu geben.«

»Wieso verspottest du mich?«

»Wie gesagt. Der Herr bekommt von mir das Maß an Respekt, das er sich selbst entgegenbringt.« Er nahm Lewis das leere Glas ab und deutete Richtung Treppe. »Ich habe dem Herrn bereits ein Bad eingelassen. Claire hat heute Morgen die Mäntel bei Ganderson abgeholt. Sie sollten unbedingt Ihre Erscheinung in Ordnung bringen, ehe Sie Inspector Powler gegenübertreten. Und Claire möchte Sie sprechen.«

Powler.

Eine schmerzhafte Erkenntnis durchzuckte Lewis wie ein Blitz. »Er weiß es.«

»Ist das vollkommen sicher?«

Lewis schüttelte den Kopf – was er zutiefst bereute. »Aber er ahnt mindestens etwas.«

»Verstehe.«

Wie immer ließ Dietrich sich nicht anmerken, ob ihn das Gesagte berührte oder nicht. Vielleicht ging er im Geist bereits seine Möglichkeiten durch, wo er sonst Arbeit finden könnte.

»Ich denke, Paul würde dich mit Kusshand nehmen«, versuchte Lewis, die Gedanken des Butlers zu erraten.

Der winkte naserümpfend ab. »Ich könnte niemals mit diesem Fanatiker James unter einem Dach arbeiten. Der Mann ist ein wahres Monster.«

Wieder das Bild von Dietrich mit der Fleischgabel in der Hand. Vermutlich war die Frage nach dem Monster rein davon abhängig, wen man fragte.

»Kannst du nach einer Kutsche schicken lassen? Ich bin in zwanzig Minuten fertig.«

Der Butler hob erstaunt eine Augenbraue. »*Das* wäre eine Leistung, die ich erstaunlich fände.«

»Und sag Claire, dass ich später Zeit für sie habe.«

Er brauchte mehr als eine halbe Stunde. Allein die Treppe zu erklimmen, hatte ihn mehrere Minuten gekostet. Jetzt erwartete Dietrich ihn im Foyer, eine Augenbraue leicht erhoben, doch ansonsten ungerührt.

»Spar's dir.«

Lewis legte gerade die Hand auf die Türklinke, als Dietrich ihn leicht an der Schulter berührte. Die Geste wirkte unbeholfen, als hätte der Butler noch niemals in seinem Leben einen Menschen auf einer … nun ja … eben menschlichen Ebene berührt.

»Dürfte ich den Herrn um einen großen Gefallen bitten?«

Lewis tat für einen Moment so, als müsse er überlegen. Schließlich nickte er. »Jederzeit.«

»Wenn es möglich wäre, würde ich den Herrn bitten, meinen Namen bei der Schilderung der nächtlichen Ereignisse unerwähnt zu lassen.«

»Hast du Angst, dass sie dich verhören?«

»Mitnichten. Ich bitte Sie einfach darum.«

Lewis zuckte mit den Achseln. »Na schön, dann streichen Chester und ich eben das ganze Lob ein.«

Dietrichs Muntermacher wirkte wahre Wunder. Bereits jetzt fühlte er sich nahezu vollkommen nüchtern und bereit für den Tag. Und auch von seinen mörderischen Kopfschmerzen war nichts mehr übrig. Zurück blieb nur das ungute Gefühl, in die Höhle des Löwen zu gehen.

Sollte Powler tatsächlich sein Problem erkannt haben … wie würde er damit umgehen? Würde man alles infrage stellen, was Lewis über die letzten Jahre erreicht hatte? Würde man die Fallanalysen, Empfehlungen und am Ende auch seine Bücher anzweifeln?

Lewis wusste es nicht. Er kannte Powler zu wenig, um dem Mann belastbar einzuschätzen.

Übrig blieb nur die Angst, mit seiner Fahrt nach Scotland Yard in eine ungewisse Zukunft zu steuern. Eine, bei der er nicht einmal allein am Steuerrad seines Schiffes stand.

Vor Scotland Yard wies Lewis den Kutscher an, auf ihn zu warten. Diese Angelegenheit würde nicht lange dauern. Er passierte den Innenhof unbehelligt und ließ sich rasch den Weg zum Büro des Inspectors zeigen.

Powler begrüßte ihn freundlich, aber deutlich verhaltener als sonst. *Er weiß es.*

Vermutlich suchte er bereits nach einer Möglichkeit, Lewis aus dem Fall herauszuhalten. Je weniger die Ermittlungen mit einem Trunksüchtigen zu tun hätten, desto besser.

»Es freut mich, dass Sie sich vom Schock der Nacht erholt haben.«

Lewis taxierte den Mann eine Sekunde zu lang, in dem Versuch, Hohn oder einen Angriff in dessen Worten zu finden.

»Nicht auszudenken«, fuhr Powler fort, »Auge in Auge mit diesen Bestien zu stehen.«

»Ja, eine Erfahrung, auf die ich gern verzichtet hätte.« Der Inspector reichte ihm eine Hand. Indem er ein zwangloses Gespräch begann, überging er die Frage, die wie ein Heißluftballon im Raum schwebte. »Aber Chester hat mir geholfen.«

»Ihr Butler?«

»Mein Hund«, korrigierte Lewis und beeilte sich, hinterherzuschieben: »Dietrich hat die ganze Aufregung verschlafen. Der Mann ist mit einem tiefen Schlaf gesegnet.«

»Verstehe.« Powler machte sich inzwischen Notizen.

Das kleine Büro, das der Inspector sein Eigen nannte, passte knapp dreimal in Lewis' eigenes Arbeitszimmer, doch Powler hatte das Beste daraus gemacht. Es gab Platz für einen recht geräumigen Schreibtisch und zwei Stühle für Besucher, ob Zeugen oder Verdächtige.

Powler setzte den Bleistift ab und tippte mehrmals mit dem Stiftende auf den kleinen Notizblock. Dann öffnete er eine Schublade und zog Simmons' Notizbuch hervor.

»Ich habe mir das hier einmal angesehen. Ich teile Ihre Einschätzung. Darf ich fragen, wie Sie in den Besitz des Buches gelangt sind, Mr van Allington?«

»Natürlich dürfen Sie das, mein lieber Inspector Powler.« Lewis versuchte, ein wenig der früheren Unbeschwertheit zwischen ihnen zu beschwören – mit mäßigem Erfolg. Wer hätte gedacht, dass er eines Tages Powlers Speichelleckerei vermissen würde? Nicht die Speichelleckerei per se, aber die Achtung und Bewunderung, die ihm stets aus Powlers Blick entgegengeschlagen war. Die Art, wie der junge Mann ihn jetzt ansah, gefiel ihm ganz und gar nicht.

Mitleid. Argwohn. Distanziertheit.

»Und?«, fragte Powler, als Lewis die Antwort schuldig blieb. »Wie haben Sie es bekommen?«

»Gefunden.«

»Auf der Straße? In seinem Laden? Bei einer Leiche?«

»Ja.«

»Verstehe.« Powler entließ den Atem in einem frustrierten Schnauben. »Mr van Allington ... bitte verstehen Sie, dass ... nun ...«

»Sagen Sie es einfach, Powler.« Lewis war überrascht, wie müde er klang. Das Versteckspiel hatte ein Ende. Endlich. Auch wenn es ihn alles kostete, so nahm die Wahrheit doch eine ungeheure Last von ihm.

»Ich werde versuchen, Sie so weit wie möglich aus den Akten zu halten. Zu Ihrem Schutz.«

»Verstehe.«

Der Inspector senkte traurig den Blick. »Es tut mir leid. Ich halte Sie noch immer für unfehlbar, aber ... wenn herauskommt, dass ...«

»Ich verstehe«, unterbrach Lewis das Gestammel. Powler sah auf und ihre Blicke trafen sich. »Es ist nicht Ihre Schuld, Inspector.«

Falls Lewis sich ein tröstendes Wort des jungen Mannes erhofft hatte, so wurde er enttäuscht. »Wir werden Simmons noch heute Abend verhaften.« Powler erhob sich und klappte das Dossier zu, das vor ihm auf dem Tisch lag. »Glauben Sie, dass Simmons es ist?«

»Der *Drowner*? Nein.«

Powler seufzte. »Das habe ich befürchtet.«

Lewis erhob sich ebenfalls, griff nach Stock und Hut – wie immer der braune Bowler – und wandte sich zum Gehen.

»Dann läuft das Monster noch frei herum«, stellte der Inspector mit matter Stimme fest.

»Wir haben alle unsere Monster, die uns plagen«, fügte Lewis hinzu und legte den Mantel an.

Powlers Stimme wurde eindringlicher. »Ich hoffe, dass Sie es besiegen.«

Lewis' Hand lag bereits auf dem Türgriff, als er zögerte. Sollte er sich dem jungen Mann erklären? Sollte er ihm sagen, dass es nicht seine Schuld war, dass er trank? Dass es einfach zu viele schreckliche Dinge auf der Welt gab, die nur der Alkohol einen vergessen lassen konnte? Dass stumpfe Betäubung die einzige Rettung vor den Abgründen in seiner Seele war?

»Danke«, sagte er stattdessen, ohne sich noch einmal umzudrehen.

Vor dem Gebäude von Scotland Yard atmete Lewis tief durch. Powler wusste also Bescheid. Das war nicht mehr zu ändern. Und er würde Simmons verhaften, aber Havisham würden sie vermutlich nicht anfassen. Lewis wusste nicht, ob diese Karikatur eines Gentlemans in die Sache verwickelt war, aber wenn Simmons sich solche Mühe gegeben hatte, Teil der neuen Hafenanlage zu werden, steckte mehr dahinter.

Lewis nahm sich eine Kutsche und wies den Fahrer an, ihn zu Lord Havishams Anwesen zu fahren. Sobald er die kleinen Vorhänge zugezogen hatte, fanden seine Finger den Flachmann in seinem Mantel. Dietrichs Muntermacher hatte ihm zwar ein wenig geholfen, doch wenn er den Tag überstehen wollte, musste er auf Altbewährtes setzen.

Die Kutsche hielt vor der großen Stadtvilla, weit nördlich von St Pancras Station. Havisham wohnte eigentlich schon nicht mehr in London, doch dafür genoss er den Einfluss, den er auf die Stadt hatte, umso mehr.

Lewis wurde von einem Diener empfangen, der ihn fragend ansah.

»Lord Havisham erwartet mich bereits«, log Lewis.

»Verzeihen Sie mir, Sir, aber davon weiß ich nichts.«

Lewis tippte ihm mit dem Knauf seines Gehstocks gegen das Revers. »Das Treffen ist ja auch geheim.« Er zwinkerte verschwörerisch. »Sagen Sie ihm einfach, dass Simmons hier ist und mit ihm sprechen möchte.«

Er gab dem Kutscher ein Zeichen, hier zu warten, und wurde ins Haus geführt, wo er in einem pompösen Foyer zurückgelassen wurde. Havisham liebte es, Leute mit seinem Reichtum einzuschüchtern. Deshalb würde er ihn auch einige Minuten schmoren lassen – wenn an der Verbindung zu Simmons nichts dran war. So müsste Lewis noch ein wenig länger vor der lebensgroßen Statue von Lord Havisham verbringen, die in der Mitte des Foyers stand. Ein Abbild des Mannes aus – deutlich – besseren Tagen, für die Ewigkeit in Bronze festgehalten. Auch das gehörte zu Havishams Taktik.

Lewis bereitete sich schon darauf vor, jede Einzelheit der aufwendig bearbeiteten Bronzeskulptur zu betrachten, als Havisham schon allein auf der Treppe erschien.

Es war noch nicht einmal eine Minute vergangen. *Sind wir etwa nervös?*, schoss es ihm durch den Kopf.

Nach der anfänglichen Überraschung setzte Lord Havisham ein breites Lächeln auf. »Mein lieber Lewis!«, begrüßte er ihn übertrieben freudig. »Was kann ich für dich tun?«

Lewis blickte sich verschwörerisch um. Er hatte sich noch keinen genauen Plan zurechtgelegt. Sollte er ihn direkt damit konfrontieren, dass Simmons noch heute verhaftet wurde? Und was dann? Er entschied sich für einen anderen Weg. »Zuerst sollten wir irgendwohin, wo wir ungestört sind.«

Havisham kniff die Augen kurz zusammen, doch einen Lidschlag später klebte wieder das übertrieben freundliche Lächeln in seinem Gesicht. »Aber natürlich. Folge mir.«

Sie gingen in sein Arbeitszimmer, ein Raum so groß, dass man Lewis' halbes Haus darin hätte unterbringen können. Es lag im zweiten Stock des Hauses und überblickte mit seinen vielen Fenstern den Londoner Norden. Lewis stellte sich kurz vor, wie Havisham hier jeden Morgen stand, eine Pfeife in der Hand, und *seine Stadt*, wie er London gern nannte, überblickte. Der Gedanke führte nur dazu, dass er den feisten Mann noch mehr verachtete.

»Darf ich dir etwas anbieten? Scotch?«

»Nein danke.« Er wandte sich um und blickte Havisham fest in die Augen. »Ich komme gleich zur Sache: Ich will einsteigen.«

Havisham blickte gespielt verwirrt umher, doch das kurze Aufblitzen in seinen Augen hatte ihn verraten. »Ich weiß nicht, was du meinst.«

»Die Docks. Ich will einsteigen.«

»Du hast ein Geschäft?«

Lewis lachte trocken auf. »Du missverstehst mich. Ich will nicht handeln, ich will teilhaben. Zwanzig Prozent.«

»Ich fürchte, ich verstehe noch immer nicht, was du meinst.«

Eins musste man Havisham lassen, er versuchte, das sinkende Schiff noch in den Hafen zu bringen.

Lewis seufzte übertrieben. »Simmons wird noch heute festgenommen. Seine irischen Schläger sind schon bei Scotland Yard.« Er hob die Augenbrauen. »Soll ich ihnen auch von dir erzählen?«

Das war der Moment, in dem das Schiff auf den Grund sank. Schweiß schoss auf Havishams Stirn, den er notdürftig mit einem weißen Taschentuch abtupfte. »Aber ... aber ich kann das nicht entscheiden.«

»So? Der große Lord Havisham, der die Untergrundbahnen gebaut hat, kann das nicht entscheiden?«

»Wenn du wüsstest ...«

Lewis zuckte mit den Schultern. »Wie du meinst, dann gehe ich eben zu Scotland Yard.«

Havisham machte einen Satz nach vorn und krallte seine rechte Hand in Lewis' Mantel. »Bitte, das darfst du nicht!«

»Warum nicht?«

Mit einem Mal wirkte der gestandene Geschäftsmann mehr wie ein kleiner Junge, den man bei einer Lüge ertappt hatte. Havisham rang die Hände und spielte immer wieder an dem Siegelring herum, drehte ihn und befühlte das Emblem, das Lewis sich zum ersten Mal genau ansah.

Es zeigte ein stilisiertes Auge, die Pupille wurde von einer Rosenblüte gebildet und Dornenranken formten die Ränder.

»Die sehende Rose«, stieß er aus. Konnte das Zufall sein?

Havisham wurde kreidebleich. »Lewis, bitte, hör auf! Du weißt nicht, womit du dich anlegst.«

»Du hast sie umgebracht. All diese Frauen. Du bist der *Drowner*.«

»Was? Ich ... Nein!«, kreischte Havisham schrill. »Ich habe niemanden getötet. Lewis, das musst du mir glauben.«

Lewis machte einen Schritt auf ihn zu, packte ihn am Kragen und brachte sein Gesicht ganz nah an das des Lords. »Dann erkläre es mir besser schnell. Was wird hier gespielt? Warum macht ein Feigling wie Simmons Geschäfte mit den Iren? Warum ist er bereit zu morden, um in *deine* neuen Docks zu kommen? Und was hast du damit zu tun?«

Havisham liefen die Tränen über die Wangen. »Bitte. Wenn ich den Meister noch einmal enttäusche, bringt er mich um.«

»Du solltest mehr Angst davor haben, was ich mit dir anstelle, wenn du nicht gleich dein Maul aufmachst.«

Havisham krallte abermals seine Hände in Lewis' Hemdkragen und blickte ihn mit weit aufgerissenen Augen an. »Er ist der Teufel, Lewis! Gegen ihn bist du machtlos.«

Dann stieß Havisham ihn erstaunlich kräftig von sich. Für einen kurzen Augenblick standen sie sich gegenüber und sahen einander in die Augen. Und da erkannte Lewis es. Er wusste, wie es enden würde.

»Tu es …«, konnte er noch sagen, das »nicht« ging in Havishams Schrei unter.

Seine Lordschaft riss sich den Ring vom Finger und schleuderte ihn Lewis entgegen, der ihn ungelenk auffing. Diesen kurzen Moment der Ablenkung nutzte Havisham, drehte sich zum Fenster und rannte einfach hindurch. Glas zersprang in einem glitzernden Scherbenregen, als Lord Havisham sich entschloss, aus dem zweiten Stockwerk seines Hauses auf die Granitplatten seines Vorplatzes zu springen.

Es gab nichts, was Lewis hätte tun können.

Ebenso gab es nichts, was das Bild des am Boden zerschellten Körpers jemals wieder aus seinem Hirn tilgen könnte.

Nichts, bis auf eins.

Lewis griff nach der kleinen Flasche in seinem Mantel.

Noch während er die Flasche leer trank, ging er zu Havishams Schreibtisch. Durch das zerbrochene Fenster wurden bereits Schreie laut. Eines der Hausmädchen hatte Havishams Leiche entdeckt.

Lewis wusste, ihm blieben nur wenige Augenblicke – wenn überhaupt –, bis jemand ins Arbeitszimmer kommen würde.

Der Schreibtisch war unverschlossen. Havisham bewahrte allerlei Dokumente darin auf sowie ein paar Notizbücher. Er hoffte darauf, dass seine Lordschaft ähnlich fahrlässig wie Simmons mit den Beweisen für seine Verbrechen umging, wurde aber enttäuscht. Alles, was er fand, waren ein paar Flugblätter, die reißerische Texte enthielten, vom Sturz der herrschenden Klasse sprachen und einer Umwälzung nach Darwins Lehren. Ohne weiter darüber nachzudenken, raffte Lewis so viele der Schriften zusammen, wie er konnte, und steckte sie in eine der geheimen Innentaschen seines Mantels.

Ganderson hatte ganze Arbeit geleistet.

Als er die Schubladen schloss, fiel sein Blick auf eine Karte, die auf dem Schreibtisch lag und halb von der Zeitung verdeckt wurde. Es war eine Art Einladung, doch ohne genaue Ortsangabe oder sonstige Hinweise auf die Veranstaltung.

Aber Lewis erkannte das Siegel. Es war identisch mit dem auf Havishams Ring.

Er steckte die Einladung ebenfalls in eine Manteltasche und hechtete dann auf einen der Sessel, die vor Havishams Schreibtisch standen.

Keinen Moment zu früh, denn gerade kam einer der Hausdiener aufgewühlt in den Raum und starrte ihn entsetzt an. »Mr Simmons, was haben Sie getan?«, schrie er ihm entgegen.

Lewis spielte seine Rolle perfekt, denn alles, was er tat, war, den Dämonen in seiner Erinnerung für einen Moment freien Lauf zu lassen. Er brach in Tränen aus, schüttelte wieder und wieder den Kopf und stammelte vor sich hin: »Tu es nicht.«

Der Butler kam näher, rüttelte an seiner Schulter und zwang Lewis, ihm in die Augen zu sehen. »Was ist passiert?«

»Er ist gesprungen. Ich konnte nicht ... Rufen Sie Scotland Yard.«

Der Butler verschwand wieder durch die Tür.

Und der falsche Mr Simmons folgte ihm.

Als er durch die Haustür trat, gab er dem Kutscher mit einem Nicken ein Zeichen. Dietrich hatte einen hervorragenden Mann ausgesucht, irgendwann würde Lewis sich seinen Namen merken.

»Ich fahre die Kutsche beiseite, damit Scotland Yard genug Platz hat«, verkündete der Kutscher laut und bestieg den Kutschbock.

Als die versammelte Dienerschaft gerade kollektiv auf Havishams Leiche starrte, huschte Lewis unbemerkt in die Kutsche und nach einem Schnalzen der Zügel setzte sich das Gefährt in Bewegung.

Den gesamten Weg zurück in die Devonshire Street spürte Lewis den Knoten, der sich in seinen Eingeweiden gebildet hatte. Havisham war tot und Powler wusste Bescheid. Ohne Zweifel.

Lewis hatte damit gerechnet, dass der Inspector sich stärker von ihm abwenden würde, doch das Mitleid des jungen Mannes wog beinahe noch schwerer. Mitleid machte aus ihm einen verlorenen Geist,

der durch die Zeit driftete, unfähig, sich selbst zu retten. Mitleid bedeutete, dass er schwach war und Hilfe bedurfte.

Und Lord Havisham? Der alte Sack war ein Widerling gewesen, aber was hatte ihn dazu gebracht, sich freiwillig aus dem zweiten Stock seines Hauses zu stürzen?

So tief in Gedanken bemerkte er nicht, dass sämtliche Fensterläden an seinem Haus verschlossen waren.

Dietrich erwartete ihn bereits im Foyer. »Hat Scotland Yard den Fall nun in der Hand?«

Lewis reichte ihm Mantel und Gehstock. »Ja. Powler wird Simmons noch heute festsetzen.«

»Und der *Drowner*?«

»Ich weiß es nicht.« Er blickte betreten zu Boden. »Ich war bei Havisham. Er hat sich umgebracht. Vielleicht war er es.«

Der Deutsche seufzte schwer. »Es tut mir leid.«

»Muss es nicht. Wir haben getan, was wir konnten.«

Dietrich schüttelte den Kopf. »Nein, das habe ich nicht. Ich habe zugelassen, dass der Herr sich gehen lässt.«

Noch ehe Lewis etwas erwidern konnte, hatte der Butler ihn gepackt, ihm einen Arm auf den Rücken gedreht und drängte ihn unerbittlich die Treppe hinauf.

»Dietrich, was tust du da?«

»Etwas, das schon lange überfällig ist.«

»Lass mich los!« Lewis versuchte, sich aus dem eisernen Griff zu befreien – vergeblich. Der hagere Mann gab ihn nicht wieder frei.

Dietrich bugsierte ihn die Treppe hinauf und in sein Schlafzimmer. Dort verfrachtete er ihn mit einem Stoß aufs Bett. »Ich habe Ihnen zwölf Jahre lang treu gedient. Ich habe stumm mit angesehen, wie Sie einen Kampf gegen sich selbst und die Welt führen – einen Kampf, den Sie unweigerlich verlieren müssen. Aber ich habe darauf vertraut, dass Ihr brillanter Verstand Ihnen den Weg weisen würde.« Er deutete auf den kleinen Nachtschrank, auf dem ein Glas jenes widerlich grünen Gebräus stand, das er als Muntermacher bezeichnete. »Aber wir müssen uns beide eingestehen, dass wir uns geirrt haben. Ich habe Sie im Stich gelassen. Und Sie, mein Herr, sind ein selbstmitleidiger Trinker.«

»Selbstmit... Was?«

Lewis verstand nicht, was Dietrich ihm sagen wollte oder mit der ganzen Posse bezweckte, doch allmählich wurde er wütend. »Ich glaube, du vergisst, wo dein Platz ist.«

»Ich denke, es verhält sich eher genau andersherum.«

Er breitete die Arme aus. »Was soll das alles?«

»Sie werden jetzt nüchtern.«

»Ich bin nüchtern!«

»Ich meine vollständig nüchtern«, stellte der Butler klar. »Machen Sie sich keine Mühe, Sie werden hier keinen Alkohol mehr finden.«

Lewis blickte sich um und stellte fest, dass die Fenster nicht nur verriegelt, sondern auch mit Vorhängeschlössern gesichert waren. »Willst du mich einsperren? In meinem eigenen Haus?!«

Dietrich hob tadelnd eine Augenbraue. »Noch immer ein größeres Gefängnis als das, das Sie für sich gewählt haben.«

»Was gibt dir das Recht, so ...«

Der Deutsche baute sich bedrohlich vor ihm auf. »Ich werde diese Form der Selbstzerstörung nicht mehr tolerieren.«

»Dann kannst du gern kündigen«, fauchte Lewis zurück, wohl wissend, dass er hier auf verlorenem Posten kämpfte. Der störrische Mann würde sich nie überreden lassen.

»Damit der Herr sich weiter dem Vergessen hingeben kann? Mitnichten.«

Er machte auf dem Absatz kehrt und zog die Tür hinter sich ins Schloss. Lewis hörte, wie der Schlüssel im Schloss herumgedreht und mit einem Geräusch von Endgültigkeit aus dem Schloss gezogen wurde.

Er war ein Gefangener in seinem eigenen Haus.

Kate

Als sie in Manchester begonnen hatte, die Machenschaften der Kaufleute zu untersuchen, hatte ihr Vater ihr immer gesagt: »Wer profitiert davon? Folge dem Geld.«

Ein Ratschlag, den sie bis heute befolgte. Kate wusste, dass Treville irgendwie in die Morde verwickelt, wahrscheinlich sogar selbst der Mörder war. Und sie wusste auch, das Havisham in der Sache mit drinsteckte. Sie wusste nur nicht wieso. Und sie hatte noch keine Beweise.

Aber sie wusste, dass Havisham eine neue Hafenanlage bauen ließ. Ein perfekter Ort, um sich ein wenig umzusehen.

Sie wartete in ihrem Zimmer, bis Claire zurück ins Wohnheim kam, und passte sie ab, bevor sie in ihrem Zimmer verschwinden konnte.

»Und? Was hat er gesagt?«, fragte sie aufgeregt.

Claire schien ein wenig verstört zu sein, sie war kreidebleich und schüttelte lediglich den Kopf. »Er kann dir nicht helfen.«

»Wie meinst du das? Er hat diese wahnsinnig tollen Bücher geschrieben und so viele Fälle aufgeklärt – natürlich kann er mir helfen!«

»Es geht nicht«, beharrte Claire. »Ich muss jetzt ins Bett.«

»Jetzt? Es ist gerade mal sechs Uhr? Claire, was ist los?«

»Nichts, es ist nur … Nichts. Bitte, ich …«

»Schon gut«, sagte Kate mit freundlichem Lächeln und strich der Freundin über die Schulter. »Ich hätte dich nicht drängen dürfen. Keine Sorge, ich schaff das schon.«

»Bitte sei vorsichtig.«

»Natürlich.«

Kate war vorsichtig. Sie trug ihren ältesten Mantel, den sie noch ein wenig mit Staub und anderem Schmutz verziert hatte, bis sie in dem abgerissenen Arbeiterviertel nicht mehr sonderlich auffiel. Havishams Leute bauten gerade einige Vorrichtungen der Dockanlage und schienen seltsam aufgewühlt. Alle brüllten sich an oder murmelten kopfschüttelnd vor sich hin. Als wäre jemand gestorben.

Sie drückte sich ein wenig herum, ging auf und ab und versuchte immer wieder, unbemerkt einen Blick auf die Konstruktion zu erhaschen. Gerade als sie aufgeben wollte, wurde sie fündig. An einer der Verladerampen kam ihr etwas komisch vor.

Die neuen Dockanlagen waren deshalb so interessant für die Händler, weil sie direkt an der Verladestelle ihres jeweiligen Kais auch die Lagerhalle hatten. Diese Kais waren alle so gebaut, dass die Schiffe sie bei Flut optimal ansteuern konnten und die Gefälle beim Transport am geringsten waren.

Gerade herrschte aber Ebbe und Kate bemerkte, dass unter dem eigentlichen Steg ein zweiter, schmalerer Steg aus dem Wasser ragte. Viel zu schmal und klein für große Frachter, aber gut genug für ein Ruderboot oder andere kleine Schiffchen.

Dahinter lag die Steinmauer der Hafenanlage, die an manchen Stellen noch nicht voll ausgebaut war. Eine Tatsache, die Kate leicht verwunderte. *Wieso bauen sie das Hafenbecken nicht gleichmäßig?*

Sie schlenderte weiter, tat so, als würde sie in die Gegend gehören – eine Tarnung, die bereits einer oberflächlichen Prüfung nicht standhalten würde. Sie wollte näher an den schmalen Steg herankommen. Denn dort tummelten sich erstaunlich viele Seemänner.

Als sie sich sicher war, dass gerade niemand in ihre Richtung sah, ging sie hinter einem Haufen Steine in die Hocke. Sie nestelte oberflächlich an ihren Schuhen herum, als hätte sie ein Steinchen im Schuh, doch währenddessen betrachtete sie weiterhin den schmalen

Steg und den fertiggestellten Teil der Hafenanlage, der jetzt nur noch fünfzig Schritte entfernt lag.

Sie wollte schon aufgeben, sich damenhaft erheben und unauffällig verschwinden, als sie plötzlich einen Hafenarbeiter sah – beziehungsweise nicht mehr sah, denn er verschwand zwischen zwei Säulen und tauchte nicht mehr auf.

Kate kniff die Augen zusammen und suchte die Anlage nach ihm ab – vergeblich. Er blieb verschwunden.

Ein Steg, der bei Flut unsichtbar ist. Und ein Hafenarbeiter, der plötzlich unsichtbar wird. Schmuggler!, dachte Kate sofort. *Die ganzen neuen Docks sind ein einziger Schmugglerhafen!*

Das waren die Beweise, die sie brauchte. Noch nicht genug, um Treville und Havisham des Mordes zu überführen, aber genug, um zumindest die Hafenanlage stillzulegen.

»Was macht so 'ne feine Miss in so 'ner miesen Gegend?«, ertönte plötzlich eine kratzige Stimme hinter ihr.

Kate drehte sich um und erschrak beinahe zu Tode, als sie den Hafenarbeiter erblickte, doch sie bemühte sich rasch um ein Lächeln, das ihr etwas misslang. »Ja, ich fürchte, ich habe mich verlaufen«, gestand sie.

Der Mann winkte ihr mit einer Hand, an deren Ringfinger ein seltsamer Siegelring aus Bronze steckte, ihr zu folgen. »Kommen Sie, ich bringe Sie wieder in die Stadt. Das hier ist nichts für 'ne feine Miss.«

»Vielen Dank, Sir, das ist zu gütig.«

»Jaja.« Er warf ihr einen Blick über die Schulter zu und in diesen war eine plötzliche Kälte gezogen. »Stecken Ihre Nase gern in fremde Angelegenheiten, was?«

»Ich? Also ... nein, ich habe mich nur verlaufen.«

Er blieb stehen und musterte sie von Kopf bis Fuß. »Gehen Sie heim, Miss. Das ist besser.«

Kate nickte und machte sich dann davon. Weg von den Docks und dem gruseligen Gesellen.

Zu Hause im Wohnheim fasste sie die neuen Erkenntnisse zusammen. *Die Docks werden also zum Schmuggeln verwendet ... Was, wenn*

Millie durch einen dummen Zufall davon erfahren hat und deshalb sterben musste?

Sie ging im Zimmer auf und ab. *Aber warum dann eine Mordserie?*, dachte sie weiter an den Fall des *Drowners*.

Nein, die Docks waren nur ein Teil des Puzzles, noch nicht das ganze Bild. Sie musste weitersuchen. Doch für heute hatte sie genug Abenteuer erlebt.

Sie nahm Papier und Füller und begann einen Brief an ihren Vater.

Lieber Papa,

du wirst nicht glauben, was heute passiert ist. Ich bin fest angestellte Reporterin für das London Journal! Deine kleine Tochter!

Bitte sag Mutter, dass ich sie nicht in Kummer stürzen will. Ich war sogar auf der Soiree eines Lords. Das sollte sie milde stimmen. Auch wenn ich keinen der dortigen Männer gewollt hätte.

Ich habe London erobert. Binnen einer Woche bin ich von einer unbekannten Frau zu einer bekannten Reporterin mit einem Leitartikel und einer Festanstellung geworden.

Danke, Papa, dass du immer an mich geglaubt hast. Du ahnst gar nicht, wie viel mir das bedeutet.

Vielleicht können du und Mama mich einmal besuchen kommen?
Ich hoffe, es geht euch gut.

In Liebe
Kate

Samstag, 14. September 1895
13:51 Uhr

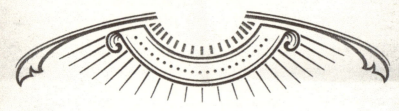

Lewis

Die letzten vierundzwanzig Stunden waren die reinste Hölle gewesen. Nicht nur, dass Dietrich ihm den Alkohol vorenthielt, der mürrische Deutsche wich Lewis auch Tag und Nacht nicht von der Seite. Wann immer Lewis erwachte – meistens von krampfhaftem Durst geplagt –, saß der Butler still in einer Ecke des Schlafzimmers und beobachtete ihn.

Am zweiten Tag hatte Lewis es nicht mehr ausgehalten, hatte ihn angeschrien, ihn mehrmals gefeuert und ihm mit der Polizei gedroht, doch Dietrich hatte all die Beschimpfungen und halbherzigen Schläge erduldet, hatte frische Kleidung bereitgelegt, wenn Lewis' Sachen zu verschwitzt waren, hatte ihm jeden Tag ein heißes Bad eingelassen und ihn mit Essen und Trinken versorgt. Wasser und Tee, dazu leichte Kost.

Je nüchterner Lewis wurde, desto stärker drängten die schrecklichen Bilder aus seinen Erinnerungen an die Oberfläche zurück. Verstümmelte Leichen, Täter, die zu keiner Reue fähig waren, und Blut – so viel Blut.

Mehrmals musste er sich dieser Tage übergeben, und nicht immer lag es am Entzug. In einem Moment war ihm speiübel, im nächsten fror er bis auf die Knochen, nur um danach beim bloßen Gedanken an ein Glas Scotch in Schweiß auszubrechen.

Seine Zunge war schwer, als hätte er Tage durchgesoffen, doch sein Hirn rotierte wie ein liebestoller Märzhase.

»Wieso tust du das?«, fragte er immer wieder am Rande der Bewusstlosigkeit.

Und die einzige Antwort des Butlers war stets: »Weil Sie sich sonst vollends verlieren.«

»Was weißt du schon«, erwiderte Lewis diesmal und wälzte sich im Bett hin und her.

Die Krämpfe ließen tatsächlich nach, sein Körper gewöhnte sich Stück für Stück daran, keinen Alkohol mehr zu bekommen, doch noch war das Verlangen danach ungebrochen.

Dietrich lachte leise.

Der Laut war ungewöhnlich genug, um Lewis in die Wirklichkeit zu holen. Eine Welt, in der seine Kleidung vor Schweiß stank und an ihm klebte. Eine Welt, in der es kein Entkommen vor den Bildern seiner Vergangenheit gab. Eine Welt, in der er jeden Tag mit den Abgründen der Menschheit kämpfte, sie zu seinen eigenen machte und sich einsam gegen sie stellte.

Und Dietrich lachte!

Noch nie hatte Lewis den Butler etwas anderes als schnippische Bemerkungen machen hören. Und auch in diesem Lachen lag keine Freude, eher eine Mischung aus Bedauern und Mitleid.

Wut sammelte sich in seinem Bauch. Dieser selbstgerechte Bastard hatte kein Recht, ihn in seinem eigenen Haus festzusetzen. Was wusste er schon?

»Oh ja, mach dich nur über mich lustig! Was war das Schlimmste, was du jemals gesehen hast? Wie ein Schwein geschlachtet wird?«

»Ich glaube«, setzte der Deutsche an und seine Stimme war plötzlich erstaunlich dünn, »das schrecklichste Bild war das meines besten Freundes. Der Ausdruck in seinen Augen, als er erkannte, dass ich ihn getötet hatte, war schlimmer als die Tatsache, dass ich ihm seine Kehle durchtrennen musste. Wut, Trauer, Unglauben und Bedauern. All das sammelte sich zu gleichen Teilen, floss in stummen Tränen über sein Gesicht, unfähig, seinen Gefühlen Ausdruck zu verleihen, weil aus seinem sich mit Blut füllenden Rachen nur ein verzweifeltes Gurgeln drang. Doch, ich glaube, das war das Schlimmste, was ich jemals sah.«

Nun drehte Lewis sich doch wieder um und blickte den Deutschen mit großen Augen an. »Wer bist du?«

»Ich bin Ihr Butler, Dietrich.«

Lewis schnaubte. »Na schön, ich spiele mit. Wer *warst* du?«

»Das ist eine lange Geschichte.«

»Hol uns eine schöne Flasche Scotch aus dem Keller und erzähl sie mir.«

»Es gibt im gesamten Haus keinen Alkohol mehr, wenn der Herr sich erinnern möchte.«

Lewis zuckte mit den Schultern. »War einen Versuch wert.« Dann blickte er sich im Schlafzimmer um. »Aber wir haben trotzdem Zeit. Und ich glaube, ich habe ein paar Antworten verdient.«

Der Deutsche zögerte, schien mit sich selbst im Widerstreit zu sein, ob er den Schritt wagen sollte. Schließlich gewann ein Ausdruck auf Dietrichs Miene die Oberhand, den Lewis noch nie zuvor gesehen hatte. Eine Form von Erleichterung? »Bevor ich in Ihre Dienste trat, gehörte meine Loyalität einzig der deutschen Krone.« Lewis glaubte zu erkennen, wie der Mann sich straffte. »Ich war Agent seiner Kaiserlichen Hoheit, Wilhelm I. von Preußen.«

»Machst du dich über mich lustig?«

»Nichts läge mir ferner.«

»Du warst ein Spion? Für Kaiser Wilhelm?« Lewis setzte sich schnaubend im Bett auf und blickte dem Deutschen in die Augen. »Und das soll ich dir glauben?«

»Es ist die Wahrheit.«

Lewis schnaubte. »Na schön. Und was bringt dich dann dazu, mein Butler zu werden?«

»Ein gescheitertes Attentat.«

Jetzt hielt es Lewis nicht mehr auf dem Bett. Er sprang auf und marschierte im Zimmer auf und ab. »Du hast versucht, jemanden umzubringen und musstest dann fliehen?«, versuchte er sich an einer Schlussfolgerung.

Dietrich schüttelte den Kopf. »Der Herr kann davon ausgehen, dass die Zielperson tot wäre, wenn ich das Attentat geplant hätte.«

»Und was ist dann passiert?« Über die Aufregung vergaß Lewis sogar für einen Moment den brennenden Durst.

»1883 versuchte eine Gruppe von Anarchisten den Kaiser bei der Einweihung eines Denkmals mit Dynamit zu töten. Dynamit«,

schnaubte er verächtlich. »Theatralisch und unpräzise. Am Tag der Vorbereitung regnete es stark. Das Dynamit und die Zündschnur wurden nass und das Attentat schlug fehl.«

»Wie hättest du es gemacht?«

Dietrich zuckte mit den Schultern. »Die Frage hat sich für mich nie gestellt.«

»Für dich nicht … aber … für jenen Freund, nicht wahr?«, erkannte Lewis.

»Karl war vier Jahre länger als ich im Dienst des Kaisers. Ich habe ihm vertraut, hatte alles von ihm gelernt … und nicht erkannt, dass er für die Franzosen arbeitet.«

»Und als du es herausgefunden hast …«

»… habe ich ihn ausgeschaltet, um meinen Kaiser zu schützen.«

Lewis ging noch immer im Schlafzimmer auf und ab. »Das ist verrückt.«

»Danach konnte ich nicht mehr weitermachen.« Dietrich hielt seinen Blick fest und Lewis fand darin Trauer und alten Schmerz, der sich einen Weg an die Oberfläche brach. »Ich habe alles hinter mir gelassen. Ich bin einfach … verschwunden.«

»Und hier als mein Butler Dietrich – ist das überhaupt dein richtiger Name? – wieder aufgetaucht.«

Jetzt lächelte der Deutsche. »Womöglich war es meine Eitelkeit. Ich wusste, wer Sie waren. Und so ganz konnte ich mein altes Leben wohl doch nicht hinter mir lassen.«

»Wenn ich das geahnt hätte, hätte ich mir vielleicht doch deine Referenzen zeigen lassen sollen.«

»Die wären ganz ausgezeichnet gewesen.«

Lewis runzelte die Stirn. Schließlich entschied er sich, das Thema zu wechseln. Er setzte sich wieder aufs Bett, diesmal Dietrich gegenüber. »Wie gehst du damit um? Wie kannst du deine Vergangenheit hinter dir lassen?«

»Wer sagt, dass ich das tue?«

»Wie schaffst du es dann, nicht daran zu zerbrechen, wie …« *Ich*, vollendete er in Gedanken.

Dietrich überlegte eine Weile, ehe er antwortete. »Wir können unsere Erinnerungen nicht begraben. Begräbnisse sind für Tote da.

Wir leben noch. Ich weiß, was ich getan habe. Und ich weiß, wofür ich all das getan habe. Ich habe getötet – mehr als einmal. Doch es geschah immer, um größeres Leid abzuwenden.«

Lewis schnaubte verächtlich. »So einfach machst du es dir? Ein Leben gegen andere abwägen?«

»Das ist die Moral, nach der ich fünfundzwanzig Jahre gelebt habe, ja.« Der Butler stand auf und legte Lewis eine Hand auf die Schulter. Die Geste hatte nichts Tadelndes, vielmehr lag echte Freundschaft darin. »All die Bilder, die Sie quälen, haben nicht Sie zu verantworten. Im Gegenteil, Ihre Handlungen haben dazu beigetragen, dass die Schuldigen ihrer gerechten Strafe zugeführt wurden. Halten Sie das Andenken an die Opfer in Ehren, aber lassen Sie nicht zu, dass die Abgründe jener Monster Ihre Seele zerklüften.«

Damit verließ er das Schlafzimmer, doch Lewis fiel auf, dass er die Tür diesmal nicht abschloss.

Dietrich erwartete ihn im Arbeitszimmer. Dort hatte der Butler eine große Schiefertafel aufgestellt und ein Stück Kreide bereitgelegt. Auf Lewis' Schreibtisch stand eine Kanne duftenden Tees und es roch nach frischen Minztäfelchen.

»Ich dachte mir, dass Sie die Zeit vielleicht mit Arbeit füllen möchten«, begrüßte ihn der Deutsche. »Wie Sie schon sagten, der *Drowner* ist noch nicht gefasst.«

Lewis machte einen zögerlichen Schritt auf die Tafel zu, schüttelte dann aber den Kopf. »Ich weiß nicht, ob ich das kann, Dietrich.«

»Oh doch, das wissen Sie. Das Können war nie Ihr Problem.«

»Was macht dich da so sicher?«

Dietrich lachte trocken. »Ich habe gesehen, wie der Herr nach einer Flasche Scotch noch haarklein sämtliche Details eines Jahre zurückliegenden Verbrechens rekapitulieren konnte – und eine Theorie dazu aufstellte, die den Täter im Detail beschrieb. Sie haben Angst vor Ihrer eigenen Vorstellungskraft.«

Lewis blickte ihm gequält in die Augen. »Die Bilder lassen mich nicht los.«

»Ziehen Sie Stärke aus ihnen. Die Bilder – die Opfer –, sie sprechen mit Ihnen.« Er nahm das Stück Kreide und drückte es Lewis

in die Hand. »Und jetzt schreiben Sie auf, was wir alles über den *Drowner* wissen.«

Lewis gehorchte. »Da wären die Leichen«, begann er. »Alles junge Frauen, schön und mit roten Haaren. Mindestens eine von ihnen wurde mit einem Stilett erstochen, aber ich vermute, das trifft auf alle Opfer zu.« Die Kreide quietschte über die Tafel und erfüllte den Raum mit ihrem unangenehmen Geräusch. Lewis brach das Stück entzwei und stellte zufrieden fest, dass der kürzere Kreidestummel angenehm leise über den glatten Schiefer glitt. »Der Kartoffelsack«, fuhr er fort. »Die Finnagans beliefern Simmons, aber der hat mit den Morden – zumindest mit diesem – nichts zu tun.«

»Also kommt das Kundenverzeichnis ins Spiel«, gab Dietrich ein Stichwort und Lewis hangelte sich weiter an seinen Erinnerungen und Aufzeichnungen entlang.

»Nicht so schnell«, widersprach Lewis. »Simmons führt uns zu Havisham, der mit seiner Hafenanlage ein neues Schmugglerparadies aufbauen möchte.«

Lewis zog eine Verbindung von Simmons zu Havisham und kreiste den Namen ein.

»Gut«, pflichtete Dietrich bei. »Was hat Havisham Ihnen erzählt?«

»Im Grunde, dass er ein Mittelsmann ist«, überlegte Lewis. »Es gibt jemanden, der im Hintergrund die Fäden zieht.«

»Und kennen Sie den?«

»Noch nicht.« Lewis blickte auf die getrockneten Seiten der Kundenliste der Finnagans. Ein Name stach daraus hervor. »Ich habe Paul immer gesagt, er soll sein Gemüse direkt bei den Iren kaufen ...« Er schrieb Pauls Namen an die Tafel.

»Havisham treibt sich häufiger bei Lord Treville herum, nicht wahr?«, fragte Dietrich leise.

Lewis war dankbar, dass der Butler ihn im Moment nicht dazu trieb, auszusprechen, was sein Unterbewusstsein schon längst aus vollem Halse schrie.

Am Ende blieben zwei Namen übrig.

Havisham und Treville.

Von denen einer bereits tot war.

Lewis ließ die Kreide fallen und trat mit zittrigen Beinen von der Tafel zurück. Er verbarg den Mund unter der linken Hand und schüttelte immer wieder den Kopf. »Das kann nicht sein.«

Dietrich nippte an seinem Tee und blickte ungerührt wie eh und je auf die beiden Namen. »Mir scheint, wir haben einen neuen Verdächtigen gefunden.«

Lewis fuhr herum, als könne er die Erkenntnis so von sich abschütteln. »Wir reden hier von Paul, Dietrich! Er ist mein ältester Freund.« Er ging ein paar Schritte auf und ab, ehe er zur Haustür eilte, die verschlossen war. »Mach auf!«, forderte er von Dietrich, doch der Butler blieb regungslos im Arbeitszimmer stehen. »Dietrich, mach auf, ich muss zu ihm!«

Der Deutsche stellte seine Tasse ab und glättete seine Weste. »Halten Sie das für klug?«

»Was?«

»Nun, angenommen, Ihre schlimmste Befürchtung bewahrheitet sich. Halten Sie es dann für klug, zu dem Mann nach Hause zu gehen und ihm seine Verbrechen vorzuwerfen?«

Lewis hielt inne. Der Ärger über die verschlossene Tür verrauchte und er konnte die Logik hinter Dietrichs Worten erkennen. »Was schlägst du also vor?«

»Laden wir Lord Treville doch einfach auf einen Tee zu uns ein. Es ist viel zu lange her, dass er uns beehrt hat.«

Wieder zuckte das Bild von Dietrich durch seinen Kopf, der mit der Fleischgabel bewaffnet Michael Finnagan beinahe umgebracht hätte. Er wusste nicht, ob er Paul dieser »Behandlung« aussetzen wollte, aber der Gedanke, ihn in den eigenen vier Wänden zur Rede zu stellen, gefiel ihm.

»Ich rufe ihn an.«

Kate

Sie war den halben Tag durch London gerannt, ohne einen nennenswerten Hinweis zu finden. Gegen Nachmittag kehrte sie in ihr Zimmer zurück, mit schmerzenden Füßen und sogar einer Blase am Zeh. Wenn sie weiterhin als Reporterin kreuz und quer durch die Stadt hetzen müsste, wäre ihr aktuelles Schuhwerk denkbar ungeeignet.

Jetzt saß sie an der Schreibmaschine und begann einen Artikel über das ausschweifende Leben der Oberschicht, indem sie von Paul Trevilles Soiree berichtete.

Es klopfte an ihre Zimmertür und nach einem erschöpften »Herein« schwang sie auf und Claire betrat den kleinen Raum.

»Kate, es tut mir leid, dass ich gestern so abweisend war.«

Sie winkte ab. »Schon gut. Er will mir eben nicht helfen.«

Wieder schien Claire sich eine Antwort zu verkneifen, doch Kate hatte keine Lust, erneut nachzubohren. Stattdessen setzte sich das Hausmädchen auf ihre Bettkante und blickte sie aus großen Augen an. »Weißt du, ich bewundere dich.«

»Mich?«

Sie nickte. »Ja, du lebst dein Leben, machst eine verrückte Sache nach der anderen.«

Kate zog eine Augenbraue hoch. »Ich weiß nicht, ob das wirklich gut ist.«

»Ist es«, beharrte Claire. »Ich habe noch nie etwas Verrücktes getan.«

Kate legte den Kopf schief. »Was würdest du denn gern machen?«

Claire überlegte einen Moment. »Ich glaube, ich würde gern mal ein rotes Strumpfband tragen.«

»Oh, wie verrucht«, zog Kate sie auf und Claire lachte.

»Na ja, Mrs Covington erlaubt uns keine Extravaganzen.«

»Ein Strumpfband ist jetzt nicht gleich der Untergang sämtlicher Moral.« Kate seufzte. »Aber meine Mutter ist ähnlich.« Sie deutete auf Claires Haarpracht. »Ich wollte immer mal rote Haare haben, aber meine Mutter hat mir nie erlaubt, sie zu färben.«

Claire schürzte die Lippen. »Deine Mutter ist nicht hier.«

Ein breites Grinsen schlich sich auf Kates Lippen. »Du hast recht.«

»Ich glaube, ich wüsste, wo wir hingehen können«, schlug Claire vor.

»Ja?« Kate war so frustriert wegen des erfolglosen Vormittags, dass sie eine Abwechslung dringend gebrauchen konnte. »Worauf warten wir dann noch?« Und als sie Claire hinter sich aus dem Zimmer zog, fügte sie augenzwinkernd hinzu: »Vielleicht finden wir auch ein schönes Strumpfband für dich.«

Claire führte sie zu einem kleinen Damenfriseur in der Nähe des House of Parliament. Der Laden war hübsch eingerichtet. Dicke Dielen bedeckten den Boden und knarzten bei jedem Schritt, als Kate sich auf den Frisierstuhl setzte.

Der Prozess des Haarefärbens erwies sich als langwierig und vor allem langweilig. Claire blieb jedoch tapfer an ihrer Seite und unterhielt sich mit ihr. Sie sprachen über Millie, Claires Herrschaft und das Leben im Wohnheim. Kate gab sich alle Mühe, nicht wie die neugierige Reporterin zu klingen, die sie nun einmal war, und Claire gab sich wohl alle Mühe, sie wie eine ganz normale Freundin zu behandeln und nicht wie jemanden, der jedes Wort auf die Goldwaage legte.

Als Kate sich endlich im Spiegel betrachten konnte, traute sie ihren Augen kaum. Die Frau, die ihr entgegenblickte, hatte feuerrote Haare, die wie ein Flammenkranz um ihren Kopf wallten.

Ihre Mutter wäre in Ohnmacht gefallen.

»Wie findest du es?«, fragte Claire neugierig.

»Grandios!«, hauchte Kate. Noch nie hatte sie sich so gut gefallen wie in jenem Moment. Sie war nicht länger die kleine Katelyn Shaw

aus Manchester mit den goldenen Haaren und dem zahmen Lächeln im Gesicht. Sie war Kate Shaw, die härteste Reporterin Londons. Und sie würde den *Drowner* überführen!

Sie bezahlte ihre verwegene Mähne mit dem letzten Rest ihres mitgebrachten Geldes, doch der Moment der Wehmut währte nicht lange. Sie war schließlich Kate Shaw, fest angestellt beim *London Journal*. Sie durfte sich diesen Triumph gönnen.

Nachdem sie wieder das Wohnheim erreicht hatten, durchfuhr Kate eine Idee, für die sie sich gleich schalt, sie nicht früher gehabt zu haben. »Sag mal, Claire, hat Millie ein Tagebuch geführt?«

Claire zuckte mit den Schultern. »Schon möglich.«

»Denkst du, ich könnte es mal sehen?«

»Das musst du Mrs Covington fragen.«

Kate sprang auf und rannte die Treppen hinunter. Im Schlepptau zerrte sie die verwirrte Claire mit sich, die sichtlich darum bemüht war, die Hausregeln zu befolgen.

»Eine Dame hetzt niemals!«, hörten sie schon Mrs Covingtons Stimme aus dem Teezimmer.

Kate missachtete ihre Anweisung, stürmte in den kleinen Raum und baute sich vor der alten Dame auf. »Mrs Covington! Könnte ich bitte Millies Tagebuch haben, falls sie eins geführt hat?«

»Aus welchem Grund?« Sie musterte Kates Erscheinung von Kopf bis Fuß und zog die Mundwinkel amüsiert nach oben. »Rot steht dir.«

Kate geriet über das Lob gedanklich ins Straucheln, doch schließlich konzentrierte sie sich. Sie wusste, bei der alten Dame hätte sie nur einen einzigen Versuch. »Ich glaube, dass Millie ermordet wurde, weil sie etwas wusste, das sie nicht hätte wissen dürfen. Und ich hoffe, in ihrem Tagebuch eine Spur darauf zu finden. Bitte. Ich werde Millies Privatsphäre achten und nichts davon in einem Artikel erwähnen.«

Mrs Covington nickte bedächtig. »Ich kann diese Bitte verstehen. Und ich werde es erlauben.«

Kate strahlte bereits vor Freude und wollte der alten Dame um den Hals springen, als diese den Zeigefinger hob.

»Unter einer Bedingung!«

»Ja?«

»Es wird auch keine Kopie des Tagebuchs angefertigt. Und nicht zu weit darin herumgeblättert. Was auch immer Millie geschehen ist, es muss mit den letzten Wochen zusammenhängen.«

Kate nickte. Die Forderung war nachvollziehbar und ergab auch durchaus Sinn. »Einverstanden.«

Mrs Covington überreichte ihr einen Schlüssel. »Alle ihre Sachen sind noch da. Bitte geh sorgsam damit um. Die Familie kommt sie morgen holen.«

»Selbstverständlich. Und danke, Mrs Covington.«

»Sei nur vorsichtig, mein Kind.«

Kate steckte den Schlüssel mit einer Mischung aus Ehrfurcht und Schuldbewusstsein ins Türschloss. Sie hatte Millie nicht gekannt und war jetzt dabei, in ihr Leben einzudringen, es auf den Kopf zu stellen und zu durchkämmen, in der Hoffnung, einen Hinweis auf Millies Mörder zu finden.

Claire stand an ihrer Seite und nickte ihr aufmunternd zu. »Sie würde wollen, dass wir das tun.«

»Also gut.«

Kate drehte den Schlüssel und die Tür schwang nahezu geräuschlos auf.

Das Zimmer präsentierte sich als ordentlich aufgeräumt und schlicht, aber wohnlich dekoriert. Auf dem kleinen Schreibtisch standen einige Bilder ihrer Familie, aber auch eine Fotografie von Lord Treville. Kates Magen krampfte sich ein wenig zusammen.

Vor ihrem inneren Auge spielte sich ein Drama shakespearschen Ausmaßes ab. Millie, unsterblich verliebt in ihre Herrschaft. Lord Treville, ein Schürzenjäger, der ihrer überdrüssig geworden war. Und als die Schwangerschaft nicht mehr zu verbergen war …

Sie schüttelte den Kopf, um ihre Fantasie zu bremsen. Niemand hatte gesagt, dass Millie schwanger gewesen war!

Kate deutete auf Trevilles Foto. »Weißt du, ob sie … besondere Gefühle für Lord Treville gehegt hatte?«

Claire zuckte mit den Schultern. »Millie hat nicht viel über ihn gesprochen.« Sie legte den Finger an die Lippen. »Aber wenn, dann nur in den höchsten Tönen.«

»Hmm.« Kate ging zum Schreibtisch und öffnete die Schubladen. Wie erwartet, fand sie in der obersten direkt Millies Tagebuch. Ein kleines, in rotes Leder gebundenes Notizbuch, das von einem schwarzen Gummiband gehalten wurde.

Es setzte vor einem halben Jahr an, daher überblätterte sie die ersten Seiten rasch. Je weiter sie zum Ende vordrang, desto klarer wurde das Bild.

Vor etwas mehr als zwei Monaten hatte Millie begonnen, Gefühle für Lord Treville zu entwickeln. Offenbar ging es bei dem Vorfall um eine der Soireen des Lords, bei der Havisham – allein den Namen zu lesen, stellte Kate alle Nackenhaare auf – wohl zudringlich geworden war. Lord Treville hatte sie »gerettet«, wie sie immer wieder schrieb.

Allerdings hatte Millie auch ein paar Beobachtungen gemacht, die nur teilweise mit dem Vorfall zu tun gehabt haben. So hatte James einmal sehr von oben herab mit Lord Havisham gesprochen, nachdem ihm der Vorfall zu Ohren gekommen war. Millie glaubte nun, er würde in Trevilles Namen auf sie aufpassen, was sie jeden Tag aufs Neue bekräftigte.

Als Lord Treville allerdings begann, häufiger des Nachts zu verschwinden, wurde Millie misstrauisch und eifersüchtig. Immer wieder hielt sie fest, dass sie sonntags nie bei Treville sein durfte. In der Überzeugung, dass Treville sie heiraten würde, wollte sie der Sache auf den Grund gehen und schlich sich immer wieder sonntags ins Haus.

Beim ersten Besuch fand sie es komplett verlassen vor. Weder Treville noch James waren zugegen. Sie war durchs Haus gegangen und hatte schließlich Licht im Weinkeller gesehen. Dort war ihr aber niemand begegnet.

Das alles wiederholte sich noch ein paar Wochen. An jedem Sonntag ging sie heimlich in Trevilles Haus – dafür nutzte sie ein Fenster im ersten Stock, das sich nicht mehr verriegeln ließ. Über den Wildrosen.

Letzten Sonntag hatte sie wohl so weit gehen wollen, auf Treville zu warten und ihn zur Rede zu stellen. Zumindest war das ihr letzter Eintrag am ersten September.

Kate klappte das Buch zu. Sie konnte sich den Rest der Geschichte vorstellen.

»Denkst du … Denkst du, Treville hat sie umgebracht?«, fragte Claire leise.

Kate zuckte mit den Schultern.

»Wir sollten zur Polizei gehen.«

»Womit denn? Wir haben nur die Schwärmerei eines Dienstmädchens!«, stieß Kate wütend aus. »Niemand wird sich darum kümmern.«

»Du schon?«

In der Frage schwang mehr Hoffnung mit, als Claire vermutlich beabsichtigt hatte, aber Kate konnte dennoch nicht anders, als die Freundin fest in die Arme zu schließen. »Ja. Ich schon.«

Sonntag, 15. September 1895
15:27 Uhr

Lewis

Paul kam der Einladung tatsächlich nach. Lewis hätte nicht damit gerechnet, aber als er ihm am Telefon sagte, dass er mit ihm sprechen müsse, hatte Paul direkt zugesagt. Jetzt stand er in der Haustür und überreichte Dietrich Mantel, Stock und Hut. Außerdem ein kleines, in Papier eingewickeltes Päckchen.

»Lewis, altes Haus, was ist los?« Er blickte sich um und deutete auf eine Skulptur, die neben der Garderobe stand. »Ist das neu?«

»Sozusagen. Ich habe das Ding vor drei Jahren erstanden.«

»War ich schon so lange nicht mehr hier?«

Lewis zuckte mit den Schultern.

Paul legte den Kopf schief und trat zu ihm heran, musterte ihn kritisch und kniff die Augen zusammen. »Du bist krank, kann das sein?«

Lewis schnaubte und warf einen Seitenblick auf Dietrich. »Um ehrlich zu sein, ich werde gerade wieder gesund.«

»Der Alkohol«, schlussfolgerte Paul richtig und Lewis musste mal wieder feststellen, dass sein Freund über eine hervorragende Auffassungsgabe verfügte. Paul klopfte ihm auf die Schulter. »Ich habe dich immer gewarnt, Lewis. Man ertränkt seine Dämonen nicht in Scotch, sondern zwischen den Schenkeln einer Frau!«

»Bitte nicht schon wieder diese Diskussion …«

Pauls entwaffnendes Grinsen war ansteckend. »Na gut, dann sprechen wir eben über deine Trunksucht.« Er zerrte Lewis in den Salon, ließ sich bequem in einen Sessel fallen und blickte sich suchend um. »Wo ist dein Whisky?«

»Dietrich hat ...«

»Ich war so frei, jegliche Versuchungen zu entfernen«, stellte der Butler klar, noch immer das kleine Päckchen in der Hand.

Paul schüttelte den Kopf. »Lewis, du und ich, wir lassen unserem Personal viel zu viel durchgehen. Was soll ich denn jetzt trinken?« Er bemerkte Dietrichs Blick. »Ach so! Das ist Honig, hat James selbst gemacht. Kannst du dir das vorstellen, Lewis? Da geht mein Butler unter die Imker.«

»Wie wäre es mit Tee?«, fragte Dietrich aus dem Hintergrund.

Paul seufzte. »Na schön, dann eben Tee ... An einem Sonntag. Lewis, du weißt gar nicht, wie sehr ich dich liebe, dass ich das hier tue.«

Lewis lachte trocken. »Vergiss das bitte nicht.«

Jetzt wurde Paul hellhörig und setzte sich neugierig auf.

Chester war mittlerweile aus der Küche herübergetrottet und schleckte Lord Treville ungeniert die Hand ab. Der Dürrbächler liebte den Mann. Lewis konnte sich noch gut daran erinnern, dass er als Welpe beim Spielen einen Eckzahn in Pauls Hand ... verloren hatte. Das spitze kleine Ding war so tief eingedrungen, dass Paul noch immer eine Narbe davon trug. Dem Verhältnis der beiden hatte es keinen Abbruch getan.

»Wieso werde ich das Gefühl nicht los, dass es bei diesem Gespräch nicht um dich geht?«

»Wo warst du letzte Sonntagnacht?«

Paul runzelte die Stirn. »Wird das ein Verhör?«

»Antworte einfach auf die Frage.«

Sein Blick wurde kalt wie Stahl. »Also gut, Lewis, weil wir Freunde sind. Und ich keinen Schimmer habe, was du willst, spiele ich mit – noch. Ich war zu Hause.«

»Gibt es dafür Zeugen?«

»Ein Gentleman genießt und schweigt.« Es lag keine Leichtigkeit in seiner Stimme.

»Also nicht.«

Pauls Lächeln wurde breiter, doch seine Stimme blieb kalt. »Keine, die mir helfen würden, meine Unschuld zu beweisen.«

»Hältst du das für ein Spiel?« Lewis musste sich bemühen, die aufkeimende Wut aus seiner Stimme zu verdrängen.

Paul blickte ihn eindringlich an. »Ehrlich gesagt ... ich weiß nicht im Geringsten, wofür ich das hier halten soll.«

»Was weißt du über den *Drowner*?«

»Die Mordserie? ... Moment mal, du denkst, ich ...?«

Lewis stand auf und ging in Richtung seines Arbeitszimmers. »Komm mit, ich zeig's dir.«

Vor der Schiefertafel blieb Lewis stehen und deutete auf Pauls Namen. »Es sind nicht mehr viele Verdächtige übrig, findest du nicht?«

Paul sah sich die Hinweise und Puzzleteile, die Lewis gesammelt hatte, lange an, ehe er den Kopf schüttelte. »Ich fürchte, der Alkohol hat dir schwer geschadet, alter Freund.«

»Du weichst der Frage aus.«

Jetzt fuhr Paul doch zu ihm herum, blanke Wut im Blick. »Ich weiche deiner Frage nicht aus, du Idiot. Ich ignoriere sie, weil unsere Freundschaft beendet ist, wenn du mich zu einer Antwort zwingst!«

»Soll das ...«

»Halt die Klappe!«, unterbrach er ihn. »Ich werde jetzt gehen, Lewis. Und ich empfehle dir, dass du dir einen Drink genehmigst, vielleicht siehst du dann wieder klar.«

Damit rauschte er davon, ohne sich zu verabschieden.

Lewis seufzte und starrte auf seine Schiefertafel. »Wie konnte ich es so lange übersehen, Dietrich?«

Der Butler zeigte wie so oft keine Regung. »Noch ist nichts bewiesen.«

Lewis hob eine Augenbraue. »All die Beweise stehen hier vor uns. Ich habe mich nur geweigert, sie zusammenzusetzen.«

»Indizien. Nicht mehr. Für eine schreckliche Theorie, das mag sein. Aber eine ähnliche Tafel ließe sich auch für Ihren Besuch bei Lord Havisham erstellen, oder nicht? Und der hat Selbstmord begangen.«

»Die Frauen haben aber keinen Selbstmord begangen!«

»Mitnichten. Aber wie gut kennen Sie Lord Treville?«

Lewis berührte die Tafel mit den Fingerspitzen. »Er ist mein bester Freund.«

»Dann sollten Sie ihm vielleicht vertrauen«, schlug Dietrich vor. »Zumindest so lange, dass Sie sich noch mit einer warmen Tasse Tee aufwärmen und die neuen Beweise sichten.«

»Neue Beweise?«

»Der Herr hat jede Menge Handzettel von Lord Havisham mitgebracht, wenn er sich erinnern möchte?«

Lewis schlug sich mit der flachen Hand auf die Stirn. Die Zettel!

Er gab es ungern zu, aber der Alkohol hatte seinen Verstand doch stärker beeinträchtigt als gedacht. Nüchtern wäre ihm ein solcher Fehler nie passiert.

»Du hast recht! Dietrich, sei so nett und mach mir eine neue Kanne Tee. Und rühr etwas von dem Honig rein, mir ist nach einem neuen Geschmack.«

»Tee mit Honig, kommt sofort.«

Lewis widmete sich dem kleinen Zettelhaufen auf seinem Schreibtisch. Die Karte mit dem Siegel darauf fiel ihm als Erstes in die Hände.

Öffnet die Augen, Kinder der Rose.
Da unser Meister endlich erwacht!

»Esoterische Spinner«, murmelte Lewis vor sich hin und nahm einen Schluck Tee. Die Wärme und der Honig breiteten sich wohlig in seinem Magen aus und erfüllten ihn mit einem Gefühl der Ruhe.

Dietrich brachte noch einen Teller mit Shortbread und Schokominztäfelchen, den er neben der Teekanne abstellte, ehe er in einen der bequemen Sessel sank. »Womit haben wir es bei Havisham zu tun?«

Lewis hielt die Einladung in die Höhe. »Ich denke, der alte Havisham war dem Okkulten zugetan.«

»Die Menschen suchen nach Halt, in einer Zeit, in der sie von den Ereignissen überrollt werden.«

»Mag sein, aber ich glaube, den meisten geht es um diese angebliche Sexualmagie.«

»Ich bin glücklich, dass der Herr den Alkohol als sein Laster gewählt hatte. Gegen Syphilis wäre ich machtlos gewesen.«

Lewis lachte und nahm noch einen großen Schluck Tee. »Keine Sorge, ich schade nur mir selbst ... Aber Havisham war zu Lebzeiten ein notorischer Schürzenjäger. Ich könnte mir gut vorstellen, dass ihm ein Kult, der die Frau als reinen Katalysator für die männliche

Magie ansieht, die er Kraft seines Geschlechtsteils in sie pumpt, mehr als nur gefallen hat.«

»Offensichtlich schützte die Magie ihn nicht vor einem Sturz aus großer Höhe.«

Lewis glaubte, ein böses Lächeln auf Dietrichs Lippen zu erkennen, doch als er blinzelte, war es verschwunden. Er wandte sich den übrigen Papieren zu, doch sein Blick hinkte der Kopfbewegung hinterher. Er kannte das wunderbar leichte Gefühl, das sich mit einem beginnenden Rausch anbahnte, doch er konnte sich keinen Reim darauf machen, woher es kam, außer von seinem leeren Magen. Er leerte seine Teetasse und aß dazu ein Stück Shortbread. »Ich glaube, wir haben eine Spur …«

Seine Zunge fühlte sich seltsam schwer und zu groß an. Sie rollte zwischen den Zähnen hin und her und drohte, ihm gleich aus dem Mund zu fallen.

Dietrich war aufgesprungen und schüttete seinen Tee in den Kamin.

»Was macht ihr da?«, fragte Lewis die beiden Butler, die vor ihm standen. »Du bist ein Zwilling?«

Als sein Kopf auf die Zettel aus Havishams Schreibtisch fiel, hörte er Dietrich nur ein Wort sagen: »Opium.«

Kate

Kate hatte lange mit sich gerungen, doch schließlich wusste sie keinen anderen Weg.

Gegen neunzehn Uhr klopfte sie an die Tür des einzigen Mannes, von dem sie hoffte, er würde ihr helfen können.

Aus dem Inneren ertönte eine laute Stimme. »Ich gehe schon, Dietrich!«

Direkt hinter der Tür erklang eine tiefere Männerstimme. »Der Herr vergisst sich vollends. Wir könnten wenigstens den Anschein respektabler Bürger wahren, finden Sie nicht?«

»Ach Dietrich, die Menschen interessieren sich nicht dafür, wer ich bin oder was ich tue. Ich beweise es dir!«

Damit wurde die Tür aufgerissen und Lewis van Allington stand im Türrahmen. »Was kann ich für Sie tun, Miss?«

»Mr van Allington, ich brauche Ihre Hilfe«, begann Kate und streckte ihm die Hand entgegen. »Ich möchte einen Mörder dingfest machen und könnte Ihre Unterstützung gebrauchen.«

»Einen Mörder?« Er blickte sie schief an. »Das überlassen Sie besser mal Scotland Yard.« Er lehnte sich ein wenig nach vorn und flüsterte augenzwinkernd. »Ich bin gerade etwas unpässlich, verstehen Sie?«

»Aber die Polizei interessiert sich nicht dafür!«

Er schwankte ein wenig hin und her. Dann schüttelte er den Kopf. »Ich gebe Ihnen einen gut gemeinten Rat. Gehen Sie heim.« Er wandte sich um. »Chester! Zeit für deine Runde.«

»Oh nein!«, ertönte die andere Männerstimme. »Sie bleiben hier!«

»Bitte, Mr van Allington. Sie sind meine letzte Hoffnung.« Sie blickte ihm fest in die Augen. »Auch wenn Sie wohl nicht Herr Ihrer Sinne sind.«

Er schüttelte den Kopf und sah sie mit einer Mischung aus Trunkenheit und Bedauern an. »Wenn ich Ihre letzte Hoffnung bin, sind Sie verloren.«

Damit knallte er ihr die Tür vor der Nase zu.

Kate unterdrückte ein Schluchzen, wandte sich um und eilte davon.

Durch das Geheule war sie bereits nach drei Häusern außer Atem und blieb stehen. Was sollte sie jetzt tun? Sie hatte es Claire versprochen. Sie hatte es sich selbst für Millie geschworen. Sie würde nicht aufgeben.

London würde sie nicht besiegen!

Kate marschierte in Richtung von Lord Trevilles Stadtvilla.

Sonntag, 15. September 1895
19:51 Uhr

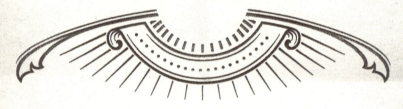

Lewis

Wie war er in sein Bett gekommen? Lewis wusste, dass er irgendetwas Wichtiges vorgehabt hatte. Dass er kurz davor gewesen war, einen Gedanken zu fassen, der immer gerade so außerhalb seiner Wahrnehmung tanzte, ihn lockte, verhöhnte, sich jedoch niemals greifen ließ.

Er wusste auch, dass es etwas mit dem *Drowner* zu tun hatte. Ein wichtiger Hinweis, den er bisher übersah.

Doch sein Verstand machte ihm immer einen Strich durch die Rechnung. Egal wie sehr Lewis sich auch anstrengte, der rettende Einfall wollte ihn nicht ereilen.

»Hallo.«

Die Stimme war warm und tröstend, doch es schwang auch ein wenig Trauer darin. Lewis hätte sie in jedem geistigen Zustand erkannt, unter Tausenden.

Er setzte sich auf und spähte in die Dunkelheit seines Schlafzimmers. »Wie sind Sie hier hereingekommen?«

Sie trat näher ans Bett heran und lächelte sanft. Das Mondlicht, das durch die Fensterscheiben fiel, tauchte sie in einen bläulichen Schimmer. »So viele Tage unterhalten wir uns nun und Sie sind noch immer nicht daraufgekommen?«

Er schloss die Augen und eine Träne rann über seine Wange. »Ich wollte es nicht glauben. Es kann nicht sein.«

»Und dennoch bin ich hier.«

»Ja. Sie sind hier.«

»Sie sind ein guter Mann, Lewis van Allington. Sie haben mehr Stärke in Ihrem Herzen – Ihrer Seele –, als Sie glauben.«

Wie immer war es, als würde sie direkt in sein Innerstes blicken. All die Gefühle, die er so sorgfältig vor dem Rest der Welt verbarg – bei ihr trug er sein Herz wie einen Schild vor sich. Als könne es ihn beschützen und sie zugleich hineinlassen. »Ich weiß einfach nicht mehr weiter. Es sind zu viele Bilder. Zu viele Grausamkeiten und …«

Ihre Hand strich sanft über seine Wange – oder war es nur ein Luftzug aus dem Badezimmer?

»… und Sie sind immer allein?«

»Ja.«

»Eine Bürde, die Sie sich bereitwillig aufladen.«

»Menschen haben Angst vor mir.«

»Nicht alle.«

Er versuchte, nach ihrer Hand zu greifen, doch sie zog sich rasch einen Schritt zurück. »Bitte.«

Sie schüttelte traurig den Kopf.

»Wieso?«

»Nur Sie können mir helfen. Wenn Sie es denn wollen.«

»Das will ich.«

Sie deutete zu seinem Ankleidezimmer. »Dann sollten Sie aufstehen.«

»Das sollte ich.« Er lächelte. Nach allem, was geschehen war, stahl sich ein ehrliches Lächeln auf seine Lippen.

»Sie sind kurz vor dem Ziel.«

Lewis runzelte die Stirn. »Ich weiß, dass da ein Gedanke ist, eine Idee, die ich nicht greifen kann.«

Sie kicherte und es klang wie Musik in seinen Ohren. »Weil Sie sich immer noch vor dem verschließen, was in Ihrer Welt nicht sein darf. Die Freundschaft zu Ihrem Butler. Meine Existenz. Was gibt es noch, das undenkbar erscheint?«

Mit einem Mal war Lewis hellwach. Er lag noch immer in seinem Bett, hatte die Decke unruhig von sich gestrampelt. Er blickte sich im Schlafzimmer um, doch es war leer. »Ein Traum?« Er sprang auf, verließ den Raum und rannte die Treppe hinunter.

Dietrich erwartete ihn bereits am Fuß der Treppe. »Ich glaubte schon, ich muss den Arzt rufen.«

»Wieso?«

»Der Herr führte im Rausch Selbstgespräche.«

Lewis blieb wie vom Blitz getroffen stehen. »Sie war hier«, flüsterte er. »Dietrich, sie war hier.«

Der Butler verengte die Augen zu schmalen Schlitzen. »Niemand außer mir war hier. Claire ist bereits seit Freitag nicht mehr hier erschienen. Ich fürchte, der Herr hat sie vergrault.«

Lewis wedelte wild mit den Händen. »Nein. Sie! Sie sagte es mir. Das letzte Puzzlestück!« Er stürmte an Dietrich vorbei in sein Arbeitszimmer.

Dort sichtete er noch einmal alle Beweise. Den Kartoffelsack, die Fundorte der Leichen, Havisham. Erinnerte sich daran, was der Lord gesagt hatte. Und zuletzt fiel sein Blick auf die Teetasse.

»Ich weiß jetzt, wer der Mörder ist.«

Kate

Nirgendwo brannte ein Licht. Niemand bewegte sich auf dem Innenhof oder hinter den Fenstern.

Lord Trevilles Stadtvilla lag tatsächlich wie eine verlassene Burg inmitten Londons da.

Sie wusste nicht genau, was sie erwartete, aber hier lag die Antwort auf Millies Tod.

Kate überwand das verschlossene Tor, indem sie undamenhaft darüberkletterte. Ihre Mutter wäre außer sich, wenn sie wüsste, dass sie sich dabei den Saum ihres Kleides zerrissen hatte.

Ein kleiner Preis, den sie für die Aufklärung eines Verbrechens zu zahlen bereit war.

Kate huschte im Schatten der Grundstücksmauer über den Hof. Zum Glück hatte Treville keinen ausladenden Garten, eine Einschränkung, den man für eine Residenz so nah am House of Parliament in Kauf nehmen musste.

Der Rosenbusch kam in Sicht. Für einen Moment fragte Kate sich, wie Millie es geschafft hatte, ohne sich die Hände an den Dornen völlig blutig zu stechen, bis sie erkannte, dass jemand die Dornen sorgfältig gekappt hatte.

Sie atmete tief durch und machte sich an den Aufstieg. Die Ranken waren dick und das Holzgitter, an dem sie sich emporwanden, bot Kate zusätzlichen Halt. Das Fenster war tatsächlich unverschlossen, doch es quietschte laut, als sie es aufdrückte.

Das Fenster führte in eines der Gästezimmer. Zu ihrer Erleichterung war es aktuell unbewohnt. Kate warf einen sehnsüchtigen Blick auf das bequem aussehende Bett. Ihr ganzer Plan kam ihr von Minute zu Minute tollkühner vor. Wie viel einfacher wäre es, sich einfach in jenes Bett zu verkriechen und darauf zu hoffen, dass Lord Treville seine Verbrechen vor Überraschung selbst gestehen würde?

Die Korridore im ersten Stock waren ebenso verwaist wie der Innenhof des Anwesens.

Plötzlich kam Kate sich töricht vor, allein und unbewaffnet in das Haus eines potenziellen Mörders einzudringen. Nur mit ihrem Block und Stift bewaffnet. Was wollte sie tun?

Denk dran, du bist nur hier, um die Beweise für den Mord zu finden, sagte sie sich immer wieder.

Sie nahm die Treppe hinab ins Erdgeschoss, erinnerte sich an den Weg, den sie zur Kellertreppe gegangen war.

Aus dem Keller drang ein schwaches Licht. Sie hielt inne, konnte jedoch keine Stimmen hören, daher setzte sie vorsichtig einen Fuß vor den anderen.

Der Keller selbst war nicht erleuchtet, aber an der gegenüberliegenden Wand drang ein goldenes Flackern hinter einem Weinregal hervor. Als Kate näher kam, sah sie, dass vor dem Regal im Boden bogenförmige Kratzspuren waren. Sie befühlte die Regalbretter, doch die Konstruktion schien stabil und ließ sich nicht bewegen. Wäre der verräterische Lichtschein nicht gewesen, sie hätte die Täuschung nicht einmal bemerkt.

So aber machte sie mit den Weinflaschen weiter, bis sie eine fand, die deutlich weniger Staub angesetzt hatte als die anderen. Kate zog an der Flasche und der Mechanismus entriegelte sich mit einem satten Klicken.

Das Regal schwang auf und öffnete sich zu einem Durchgang, der in einen dahinterliegenden Tunnel führte.

Ein Tunnel, der von mehreren Lampen hell erleuchtet wurde.

Sie drückte das Regal ein Stück auf, um hindurchzuschlüpfen. Eine Feder an der Oberseite der Mechanik zog die Geheimtür hinter ihr wieder ins Schloss.

Nun blieb ihr nur noch der Weg nach vorne.

Schritt für Schritt ging sie weiter, folgte dem Licht und passierte mehrere Abzweigungen, die in völliger Dunkelheit lagen. Sie fröstelte. Was auch immer Millie hier unten entdeckt hatte, es hatte ihr den Tod gebracht; und sie war gerade dabei, genau dasselbe zu tun!

Plötzlich hörte sie Gemurmel. Mehrere Menschen, die durcheinandersprachen, stritten.

Kate ging langsamer, blickte sich immer wieder um, ob ihr auch ja niemand folgte.

Bald erreichte sie das Ende des Tunnels und konnte die ersten Personen ausmachen. Alle trugen dunkle Kutten, die ihre Körper komplett verbargen. Sie alle sprachen wild durcheinander, brüllten immer wieder einen Namen: »Baphomet!«

In der Mitte des großen Tunnels konnte sie eine Art Altar ausmachen, vor dem ein weiterer Kuttenträger stand. Er hatte die Hände erhoben und versuchte, die Menge zum Schweigen zu bringen.

»Brüder! Schwestern!«, setzte er an, der Stimme nach handelte es sich um einen Mann. »Baphomet wird herrschen! Schon bald bringt er uns ein Gefäß, das seiner würdig ist.«

Sie glaubte den Sprecher zu kennen, konnte es aber aufgrund des Echos nicht genau sagen.

»Wieso zeigt er sich uns nicht?«, kreischte eine vermummte Frau aus der vorletzten Reihe.

Kate presste sich gegen die Wand, in der Hoffnung, nicht entdeckt zu werden.

»Unsere Gemeinschaft ist nicht stark genug im Glauben«, hielt der Mann vor dem Altar entgegen. »Wir müssen weitere Opfer bringen, ehe wir in seinem Glanz erstrahlen können.«

»Ich bin bereit!«, schrie ein Mann aus der Gruppe. »Nehmt mich!«

»Nein, mich!«, brüllte eine Frau und riss sich beinahe die Kutte vom Leib. »Ich will das Gefäß für den Meister sein!«

Kate schüttelte den Kopf. Sie hatte von solchen Vereinigungen gehört, doch niemals für möglich gehalten, dass sie tatsächlich existierten. Diese Menschen waren allesamt wahnsinnig!

»Das Opfer kam zu uns«, ertönte die Stimme des Mannes vor dem Altar und Kates Blut gefror zu Eis.

Sie hob den Blick und erkannte, dass sie sich in ihrer Überraschung zu sehr bewegt hatte. Die letzte Lampe des Tunnels lag in ihrem Rücken und warf einen verräterischen Schatten in die Halle des Kultes.

»Preiset Baphomet!«

Kate kreischte vor Schreck, doch sie tat, was sie schon von Anfang an hätte tun sollen. Sie rannte um ihr Leben.

Fünf Schritte.

Weiter kam sie nicht, ehe eine Faust sie hart im Rücken traf und zu Boden schickte.

Weiter! Immer weiter!, dachte sie und kroch auf allen vieren vorwärts.

Sie würde niemals aufgeben.

Immer mehr Hände griffen nach ihrem Körper, zerrten, zogen und rissen an ihren Kleidern, Armen und Beinen.

Sie trat jemandem ins Gesicht. Das Gefühl ihres Absatzes, der auf eine Nase krachte, erfüllte sie mit grimmiger Genugtuung. Doch wo sie einen Kultisten abschüttelte, nahm ein anderer seinen Platz ein.

Sie wurde langsamer.

Jemand umklammerte ihr rechtes Bein und sie brauchte einen Moment, um sich freizustrampeln.

Weiter! Nur weiter! Nicht aufgeben, Kate!

Der nächste Schlag raubte ihr die Luft.

Jemand trat ihr heftig in die Seite und sie krümmte sich, hustete und keuchte, weil ihre Lunge ihr kurz den Dienst versagte.

Sie war am Ende.

Unzählige Hände griffen nach ihr, packten sie und zerrten sie auf die Füße.

Sie schleiften sie zum Altar, wo der Rädelsführer schon auf sie wartete.

Als man sie zwang, ihn anzusehen, nahm er die Kapuze ab.

Es war James.

Sonntag, 15. September 1895
23:22 Uhr

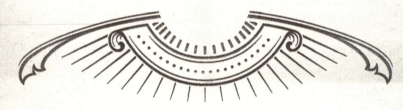

Lewis

Er hatte auf eine Kutsche verzichtet und war den Weg bis zu Pauls Haus gelaufen. Die frische Luft hatte ihm geholfen, die letzten Reste des Opiums aus seinem Kreislauf zu schütteln. Lewis sinnierte kurz darüber, ob er es seinem Alkoholkonsum zu verdanken hatte, dass sein Körper den Rauschzustand so schnell wieder überwunden hatte, doch das war eine Frage für einen anderen Tag.

Er befühlte noch einmal seine Manteltaschen. In den geheimen Innentaschen ruhten zwei Schlagringe, die er hoffentlich nicht brauchen würde, dazu trug er *den Stock* bei sich. In einer der Außentaschen hatte er Havishams Einladungskarte und die Flugblätter verstaut. Und den Siegelring trug er am Ringfinger, auch wenn er ihm ein wenig zu groß war.

Dietrich hatte ihm geholfen, den Ring mit einem Tropfen Siegelwachs an seinem Finger festzukleben. Einer oberflächlichen Prüfung würde die Täuschung sicher standhalten. Als er die Devonshire Street verlassen hatte, hatte er Dietrich angewiesen, zu Scotland Yard zu gehen und nach Inspector Powler zu verlangen. Er wollte ein wenig Vorsprung vor der Polizei, das war er Paul schuldig.

Trevilles Stadtvilla wirkte verlassen. In keinem Fenster brannte Licht. Lewis hielt unter einer Straßenlaterne und überflog noch einmal die Flugblätter. *Wir sitzen an der Wurzel und wachsen in die Welt.*

Was Lewis zu Beginn noch für mystischen Schwachsinn gehalten hatte, waren Metaphern. Die Wurzeln unter der Stadt – die Untergrundbahn. Havisham hatte sie mit gebaut, Leute wie Paul hatten geheime Zugänge zu den stillgelegten Versorgungsschächten. »Die Wurzeln Londons.«

Lewis kannte nicht viele der geheimen Gänge, aber er verwettete seine Seele darauf, in Pauls Keller einen Zugang zu Londons Unterwelt zu finden.

Niemand hielt ihn auf, als er Pauls Innenhof betrat. Niemand kam ihm entgegen. Es war, als wäre die Villa komplett verlassen. Nur die Haustür war verschlossen, doch Lewis hatte sich Dietrichs Einbrecherwerkzeug ausgeliehen. Nach ein paar Versuchen gelang es ihm auch, die Stifte im Schloss in die richtige Richtung zu bewegen und die Tür leise zu öffnen.

Er kannte Pauls Haus fast ebenso gut wie sein eigenes, so viele Abende hatte er hier verbracht. Darum bewegte er sich mit schlafwandlerischer Sicherheit durch die stockfinsteren Flure, bis er die Kellertreppe erreichte. Die Öffnung war schon vor der letzten Biegung auszumachen – dort unten musste ein Licht sein.

Lewis arbeitete sich langsam bis an die Türöffnung heran und wartete. Keine Stimmen, keine Atemgeräusche – nichts. Er spähte um die Ecke und fand die Treppe verlassen vor. Lediglich ein sanfter Lichtschein drang vom Keller empor.

Stufe um Stufe schritt er die Treppe hinab, darauf bedacht, kein unnötiges Geräusch zu erzeugen, was von dem einen oder anderen verräterischen Knarzen sabotiert wurde. Den *Stock* hielt er bereits in der Linken auf Höhe der Hüfte, um den Degen möglichst schnell ziehen zu können.

Doch auch der Keller selbst präsentierte sich verlassen. Lewis ging vorbei an Regalen, Schränken und Truhen. Er folgte dabei einer Ahnung, wenn er sich die Lage des Hauses besah. Am anderen Ende des Kellers war Pauls ausladendes Weinregal. Von hier kam auch das Licht, denn eine einzelne Öllampe verrichtete hier stumm ihren Dienst.

Lewis fuhr mit der Hand die Weinflaschen entlang, bis er einen französischen Rotwein von 1837 erreichte, das Krönungsjahr von Königin Victoria. Paul hatte schon immer ein Faible für die Monarchie gehabt, aber besonders für die amtierende Königin.

Für Königin und Vaterland, rezitierte er in Gedanken.

Lewis zog an der Flasche, die sich als Attrappe herausstellte, das Regal schwang auf und dahinter öffnete sich ein erleuchteter Tunnel. »Für Königin und Vaterland«, huschte leise über seine Lippen, ehe er die Laute zurückhalten konnte.

»Wenn du weitergehst, wirst du das hier brauchen«, ertönte eine vertraute Stimme hinter ihm.

Lewis drehte sich langsam um und blickte in Pauls trauriges Gesicht. In den Händen hielt er eine schwarze Kutte.

Paul blickte beschämt zu Boden. »Ich wollte nicht, dass es so weit kommt.«

»Ich weiß.« Lewis zögerte einen Moment. »Hast du was damit zu tun?«

Paul schüttelte den Kopf. »Ich habe nur zu lange nicht hinsehen wollen.« Paul seufzte tief und schüttelte abermals den Kopf. »Ich war so blind. Noch bis zu unserem Gespräch habe ich es verdrängt. Als ich wieder hier ankam, war er verschwunden. Ich habe das halbe Haus auf den Kopf gestellt und die Kutte gefunden. Ich war so dumm!«

»Wie hättest du es wissen sollen?«

»Wie hast du es herausgefunden?«

»Es kann nicht sein, was nicht sein darf«, sagte Lewis. Und als Paul nicht zu verstehen schien, fügte er hinzu: »Der Honig war mit Opium versetzt. Aber das Glas war versiegelt, als du bei mir ankamst.«

Ein leises Lachen entfuhr Pauls Brust. »Wie immer brillant, Mr van Allington.«

»Ich verstehe nur eins nicht«, fuhr Lewis fort. »Warum hast du es nicht bemerkt?«

»Weil nicht sein kann, was nicht sein darf. Ich habe weggesehen, Lewis. Habe mich amüsiert. Wer achtet schon auf seinen Butler? Ich habe diese Frauen ...«

»Nicht umgebracht«, vollendete Lewis den Satz.

»Wenn ich es gewusst hätte ...«

Lewis nickte. Paul war ebenso blind gewesen wie er selbst. Er musste an Dietrich denken. An die Tatsache, dass sein Butler bis vor Kurzem ein völlig Fremder für ihn gewesen war. »Wir kümmern uns viel zu wenig darum, wer sie sind.«

»Sie sind unsere Diener«, antwortete Paul matt. »Alles andere ist nicht von Bedeutung.« Er schnaubte. »Ich werde das ändern, Lewis. Ich werde etwas bewegen. Das bin ich ihnen schuldig.«

Lewis nahm ihm die Kutte ab, doch bevor er sie sich überzog, kam ihm noch eine letzte Frage in den Sinn. Sie war nicht mehr von Bedeutung für das große Ganze, doch es war ein Rätsel, das er ergründen wollte. »Wo warst du letzten Sonntag?«

Paul lächelte schmal. »Bei Sophia.«

Lewis schüttelte schnaubend den Kopf. »Du …«

»Was soll ich sagen?« Er versuchte sich an einem entwaffnenden Lächeln, doch es verendete auf halbem Weg.

»Scotland Yard wird bald hier sein.«

Paul nickte. »Ich zeige ihnen den Weg.«

Bevor Lewis sich umwandte und in den Tunnel verschwand, legte er Paul noch einmal die Hand auf die Schulter. »Es tut mir leid, dass ich an dir gezweifelt habe.«

»Du warst betrunken.«

Lewis schüttelte lächelnd den Kopf und ging weiter.

Für einen geheimen Kult entpuppte es sich als erstaunlich einfach, dem Weg zu folgen. Vermutlich weil der, der ihn zuvor beschritten hatte, nicht damit rechnete, dass man ihm folgte.

Lewis erreichte nach einigen Abzweigungen, die allesamt erleuchtet waren, einen breiten Tunnel. Er wusste nicht genau, wo er sich befand, aber er vermutete, dass es einer der zwar geplanten, aber am Ende doch nicht genutzten Bahntunnel war. Havishams Leute hatten sich bei den Landvermessungen häufiger geirrt, als allen Beteiligten lieb gewesen war. Und so waren mehrere breite Stollen gehauen worden, durch die man niemals Gleise verlegen würde, weil sie für eine Weiterführung ungeeignet waren.

Ein solcher Tunnel diente *der Sehenden Rose* ganz offensichtlich als Versammlungsort. Lewis zählte zwanzig weitere Kuttenträger, die andächtig der Predigt ihres Meisters lauschten, wie sich die Vorsteher solcher okkulten Zirkel gern nannten.

»Schon bald, meine Brüder und Schwestern, werden wir Darwins Worte wahr machen und die Welt in Blut ertränken. Wenn unser aller

Herr, Baphomet, erwacht, werden die Schwachen gerichtet und die Starken herrschen! Keine Stände. Keine Klassen! Nur die Jünger der Sehenden Rose!«

Lewis musste ein Schnauben unterdrücken, als die Menge frenetisch jubelte. *Idioten.*

Er konnte nicht so recht sehen, was dort vorne vor sich ging, also mischte er sich so gut es ging unter die Menge, wiegte sich im Takt und hielt den Kopf gesenkt. Den *Stock* hielt er unter der Robe versteckt, doch er war Dietrich dankbar dafür, dass er darauf bestanden hatte, dass Lewis sich diesmal besser schützte.

»Baphomet!«, brüllte der Meister erneut. »Er wird uns alle erleuchten! Er wird die Welt erschüttern! Diesem Gefäß wird er entspringen!«

Beim letzten Satz wurde Lewis hellhörig und blickte auf. Die Menge tat es ihm gleich, doch zwischen den Köpfen der umstehenden Vermummten erhaschte er einen kurzen Blick auf eine Art Altar, auf dem er ein Paar nackter Füße erkennen konnte.

Er musste weiter nach vorne!

Lewis nutzte die nächste Woge, die durch die Menge ging, um sich an zwei Kultmitgliedern vorbeizudrängeln. Zu seiner Erleichterung empfanden sie es offenbar nicht als ungewöhnlich – im Gegenteil, alle Anwesenden drängten nun in Richtung Altar. Jeder wollte den besten Blick auf das bevorstehende Spektakel haben.

»Ihr Leib wird unserem Herrn als Leuchtturm dienen!«, kreischte der Meister nun und reckte ein glühendes Stilett empor. »Ihr Blut ist die See, die er durchstreift! Preiset Baphomet!«

Lewis hatte die vorderste Reihe beinahe erreicht.

Endlich hatte er freie Sicht auf die Frau auf dem Altar.

»Bei Gott!«, entfuhr es ihm und er sprang nach vorn.

Kate

Schon bald, meine Brüder und Schwestern, werden wir Darwins Worte wahr machen und die Welt in Blut ertränken. Wenn unser aller Herr, Baphomet, erwacht, werden die Schwachen gerichtet und die Starken herrschen! Keine Stände. Keine Klassen! Nur die Jünger der Sehenden Rose!«

Die Menge brach in frenetischen Jubel aus, während James sie mit einer Mischung aus Erregung und Wahnsinn in den Augen anstarrte.

Kate blinzelte eine Träne hinfort, die über den Augenwinkel in ihrem Haar verschwand.

James fuhr ihr mit der Hand durch die roten Locken und kringelte sich immer wieder einzelne Strähnen um den Zeigefinger.

Wie gern hätte sie ihm gesagt, dass die Farbe nicht echt war. In Kates Vorstellung hätte diese eine Verwechslung vielleicht dazu geführt, dass er seinen Plan aufgegeben hätte.

Doch er ließ von ihr ab und wandte sich wieder der Menge zu. »Baphomet!«, brüllte James erneut. »Er wird uns alle erleuchten! Er wird die Welt erschüttern! Diesem Gefäß wird er entspringen!«

Kate wurde schlecht. Bei der Vorstellung, was er mit Gefäß und entspringen andeutete, verknotete sich ihr Magen so heftig, dass er drohte, sämtliche Mahlzeiten der letzten Woche hochzuwürgen.

Sie formte so gut es ging ein stummes »Bitte« mit den Lippen, aber der Wahnsinnige schenkte ihr keine Beachtung.

»Ihr Leib wird unserem Herrn als Leuchtturm dienen!«, kreischte James nun und reckte ein glühendes Stilett empor. »Ihr Blut ist die See, die er durchstreift! Preiset Baphomet!«

Kates Augen weiteten sich vor Schreck, als James das Stilett ganz nah an ihr Gesicht brachte. Mit der freien Hand fuhr er über ihren Körper, berührte sie ungehemmt und genoss jeden Laut ihrer Abscheu.

James beugte sich über ihr Gesicht und sprach so leise, dass nur sie ihn hören konnte. »Sie hätten nicht herkommen sollen, Miss Shaw.«

Und da wusste Kate, dass es kein Entrinnen mehr gab. Er hatte sie erkannt. Die roten Haare hatten ihn nicht getäuscht. Er hatte sie sofort wiedererkannt. Aber wozu dann dieses Schauspiel? Als sie sah, wie die Menge ihn feierte, weinte sie heiße Tränen, die über ihre Schläfen entschwanden. James genoss die Macht. Die Menge wollte eine rothaarige Frau sehen, mehr war nicht von Bedeutung.

James befühlte mit der freien Hand die linke Seite ihres Brustkorbs, straffte die Haut und seufzte vor Verzückung, als die heiße Spitze des Stiletts so nah an ihrem Körper war, dass die Hitze allein dafür sorgte, dass sich die Haut zusammenzog.

Kate ging so vieles durch den Kopf. Dinge, die sie nicht mehr würde tun können. Die schönen Momente ihres Lebens. Sie konzentrierte sich auf ihre Eltern. Sie wollte keine Angst haben. Sie wollte an die Menschen denken, die sie liebte und die sie nun nie wiedersehen würde.

Der Stich schmerzte nicht.

Das Stilett glitt mit einem widerlichen Schmatzen in ihren Körper, die Wundränder verkohlt von der Hitze, und der Gestank verbrannter Haut erfüllte ihre Nase. Blut quoll aus der Lunge in ihren Mund.

Als ihr Herz durchbohrt wurde, fühlte sie den heißen Schmerz, den sie an der Haut erwartet hatte.

Der Muskel in ihrem Körper wehrte sich gegen die Wunde, krampfte, kämpfte – doch am Ende würde er verlieren.

Ihre Lider flackerten, an den Rändern ihrer Sicht breitete sich bereits die ewige Nacht aus.

Weit entfernt hörte sie die Stimmen, die laut wurden, Baphomet priesen und doch lautstark betrauerten, dass ihr Meister sich nicht aus Kates sterbendem Körper erhob.

»Bringt sie weg«, war der letzte klare Satz, den Kate verstand, ehe ihre Ohren den Dienst versagten.

Doch sie wollte verdammt sein, wenn sie so leicht aufgab.

Weg bedeutete Freiheit.

Ein Funke in ihrem Geist weigerte sich zu verlöschen.

Du bist die stärkste Seele, die ich kenne, ertönte die Stimme ihres Vaters in ihrem Kopf. Leitete sie, hielt sie fest.

Kate ließ nicht los.

Sie ahnte mehr, als dass sie es wirklich fühlte, dass man sie davonbrachte. Ihren Körper in einen Sack steckte und schließlich in die Themse warf.

Ihr Geist trieb auf den Wellen dahin, wusch alles von ihr ab. Sie verlor sich in der Zeit, klammerte sich nur an ein Gefühl: Trauer. Sie wusste, dass sie trauerte. Um sich, die anderen toten Frauen, Millie, Claire, die sie nun nie wiedersehen würde – doch je länger sie trauerte und dahintrieb, desto mehr verblasste alles andere vor ihr.

Wer war sie?

Die Trauer wusch ihren Namen weg.

Die Trauer wusch ihre Erinnerungen fort.

Als der Sack ans Ufer gespült wurde, löste sich die letzte Verbindung zu dem Körper darin, der mal ihrer gewesen sein könnte. Sie blieb zurück, eine Frau in weißem Kleid, ohne Ziel. Ohne Anker. Ohne Wiederkehr.

Sie rief. Um Hilfe, um Vergebung, nach Vergeltung.

Sie rief den Ruf der Rusalka.

In der Hoffnung, dass ihn jemand erhörte.

Montag, 16. September 1895
01:42 Uhr

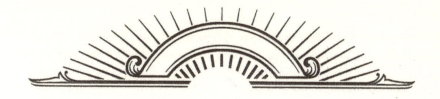

Lewis

Claire!
Lewis sprang nach vorn, wobei ihm die Kutte von den Schultern rutschte. Einer der Kultbrüder wollte ihn aufhalten, bekam aber nur eine Handvoll Stoff zu fassen und die Verkleidung fiel vollends von ihm ab.

Lewis zog den Degen und schlug das Stilett genau in dem Moment beiseite, als der Kultmeister es in Claires nackte Brust stechen wollte.

»James!«, brüllte er. »Du Wahnsinniger!«

Die Menge schrie aufgebracht, doch noch wagte niemand ihn anzugreifen.

Pauls Butler hatte sich rasch wieder unter Kontrolle und holte erneut mit dem Stilett aus, doch Lewis stach ihm mit einem Ausfallschritt ins Handgelenk.

James schrie auf und taumelte zurück, wobei er Lewis den Degen aus der Hand riss. Der zögerte nicht einen Augenblick, fischte die Schlagringe aus dem Mantel und stürzte dem Butler hinterher.

»Du Monster!«, brüllte er dabei unentwegt.

James wich den Schlägen aus und hielt plötzlich Lewis' Degen und das Stilett in der Hand – nicht ganz nach Plan. »Baphomet wird kommen!«

Lewis knurrte wütend. »Ihr Fanatiker mit eurem Glauben. Baphomet, Satan, Luzifer – all die Mächte, die euch von jeglicher Verantwortung befreien, weil sie euch angeblich lenken.« Er trat einen Schritt von James zurück und stellte sich schützend vor Claire, die gefesselt und geknebelt auf dem Altar lag und ihn aus tränenerfüllten Augen anstarrte. »So funktioniert das Ganze nicht!«, schrie Lewis wütend heraus. »Wenn überhaupt, hat Gott uns so erschaffen, dass wir Verantwortung für uns und unser Handeln übernehmen.« Er deutete auf den Tunneleingang, durch den er gekommen war. »Und wo wir von Verantwortung sprechen, Scotland Yard ist unterwegs!«

Mehr brauchte es nicht, um das absolute Chaos auszulösen. Die Kultisten stoben wie kopflose Hühner durcheinander und flohen in einige der umliegenden Tunnel. Zwar ärgerte es Lewis, dass er Powler so der Möglichkeit beraubt hatte, so viele Verhaftungen wie möglich vorzunehmen, aber im Moment ging es ihm eher darum, die eigenen Überlebenschancen zu erhöhen.

»Dafür wird Baphomet dich richten!«, brüllte James und stürzte sich auf ihn.

Lewis wich dem Degen aus und ließ zu, dass das Stilett sich in seinem Mantel verfing und den Stoff ansengte. Er überbrückte die Entfernung zwischen sich und James und drosch ihm eine schlagringbewehrte Faust ins Gesicht.

Der Butler taumelte einen Schritt zurück, doch Lewis setzte mit einem Kinnhaken nach, der James endgültig zu Boden schickte. Lewis trat die Waffen beiseite und blickte sich um. Just in diesem Moment ertönte das vertraute Geräusch von Trillerpfeifen aus dem Tunnel. Powler stürmte die Szene mit vermutlich jedem Polizisten, den er um diese Uhrzeit hatte finden können. *Goldene Stunde für Einbrecher*, dachte Lewis matt und wandte sich wieder James zu. »Und dich wird ein Richter zum Strick verurteilen.«

Ehe die Polizisten den Altar erreichten, zog Lewis seinen Mantel aus und bedeckte Claires nackten Körper. Dann nahm er ihr den Knebel ab und löste ihre Fesseln.

»Geht es dir gut?«

»Sie haben mich gefunden!« Sie warf sich ihm an den Hals, wobei der Mantel wieder verrutschte und Lewis seine liebe Mühe hatte, die Blöße seines Hausmädchens vor gefühlt dreitausend jungen Polizisten zu verbergen. Schließlich gelang es ihm, die Arme schützend um sie zu legen und sie ein wenig zu beruhigen. »Alles wird gut.«

»Es war so schrecklich«, schluchzte sie. »Ich wollte sie doch nur finden. Also habe ich mich mit James getroffen … Ich konnte es doch nicht wissen … Ich wollte sie nur finden.«

»Alles ist gut«, sagte er immer wieder und strich ihr übers Haar. »Alles ist gut.«

»Er hat sie getötet. Sie alle getötet.«

»Ich weiß.« Ein seltsames Gefühl breitete sich in seiner Magengrube aus. »Wie hieß sie?«

»Kate. Ihr Name war Katelyn Shaw.«

Lewis hatte das Gefühl zu fallen, ohne jemals aufzuschlagen.

Plötzlich stand Dietrich neben ihm und deutete auf Claire. Der Butler reichte ihr eine der Roben, die sie noch über den Mantel zog. An Dietrichs Seite stand Chester, wedelte fröhlich mit dem Schwanz und schien von alldem nur mitzunehmen, dass er endlich einen neuen Winkel der Stadt hatte beschnüffeln können.

»Ist alles in Ordnung?«, fragte der Deutsche und musterte Lewis.

»Ja«, antwortete er mit einem Kopfnicken und sah sich noch einmal um. James lag noch immer bewusstlos am Boden. Scotland Yard verfolgte die Kultanhänger und Powler kam Schritt für Schritt näher. »Bring Claire nach Hause«, bat Lewis. Als Powler gerade protestieren wollte, hielt er ihn mit erhobener Hand zurück. »Sie wird morgen ihre Aussage machen, Inspector. Sie braucht Ruhe.«

Powler musterte ihn kritisch, nickte aber dann. »Und Sie?«

»Mir geht es gut, keine Sorge.«

»Was ist hier geschehen?«

Lewis klopfte dem Inspector auf die Schulter. »Was hier geschehen ist? Sie, mein lieber Powler, haben gerade den *Drowner* festgenommen.«

Der Inspector lächelte breit. Da war er wieder. Der Blick, den Lewis einerseits lästig fand, der ihn aber andererseits auch erfreute. Bewunderung. »Sagen Sie, Mr van Allington, vorgestern ist ein Mann zu Lord Havisham gegangen und hat sich als Mr Simmons ausgegeben … Sie wissen nicht zufällig etwas darüber? Ich würde den Mann zu gern zum Ableben des geschätzten Lords befragen.«

Lewis rieb sich das Kinn. »Da kann ich Ihnen leider nicht weiterhelfen, mein lieber Inspector. Aber ich verwette mein nächstes Buch

darauf, dass, wer auch immer das getan hat, derjenige nichts mit dem Selbstmord von Lord Havisham zu tun hatte.«

»Selbstmord, wie?«

»Wenn Sie mich fragen, liegt das auf der Hand. Havisham hat die eigene Schuld nicht länger ertragen, würde ich annehmen. Und da ist er gesprungen ... Vermutlich.«

Powler nickte langsam und notierte sich etwas in seinem Block. »Gut möglich.«

»Vielleicht wollen Sie sich ja einmal die neuen Dockanlagen anschauen, die er gebaut hat. Ich wette, dass man dort einiges findet, wofür es sich zu sterben lohnt.«

James wurde gerade von zwei Polizisten in Eisen gelegt und davongeschleift. Dabei blitzte an seiner rechten Hand der silberne Siegelring auf.

»Okkultisten«, stellte Powler mal wieder das Offensichtliche fest. »Magie und Hokuspokus. Werden die Leute denn niemals klüger?«

Lewis zuckte mit den Schultern. »Vielleicht, irgendwann. Bis dahin werden wir nur schneller.«

»Begleiten Sie mich noch zu Scotland Yard?«

Lewis schüttelte den Kopf. »Ich muss noch etwas erledigen. Aber ich komme morgen mit Claire vorbei, einverstanden?«

Powler reichte ihm zum Abschied die Hand und Lewis ergriff sie aus vollem Herzen.

Während des gesamten Weges ging ihm ihr Name nicht mehr aus dem Kopf. Blitzten sämtliche Momente vor seinem inneren Auge auf, in denen er ihr schon begegnet war. Die Soiree vor über einer Woche, der Zeitungsartikel – nur eine Sache konnte er noch nicht greifen.

Er fand sie bei Blackfriars Bridge. Sie stand am Fuß der Brücke, gehüllt in ein weißes Kleid, und blickte hinaus auf die Themse. Als sie ihn bemerkte, lächelte sie matt.

»Und?«, fragte sie erwartungsvoll.

Lewis zögerte. Er wusste, dass er es ihr schuldete. »Sie waren bei mir. Letzte Woche, oder?«

Sie nickte matt. »Sie waren betrunken.«

Lewis schnaubte. »Ich war betrunken ... Es tut mir leid.«

Sie schüttelte den Kopf und es lag keinerlei Wut in ihrem Blick, nur eine Mischung aus Bedauern und dem, was vielleicht hätte sein können. Einer Zukunft, von der sie bloß noch träumen konnte. »Sie haben den Fall gelöst, nicht wahr?«

Er nickte. Tränen sammelten sich in seinen Augen.

»Also?«, forderte sie ihn auf. »Wie lautet die Antwort?«

Er schluckte hart gegen den Widerstand in seinem Hals. »Wenn ich sie gebe, werden wir uns dann wiedersehen?«

Sie lachte diese Mischung aus Freude und Melancholie, die mit jeder Note so treffend das beschrieb, was sein Herz fühlte. »Die Antwort hierauf kennen Sie schon.«

Lewis bemühte sich um ein Lächeln, während die Tränen über seine Wangen liefen. »Es tut mir so unendlich leid.«

Sie streckte die Hand aus und strich ihm über die Wange. Die Berührung war tröstlich und dennoch spürte Lewis einen Sog darin, der ihn unweigerlich einen Schritt aufs Wasser zu machen ließ. Sofort zog sie ihren Arm zurück und hielt ihn mit ihrem Blick gefangen. »Bitte. Ich möchte nicht, dass ...«

Er verzog die Mundwinkel zu einem halben Lächeln und nickte matt. »Ich wünschte, es wäre anders.«

»Ich auch.«

»Claire hat nach Ihnen gesucht. Es geht ihr gut.«

»Sie schinden Zeit.« Sie lächelte. »Sie waren schon immer gut darin, mir auszuweichen.«

Nun musste er wirklich lachen. Ein Laut, den er in dieser Situation nicht mehr für möglich gehalten hätte. Lewis straffte sich und blickte ihr fest in die Augen. »Ihr Name ist Katelyn Shaw. Und James Smith hat Sie ermordet.«

Sie lächelte dankbar. Diesmal lag keine Traurigkeit in ihrem Blick. Nur eine tiefe Erleichterung. »Danke. Lewis, würden Sie mir noch einen letzten Gefallen tun?«

»Alles.«

»Seien Sie mit solchen Versprechen vorsichtig«, schalt sie ihn. Während sie langsam von ihm zurückwich, fuhr sie fort. »Meine Sachen. Finden Sie meine Sachen und schicken sie meinem Vater, ja?«

»Das werde ich.«

Ihre Füße berührten bereits die Wasseroberfläche, doch es schien sie nicht zu stören.

Lewis blinzelte heftig, weil die aufsteigenden Tränen ihm die Sicht nahmen. Jeder Wimpernschlag trug sie weiter in die Fluten hinein.

»Vielen Dank«, sagte sie noch einmal.

Lewis schüttelte den Kopf. »Ich danke Ihnen, Kate.«

»Leben Sie wohl.«

Lewis wollte noch etwas erwidern, doch sie war verschwunden. Aufgelöst in blaue Nebelschwaden, die von der Themse davongetragen wurden.

Er wusste nicht, wie lange er noch am Ufer des Flusses stand und ihr nachsah. Als die ersten Sonnenstrahlen die Schaumkronen in bunte Lichter tauchten, machte er sich auf den Heimweg.

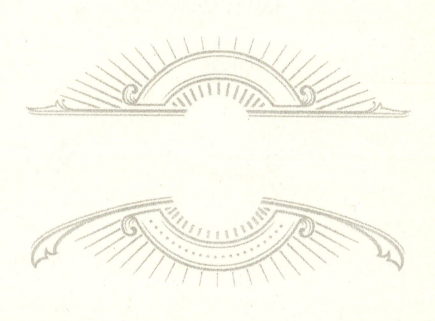

Epilog

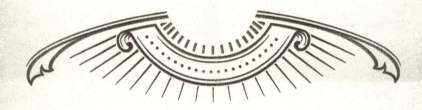

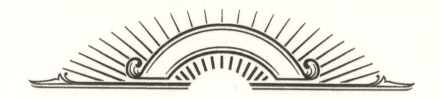

»Die heutige Zeitung«, überreichte Dietrich ihm das Bündel Papier und legte es neben Lewis' Frühstücksgeschirr. Mittlerweile waren drei Tage vergangen, doch die Stadt hatte noch immer kein anderes Thema als den *Kult der Sehenden Rose* und die Mordserie um den *Drowner* gefunden. Verschiedene Zeitungen heizten das Thema immer wieder von Neuem an, solange es ihre Auflage steigerte. Aber es wurde bereits weniger.

Das *London Journal*, das vor ihm auf dem Tisch lag, hatte sich mit den besten Informationen hervorgetan. Nicht weiter verwunderlich, wo Lewis doch Kates Aufzeichnungen an John Barnes übergeben hatte.

Nachdem er ihren Namen kannte, hatte er sie schnell gefunden. Mrs Covington hatte ihm dank Claires Hilfe die Sachen übergeben. Einen begonnenen Artikel über Londons Oberschicht, die sich zum Zeitvertreib dem Okkulten verschrieb, gespickt mit Details aus Lord Trevilles Soireen. Lewis wusste, dass es Paul nicht gefallen würde, wenn solche Dinge publik wurden, aber er war es Kate schuldig, die Wahrheit zu verbreiten.

Zwei Briefe an ihren Vater hatte er gefunden, die er John Barnes nicht übergeben hatte. Stattdessen warteten sie in einem Umschlag auf seinem Schreibtisch. Ihr Notizbuch hatte er ebenfalls für sich behalten und zu den Briefen in den Umschlag gepackt. Zu seiner Schande musste er gestehen, dass er die Details zum Fall des *Drowners* und dem *Kult der Sehenden Rose* in seine eigenen Notizen übertragen hatte. Zwar waren alle Beteiligten hinter Gittern, doch irgendetwas nagte in seinem Hinterkopf. Und zur Abwechslung war es mal nicht das brennende Verlangen nach Alkohol.

Lewis wusste, dass heute der Tag gekommen war, an dem er die Sachen würde abschicken müssen. Damit würde er die letzte Verbindung zu Kate trennen, und der Gedanke daran schmerzte ihn auf eine ganz andere Weise. Er blickte Dietrich an, der stoisch neben dem Tisch stand und ihn – auch wenn er es nicht zugab – beim Essen überwachte. Hin und wieder überkam Lewis das brennende Verlangen nach einem Scotch – nicht körperlich, sondern ein Gefühl. Wann immer das geschah, war der Butler zur Stelle.

»Du weißt, dass du gern mit mir zusammen frühstücken kannst«, schlug Lewis vor. »Dabei kannst du mich auch beobachten *und* dir ein paar Scones genehmigen, solange sie warm sind.«

»Der Herr ist zu freundlich, aber wie mir scheint, hat er vergessen, dass der Platz der Dienerschaft niemals am selben Tisch sein darf.«

Lewis lächelte milde. »Aber meine Freunde dürfen da immer sitzen.«

Für einen kurzen Moment glaubte Lewis, im Gesicht des Deutschen so etwas wie Rührung zu sehen, doch der Butler drehte sich weg, um sich einen Teller zu holen. Als er sich an den Tisch setzte, war seine Miene wieder jene undurchdringliche Wand.

Lewis schlug die Zeitung auf und sah direkt auf Seite eins den Artikel, auf den er gewartet hatte, um die Sammlung für den Umschlag zu vervollständigen.

Nachruf auf Katelyn Shaw

Mit großer Trauer im Herzen schreibe ich diese Zeilen, doch die Erinnerung an die Frau, der sie gelten, erfüllt mich mit Stolz und Freude.

Katelyn Shaw war Reporterin durch und durch. Schon als sie am zweiten September den Fuß in mein Büro setzte. Und auch wenn sie nur kurz für das London Journal schreiben konnte, so gelang es ihr in jener kurzen Zeit doch vortrefflich, den Nerv der Zeit zu treffen und die Leser aufzurütteln.

Und ist es nicht das, was wir Journalisten so gern erreichen möchten? Wir schreiben Texte, in der Hoffnung, dass sie zum Nachdenken anregen, zum Diskutieren – ganz einfach zum Denken.

Kate war eine solche Reporterin.

Doch ich möchte Ihnen einen Eindruck davon verschaffen, wie sie als Mensch war.

Ich habe Kate als junge Frau kennengelernt, die in einer von uns Männern dominierten Welt einen Weg gehen wollte, den man ihr nur zu gern verwehrt hätte. Doch anstatt sich still in ihr Schicksal zu fügen, brach sich die Frustration von Zeit zu Zeit Bahn. Dann war sie nicht die perfekt erzogene Frau aus Manchester, sondern brannte mit einer Leidenschaft, die alles andere verglühen ließ.

Sie war ehrlich – zu ehrlich vielleicht. Und ihr Verständnis der Arbeit als Reporterin ließ nicht zu, dass sie ihre eigene Sicherheit voranstellte.

Ich wünschte, ich hätte sie beschützen können, doch ich habe versagt.

Und mit mir ganz London.

Kate steht stellvertretend für eine Generation von Frauen, die unseren Schutz benötigen. Nicht, indem wir sie in goldene Käfige sperren, sondern indem wir ihnen den Raum zur Entfaltung geben, den sie verdienen.

In Gedanken bin ich bei Kates Familie und ihren Freunden.

In tiefer Trauer, aber auch ewiger Dankbarkeit, dass ich einen so außergewöhnlichen Menschen kennen durfte.

John Barnes

Lewis faltete die Zeitung wieder vorsichtig zusammen und legte sie außerhalb der Reichweite von Chester auf den Tisch. »Guter Nachruf«, bemerkte er auf Dietrichs fragenden Blick hin. »Ich hoffe, er kann ihren Eltern wenigstens etwas Trost spenden.«

»Sie werden wissen, dass ihre Tochter ein leuchtendes Vorbild für alle anderen war«, stimmte Dietrich zu.

Natürlich hatte er den Artikel bereits heimlich gelesen.

Lewis beendete sein Frühstück und ging mit der Zeitung in der Hand in sein Arbeitszimmer.

Er ließ ein letztes Mal die Ereignisse Revue passieren, die zu jenem Brief geführt hatten, den er gleich schreiben müsste. Was würde er

sagen? Würde er den *Kult der Sehenden Rose* erwähnen? Details besagter Nacht? Lewis dachte an die Siegelringe aus Bronze und jenen aus Silber an James' Finger und er wusste, dass er ein Detail übersehen hatte. Doch im Gegensatz zu früher quälte der Gedanke ihn nicht, sondern spornte ihn an. Sollte noch mehr zu entdecken sein – er würde es mit Freude tun.

Sehr geehrter Mr Shaw,

Mein Name ist Lewis van Allington und ich habe die traurige Aufgabe, Ihnen vom Tod Ihrer Tochter Katelyn zu berichten.
Ich kannte Kate nur kurz, doch ich darf Ihnen versichern, dass sie mein Leben verändert hat. Wie das so vieler Menschen, die sie berührte. Aus ihren Artikeln sprühte ihr Herz, und ich habe selten jemanden mit einer stärkeren Seele getroffen.
Sie war neugierig und witzig. Dabei aber aufgeweckt und mitfühlend. Ich wünschte, ich könnte Ihnen eine schönere Nachricht überbringen.
Ich glaube fest daran, dass wir die Menschen, die wir lieben, niemals ganz verlieren. Sie werden uns immer begleiten, ein Teil von ihnen fest verankert in unseren Herzen.
Katelyn wird hier in London für immer fest in den Herzen derer verankert sein, die sie kennen durften.
Anbei übersende ich Ihnen die persönlichen Gegenstände Ihrer Tochter.

Hochachtungsvoll
Lewis van Allington

Schließlich versiegelte er den Umschlag und ging wieder ins Foyer, wo Dietrich bereits mit Claire, Chester und gepacktem Koffer auf ihn wartete. Claire hatte gebeten, die Sachen überbringen zu dürfen, und Lewis hatte absolut keine Einwände gehabt.

Eine Kutsche brachte sie zu St Pancras Station. Für einen Moment stand Lewis einfach nur da und bewunderte die Dachkonstruktion aus Metall und Glas. Welch atemberaubender Anblick sich jenen bot, die London das erste Mal per Zug erreichten.

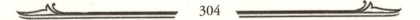

»Bleib so lange wie nötig«, sagte er zu Claire, als sie ihn zum Abschied umarmte. »Aber komm zu uns zurück«, fügte er noch hinzu.

»Miss Claire, wir freuen uns auf Ihre Wiederkehr. Und wir wünschen Ihnen viel Kraft für die bevorstehende Reise.«

Verdrückte Dietrich da ein Tränchen aus dem Augenwinkel?

Lewis musste sich geirrt haben, denn als der Butler Claire den Koffer überreichte, war davon nichts mehr zu sehen.

Chester hechelte fröhlich zwischen ihnen hin und her und schlabberte zum Abschied einmal über Claires Hände.

»Natürlich komme ich wieder, mein kleiner Bär. Wer geht denn sonst mit dir spazieren?«

Lewis lächelte breit, verkniff sich aber einen Kommentar. In letzter Zeit schaffte er es nämlich wieder selbst, mit dem Dürrbächler die Mittagssonne zu genießen.

Sie winkten Claire zu, die gerade in den Zug einstieg, und standen noch am Bahnsteig, lange nachdem er abgefahren war.

»Sie wird wiederkommen«, versicherte Dietrich.

»Ich weiß. Ich mache mir nur Sorgen.«

»In diesem Fall erlaube ich das.«

Lewis schüttelte lächelnd den Kopf. »Du hast ihn auch gelesen, oder?«

Der Butler schwieg, doch es war auch mehr eine Feststellung gewesen.

Er wusste, es war der letzte Brief von Kate an ihren Vater gewesen, und dass es falsch war, ein Eingriff in die Privatsphäre jener wundervollen Frau, die er leider nie hatte wirklich kennenlernen dürfen, aber seine Neugier hatte ihn besiegt.

»Gehen wir nach Hause.«

London, den 8. September

Lieber Papa,

Ich weiß, du hast immer gesagt, dass ich auf mich aufpassen soll. Und ich hatte es dir versprochen. Ich schreibe diesen Brief für den Fall, dass es mir heute Nacht nicht gelingt.

Wir beide wissen aber auch, dass man für Schwächere einstehen muss, das hast du mir beigebracht. Nun, hier in London scheint das kein verbreitetes Mantra zu sein. Nicht einmal Scotland Yard interessiert sich für die Geschichte, der ich gerade nachgehe. Ich will dich auch nicht mit Einzelheiten dazu belasten, du wirst eines Tages davon lesen können.

Aber ich will, dass du weißt, dass ich dich über alles auf der Welt liebe, Papa. Dein Vertrauen in mich hat aus mir die Frau gemacht, die ich heute bin. Und ich bin glücklich, so wie es ist.

Wisse bitte, dass ich dir niemals Kummer machen wollte. Oder sonst jemandem aus der Familie. Ich wollte einfach mein eigenes Leben führen. Danke, dass du es mir ermöglicht hast.

Auch wenn es – wenn du diese Zeilen liest – ein kurzes war, so bereue ich doch nichts. Ich bin meinem Herzen gefolgt, auf einem Weg, den nur ich gehen konnte.

Die Zeit wird euch helfen, die Wunde, die ich hinterlasse, zu heilen, da bin ich mir ganz sicher.

Und ich bin mir noch einer Sache sicher: dass wir uns wiedersehen. Irgendwann.

In Liebe
Kate

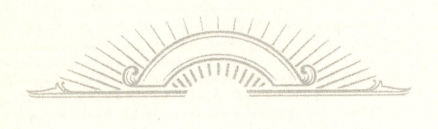

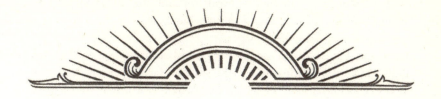

Nachwort und Danksagung

Achtung, das Nachwort vor dem Roman zu lesen, wird unweigerlich dazu führen, dass man die Auflösung bereits kennt.

Romane mit historischen Einschlägen sind ja immer eine ganz besondere Herausforderung bei der Recherche. Ich habe mich bemüht, weitestgehend auf korrekte Darstellungen zu achten. So ist Chesters Hunderasse als Urform des Berner Sennenhundes zu sehen. Der Rassebegriff wurde aber erst nach 1900 geprägt. Davor benannte man die Hunde nach dem Ort, aus dem sie wohl ursprünglich kamen.

Im Gegensatz dazu habe ich bei den Zeitungsnamen absichtlich Abstand von historisch korrekten Bezeichnungen genommen. So konnte ich Figuren wie John Barnes ein eigenes Leben einhauchen, ohne darauf zu achten, ob ein historischer John Barnes wohl so gehandelt hätte.

So viel zu den schnöden Formalien. Weiter mit dem angenehmen Teil.

Danke!

Danke, dass du (ich halte es mal informell, wir sind ja unter uns) dieses Buch gelesen hast. Ich hoffe, es hat dir gefallen. Ich hoffe auch, dass du mit den Charakteren mitgefiebert hast. Ich schreibe in erster Linie Geschichten, die ich selbst gern lesen würde. Aber ich hoffe doch jedes Mal, dass sie euch Lesern gefallen. Immerhin opfert ihr einiges an Freizeit, um euch von mir mit auf eine Reise nehmen zu lassen. Und die sollte ja auch Spaß machen.

Dann möchte ich direkt meiner Frau und Lektorin Nina danken. Ich weiß, dass diese Doppelrolle nicht ganz einfach ist. Man muss den Text eines (hoffentlich) geliebten Menschen so kritisch wie möglich durchleuchten, aber man sollte sich am gemeinsamen Frühstückstisch auch noch über ganz normale Dinge unterhalten können. Nina, dir ist dieser Spagat zu jeder Zeit gelungen. Die gemeinsame Arbeit hat mir unglaublich viel Spaß gemacht. Und dich auch beruflich in mein Innerstes zu lassen, war einfach schön.

Meiner restlichen Familie, weil sie ein sicherer Hafen ist, in dem ich einfach ich sein kann. Und weil sie damit zurechtkommt, dass ich sehr verschrobene Arbeitszeiten habe.

Tobias und seiner Frau, die schon an das Projekt glaubten, als es bloß eine Idee in meiner Schublade war. Die mich immer wieder gefragt haben, wann sie es denn endlich lesen können. Jetzt. :)

Kathrin, mit der es sich so herrlich über Plotdetails quatschen lässt, aber auch über everything Geek. Und in deren Nähe man einfach entschleunigt.

Christian, deine Euphorie für andere ist mitreißend und spornt immer wieder an. Und ich vermisse die gemeinsamen Abende um deinen Esstisch versammelt mit einer Kanne Pfefferminztee.

Julian und Philipp, die einfach herrlich daneben sind.

All die neuen Freunde, die mich mit offenen Armen empfangen haben, ihr seid wunderbar.

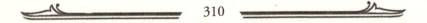

Die Rusalka war ein Projekt, das lange nicht das passende Zuhause fand. Bis Astrid mit derselben Begeisterung auf die Story reagierte, die ich beim ersten Mal verspürte. Und ich könnte mir keinen besseren Ort vorstellen als den Drachenmond Verlag.

Denn hier konnte Alexander Kopainski eines der beeindruckendsten Buchcover gestalten, das ich jemals gesehen habe. Die Energie, die davon ausging, war unbeschreiblich. Vielen Dank, Alex!

Danke auch an das Team des Verlags, Christina, Rebecca und Moni – ihr macht das Drachennest zu einem Verlagszuhause, in das man immer gern kommt.

Michaela, danke ich für das tolle Korrektorat. Bücher sind nie ganz perfekt, aber durch dich ist es ein deutliches Stück näher dran.

Und wie immer Michael, der meinem Funken damals Zunder reichte.

So bin ich in dieses verrückte Leben aus Geschichten und fiktiven Personen geraten, die sich manchmal näher und »echter« anfühlen, als gesund ist. Aber was soll ich sagen? Ich liebe jeden Augenblick davon. Und dafür bin ich dankbar.
Jeden Tag.

Stephan

Du brauchst Lesenachschub und möchtest dich überraschen lassen
oder wünschst Empfehlungen? Da können wir helfen!
Wir stellen für dich ganz individuell gepackte Buchpakete zusammen – unsere

DRACHENPOST

Du wählst, wie groß dein Paket sein soll, wir sorgen für den Rest.

Du sagst uns, welche Bücher du schon hast oder kennst und zu welchem Anlass es sein soll.
Bekommst du es zum Geburtstag #birthday
oder schenkst du es jemandem? #withlove
Belohnst du dich selber damit #mytime
oder hast du dir eine Aufmunterung verdient? #savemyday
Je mehr wir wissen, umso passender können wir dein Drachenmond-Care-Paket schnüren.
Du wirst nicht nur Bücher und Drachenmondstaubglitzer vorfinden, sondern auch Beigaben,
die deine Seele streicheln. Was genau das sein wird, bleibt unser Geheimnis ...

Die Wahrscheinlichkeit ist groß,
dass sich das ein oder andere signierte Exemplar in deiner Box befinden wird. :)

Wir liefern die Box in einer Umverpackung, damit der schöne Karton heil bei dir ankommt und
als Geschenk nicht schon verrät, worum es sich handelt.

Lisan bringt das kleinste Drachenpaket zu dir, wobei *klein* bei Drachen ja relativ ist. € 49,90
Djiwar schleppt dir in ihren Klauen einen seitenstarken Gruß aus der Drachenhöhle bis vor die Tür. € 74,90
Xorjum hütet dein Paket wie seinen persönlichen Schatz und sorgt dafür, dass es heil bei dir ankommt –
und wenn er sich den Weg freibrennt! € 99,90

Zu bestellen unter www.drachenmond.de